Alard von Kittlitz
SONDER

ALARD VON KITTLITZ

SONDER

ROMAN

PIPER

Mehr über unsere Autoren und Bücher:
www.piper.de/literatur

MIX
Papier aus verantwor-
tungsvollen Quellen
FSC® C014496

ISBN 978-3-492-07024-9
© Piper Verlag GmbH, München 2020
Satz: Tobias Wantzen, Bremen
Gesetzt aus der Calluna
Druck und Bindung: GGP Media GmbH, Pößneck
Printed in the EU

Für Shou

Was ist das Selbst? Das Selbst ist ein
Verhältnis, das sich zu sich selbst verhält;
oder ist das im Verhältnis, dass das
Verhältnis sich zu sich selbst verhält;
also nicht das Verhältnis, sondern dass das
Verhältnis sich zu sich selbst verhält.

K., Die Krankheit zum Tode

1

GEFEUERT /
SUNMYRA

Zu Beginn dieser Geschichte, ein paar Wochen vor seinem Verschwinden also, sehen wir Peter Siebert noch in den Kellern des Hauptquartiers von PepsiCo Neuseeland. Unter kaltem Neonlicht steht er, umgeben von spiegelnden Oberflächen, weißen Kacheln und poliertem Metall. Er befindet sich in einem Labor, er ist: allein.

Gerade steckt Peter die fünf Teile einer langen marokkanischen Holzpfeife zusammen. Den tönernen Kopf hat er mit Gras gestopft, das will er rauchen, um sich danach und in verändertem Zustand wieder seiner Arbeit widmen zu können, den Reagenzgläsern und farbigen Aromafläschchen also, die vor ihm bereitstehen wie Zinnsoldaten in bunten Uniformen. Schon hat er die Pfeife im Mund, es springt bereitwillig das Flämmchen aus dem silbernen Feuerzeug, da betritt ohne Ankündigung und sozusagen polternd ein junger, ihm fremder Mann das Labor, stammelt, beim Anblick des offensichtlich mit Halbseidenem befassten Peter, erschrocken eine Entschuldigung. Er habe,

9

sagt der junge Mann, bitte nicht stören wollen. Stan Sneed sei der Name, er sei der Assistent von Gene, also, von Gene Jeffries.

»Haben Sie«, fragt Peter kalt, während er die Pfeife wieder auseinanderbaut, »schon einmal was von Klopfen gehört? Und was kann ich für Sie tun, Stan, bitte schön?«

»Mister Jeffries würde Sie gern sprechen.«

Ah. Mister Jeffries – Eugene – ist *regional sales director* von PepsiCo in Neuseeland. In der globalen Konzernhierarchie hat dieser Mann keine sonderliche Bedeutung. Dass er Peter sprechen will, ist seltsam, weil der als sogenannter *consultant* direkt dem Marketingvorstand des Brauseunternehmens untersteht, im weit entfernten Purchase, New York. Jeffries weiß tatsächlich noch nicht einmal, was Peter in den gewöhnlich verlassenen Kellerlabors von Pepsi Auckland so treibt. Er hat vor einer Weile bloß Weisung aus der Zentrale erhalten, dass dieser seltsame Deutsche bei ihm erscheinen würde, er solle den nach dessen eigenem Ermessen schalten und walten lassen.

»Geht es um jetzt sofort?«, fragt Peter.

»Ja«, sagt Stan Sneed. »Ich glaube schon.«

Also schiebt Peter das Pfeifenmäppchen zurück in seine rechte Jacketttasche und folgt Sneed in den vierten Stock des Gebäudes, die Chefetage. Unterwegs kann Sneed sich ein paar Seitenblicke auf Peter nicht verkneifen. Peter schaut, muss man sagen, allerdings auch wirklich sehr besonders aus, so besonders, dass man in den Fluren, in der Kantine von PepsiCo Neuseeland seit Wochen ständig über ihn flüstert. An diesem Tag zum Beispiel trägt er ein Paar kirschfarbener Tassel-Loafer, dazu flaschengrüne Seidenstrümpfe, knöchellange, kastanienfarbene Slacks aus grober Wolle, einen Kaschmir-Rollkragenpullover in Bordeaux und darüber jenes schmal geschnittene Jackett aus buntem Shetland-Tweed, in dessen geräumigen Pattentaschen auch sein Pfeifenmäppchen Platz findet. Diese Garderobe sitzt auf einem langgliedrigen Körper, dessen Fettanteil Peter durch regelmäßige Gymnastik und eine streng geregelte Diät penibel bei zehn bis zwölf Prozent hält. Sein ebenmäßiges, fein gebräuntes Gesicht ist wie stets messerscharf rasiert und duftet nach »Pour Monsieur«, die gescheitelten hellblonden Haare trägt Peter im Nacken derzeit protomodisch etwas zu lang wie die traurigen russischen Amateurpornodarsteller, die auch Gvasalia inspirieren. An Peters Handgelenk baumelt eine dreißig Jahre alte Cartier Santos in Stahl und Gold, hergestellt im Jahr seiner Geburt.

Protestantisch gesinnte Menschen könnten unserem Freund wohl eine gewisse Oberflächlichkeit unterstellen. Und die hat Peter auch irgendwo, klar hat er die, er beschäftigt sich beruflich ja nicht umsonst mit der Welt des Sinnlichen, und hat dafür übrigens eine Begabung, die weltweit ihresgleichen sucht. Zugleich aber, und man sollte das hier am Anfang schon einmal deutlich festhalten, weil sonst ein falscher, allzu unerfreulicher Eindruck von ihm entstehen könnte, ist Peters Erscheinungsbild keiner Selbstverliebtheit geschuldet. Im Gegenteil ist sein Äußeres sogar nur insofern Ausdruck seiner Seele, als Peter hinter dieser Fassade zu verschwinden hofft. Es wird geboren aus der Hoffnung eines immens privaten und selbstzweiflerischen, ästhetisch allerdings auch vollkommen überbegabten Menschen, einen angenehmen, unanstößigen Auftritt hinzulegen.

Inzwischen führt Sneed Peter schon durch einen Gang im vierten Stock. Peter bemerkt, dass die Wände hier von einer schönen, taupefarbenen Leinentapete bedeckt sind, die aus den Sechzigerjahren stammen dürfte. Der Linoleumfußboden riecht schwach nach einem essigbasierten

Reinigungsmittel, sauber, klar, angenehm, vermutlich ein Eigengemisch der Putzkraft. Solche Sachen fallen Peter auf.

Das Büro am Ende des Ganges ist das von Eugene Jeffries. Der sitzt hinter seinem Schreibtisch und hat noch Holos auf den Augen, als Sneed und Peter durch das Vorzimmer eintreten. Jeffries macht blind eine entschuldigende Geste in deren Richtung und beendet dabei sein Gespräch: »Jetzt sind sie da. Ich muss Schluss machen. Ja. Ich denke dran. Ja. Ja. Danke. Ich weiß. Bye bye. Ja. Klar. Bye-b... Ah.«

Jeffries ist ein großer, schwerer Mann mit wenig Haar, der heimlich noch immer erschrocken ist darüber, dass er seit etwa einem Jahr keinen direkten Vorgesetzten mehr hat. Er trägt einen schlecht geschnittenen schwarzen Dreiteiler, seine Füße stecken in brotlaibförmigen braunen Slippern mit Gummisohle. Auf Jeffries' Schreibtisch stehen Fotos von ihm und seiner Familie, an der Wand hängen ebenfalls Fotos von ihm und seiner Familie, Jeffries hat sie in vorauseilendem Gehorsam für seine Frau aufgehängt. Vor dem Fenster mit Blick auf Parkplatz und Baumwipfel steht ein bräunlicher Farn, den Jeffries zu oft gießt.

»Herr Siebert!«, sagt Jeffries, beugt sich über seinen Schreibtisch, um Peter die Hand zu reichen, wischt dabei versehentlich die Holos vom Schreibtisch, bückt sich, um sie aufzuheben, wobei ihm ein leiser Wind entfährt. Er reicht Peter errötend abermals die Hand und bedeutet ihm, sich doch bitte zu setzen. Peter, ein gefrorenes Lächeln im Gesicht, leistet Folge und fürchtet, dass Jeffries ihn doch bloß hochgebeten hat, um ihm ein Lunch oder so was vorzuschlagen. Vor solch informellen, unkartografierten Begegnungsformen flieht Peter, so gut es geht.

»Ähh«, macht unterdessen Jeffries, den dieses gefrorene Lächeln in Peters Gesicht verunsichert. »Ja. Es ist toll, Sie wiederzusehen, wir haben uns ja an Ihrem ersten Tag hier nur in der Lobby ... Ich hoffe, es gefällt Ihnen bei uns. Ich weiß offen gestanden gar nicht, was genau Sie hier machen, hahaha! Wobei, neulich schickte mir doch Stan hier ...« Sneed, der hinter Peter sitzt, macht eine panisch abwehrende, vergebliche Geste. »Neulich schickte mir Stan einen Artikel über Sie! Ich glaube, aus dem Magazin *Douche*? ›*The Teuton Instinct*‹ oder so ähnlich? Hahaha.« Peter zieht die Augenbrauen hoch und nickt. »Hochinteressant, wirklich! Ich habe ihn ganz gelesen. Auch dieser Ausdruck, den man für Sie erfunden hat, *Gestaltdesigner*, ganz toll.« Jeffries schaut Peter Hilfe suchend an. »Toll«, sagt er noch einmal.

»Danke, Mister Jeffries«, erlöst ihn Peter. »Ich weiß auch nicht, wie die Leute von der *Douche* mich entdeckt haben.«

»Hahaha!«

»Womit kann ich Ihnen denn dienen?«, fragt Peter.

»Aaah«, sagt Jeffries und rutscht in seinem Stuhl hin und her. »Aaah.« Er furcht die Stirne und schaut konzentriert auf ein Foto auf seinem Schreibtisch, als erkenne er seine Kinder auf einmal nicht mehr. »Also«, sagt Jeffries endlich, »ich habe vor ein paar Minuten einen Anruf aus Amerika, aus Purchase, gekriegt.«

Aber dort ist es, denkt Peter, doch gerade mitten in der Nacht.

»Und es ist so ... Erlauben Sie mir, direkt zu sein. Man hat mir gesagt, dass Ihr Vertrag, äh ... be... ja, beendet ist. Also, man hat mich gebeten, Ihnen zu sagen, dass Ihr Vertrag mit sofortiger Wirkung beendet ist.«

Peter versteht nicht. Vertrag mit sofortiger Wirkung beendet. Er ist noch nie gefeuert – und das ist doch das, was hier gerade passiert? –, gefeuert worden. Aber warum?

Bei dem Projekt, mit dem die Firma Pepsi Peter betraut hat, geht es um die Entwicklung eines neuen Getränks in der sogenannten *Lifestyle-of-Health-and-Sustainability*-Sparte, in der sich der Konzern nach eigener Meinung zu zögerlich, nicht gut aufgestellt hat. Peter, der seine eigenartige Arbeit im Grunde überall auf der Welt verrichten kann, hatte für das Projekt um ein Labor in Neuseeland gebeten, weil er sich von diesem Land und seiner Natur Inspiration, die rechte Stimmung erhofft hatte. Und tatsächlich geht die Arbeit gut voran, auch wenn sich Peter in Auckland noch einsamer fühlt als sonst.

Sein Entwurf für Pepsi ist ein »hypermineralisiertes« Wasser, das dem Konsumenten »perfekte Mineralisierung« verspricht. Für dieses neue Produkt hat er sich den Namen *Myned* ausgedacht. Peter hat das Flaschendesign, die Werbekampagne, die Targetgruppen, er hat alles längst entworfen oder im Kopf, sogar den Geschmack. Seine Spezialität sind Gesamtpakete, Produkt und Marketing aus einem Guss, und Peter weiß mit seiner branchenweit bekannten, unfehlbaren Sicherheit auch, dass *Myned* ein großer Erfolg werden wird. Tatsächlich arbeitet er nur noch an letzten Geschmacksnuancen, an der Vanillenote, mit der er *Myned* noch weicher machen will.

Was also, fragt sich Peter, war wohl sein Fehler? Wo war er unachtsam oder nicht zufriedenstellend für den Konzern? Er muss irgendwas übersehen, er muss sich irgendwie falsch verhalten haben. Oder versteht er gerade etwas nicht richtig?

»Gefeuert«, sagt er. Seine Stimme ist ein paar Tonlagen höher als gewohnt, er räuspert sich. »Ich bin gefeuert, habe ich das richtig verstanden?«

»Neeein«, sagt Jeffries und macht eine beschwichtigende Handbewegung. »Nicht so!« Er schaut hilflos zu Sneed, der diesen Austausch mit echtem Erstaunen verfolgt und seinem Chef keinerlei Unterstützung bieten kann. »Schauen

Sie, das habe ich befürchtet«, sagt Jeffries unglücklich, »ich bin einfach so schlecht mit Worten. Also, na ja, Sie sind, in Anführungsstrichen, schon gefeuert.«

Peter lacht. »Was denn nun, Mister Jeffries?«

»Gene, bitte. Nennen Sie mich Gene.«

»Bin ich gefeuert, Gene?«

»Ja, schon.« Jeffries macht wieder diese beschwichtigende Geste. »Aber man hat mir in Purchase aufgetragen, Ihnen zu sagen, dass das absolut nichts mit Ihrer Arbeit zu tun hat. Dass Sie einen ganz fantastischen Job gemacht haben.«

»Aha«, sagt Peter. Warum feuert man ihn für einen fast fertigen, angeblich fantastischen Job? Bei seiner Vertragsunterzeichnung hatte er noch den Eindruck gehabt, dass Pepsi so ein Produkt wie *Myned* ganz dringend suchte. Mehrere hochrangige Manager waren bei seinem Pitch zugegen gewesen. Und warum rufen die mich eigentlich nicht persönlich an, fragt er sich. Warum muss mich dieser armselige Jeffries entlassen?

»Also«, sagt der, »wie gesagt sollen Sie wissen, Peter, dass der Konzern von all Ihren bisherigen Ideen ausgesprochen angetan ist. Aber die haben das Projekt – ich weiß ja gar nicht, worum es genau geht – aus internen Gründen auf Eis gelegt, so hat man das da ausgedrückt.« Jeffries zuckt mit den Schultern und versucht, irgendwie brüderlich und professionell zugleich zu gucken.

Peter schweigt. »Sie kennen wirklich keine genaueren Gründe?«, fragt er dann. »Geht es um Geld?«

»Ich weiß wirklich nichts«, sagt Jeffries wahrheitsgemäß. »Geld ist ja immer ein Faktor, oder? Aber zu dem Thema: Sie kriegen selbstverständlich die für diese Fälle im Vertrag vorgesehene Abfindung, das soll ich dringend ausrichten.«

»Aber was bedeutet das jetzt denn genau?«, fragt Peter. »Sie meinten sofortige Wirkung. Heißt das wirklich sofort?«

»Ja. Das habe ich auch gefragt. Sie können auf der Stelle gehen.«

Wenig später betritt Peter den Parkplatz vor dem PepsiCo-Gebäude, eine von Gebüsch und hohen Eukalyptusbäumen gesäumte Asphaltfläche am Stadtrand von Auckland, über der grellorange, in Pepsisprache sozusagen mirindafarben der herbstliche Himmel der Abenddämmerung steht. Es ist später Nachmittag und ungewöhnlich schwül, die Welt riecht schwer nach den öligen Bäumen, nach Asphalt und heraufziehendem Regen. Peter fühlt sich, als sei er auf einem fremden Planeten oder in einem fremden Leben, vollkommen verloren.

Gewöhnlich würde er nun zurück in sein Hotel fahren. Gewöhnlich würde er dort im Gym seine Übungen machen, alleine am Tresen des japanischen Restaurants nebenan zu Abend essen, schließlich, vor dem Schlafengehen, auf seinem Zimmer noch »das Netz abarbeiten«, also penibel durch eine streng kuratierte Linkliste gehen, die aus ein paar großen Nachrichtenseiten, vor allem aber aus eigenartigen Blogs, Foren und Instagram-Feeds besteht, in denen sich für Peters Begriffe die Gegenwart kristallisiert. Tausend Bilder am Tag will Peter betrachten, das ist Teil, denkt er, seiner Disziplin und Arbeit.

Schließlich würde Peter gewöhnlich in seine Pyjamas steigen. Nachts schläft er nur unruhig und fährt bisweilen desorientiert, mit jähem Schreck auf, ängstigt sich pochenden Herzens vor dem Sterbenmüssen, als stünde ein Mörder am Fußende des Bettes, und er fühlt sich dann haltlos und verlassen in seiner merkwürdigen, einsamen Existenz, in der niemand je warm und atmend neben ihm im Bett liegt.

Und gewöhnlich würde Peter am kommenden Morgen zeitig aufstehen, um mit dem anderen, abendlichen Ende

der Welt zu telefonieren: mit seiner Assistentin Friederike in Hamburg wegen des Geschäftlichen, und mit dem
Privatdozenten Harald Siebert, seinem geliebten großen
Bruder, einem verheirateten Vater dreier Kinder, wegen
des Menschlichen. Mittwochs ruft Peter außerdem noch
einen »Coach« an, wegen des sogenannten Seelischen.

Danach würde Peter gewöhnlich mit Musik auf den Ohren durch Auckland irren, die frei vor ihren Rechnern flot-
tierende Jeunesse in den Cafés beobachten, die schlamm-
bedeckten Rugbyspieler beim Training in Nebel und Regen.
Fröstelnd am grauen Strand rumstehen wie ein Mann, der
auf ein Schiff aus der Heimat wartet. Und dann endlich,
nach dem Mittagessen, würde er ins Labor fahren und sich
in der Arbeit verlieren. Gewöhnlich.

Das ist jetzt ja aber offenbar in dieser Form zu Ende.

Die bis zum Abend verbleibenden Stunden erstrecken
sich vor Peter strukturlos und bedrohlich. Er betrachtet
seinen Mietwagen, der im Halblicht steht wie ein großes,
glänzendes Insekt. Peter hat den vagen Plan, sich in dieses Auto zu setzen, ins Hotel zu fahren, dort einen Drink
zu nehmen vielleicht, denn in so einer Situation, stellt er
sich vor, nimmt ein Mann doch einen Drink, an der Bar,
alleine, lernt, das wäre natürlich schön, eine ebenfalls einsame Frau kennen.

Er muss auch Friederike anrufen, fällt ihm ein, die Sache
erklären. Peter wählt ihre Nummer, er wird sie nicht errei-
chen, denkt er, es ist ja noch wahnsinnig früh in Hamburg,
aber dann klingelt es immerhin, und dann geht Friederike
sogar ran, mit verschlafener Stimme.

»Hey, Peter«, sagt sie. »Ist alles in Ordnung?«

»Habe ich dich geweckt?«

»Nein nein, schon okay, ich liege irgendwie sowieso
wach. Warte mal, ich geh mal kurz aus dem Schlafzimmer.«

Peter schweigt.

»Wieso rufst du denn an, ist alles okay?«, fragt Friederike.

»Du, es ist etwas ganz Seltsames passiert gerade«, sagt Peter. »Ich bin ... ich bin gerade gefeuert worden hier von Pepsi.«

»Was?« Peter hört, wie sich Friederike eine Zigarette anzündet. »Bist du sicher?« Peter antwortet nicht. »Blöde Frage, entschuldige. Aber ... wieso denn?«

»Das ist es ja, ich habe keine Ahnung. Die haben gesagt, sie seien total zufrieden mit dem Projekt, aber aus angeblich konzerninternen Gründen müsste man mich absägen.«

»Wie seltsam. Ist alles okay bei dir?«

»Ich frage mich, was ich falsch gemacht habe.«

»Du hast bestimmt nichts falsch gemacht.«

»Aber warum haben die mich gefeuert? Vielleicht habe ich mich irgendwie schlecht benommen? Ich hab hier mit niemandem mal Lunch gegessen oder so, weißt du? Vielleicht fanden die mich arrogant oder so, vielleicht haben die sich in Purchase über mich beschwert.«

»So ein Unsinn«, sagt Friederike in einem Ton, der Peter ein bisschen beruhigt. »Jetzt warte mal kurz. Du meintest doch, *Myned* würde sehr gut laufen?«

»Ja, ich fand schon.«

»Na also. Wenn du das sagst, dann ist das auch so. Pepsi ist doch scheißegal, wie du dich in dem Laden benimmst, die wollen einfach, dass das Produkt gut ist.« Sie schweigt für einen Moment. »Vielleicht gibt es irgendeinen Wechsel in der Konzernführung, von dem wir noch nichts mitgekriegt haben. So was. Die melden sich deswegen bestimmt auch noch bei dir. Mach dir keine Sorgen.«

»Ich hab Angst, dass ich mich irgendwie dumm angestellt habe«, sagt Peter. »Das ist doch auch irgendwie respektlos, ich bin hier echt von dem Regionalchef einfach vor die Tür gesetzt worden, weißt du? Das hat keine fünf Minuten gedauert.« Peter stellt sich vor, dass man in Purchase über ihn lacht oder aus lauter Unzufriedenheit mit ihm dafür sorgt, dass er nie wieder einen Job kriegt. Bald, so fühlt er, ist es mit der Arbeit dann ganz zu Ende, dann sitzt er auf der Straße, dann kräht kein Hahn mehr nach ihm. So ist das bei ihm immer. Wenn etwas nicht glatt läuft, kriegt er gleich Zweifel an seiner ganzen Person, an seiner ganzen Stellung in der Welt.

»Die schulden dir auf jeden Fall schon mal eine fette Entschädigung«, sagt Friederike. »Ich check das gleich noch mal im Vertrag aus. Ich bin mir sicher, dass deine Arbeit nicht der Grund gewesen ist und erst recht nicht deine Art. Du bist halt nicht so der supersoziale Typ, na und? Bislang haben ja wohl alle Arbeitgeber immer deine Professionalität gelobt, und dass deine Pakete am Ende stimmen, ist ja sowieso klar. Das liegt an irgendwas anderem.«

Peter fühlt sich ein bisschen getröstet. »Was machen wir denn jetzt?«

»Ich muss gleich noch mal in deinen Planer gucken. Das nächste Projekt ist, wenn ich mich erinnere, doch erst in vier Wochen, Nestlé, oder?«

»Ja, kann gut sein. Das ist dann eine ganze Weile hin. Kann man das nicht vorziehen vielleicht?«

»Du hattest dir doch überlegt, surfen zu gehen, wenn die Zeit es zulässt, Bali? Dann fährst du halt jetzt mal hin für ein bisschen länger. Und kommst auch mal runter. Ich sag dir doch seit Monaten schon, dass wir mal einen anständigen Urlaub einplanen müssen für dich.«

»Hab ich denn die Kröten?«, fragt er bescheiden.

»Peter«, lacht Friederike. »Komm schon.«

»Okay. Kannst du mal nach Flügen und schönen Hotels für mich gucken? In Keramas oder so?«

»Klar, mach ich.«

»Und bei Nestlé anrufen, ob das Projekt noch steht?«

»Mann, Peter. Ich mach das, okay. Aber natürlich ist das noch ein *go*. Ist doch alles längst unterschrieben. Reg dich nicht so auf. Ist doch egal, wenn die dich gefeuert haben, die Trottel. Wahrscheinlich ist die fällige Entschädigung sogar teurer, als dich bis zum Ende des Projekts weiterzubezahlen. Die schießen sich doch da selbst ins Bein. Mit Geld hat das also nichts zu tun, das ist irgendwas anderes, und wir verstehen das bestimmt auch noch. Purchase wird sich garantiert bei dir melden.«

»Okay. Du bist fabelhaft. Das beruhigt mich ein bisschen. Danke. Ist bei dir alles in Ordnung?«

»Ach, danke, ja, mir geht's gut. Das Kolloquium gestern war nicht schlecht, die Diss steht, glaube ich. Und ach so, ja, Pelle hat mir gestern vorgeschlagen, zusammenzuziehen. Also er will das. Ich weiß noch nicht. Ich hab keine Ahnung, ob ich den Kerl die ganze Zeit ertrage. Wahrscheinlich kann ich deswegen nicht schlafen. Ich meine, eigentlich ist das so süß. Und schön ja auch. Aber ...«

In diesem Moment lässt Peter auf dem Parkplatz in Neuseeland vor Schreck das Handy fallen, denn offenbar wird in einem Gebüsch zu seiner Linken gerade eine Frau ermordet. Oder zumindest klingt der Schrei, der Mark und Bein durchdringend aus dem Dickicht gellt, für den ersten Augenblick ganz genau so, und für diese eine Sekunde dämmert Peter auch wie hellsichtig, dass vielleicht gar nicht Pepsi für seine Demissionierung verantwortlich sein könnte, sondern dass eine schicksalhafte Kraft nach ihm greift und etwas Schreckliches mit ihm anzustellen gedenkt. Diese Ahnung versinkt jedoch gleich schon wieder, gewinnt der Schrei im Abklang doch eine eindeutig vogelhafte, animalische Klangfarbe, im Gebüsch sitzt und ruft also bloß irgendeine Peter fremde, antipodische Kreatur. Peter fasst sich an die Brust, in der das Herz rast, bückt sich fahrig nach seinem auf der Erde liegenden Telefon, dabei fallen ihm die Autoschlüssel aus der Tasche und unter den Mietwagen.

»Peter? Was war das denn?«, fragt Friederike, die er wieder am Ohr hat.

»Du, keine Ahnung! Irgendein Tier, glaube ich. Furchtbar! Keine Ahnung, wer ... Moment.«

Es klopft an in Peters Leitung. »Anonym« liest er auf dem Display.

»Friederike? Jesus. Entschuldige, jetzt geht bei mir gerade ein Anruf ein, ich glaube, das ist Pepsi. Ich geh da mal ran, ja?«

»Absolut! Sei ruhig ein bisschen wütend mit denen, das geht so nicht. Und dann meld dich danach wieder! Ciao!«

»Mach ich! Ciao.« Peter wechselt zum anderen Gespräch. »Siebert«, sagt er zittrig.

»Herr Siebert. Entschuldigen Sie bitte, dass ich unangekündigt anrufe.« Amerikanisch, fremde Frau.

»Mit wem spreche ich, bitte?«

Die Frau am anderen Ende stellt sich vor als Clementine Bouvet. »Ich bin Anwältin«, sagt sie ominös.

»Rufen Sie aus Purchase an?«

»Purchase?«

»Sie sind nicht bei Pepsi?«

Am anderen Ende der Leitung kurzes Schweigen. »Peter, nein, nicht bei Pepsi, nicht aus Purchase. Entschuldigen Sie bitte. Haben Sie einen Anruf erwartet? Ich rufe Sie an, weil ...«

»Woher haben Sie meine Nummer?«, unterbricht Peter.

»Über Bekannte. Peter«, sagt die Anwältin, »gestatten Sie bitte, dass ich gleich zum Punkt komme, ich habe, ehrlich gesagt, wenig Zeit. Ich rufe Sie an, weil ich Sie gerne kennenlernen möchte.«

»Privat?«, fragt Peter verwirrt, während er sich bäuchlings auf den Boden legt, um nach den Autoschlüsseln zu schauen.

Die Anwältin am anderen Ende der Leitung lacht. »*Business.* Wir haben ein sehr interessantes Projekt für Sie. Ist allerdings noch, Sie kennen das ja, nehme ich mal an, geheim, und mein Klient hat mich gebeten, Sie sozusagen einmal abzuklopfen dafür.«

»Aha«, sagt Peter, und als vom anderen Ende wieder nichts kommt, auf einmal gereizt: »Hallo? Würden Sie mir bitte verraten, wer Sie sind.«

»Natürlich, Peter«, sagt die Anwältin. »Das ist sicher eine unkonventionelle Kontaktaufnahme. Es geht nur darum, dass es ein bisschen drängt mit unserem Projekt.«

»Schreiben Sie«, sagt Peter, dem endgültig die Nerven durchgehen, »doch bitte meiner Assistentin, wie das übrigens auch absolut üblich ist. Die Adresse finden Sie online. Ich bin die nächsten Monate allerdings total ausgebucht.«

Er legt auf. Ein paar Sekunden später klingelt das Handy abermals.

»Es geht um sofort«, sagt die Anwältin. »Wir würden Sie gerne dazu bewegen, sofort bei uns vorstellig zu werden.«

»Ha!«, macht Peter.

»Ich bin mir sicher, dass Sie viel zu tun haben, Peter«, sagt die Anwältin. »Und natürlich haben Sie keine Lust, ständig von irgendwem angerufen zu werden, deswegen bitte ich abermals um Entschuldigung für diesen Überfall.

Aber wie gesagt: es ist dringend, und ich wollte nicht über Ihr Büro gehen, sondern die Sache direkt mit Ihnen persönlich klären. Würden Sie mir erlauben, zwei, drei Sätze zu dem Projekt zu sagen – mehr geht im Moment sowieso nicht?«

Peter betrachtet sein Spiegelbild in der schimmernden Türe seines Wagens. Hinter ihm bewegt sich etwas, er dreht sich um und sieht Stan Sneed, der in der Eingangstür von PepsiCo, Neuseeland, erscheint und ihn beobachtet. Das Pepsi-Gebäude sieht auf einmal sehr klein aus, trist, der Anblick macht Peter wütend.

»Meinetwegen«, sagt er. »*Pray tell.*«

Ihr Klient, sagt die Anwältin, sitze in Kalifornien. »Er hat als Unternehmer sehr viel Geld verdient. Software. Er macht aber mittlerweile eigentlich nur noch VC ... Venture Capital.«

»Ich weiß, wofür VC steht«, lügt Peter.

»Nun entwickelt er zum ersten Mal seit Jahren wieder selbst ein Projekt, eines, von dem er glaubt, dass es die Welt verändern wird. Also, wirklich verändern. Ich rede hier von der Größenordnung des Internets. Für meinen Klienten ...«

Peter hat aber auf einmal eine Idee. »Sagen Sie, Mrs, ähm, Mrs«, sagt er. »Für welche Kanzlei arbeiten Sie eigentlich?« Bei Klient und Geld ist ihm diese Frage in den Kopf gefallen. Er kennt selbst zwar keine einzige Kanzlei beim Namen, mit dem ganzen legalen Kram, mit Patenten und dergleichen, Dingen, die theoretisch ein großer Teil seines Geschäftsfelds sein könnten, hat er sich nie beschäftigt, so was macht höchstens Friederike – aber er hat plötzlich das Gefühl, dass er hier besser wie ein Detektiv vorgehen, den Dingen auf den Grund gehen sollte, denn was ist eigentlich gerade los, vor einer halben Stunde noch gedachte er doch bloß, seine Pfeife zu rauchen? Jetzt will er mal ein bisschen mehr rausfinden, auf die Finger klopfen, was, mit dem Namen, die googeln oder so.

»Peter«, sagt unterdessen Clementine Bouvet. »Sie hören mir nicht zu. Ich arbeite für keine Kanzlei. Ich arbeite für nur einen einzigen Mann. Fulltime. Hier spricht nicht die Micky Maus. Es geht, ich wiederhole mich nur ungern, sehr ernsthaft um ein Projekt, das die Welt verändern wird. Auch Ihre, ob Sie mitmachen oder nicht.«

Wieder dieser langweilige Ausdruck, »weltverändernd«, das hat für Peter keinen sonderlichen Sound mehr, genau wie dieses blöde »disruptiv«. Jedes Produkt, an dessen Entwicklung er teilhat, soll inzwischen die Welt verändern, Peter hat längst begriffen, dass es sich um eine bloße Phrase handelt, die einfach erwartet wird, schon lange nicht mehr nur im Silicon Valley. Er hört das noch in jedem Pitch, es geht dann zwar bloß um Limonade, Chips, Spültabs, aber all das ist angeblich auch schon »weltverändernd«. Das Virus, denkt Peter, war weltverändernd, disruptiv. Dass die sich dieses Wort nicht mal sparen können.

»Das Produkt, von dem ich spreche«, fährt unterdessen die Anwältin fort, »wird eines sein, das nicht rein digital, sondern physisch existiert. Für alle sinnlichen Qualitäten des Projekts sucht mein Klient nun einen beratenden Experten. Er hat das Porträt über Sie in der *Douche* gelesen und hält Sie für geeignet.«

»Ich verstehe«, sagt Peter, der jetzt doch zuhört. Die Anwältin spricht schnell, schnörkellos, eindrücklich. Dass sie den Artikel erwähnt, gefällt ihm. Er hält die *Douche* für eines der zeitgeistigsten, relevantesten Magazine überhaupt, es hat keine breite, aber eine sehr einflussreiche Leserschaft.

»Mein Klient ist ein sehr besonderer Mann, Peter. Sie

würden mit Sicherheit gerne mit ihm zusammenarbeiten. Ich kann an dieser Stelle noch nicht viel mehr sagen. Ich möchte Sie allerdings nun, deswegen rief ich ja an, erneut einladen.«

Peter fragt sich plötzlich, ob diese Clementine Bouvet nicht vielleicht sogar für Drew Itautis arbeiten könnte, den weltberühmten Unternehmer aus Kalifornien. Er stellt sein Handy auf Lautsprecher und googelt »drew itautis lawyer«, findet aber keinen hilfreichen Eintrag.

Die Anwältin bietet Peter einen Flug erster Klasse nach Washington, D. C., an. Von dort aus, erklärt sie, solle er weiterreisen nach West Virginia, zu einem Retreat, in dem er drei Tage lang bleiben würde, um der Anwältin zu begegnen und an einer Art Assessment Center teilzunehmen.

»Assessment Center?«, sagt Peter.

»Ein Kennenlernen«, sagt die Anwältin. »Keine Sorge. Keine Mathetests, keine Consulting-Rätsel.« Für den Aufwand dieser drei Tage soll Peter eine Entschädigung erhalten, die Anwältin nennt eine Summe, die einem Vielfachen von Peters üblicher Rate entspricht, das Geld würde sofort auf sein Konto gehen, wenn er jetzt zusagen sollte.

»Ich kann mir gut vorstellen, dass das am Ende auch längerfristig passen wird, Peter. Für Sie und für uns. Wir haben uns Ihren *track record* ganz genau angesehen und glauben, dass Sie der richtige Mann für uns sind. Sie müssten allerdings eben bitte wirklich sofort zusagen. Wir würden Ihnen dann auch gleich das Ticket zukommen lassen, sodass wir Sie so bald wie möglich hier haben könnten.«

Peter sitzt inzwischen auf der Motorhaube seines Mietwagens. In dem Gebüsch zu seiner Linken bewegt sich etwas. Ein seltsames, räudiges Tier hoppelt daraus auf ihn zu. Peter erkennt, dass es sich wohl um einen Kiwi handelt. Diese Kreatur hat offenbar gerade so furchtbar geschrien.

»Sagen Sie mir bitte einmal ganz kurz, worum es geht«, sagt Peter.

»Kann ich nicht. Es geht um eine neue Technologie, um etwas, das es so noch nicht gibt. Elektronik, im weitesten Sinne.«

»Sie wissen, dass ich bislang eher in anderen Branchen gearbeitet habe?«

»Wie gesagt, wir haben uns über Ihre bisherige Arbeit so gut informiert, wie das ohne ein echtes Gespräch möglich ist. Sagen Sie zu und schauen Sie dann auf Ihr Konto, wir überweisen Ihnen Ihr Honorar per *push*, dann wissen Sie, dass wir es sehr ernst meinen.«

»Ich hätte zufällig tatsächlich gerade ein paar Tage Zeit«, hört sich Peter sagen.

»Wirklich?«, antwortet die Anwältin. »Großartig!« Ihr Erstaunen ist übrigens gespielt. Es war diese mächtige, ausgesprochen gut vernetzte Frau selbst, die durch ein paar wenige Anrufe innerhalb von Stunden für Peters vorzeitige Entlassung gesorgt hat. So viel sei hier schon verraten.

»Ich bin derzeit in Neuseeland«, sagt Peter, während er sein Auto aufsperrt und sich ängstlich nach dem Vogel umdreht, der immer näher kommt.

»Dann werden Sie vermutlich über L. A. fliegen müssen«, sagt die Anwältin.

Ein paar Augenblicke später sieht Stan Sneed, wie Peter in das Coupé steigt und den Wagen anlässt. Der Auspuff hüllt den Kiwi sofort in eine dichte Qualmwolke. Das Auto fährt an, beschreibt eine große Kurve über den Parkplatz und saust davon, wobei laute Orgelmusik durch die geöffneten Scheiben weht. Es handelt sich um Bachs Kleine Fuge in a-Moll, und man könnte mit dieser Musik leicht zu den *opening credits* übergehen, zu einer schönen Montage,

26

die Peters Reise nach Amerika zeigt. Die Musik passt aber genauso gut zu einer anderen Geschichte um Stan Sneed, die hier als kleiner Zwischengang erzählt werden soll, bevor es mit Peter weitergeht.

Deren Anfang liegt fünf Jahre zurück.

Damals war Stan Sneed noch Schüler, kaum sechzehn Jahre alt, befallen von einer quälenden Schüchternheit, unglücklich mit sich selbst und dementsprechend auch nur unglücklich verliebt – ein Teenager, wenn man so will. Haley, seine durchaus Angebetete, darf man sich vorstellen als den rotwangigen, bereitwillig lachenden, heiteren Typus, eine kleine, wärmende Sonne inmitten einer Schar von fröhlichen Freunden. Sneed hingegen, bleich, vampirhaft, war ein *loner*, und er verbrachte einen großen Teil seiner Zeit mit Computerspielen, die ihn ablenken sollten von seiner Einsamkeit und der Unfähigkeit, Haley anzusprechen, dabei warf die ihm doch, wie er meinte, bisweilen verstohlene Blicke zu.

Im Unterschied zu den übrigen *geeks* seiner Altersklasse hatte der Computerspieler Sneed längst jedes Interesse an Blockbuster-Shootern und sogenannten *massively multiplayer online role-playing games* verloren. Stanley Sneed versenkte sich in esoterischeren, verträumteren Online-Welten, in speziellen, anspruchsvoll modifizierten Rollenspielszenarien, bei denen die User in gemeinsamer, konzentrierter Arbeit eine möglichst große erzählerische Dichte herzustellen versuchten, indem sie komplizierten Regeln in strenger Auslegung folgten.

Plattformen, wie Sneed sie nutzte, waren nicht offen zugänglich, sondern oft nur zu betreten nach ausführlichen Bewerbungsgesprächen mit sogenannten Moderatoren. Das waren ehrenamtliche Kontrolleure, die in erster Linie für die Einhaltung der Regeln und Codes der Spiele zuständig waren, es handelte sich zumeist um anale, oft auch noch arrogante, also eigentlich unerträgliche Nerds. In den per Chat oder Videokonferenz geführten Vorstellungsgesprächen musste Sneed eine solide Vorkenntnis der Regeln des Spiels an den Tag legen, ausreichendes Wissen über Gegenwart und Vergangenheit seriöser Rollenspiele im Allgemeinen belegen sowie, für Sneed am schwersten, ein feinfühliges, den Moderatoren angenehmes Urteil zu ewig kritischen Fragen der Nerdkultur abgeben (»Letzte Frage: Warum muss Frodo mit dem Ring zu Fuß nach Mordor ziehen, statt dass Gandalf damit gleich zum Schicksalsberg fliegt auf dem Adler Gwaihir?« *smirk*).

Sneed – stoned, lonesome, Fantasy- und Sci-Fi-Romane verschlingend – war selbst unterdessen keineswegs der Auffassung vieler seiner Mitspieler, dass es höhere und niedere Ränge von *gamern* gebe, also sozusagen Plebs, die Massenware konsumierte, und Patrizier, die sich in elitären Welten raffinierten. *Gamer* waren, so sah er das, so oder so Verlierer, *Betas* wie er selbst. Er war bloß wirklich daran interessiert, in einem Spiel eine gute Geschichte erzählt zu bekommen und Mitspieler zu finden, die nicht dauernd aus der Rolle fielen wie jene Horden koreanischer Sechstklässler, die ihm in bekannteren Spielewelten als Elfen oder Magier verkörpert begegneten, ihn über ihre Headsets aber trotzdem dauernd nur stimmbrüchig als *faggot* bezeichneten.

Eines Tages in diesem siebzehnten Lebensjahr also – die Premierministerin von Neuseeland hatte gerade die Schließung aller Schulen verkündet in der Hoffnung, die Ausbreitung des sogenannten Corona-Virus ließe sich in ihrem Land in dieser Weise verlangsamen – hatte Sneed ein besonders mühsames Interview zu überstehen, in dessen Folge ihm zwei Moderatoren – beide waren ihm während des Austausches ausgesprochen unsympathisch geblieben – endlich Zugang zu einer sehr begehrten Fantasy-Welt gewährten, einem *Elder-Scrolls*-Mod, der von Ernst Jüngers »Marmorklippen« inspiriert war und nach der Figur des Fürsten »Sunmyra« genannt wurde. In diesem Spiel tobte ein Krieg zwischen den lichten, aquaphilen Bewohnern der Marina und den dunklen, urwüchsigen Mächten des Waldgelichters. Sneed, der Jüngers Buch nur von Wikipedia kannte, gestaltete seinen Avatar nach der Zusage als einen jungen Mönch, der sich mit Dampfmaschinen befasste, und nannte diese Figur Aloisius.

Tagelang – er hatte ja Zeit – arbeitete Sneed an den Eigenschaften seines Mönchleins, verteilte vorsichtig dessen Fertigkeitspunkte, dachte genau über Herkunft, Art und Charakter seiner Figur nach, und nachdem deren Grundparameter von den Moderatoren gewährt und ins System eingepflegt worden waren, dämmerte endlich der Morgen, an dem er seinen Avatar erstmals durch die Weinberge entlang der Marina bewegen durfte. Als Aloisius also spawnte er in der Zelle einer ausgesprochen hübsch gestalteten Kartause und lief bald staunend durch die ihm noch fremde, liebevoll animierte Welt, geriet allerdings, er war zu diesem Zeitpunkt noch keine zehn Minuten in Sunmyra unterwegs, zufällig auf einen vor der Kartause, unter alten Weiden und mit Blick auf die Marina gelegenen Friedhof. Soeben fand dort eine Bestattung statt, denn einer der Erfinder der Sunmyra-Welt hatte wegen *in real life* entstandener Vaterpflichten beschließen müssen, seine zeitaufwendige Präsenz im Spiel zu beenden, seinen mächtigen Avatar sich also dramatisch suizidieren lassen. Nun waren die ältesten, engagiertesten Spieler des Spiels auf diesem virtuellen Friedhof versammelt, um »Donbardus dem Jäger« das letzte, treue Geleit zu geben.

Sneed aka Aloisius gesellte sich sehr unschuldig zur Gruppe der Trauernden. Er hielt sich bescheiden in der letzten Reihe der Gemeinde, beobachtete für eine Weile das dürftige Geschehen, bevor er sich endlich an die neben ihm stehende sexy Kriegerin »Noemia die Schmale« wandte, um sie im Flüstermodus zu fragen, wessen Messe hier denn gerade gelesen werde – woraufhin Noemia furiengleich mit »Wer wagt es, solch schmählichen Frevel« oder so ähnlich antwortete und in ein unvorhersehbares Wutgeheuel ausbrach, genau wie die übrigen Anwesenden auch, die diesen komischen Aloisius ja auch alle nicht kannten und sich ihre kriegerisch veranlagten Avatare ob des verstorbenen Anführers Donbardus sozusagen vor Schmerz rasend vorstellten. Alles empörte sich über die freche Unterbrechung der Zeremonie durch den fremden Neuling, dessen bodenlose Pietätlosigkeit, und nach einem ersten Rempler, auf den gleich ein zweiter, noch gröberer folgte, bereiteten sie dem Mönchlein Aloisius, mithin Sneed, enthemmt und durch wütende Prügel mit Knütteln und schweren Hämmern den schnellsten Garaus der Spielhistorie. Aloisius war damit aus »Sunymra« gelöscht.

Sneed, der gerade noch ein Köpfchen Haze geflutscht hatte, bevor er seine harmlose Frage langsam und mühsam in die verschwommene Tastatur eingegeben hatte, saß am heimischen Rechner und sah diesem brutalen Geschehen vollkommen hilflos und bestürzt zu. Sofort hatte er das Gefühl, dass es sich dabei um ein Verbrechen, einen niedrigen, xenophoben Akt handelte, bei dem die Alteingesessenen des Spiels den Neuankömmling aus Langeweile, aus abgeschmackter, bloß halb empfundener Emphase heraus über den Jordan geschickt hatten.

Die Empörung darüber paarte sich in ihm mit dem kalt und sicher gefassten Entschluss zu grausiger Rache. Dem

Entschluss lag letzten Endes natürlich nicht bloß die empfundene Ungerechtigkeit zugrunde, sondern es brach sich darin endlich der über Jahre genährte Hass auf die Nerds und sich selbst und die unglückliche Vernarrtheit in Haley seltsamste Bahn.

Es wäre nun zu aufwendig, detailgetreue Auskunft über die Mühen zu geben, die Sneed sich in der Folge und zum Zweck der Rache machte, kurz zusammengefasst aber lässt sich Folgendes sagen: Über die folgenden *fünf Jahre*, in denen Sneed, nicht zuletzt wegen dieses Erlebnisses, endgültig die Freude an den Computerspielen verlor und sich stattdessen zunehmend dem echten Leben widmete – mithin die Schule erfolgreich abschloss, die Universität besuchte, Europa bereiste, trotz Krise einen Job als Assistent der Geschäftsführung bei PepsiCo Neuseeland landete, auch seine Gestalt zu akzeptieren lernte und seine Jungfräulichkeit loswurde, gar beschloss, dereinst ein großer Mann zu werden – über diese fünf Jahre fand er sich, nachdem er die Regeln von »Sunmyra« bis ins letzte Detail studiert und sich unter falscher Identität abermals erfolgreich um Teilnahme beworben hatte, *jeden Tag* für mehrere Stunden in der Spielewelt ein, um als »Dandaldo der Wirt« eine Schenke an der Marina zu eröffnen, die sich dank der gemütlichen Atmosphäre, der freundlichen Art des Wirtes und der zunehmend ausgezeichneten, weil die Avatare mit Potenz, Mana und Energie versorgenden Speisen und Getränke schnell zum absoluten *place to be* in Sunmyra entwickelte. Jeden Tag fanden sich dort »Noemia die Schmale« und ihre mörderischen Kollegen, die Alten wie die Jungen, die Guten wie die Bösen ein, um einvernehmlich zu trinken und, ihre Rollen vorsichtig ablegend, friedlich über das echte Leben, über Beruf, Beziehung, »Gaming« und Weltpolitik zu schnattern. Dandaldo unterdessen stand hinter dem Tresen, lächelte freundlich und polierte die Gläser.

In mühseliger Klickarbeit ließ Sneed ihn unendliche Drinks und Gerichte mixen und kochen, wodurch Dandaldos *experience* in diesen obskuren und eher als Nebensache angelegten Entwicklungspfaden von »Sunmyra« ins Unermessliche stieg, seine Figur in immer entlegenere Fertigkeitswelten gelangte, in denen sich bald auch nur noch Sneed allein auskannte. Tagsüber sah man Dandaldo über die Hügel entlang der Marina streichen, durch Wiesen und Dickichte, an den heiteren Bächlein entlang, wo er zur Jagd auf Hasen und Rehe ging und seltene Kräuter sammelte, selbst tief in den finsteren, gefährlichen Wäldern suchte er noch nach Flechten, Pilzen und Moosen, bevor er im Laden des Gemüsemannes die reguläreren Zutaten für seine Kunst erstand. Abends servierte er das Erjagte, Gefundene, Gekaufte in herrlicher Zubereitung.

Des Nachts dann aber, nach Ladenschluss, sperrte Dandaldo seine Schenke ab, stieg in deren Keller hinab und braute dort, von allen unbeobachtet, Gift.

Das Gift, das Sneed alias Dandaldo zubereitete, nannte sich »Dolor Aeternitatem«, hatte, als einzige Substanz von »Sunmyra«, die Wirksamkeitsstufe 7, war mithin in ausreichender Konzentration zwingend letal, allerdings auch nur von den wenigsten Figuren und lediglich in winzigen Dosen produzierbar. Sneed verbrachte zahllose Stunden seines echten Lebens damit, Dandaldo in einem geheimen Raum unterhalb der Schenke ein Fass mit diesem Gift füllen zu lassen. Das Giftkochen bestand in einer elend komplizierten Folge von Klicks und Tastatureingaben, die fehlerfrei bleiben musste und sich nicht umgehen ließ, die Sneed daher auch schrecklich langweilte und ihn zugleich immer tiefer in sein Geheimnis hinabtauchen ließ. Denn den Wahnsinn dieser Zeitverschwendung, den Irrsinn dieses Aktes, dessen zunehmende Isoliertheit innerhalb der restlichen Tätigkeiten seines Lebens, auch die Nichtigkeit des Anlasses, all das hätte er niemandem erklären können, verstand er es doch selbst schon längst nicht mehr.

Womit wir endlich wieder in der Gegenwart angelangt wären.

Also. Peter, unsere Hauptperson, ist gerade in sein Auto gestiegen. Und Sneed, Sneed geht nun auch nach Hause, fährt dort seinen Rechner hoch, setzt sich die Holos auf die Augen und macht sich daran, heute, ausgerechnet an diesem Tag, den lang gehegten Plan in die Tat umzusetzen und die Welt Sunmyra zu schleifen. Es ist eigenartig, wie viel Freude ihm das am Ende dann doch bereiten wird, hatte er vorher doch eher mit einem schalen Gefühl gerechnet, denn man muss bedenken, dass fünf Jahre intensiver Vorbereitung für diese kleine, letztlich sehr private Performance schon eher reichlich sind, und gerade wenn man wie Sneed innerlich schon eine gewisse Distanz zu solchen Spielewelten aufgebaut hat, droht der *return on investment* schmal auszufallen. Sneed hat eigentlich sogar Angst, sich am Ende selbst nur wieder neuerlich dafür verachten zu müssen, dass er für diese blöde Sache so viel Zeit in die Hand genommen hat. Aber es kommt ganz anders.

Stanley Sneed hat sich diesen spezifischen Tag für seine Aktion ausgewählt, weil in Sunmyra Fasching gefeiert wird, der Höhepunkt des Kalenderjahres der Spielewelt. Zu solchen Festen muss sich, bei Strafe des Ausschlusses, wirklich *jeder* Spieler einloggen. Die Avatare werden in bunte Farben verkleidet, ziehen durch die feiernden, fackelbeleuchteten Straßen, die Spieler zischen vor dem heimischen Rechner dabei wohl auch selbst das ein oder andere Bier. Als Sneed aka Dandaldo seine Schänke aufsperrt, stehen die Avatare schon Schlange, im Handumdrehen ist die Klause rappelvoll, und da, im Gewimmel, sieht er auch Noemia die Schmale in knappestem Outfit, umgeben von ihrer Crew, den absoluten Freaks, die ihr ganzes Leben Sunmyra widmen. Sieht sie zwischen all den anderen Spielern, die Sneed, der ihrem privaten Geseier als Dandaldo über Jahre zuhören musste, kaum weniger hasst. Als sich die Festivitäten gegen Mitternacht ihrem Höhepunkt nähern, steigt er in den Keller und kippt das teure Fässchen mit dem geruchs- und geschmacksneutralen Gift in einen großen Trog Honigmet. Den schleppt er hoch in die Schenke, stellt sich auf den Tresen und ruft über den Lärm hinweg in CAPS: »Eine Runde aufs Haus, von Dandaldo für Sunmyra!« »Ein Hoch auf Dandaldo!«, schallt es zurück, und ausgerechnet von Noemia angeführt drängt sich die ganze Kneipe, in der, schätzt Sneed, gerade wohl wirklich *alle* Spieler von Sunmyra versammelt sind, um seinen Tresen, und einem nach dem anderen reicht er einen Becher giftigsten Mets.

Das Gift braucht etwa fünfzehn Minuten, bevor es zu wirken beginnt, und etwa eine halbe Stunde, um zu töten. Dandaldo hat kaum alle versorgt, da bricht schon der erste Avatar in einer Ecke der Schenke zuckend zusammen. »Was ist los?«, will sein Besitzer im *public-chat*-Modus wissen, da ereilt es neben ihm den nächsten, und dann schon den nächsten, und siehe, bald liegen die meisten Avatare auf dem Boden, und die Reihe ist nun an Noemia, auch sie rollt sich auf der Erde mit schäumendem Mund. »Was geschieht mit uns?«, schreien die Spieler durcheinander. »Wir sind vergiftet!«, ahnen einige, »Fuuuuuuuuckkk« schreiben sehr viele, »Dandaldo!«, ächzen wenige korrekt. Panik ist ausgebrochen.

Dandaldo aber hält sich versteckt, bis die ganze Kneipe handlungsunfähig und moribund ist, dann endlich steht er auf, klettert abermals auf den Tresen, um von dort zu verkünden, wer er in Wahrheit sei, ein Wiedergänger des unschuldig getöteten Mönchleins Aloisius nämlich, und dies sei seine Rache, alle würden nun sterben durch Dolor Aeternitatem, Sunmyra müsse untergehen, und dann fällt Sneed aus der Rolle und schreibt nur noch unflätigst und lachend Quatsch in die Tastatur, während die Sterbenden unter ihm hysterisch schreien und weinen, um Gegengift betteln, wildeste Flüche ausstoßen und vergeblich irgendwelche Heiltränke kippen. Viele der Spieler lieben ihre Avatare wie eigene Kinder, der fette Lette, dem Noemia die Schmale gehört, fühlt sich im Grunde halb mit der verheiratet, für ihn ist das, was ihm hier an diesem Abend widerfährt, ganz so, als müsste er seiner Geliebten beim Krepieren zuschauen, eine existenzielle Katastrophe, die er nie wirklich verwinden wird, zumal er überhaupt keine Erinnerung mehr hat an die Episode mit Aloisius, also gar nicht weiß, wofür er hier so plötzlich so drakonisch bestraft wird.

Sneed, alleine vor seinem Rechner in Neuseeland, fühlt unterdessen, wie sich eine goldene Freude in ihm ausbreitet. Er weiß, dass er gerade etwas Schreckliches getan hat, er weiß aber auch, dass er gerade etwas total Egales getan hat, denn was, *let's get real*, sind schon diese albernen virtuellen Figuren. Bald zucken die Avatare in der Schenke nicht mehr. Sie beginnen, transparent und geisterhaft auszuschauen, sie liegen still, sie sind tot. Sneed öffnet nun alle Foren und Chats, in denen es um Sunmyra geht, und wird Zeuge vollkommen entfesselter Austäusche. Er macht Screenshots von jeder Morddrohung, die gegen den User hinter Aloisius und Dandaldo ausgesprochen wird, er raucht endlich einen großen Joint und freut sich über jede Zeile Hass.

Später wird er zu einer Legende werden in der obskuren Welt der Gamer-Foren. Videomitschnitte seiner Tat werden auf YouTube hochgeladen, denn was in Sunmyra geschehen ist, bleibt ohnegleichen. An einem einzigen Abend eine ganze Welt von einem einzigen User ausradiert, sodass schon kurz danach die Server runtergefahren werden, weil keiner jemals je wieder Sunmyra spielen will. Die meisten ähnlichen Rollenspielwelten bauen in der Folge einen »AD«-Passus in ihr Regelwerk ein, »Against Dandaldoing«, was bedeutet, dass ein solcher Giftanschlag von den Moderatoren im Bedarfsfall per Intervention in den Code selbst unterbrochen werden darf. Was diesen Welten allerdings natürlich einen Reiz nimmt, von dem zuvor niemand geahnt hatte, dass es ihn geben könnte, den Reiz der steten, leisen Angst vor dem jähen, unvorhersehbaren Ende durch eine geheime Schicksalsmacht nämlich. Dabei lässt dieser Reiz ja vielleicht nicht nur die virtuellen Erlebniswelten intensiver erscheinen.

Seht also jedenfalls: Dort schleicht Stan Sneed, Angestellter von PepsiCo, Assistent des Gene Jeffries, Bewohner Neuseelands und heimlicher Killer von Sunmyra, und kein Mensch sieht es ihm an, und niemand weiß es, und doch ist er einer von uns, unter uns.

2
UNTERWEGS/
NEW PILGRIMZ

Wir haben ihn vorübergehend aus den Augen verloren, da ist er aber wieder: Peter Siebert, den man getrost als den Helden dieser Geschichte bezeichnen dürfte, wäre dies eine Heldengeschichte. Freund Peter also, gekleidet mittlerweile in einen bequemen taupefarbenen Kaftan aus feinster ägyptischer Baumwolle, darüber eine leichte maßgeschneiderte Weste aus brauner Rohseide, er befindet sich am Flughafen von Los Angeles, wo er ein paar Stunden Zeit hat, bevor er in seinen *red eye* nach Dulles steigen soll.

Schon ist er durch die Q-Zone, hat den *viral swipe* und das Fiebermessen erfolgreich überstanden, jetzt bestellt er sich vor dem Tom Bradley International Terminal ein Uber, um noch ein bisschen was einzukaufen, denn in Kalifornien, das weiß jedes Kind, wird das beste Gras der Welt angeboten. Jedes Mal, wenn Peter durch diesen Teil der Welt kommt, fährt er daher zu *Le Maréchal Pétard*, einer kleinen avantgardistischen Weedboutique in Angelino Heights, die unter Kennern legendären Status besitzt.

Unterwegs schaut Peter aus dem Fenster der Limousine, sieht die Häuser von Silver Lake und Echo Park vorbeiziehen, all die schönen Namen in Amerika, all die Reklamen, Autos, Straßen, Ampeln, der endlose *sprawl* im pinken Licht eines kalifornischen Nachmittags. Die Palmen in der warmen Luft, die goldenen Wolken am Himmel, jedes Mal wieder eine Freude. Die Welt ist eine Kulisse aus tausend Filmen, und Peter verspricht sich, dass er seinen nächsten Job unbedingt in Kalifornien erledigen will, und denkt eigentlich schon wieder oder vielleicht eher noch immer an Neuseeland und die Kündigung.

»Fucking hobbits, man«, sagt er unvermittelt laut in den Wagen.

»Absolutely, sir«, antwortet der Fahrer ohne Zögern.

Peters Handy brummt, es erreicht ihn eine SMS: »Enjoying LA? ;-) Looking forward. cb«. Peter wischt die Nachricht der Anwältin erschrocken vom Display und fühlt sich dann gleich noch schlechter, tauchen auf seinem Screen doch nun wieder die ungeöffneten, vorgeblich »ungelesenen« Nachrichten von der Assistentin Friederike und dem Bruder Harald auf: »Alles klar? Ruf mal an, komische Mail gekriegt«, Friederike; und »Na, busy busy?«, Harald. Er bringt es nicht über sich, den beiden zu antworten.

In Peter wächst das unangenehme Gefühl, etwas Verbotenes, Unbedachtes zu tun mit seinem Ausritt nach Amerika. Im Flieger hat er Clementine Bouvet gegoogelt (»clem.bouvet23@gmail.com«, hmm) und keinen einzigen Eintrag gefunden zu dieser sogenannten Anwältin. Über Drew Itautis, den berühmten Unternehmer, an den Peter bei dem Anruf denken musste, erfährt er nur, dass der sich kürzlich aus dem Vorstand seines gigantischen Start-up-Inkubators *joule,* zurückgezogen habe, um für eine Weile ungestört seiner persönlichen Leidenschaft für die Neurowissenschaften nachgehen zu können. Peter fürchtet nun, dass er sich gerade total lächerlich macht, dass er zu irgendwelchen Hochstaplern oder Selbstüberschätzern fahren muss. Er stellt sich den Anruf bei Friederike vor: »Du, na ja, ich bin in West Virginia gestrandet, ich sitze hier bei ganz seltsamen Leuten, für die ich einen neuartigen Radiergummi entwerfen soll.« Auch sein Coach, ahnt er, würde ihn warnen, dass er sich mit seiner Heimlichkeit gerade mal wieder ins Abseits, in die Kontaktlosigkeit begebe, dass er aus übertriebener Scham über die Entlassung ausgerechnet jetzt sofort und unbedingt einen riesengroßen Auftrag landen wolle, als könnte er dadurch irgendwie endgültig und objektiv seine Begabtheit beweisen.

Der Coach weiß, dass Peter seit vielen Jahren von einem Job träumt, der ihn wirklich berühmt machen würde – diese Fantasie, ein großer, weltbekannter Produktdesigner zu werden, hat Peter schon mehrere Male ächzend gestanden. Er kann sich da nicht helfen. Wahrscheinlich, das weiß Peter zerknirscht, ist es nur der Hunger nach Anerkennung und Arriviertheit, der ihn diese Reise an ein obskures Ziel hat antreten lassen.

Das *Maréchal Pétard* befindet sich in einem viktorianischen Haus in einer stillen Straße von Angelino Heights, Peters Uber hält gleich davor. Ein paar Stufen vorbei an Azaleen und Sukkulenten durch den Vorgarten hinauf, neben der Türe ein diskretes Klingelschild aus poliertem Messing, *L. M. P.* Peter klingelt. Der Summer geht, im Laden wird er, unfassbar, gleich erkannt vom Verkäufer. »Peter, man, how's tricks? How long has it been, a year?«

Peter lässt sich von Bautista, denn auch er erinnert sich nun wieder an den Namen des schmalen, langhaarigen Mexikaners, der da in einer Apothekerschürze im Schummerlicht steht, beraten, und ist wie beim letzten Mal angetan von der gelassenen, präzisen Art, in der dieser Verkäufer die verschiedenen Produkte zu beschreiben versteht, die vor ihm in einer Glasvitrine liegen wie präparierte Moose in der Sammlung eines Botanikers. »You can't go wrong dawg, they are all excellent«, sagt Bautista und lügt nicht, »but right now, for your particular tastes, I would think that these three are our most exciting strains.«

Eyes Wide Shut – complete focus.

Jay Esbee – big music.

Osho – freezes time. »Gotta watch out with that one though. Shit is crazy strong. Strictly for the pros, aight?«

Peter kauft von allen drei Sorten jeweils ein paar Gramm, lässt Bautista die knisternden Goldfoliebeutelchen geruchsdicht einschweißen und zur Tarnung in Kindergeschenkpapier wickeln. Ein Krümelchen Jay Esbee allerdings steckt er gleich in die Tasche, er folgt außerdem Bautistas Empfehlung und kauft auf dem Weg zurück zum Flieger den brandneuen Nike Feather, einen kleinen pinken Stift aus vinylartigem Plastik, angeblich der mit Abstand beste tragbare Grasverdampfer, der je gebaut wurde. Fabelhaftes Design, denkt Peter beim Befingern des Geräts schmerzlich, das wäre ein Traumjob für mich gewesen, aber das haben die bestimmt *inhouse* gemacht.

Noch in der Limousine lädt er den Vaporizer mit dem Gras, ausgestiegen stellt er sich in eine stille Ecke neben dem Terminalgebäude, vor dem gerade die übliche Traube an *Provids* steht, diesen Leuten, die sich eine stillgelegte Welt wie zu Zeiten der Pandemie zurückwünschen, sie demonstrieren gegen den wieder zunehmenden Flugverkehr. Peter schiebt das Gerät in den Mund und zieht dreimal daran. Kühler Dampf füllt seine Lungen, und fast sofort merkt er, wie ihm die Bekifftheit in den Körper geht, diese seltsame Taubheit der Fingerspitzen, das Wattierte des Gesichtsfeldes, die Zunge, die sich zusammenrollen will. Der Geschmack des Grases ist ausgezeichnet, findet Peter, Noten von Bergamotte und altem Papier, er will nun aber vor allem unbedingt herausfinden, ob die Züchtung hält, was sie verspricht: *big music.*

Denn hier begegnen sich die zwei Dinge, die Peter Siebert wahrhaftig liebt, die zwei Lieben, über die er kaum jemals zu irgendwem spricht, empfindet er sie doch als unmännlich und nerdig, noch nicht einmal mit Harald spricht er über seine Erfahrungen in diesen Sphären, noch nicht einmal zum Coach. Es geht um Gras und Musik beziehungsweise um die Kombination. Wobei das Gras erst spät kam, erst an seinem achtzehnten Geburtstag, die Musik hingegen ist für Peter da, seit er denken kann, immer präsent, eine andere Welt anderer Gesetze, in der er derart versinken kann, dass er sein Dasein glücklich vergisst.

Das Kind Peter, zu Füßen seiner Mutter, die, am Flügel sitzend, ein Händel-Menuett spielt, das ist die erste Erinnerung, die Peter überhaupt hat, wie diese Musik ihn, den Dreijährigen, so furchtbar traurig machte und zugleich unendlich tröstete und er sich plötzlich, von diesen eigenartig widersprüchlichen Gefühlen wie zerrissen, wild an die Beine seiner Mutter klammerte, ihre Füße von den Pedalen riss, dass sie mit dem Musizieren aufhören musste, und in diesem Moment übrigens begriff der kleine Peter dann auch gleich noch, dass nicht nur die Musik irgendwann aufhörte, sondern dass auch die Mutter irgendwann aufhören würde und dass auch er selbst irgendwann aufhören würde. Was in der Rückschau so war, als ob sich über ihm am Himmel ein gigantisches schwarzes Portal in die Unabwendbarkeit des Nichtseins öffnete, um nie mehr zu verschwinden.

Peter versteht, dass jedes Musikgenre seinen eigenen

Reiz hat, eigenen Gesetzen folgt, eigene Subtilitäten kennt. Sehr viele verschiedene Formen können ihn mitreißen und zu Tränen rühren. Talent zum eigenen Musizieren besitzt er überhaupt keins. So ist das mit ihm fast in allen Belangen: Spüren kann er nur, was von außen in ihn hineindrängt, nicht aber das, was in ihm selbst tobt und nach Ausdruck verlangen könnte. Er ist wie ein dunkler Diamant, der alles Licht schluckt, ohne eigenes Feuer.

Da ist er also, vor dem Flughafen, bereits total stoned, er schiebt den Vapie vorsichtig zurück in die Innentasche seiner Weste und holt sein Equipment hervor, seine Kopfhörer, sehr teure, für ihn maßgefertigte In-Ear-Monitore, die verbunden sind mit einem uralten iPod Shuffle, Peter findet das schön, diese Kombination von high- und low-fidelity. Mühsam friemelt er die Kopfhörer in die Ohren, checkt dreimal, ob er alles beisammen hat, atmet durch und drückt auf Play. Die Musik beginnt.

Er erkennt sofort, was die Maschine ihm ausgesucht hat: *Sticks*, den großen Kracher des Cannonball Adderley Quintet von der Platte »Mercy, Mercy, Mercy! Live at ›The Club‹«.

Jazz! Das bedeutet: kurzer Auftakt, wie der Kickstarter eines Motorrads, und dann schon das Riff, gespielt vom Österreicher Josef Zawinul am Klavier, dazu Gaskin und McCurdy an Bass und Schlagzeug, vier Takte, megaschnell, megatight, dann kommen die fabelhaften Adderley-Boys dazu, Julian Edwin aka »Cannonball« auf dem Altsaxofon und dessen jüngerer Bruder Nat auf der Trompete. In der Aufnahme zu hören auch das Publikum, man hört es im Hintergrund rasend klatschen und johlen, denn das Konzert war vorher schon unglaublich, und diese Nummer ist gleich von der ersten Sekunde an *catchy* und spaßig, und auch Peter, der sie in den Ohren hat, wirft sich begeistert und glücklich seine Weekender-Tasche über die Schulter und rennt in den Flughafen.

Gerade hat Nat Adderley zum ersten Solo des Stücks angesetzt. Peter spürt den Druck, den dieser Trompeter im Mund aufgebaut hat, seltsamerweise in den Kniekehlen, und er folgt geistig jenem melodischen Kalligrafieren, das das Herz von Jazz ausmacht, eine Tonfolge hinkriegen in einem Strich, ohne Strömungsabriss, furchtlos, hart an der Grenze, gleichermaßen fokussiert wie frei über dem Groove.

Peter sieht jetzt also einerseits die Horden der Reisenden vor sich, wie sie ihre Rollkoffer durch den grässlich überfüllten Flughafen manövrieren, und er ist andererseits ganz anderswo, hat nämlich so eine Art Vision von Nat Adderley, wie der bunt uniformiert vor einer riesigen *marching band* herläuft bei irgendeinem Karneval irgendwo in Florida in den Vierzigerjahren, schwitzend und exaltiert spielend läuft Nat vor der Kapelle her, die Sonne blitzt auf seiner Trompete. Peter vermeint also gerade in Nat Adderleys Kopf zu sein und zu verstehen, dass der Musiker in seinem Solo diese von Peter erdichtete Erinnerung an eine schwarze amerikanische Südstaatenjugend channelt, wer weiß, was genau es an dem Mix aus Musik, Weed und Person ist, das in Peter solche Sachen auslöst, und Peter ist mit seinem *First*-Ticket unterdessen tatsächlich bereits durch die Security, tanzt lustig vorbei an einem Drogenhund, der sich erst auf den zweiten Blick als der Blindenhund einer Mitreisenden herausstellt, einer älteren schwarzen Lady, mit der Peter, wie er für einen Augenblick meint, einen *Blick* wechselt durch ihre verspiegelte Sonnenbrille, und Peter muss deswegen lachen, wird aber schon wieder in die Musik zurückgerissen, weil Nat gerade die letzten, maschinengewehrschnellen Tonsalven in das Studio knallt und das vogelwilde Publikum endgültig zum Ausrasten bringt, denn härter kann Musik gar nicht fahren, denkt man jedenfalls, bis Cannonball übernimmt, der ungleich berühmtere, größere der beiden Brüder, der Nachfolger von Bird, raunte man damals in New York, als dieser Typ aus Florida die Szene betrat, und Cannonball auf dem Saxofon läuft mit dem kleinen Bruder in dessen rasender Geschwindigkeit los wie ein Staffelläufer, der das Holz übernimmt, nur um dann irrsinnig gleich wieder zu verlangsamen und in seine unnachahmlich gute, ewig heitere Laune zu fallen und sein ewiges Cannonball-Lied von der Lust auf das Leben zu spielen. Was am Ende jedes Mal wieder so klingt, als würde einer an einem Frühlingsfreitagnachmittag auf einer sonnigen Straße unter blühenden Bäumen und summenden Bienchen spazieren, den *paycheck* frisch und knisternd in der Hosentasche, das Date in der Bar am Abend schon vorfreudig im Kopf durchspielend, es ist bei Cannonball halt einfach alles bestens, Mann, könnte wirklich nicht besser sein, sagt Cannonball, als er in der Bar erscheint und dort gleich Joe in die Arme läuft, dem Josef Zawinul, der sich darauf ans Klavier setzt und den Rest der Sache übernimmt, so eine Art Boogie mit Wiener Ironie in die Tasten haut, *leiwand, we say in Vienna, you know what I mean, just relax.*

Es ist ein Wahnsinn. Am Ende vergehen kaum vier Minuten, dann ist die Nummer vorbei. Peter kommt vor der Star-Alliance-Lounge wieder zu sich. Er weiß weder, wie er hergefunden hat, noch, wie das so schnell gehen konnte. Er schwitzt stark, sein Herz pumpt. Peter reißt sich die Stöpsel aus den Ohren, drückt Stop, bevor die nächste Nummer einsetzen kann, schwankt für eine Sekunde so bedrohlich hin und her, als balancierte er auf der Spitze eines Zahnstochers. Und Jesses, Jesses, Jesses, denkt Peter nur, was ist das für ein Zeug, *Jay Esbee*, und dann macht es in seinem Kopf auf einmal Klick, Jay Es Bee, JSB, Johann Sebastian Bach, na klar, und er versteht, der Typ, der dieses Gras gezüchtet hat, ist ein Bruder Musikliebhaber, der hat wirklich alles da reingelegt und eine unglaubliche, herrliche Substanz gezüchtet. Nicht auszudenken, merkt sich Peter zugleich, was mit dir passiert, wenn du darauf Mahler Zehn hörst oder so, mit Vorsicht zu genießen! Aber grandios war es, denkt er, und dann schießen ihm sogar die Tränen in die Augen, weil er an die Typen vom Quintett denken muss und daran, dass die alle längst tot sind und er sie nie wird umarmen und küssen können in Dankbarkeit, dass er niemals wissen wird, wie es ist, ihnen live zuzuhören, bei so einem unfassbaren Konzert zugegen sein zu dürfen, und dass er sowieso niemals, niemals je verstehen wird, wie es sich anfühlt, solche Musik selbst entstehen zu lassen, dermaßen aufzugehen, der Welt etwas so Wunderbares schenken zu können. Sein Herz würde ihm in der Brust vor Freude zerspringen, das weiß er sicher.

Ein weicher, eigentlich ein ganz zarter Mensch ist er, unser Freund.

Peter muss sich beruhigen. Er schafft es mit konzentriertem Tunnelblick und ohne größere Anflüge von Paranoia, an die ihm wohlbekannte Bar der Lounge zu gelangen, die halbwegs still und gedimmt eine beruhigende Atmosphäre verbreitet, und ordert dort klug einen Stinger, als Downer. Er hockt sich auf einen Barhocker, selbstvergessen, stiert auf den Tresen, auf dem irgendwann sein Drink und ein Glas Wasser landen. Er atmet, hängt dem soeben erlebten, nun dankbar schon abklingenden Trip nach, nimmt einen Schluck Wasser, atmet, trinkt abermals, beruhigt sich, schaut sich erstmals richtig um und kriegt gleich wieder einen furchtbaren Schreck, denn direkt neben ihm sitzt der wahrscheinlich schönste Mensch, den er überhaupt je gesehen hat.

Dieser Eindruck, muss man sagen, hat nicht nur mit Peters Bekifftheit zu tun. Anne, so nennt sich die junge Frau in Pluderhosen, weißem Herrenhemd und Ballerinas, die den Barhocker zu seiner Rechten belegt, ist vielmehr tatsächlich eine rare, seltsam unwirkliche Schönheit, an deren Erscheinung sich kein Auge so recht gewöhnen mag. Ein Freund ihrer Familie bemerkte dem Vater gegenüber einmal ganz treffend, die Tochter sehe aus wie ein Spezialeffekt. Ein wenig erinnert Anne vielleicht an die junge Lauren Bacall, der Typus ist zumindest derselbe, schlank und hochgeschossen, die locker zusammengesteckten Haare ein kühles, fast kaltes Blond, die Züge allerdings sind doch weicher als bei der berühmten Schauspielerin, mädchenhafter, die Augen weiter, einen kleinen Brillantstecker trägt sie übrigens auch im linken Flügel der Nase. Streng schaut sie also nicht eigentlich aus und gewiss nicht abweisend. Dennoch flattert den Leuten das Herz, sobald Anne einen Raum betritt, als sei sie eine außerweltliche Erscheinung, kaum jemand nähert sich ihr unbefangen.

Was übrigens bedeutet, dass ein solches Äußeres fast einer körperlichen Behinderung gleichkommt, zumindest in der Hinsicht, dass es zu einer gewissen Einsamkeit führen kann, zu einer Gesondertheit, die bei den Betroffenen bisweilen Bitterkeit auslösen kann. Denn natürlich hat Anne noch ganz andere, vielleicht wesentlichere Qualitäten, sie ist zum Beispiel klug, witzig, schnell und präzise im Urteil, außerdem und im Übrigen ist sie natürlich auch nicht ohne Untiefen, Schwächen und Neurose, aber ihre Schönheit verstellt den Blick auf diesen ganzen Rest, weswegen sie auch stark gegendert wird, Männer wie Frauen sehen in ihr zunächst und vor allem *la donna*.

»O Mann«, sagt neben ihr jetzt auch laut und deutlich Peter, der sie dabei obendrein, das ist leider so, anstarrt, »unglaublich«, sagt er, und die Frau dreht sich zu Peter um und macht große Augen, und Peter wird über und über rot, weil ihm bewusst wird, dass er das gerade nicht nur gedacht, sondern leider wirklich laut gesagt hat, und er wendet den Blick erschüttert ab und starrt auf seinen Drink und will sterben, während die Frau, deren Namen er noch nicht kennt, neben ihm leise zu lachen anfängt.

»Sieh an, ein Landsmann«, sagt sie. Und dann, sehr versöhnlich: »Was ist das für ein Drink, den Sie da gerade bestellt haben? Stinger?«

»Crème de menthe und Cognac, halb-halb«, murmelt Peter, ohne den Blick zu heben. Er schämt sich fürchterlich.

»Das klingt schrecklich.«

Peter schiebt ihr sein Glas hinüber. »Bitte«, sagt er leise. »Ich habe noch nicht getrunken. Probieren Sie gerne.«

Und sie kostet tatsächlich. »Besser, als ich gedacht hätte. Aber viel zu süß.« Sie schiebt das Glas zu ihm zurück. Peter spürt, dass sie den Blick abwendet.

»Entschuldigen Sie bitte«, sagt er leise. »Ich wollte das eben nicht laut aussprechen. Ehrlich. Das ist mir ausgesprochen peinlich.«

»Mhm«, sagt sie.

»Nein, wirklich. Wissen Sie, ich bin total bekifft.«

Unter normalen Umständen würde Peter diese Tatsache natürlich niemals preisgeben. Er kifft wie gesagt *privatissimo*. Aber Peter befindet sich insgesamt in einer außergewöhnlichen Situation. Er ist gefeuert, er ist stoned, klar, aber er hat sich vor allem, auch wenn ihm das noch nicht bewusst ist, gerade Hals über Kopf verliebt, der berühmte *coup de foudre*. Annes Erscheinung mag dafür ein großer, ja auch nachvollziehbarer Grund sein, noch mehr aber ist es die helle, gelassene, fröhliche Art, in der sie über ihn gelacht hat. Irgendein geheimer Riegel in seinem Innersten wurde dadurch sofort gesprengt, in irgendeiner Weise hat sie ihn erkannt. Er spürt eine reine, tiefe Sympathie zu der Frau da neben ihm, das Bedürfnis, weiter mit ihr zu reden, in ihrer Nähe zu sein, und er ist wegen der Plötzlichkeit und Heftigkeit dieses so seltenen Wunsches gerade auch total aus seiner sonst ja ständigen, quälenden, blöden Reflektiertheit herausgeschossen und macht gegen jede Wahrscheinlichkeit alles richtig, indem er sofort alle Karten auf den Tisch legt.

Denn auch in Anne regt sich etwas, das so von ihr nicht vorgesehen war, vielleicht sogar etwas Wichtiges. Wahrscheinlich ist es Peters Unbeholfenheit, die in solchem Kontrast steht zu seiner peniblen, ebenfalls ja sehr schönen Erscheinung, die ihn gleich sonderbar anziehend für sie erscheinen lässt. Anders als Peter aber registriert Anne das Aufflattern ihres Herzens nicht bloß sofort und wachsam, sondern sie sperrt es sogleich weg als etwas höchst Gefährliches, dem kein weiterer Raum gegeben werden soll.

»Kiffen ist auch nicht so meins«, sagt sie dementsprechend kühl, und zum Barmann, der sich vor sie gestellt hat, »Rye Sazerac, please«.

Ein guter Drink, denkt Peter, aber er will der Frau bloß keine Komplimente mehr machen und weiß auch sonst nicht mehr so recht weiter. »Wohin geht die Reise?«, fragt er endlich unbeholfen und wagt erstmals wieder einen flüchtigen Blick zur Seite. Die Frau, sieht er, wendet sich ihm zu. Peter spürt sein Herz hoch in der Brust schlagen.

»Nach D. C.«, sagt sie, »und dann weiter von dort, Urlaub.«

»Ich auch! Also, D. C., nicht Urlaub.«

»United, 20:45 Uhr?«, fragt sie.

»Ja!«

»Dann fliegen wir zusammen.« Die Frau mustert ihn. »Sie sehen ehrlich gesagt nicht aus wie jemand, der beruflich nach Washington muss. Oder sind Sie doch in der Politik irgendwie? Ist ja wahrscheinlich auch längst eher was für Kreative.«

Damit befindet sich Peter auf vertrautem Gebiet. Seinen eigenen, seltsamen Beruf charmant und kurzweilig beschreiben, das kann er natürlich aus dem Effeff, das hat er oft genug geübt, das ist Performance, und da gibt es verschiedene Darstellungsoptionen, die Einflugschneisen A, B, C und so weiter. »Kennen Sie«, fragt er, wobei er sich der Frau endgültig ganz zuwendet, »Haribo-Schlümpfe?«

»Klar«, sagt Anne.

»Ist Ihnen schon einmal aufgefallen«, fragt Peter, »dass die nicht bloß aussehen wie Schlümpfe, sondern dass die sich auch anfassen, dass die sich im Mund so anfühlen, so schmecken, wie man sich das von Schlümpfen vorstellt? So was zu entwerfen ist eine unglaublich schwere Aufgabe, die der Bonner Konzern für meine Begriffe brillant gelöst hat.«

»Brillant?«

»Absolut!« Peter mag diese Stelle immer. Natürlich weiß er, dass die wenigsten Menschen auf der Welt die Schlümpfe von Hans Riegel Bonn als »brillant« bezeichnen würden. »Also, ich bin Designer«, sagt er. »Im weitesten Sinne jedenfalls. Den meisten Menschen ist nicht bewusst, dass sie sich durch eine durchdesignte Welt bewegen. Es werden ja nicht bloß Kleider oder Möbel oder Autos gestaltet, sondern im Grunde unterliegen alle Produkte der Warenwelt einem mehr oder weniger ausführlichen Designprozess. Und der betrifft halt nicht allein das Augenscheinliche, sondern es geht im Zweifelsfall auch um die Qualitäten, die von unseren anderen Sinnen wahrgenommen werden: Haptik etwa, Geruch, Geschmack. Siehe die Schlümpfe. Oder eben alle anderen Sachen, an denen man in einem Supermarkt vorbeikommt: Kräuterquark, Spülschwämme, Frischhaltefolien, Chips. Und dann kann man den Supermarkt verlassen und in die weitere Industriewelt hinausgehen und stellt fest, es hört nicht auf, die ganze Welt ist durchdesignt. Bis hin zum Geruch fabrikneuer Apple-Produkte, ikonisch, und daher natürlich auch längst artifiziell verstärkt, in den Stores absichtlich ausgebracht, Teil des Marketings im größeren Sinne.«

»Hm«, macht Anne.

»Um für einen Moment aber bei der sogenannten Ernährung zu bleiben«, sagt Peter, und er fühlt sich dabei, merkt er, leicht und glücklich wie lang nicht mehr, »wie werden neue Produkte wohl entwickelt?«

»Als Kind«, sagt Anne, »bin ich auf der Straße mal gefragt worden, ob ich an einer Chipsprobe teilnehmen wolle. Ich bin in einen laborartigen Raum gebracht worden, wo mir in der Folge endlos verschiedene Erdnussflips vorgesetzt wurden, die ich dann bewerten sollte hinsichtlich Geschmack, Krossheit, solcher Eigenschaften. Ich hatte so einen Block vor mir und sollte immer Punkte verteilen, das dauerte ewig und bis ich völlig taub wurde meinen Sinneseindrücken gegenüber.«

»Ja! Genau! Und wussten Sie«, fragt Peter begeistert, »dass es eine Maschine gibt, sie kostet etwa 50 000 Dollar, die berechnen kann, bei wie viel Druck ein Erdnussflip zusammenkracht?«

»Nein.«

»Der Idealpunkt sind etwa 0,27 bar, das heißt etwa 0,28 Kilo pro Quadratzentimeter.«

»Wahnsinn.«

»Sie machen sich lustig?«

»Nein, nein, das meine ich sehr ernst!«

»Für all diese Qualitäten gibt es inzwischen Standardwerte. Was den optimalen Crunchpoint anbetrifft zum Beispiel oder was die ideale Balance zwischen Salz, Fett und Zucker angeht, das nennt sich ›Bliss-Point‹. Es gibt auch ausführliche Studien dazu, wie hart oder weich die gummierte Oberfläche eines Einwegrasierers sein sollte. Langweile ich Sie schon?«

»Fast.«

»Stellen Sie sich nun bitte noch einmal vor, Sie müssten die Schlümpfe entwickeln. Angenommen, es geht erst einmal um die Konsistenz – weich, klebrig, aber nicht an den Fingern klebrig, nur zwischen den Zähnen – und den Geschmack. Das Problem ist, jede Zutat ändert die Konsistenz, den *flavor*, die Farbe, all diese Dinge. Man hat also unterschiedliche Ziele im Kopf, die sich im Zweifelsfalle widerstreben. Das ist wie ein kompliziertes Gewebe, zieht man an einem Faden, verändert sich die ganze Struktur.«

»Aha.«

»Und nun muss man aber versuchen, alles miteinander in Einklang zu bringen. Die meisten Unternehmen machen das gewissermaßen mit Big Data. Sie prüfen in gewaltigen Datensammlungen nach, wie die unterschiedlichen Faktoren sich gegenseitig beeinflussen, wenn man sie rauf- oder runterschraubt, und wählen dann aus den unendlichen Kombinationsmöglichkeiten ein paar Archetypen aus. Also, sagen wir halt, den extra klebrigen Schlumpf, den schlumpfigst schmeckenden Schlumpf, den superblauen Schlumpf, ein paar Kompromisse dazwischen. Diese Entwürfe werden Probanden vorgesetzt, die wiederum verschiedene Zielgruppen repräsentieren, die dann die verschiedenen Versionen bewerten.«

»So wie ich die Erdnussflips.«

»Exakt.«

Peter nimmt endlich einen Schluck von seinem Stinger. Er findet, dass er gut spricht, klar, interessant und nüchtern. Er weiß aus Büchern und dem Internet, dass es gewinnender sein dürfte, wenn er Anne mehr Fragen über ihr Leben stellte, sie von sich selbst erzählen ließe, die meisten Menschen, hat Peter gelernt, reden gerne von sich selbst und finden es in der Regel angenehm, dazu Gelegenheit zu bekommen. Aber Peter spürt, dass Anne das als gewöhnlichen *move* durchschauen würde, und er ahnt auch ganz richtig, dass Anne, wenn sie wollte, jederzeit selbst die Regie über dieses Gespräch übernehmen könnte. Und er ist ja außerdem gleich fertig, und geht nun also in die Abstraktion: »Es geht insgesamt um Vorhersehbarkeit. Um Kausalität.«

Die Unternehmen, erläutert er, investierten sehr viel Geld, um sich am Ende nach bestem Datenwissen für jene Produktversion zu entscheiden, die am ehesten Erfolg verspricht. In der Folge müsse das Produkt noch benannt, vermarktet, verpackt, lanciert werden, ebenfalls alles Kunst. »Aber ganz gleich«, sagt Peter, »wie viel Vorwissen hineingeflossen ist, wie viel Expertise, wie viel Geld, am Ende kann das Produkt immer noch floppen.«

»Ah«, sagt Anne. »Jetzt wird es wirklich interessant.«

»Nicht wahr? Denn warum? Also, Sie wissen vielleicht selbst ... Ich weiß gar nicht, in was für einem Berufsfeld Sie arbeiten?«

»Consulting«, sagt die Frau. »Corporate Social Responsibility.«

»Na sehen Sie«, sagt Peter. »Dann wissen Sie ja vermutlich auch ... Wollen wir uns duzen eigentlich?«

»Gerne.«

»Ich bin Peter.«

»Anne.«

Er nimmt ihre ausgestreckte Hand, sie ist warm, glatt, schmal, ein sonnengewärmter Stein. Seltsam intim erscheint Peter diese Berührung. »Die erste zwischen uns«, denkt er, und erschrickt sich vor sich selbst: *creep*, denkt er.

Zugleich aber: wie einfach das alles läuft gerade! Peter! Wie der das macht! Das ist ganz und gar ungewöhnlich für ihn. Er ist kein Verführer, eher das Gegenteil, ganz verschraubt und ungelenk mit Frauen normalerweise, total solo unterwegs in der Welt, er hat solche Schwierigkeiten, zu fremden Menschen einen gelassenen Kontakt aufzunehmen, und welcher Mensch ist einem nicht zunächst fremd? Was ist denn also los, wundert er sich auch innerlich, das geht so leicht mit dieser Frau, die findet gut, was ich sage.

Nun ja, könnte man einwenden, vielleicht, Peter, hilft sie dir ja? Darauf kommt er in diesem Moment gar nicht. Ausgerechnet Peter, der doch so empfänglich für Impulse von außen zu sein meint.

Es gibt im Englischen einen interessanten Ausdruck: *sonder*. Ein Nomen, das einen außergewöhnlichen Zustand beschreibt, in den man zum Beispiel beim Gang durch eine belebte Fußgängerzone geraten kann. *Sonder* bezeichnet die plötzliche Erkenntnis, dass all die anderen Menschen um einen herum ebenfalls komplett existieren, dass die also Gefühle, Erinnerungen, Gedanken, halt ein ganzes Leben haben, ein Zuhause, einen Geruch, ein Verhältnis zu ihrem Selbst, Überzeugungen. Wünsche. Und dass man in deren Dasein gerade auch bloß ein Statist ist.

Für die meisten Menschen ist *sonder* ein Ereignis, für Peter ist *sonder* ein ganz vertrauter Zustand. Er lebt im Grunde fast ständig in dieser Erkenntnis, oder besser: in einer seltsam weitergedrehten Version davon. Denn er sieht sich selbst dauernd durch die Augen der anderen Menschen, als eine Figur in deren Bewusstsein, und er vermeint, ihr kritisches Urteil über ihn erkennen zu können. Immer will Peter erraten, was die anderen gerade in ihm sehen, was sie von ihm wollen, und er wünscht sich dabei inständig, ihnen zu gefallen oder, besser, niemanden zu reizen, zu irritieren, und empfindet sich selbst dabei doch stets als ein Ärgernis, als Laffe, Dünnbrettbohrer, Langweiler. Darunter leidet er natürlich.

In Wahrheit, das hat ihm der Coach schon ein paarmal zu erklären versucht, projiziert Peter vor allem die eigenen Ängste in die anderen Menschen hinein. Nur weil er Schwierigkeiten mit sich selbst hat, geht er grundsätzlich davon aus, dass er den Leuten nicht gefällt. Dass er den allermeisten Menschen in Wahrheit vollkommen gleichgültig ist, kann er rational verstehen, es fällt ihm aber schwer zu glauben. Wohlwollen ihm gegenüber kann Peter erst recht nicht begreifen. Es irritiert ihn, es macht ihm Angst, weil er sofort meint, dass beim anderen ein schwerer Irrtum vorliegen muss, ein Fehlurteil, und dass er mit seinen ganzen Unzulänglichkeiten auffliegen wird wie ein Scharlatan. Interessiert sich eine Frau für Peter, glaubt er sogleich, dass mit der was nicht stimmen kann, dass die schief gewickelt ist, ihn missversteht, und sucht das Weite.

Leichter fällt es Peter, Leute, die abgeneigt scheinen, für sich zu gewinnen, sie, wie er selbst das traurig nennen würde, zu blenden. Das ist für ihn viel einfacher, dann ist er entspannter, denn Missfallen geht, für Peters Begriffe, zumindest schon einmal von einer Wahrheit aus, das kann er nachvollziehen, und danach gilt es für ihn nur noch zu erraten, was die Person ihm gegenüber eigentlich gut finden würde. Vielleicht ist es daher nachgerade ein Glück für Peter, dass es mit Anne erst einmal so peinlich losgegangen ist: Er muss sie überzeugen.

»Also«, redet er längst weiter, »die meisten Firmen träumen natürlich davon, irgendein Gesetz zu finden, wie man in der jeweiligen Branche reüssiert. Ein Geheimnis, das Verkauf garantiert oder Ladenhüter zuverlässig vorhersagt. Dieses Geheimnis gibt es aber nicht.«

»Weil der Mensch seltsam ist«, sagt Anne. »Das Gesetz der großen Zahl kann von einer großen Zahl von Individuen außer Kraft gesetzt werden.«

»Genau! Toll gesagt, wirklich. Das Geheimnis findet sich eben nicht mit Big Data und Computern. Man kann sich absichern, aber am Ende gibt es keine kausale Notwendigkeit zwischen den besten Studien und dem Verkaufsschlager.«

»Es gibt nicht den garantierten Like.«

»Genau so. Und an dieser Stelle sitze ich.«

»Wie meinst du? Du kannst vorhersagen, ob etwas ein Erfolg wird? Du bist der garantierte Like?«

»Ja. Aber nicht nur das. Ich kann dir das ganze Produkt so entwickeln, dass es ein sicherer Erfolg wird. Bis hin zur Verpackung und zur Marketingkampagne. Ich kann dir versprechen, dass es sich verkaufen wird.«

Meistens findet sich Peter furchtbar, manchmal findet er sich aber auch unglaublich. Oft denkt er, ich bin ein Freak, manchmal meint er aber auch, er sei vielleicht doch so eine Art Genie. Gerade ist er stolz.

»Wieso kannst du das?«, fragt Anne.

»Weil ich weiß, was Menschen wollen.«

»Aha. Ist das so?«

»Also, soll ich dir mal ein Beispiel sagen?«

»Ja, bitte. Ich glaube, ich komme nicht mehr ganz mit.«

»Ich war gerade in Neuseeland. Dort habe ich für einen sehr großen Softdrinkhersteller an einem Projekt gearbeitet. Ich darf dir leider nicht die Details verraten. Aber die haben mir gesagt, in welcher Sparte sie ein neues Produkt brauchen. Ich bin daraufhin in den nächsten Supermarkt, habe die Sachen von der Konkurrenz gekauft, probiert, mir deren Marketing und Design genau angesehen, und danach wusste ich, also, wusste ich intuitiv ganz genau, welches dieser Konkurrenzprodukte sich am besten verkauft, und das stimmte dann auch, als ich mir die Verkaufszahlen kommen ließ. Mein Gefühl war richtig. Ich konnte spüren, was die Kunden am meisten wollen, welches Produkt das Begehren, das hinter dem Kauf steckt, am zuverlässigsten erfüllt. Und dann habe ich eine Weile nachgedacht und für meinen Auftraggeber ein Produkt für dieses Marktsegment entworfen, und zwar das ganze Ding. Also das Getränk, die Verpackung, den Claim, den Namen, die Kampagne. Alles. Und wenn der Kunde das Ding irgendwann rausbringt ...«

Und zack. Peter fällt die Kündigung wieder ein, und wo er ist, und was für eine verrückte Situation das gerade ist, und er fühlt sich auch wieder stoned und fragt sich, was für einen *Scheiß* er da eigentlich redet, wie belanglos und unangenehm das alles ist, alberne Limonade, und der ganze Zauber droht ganz schnell zu verfliegen: »... dann wird es das beste Produkt auf dem Markt sein und den gegenwärtigen Marktführer verdrängen.« Die letzten Worte spricht er schon im Gefühl der sicheren Niederlage.

Anne aber bleibt dran. »Ja, nur woher weißt du das? Hast du einen Algorithmus oder so, irgendein Testverfahren? Ich verstehe, glaube ich, noch immer nicht so ganz.«

»Ich habe keinen Algorithmus und kein Testverfahren. Ich habe, ich weiß, das klingt seltsam, so eine Art siebten Sinn. Ich verstehe irgendwie die Bedürfnisse des Marktes.« Freak, denkt Peter, die wird mich für einen Freak halten.

»Das wirkt total seriös«, sagt Anne denn auch spöttisch.

Und an dieser Stelle berührt sie das Herz von Peters Verkaufsproblem. Peter weiß nicht, was er selbst will, und er gestaltet nichts aus dem Willen heraus, der Welt sein eigenes Gepräge aufzudrücken. Peter liest die Bedürfnisse der Menschen in seinem unmittelbaren Umfeld außerdem oft genug falsch, er projiziert, wie gesagt. Aber zugleich spürt er seltsam exakt, was die Menschen en gros erwarten, was der Zeitgeist begehrt, sich wünscht. Sobald es um die anonyme Menge geht, die Gruppe, die Masse, das Volk, den Konsumenten, den Markt, hat er ein untrügliches Gespür für das allgemeine Bedürfnis und kann dem Kunden liefern, was der will. Es gibt keine Technik, keinen transparenten Prozess, keine Zahlen dahinter, nur ein höchst eigenartiges Talent. Im Grunde wirkt das wie Zauberei.

(In Wahrheit steckt dahinter auch eine Geschichte aus Peters Kindheit, da war was mit einem Unfall, etwas mit einem schweren Sturz, einem Krankenhausaufenthalt, dem eine von Peter vollkommen verdrängte, ziemlich furchtbare Episode vorausging. An diesen Dingen sind Peter und der Coach aber noch nicht einmal ansatzweise dran, wie sollen sie auch, mit einem Telefonat pro Woche kann man, muss man sagen, ja nur so und so weit kommen. Und auch wir kehren in dieser Geschichte erst später zu der wichtigen Frage zurück, ob sich erklären lässt, warum Peter kann, was Peter kann.)

Peter gilt in der Industrie jedenfalls auf der einen Seite als Geheimwaffe. Seine Produkte sind in bestimmten Branchen so was wie Fetischobjekte geworden. Zwei der zehn erfolgreichsten Schokoriegel der letzten fünf Jahre gehen auf Peters Kappe, ein von ihm erfundenes Spülmittel, *Rabbit*, ist innerhalb von nur einem Jahr unter die Top Drei gesprungen, dabei hatte Peter zuvor noch nie ein Spülmittel entworfen. Für manchen Insider ist Peter trotz seiner jungen Jahre eine Legende, und so wurde er übrigens auch entdeckt von dem Autor der auf abseitige Coolness spezialisierten *Douche*: Der Gestaltdesigner Peter Siebert, ein sagenumwobener Typ, ein Styler, der den großen Konzernen erklärt, was gebraucht wird, oder es gleich selbst produziert, und immer, jedes Mal, ist es ein Erfolg.

Und auf der anderen Seite ist Peter natürlich unfassbar suspekt, esoterisch, intransparent. Gerne lässt man ihn in kleineren Marktsegmenten von der Leine, in Feldern, wo ein gescheitertes Experiment keinen Schiffbruch bedeutet. Wenn in den ausgewählten Probemärkten niemand nach *Rabbit* greift, kostet das eine Stange Geld, aber der Hersteller geht deswegen nicht bankrott. Niemals jedoch würde man Peter mit einem wirklich teuren Megaprojekt betrauen, selbst als Berater taugt er da nur wenig, weil er sich ja nie auf mehr berufen kann denn auf sein Bauchgefühl, und für das Bauchgefühl eines Designers hält kein Manager, der noch ganz bei Trost ist, seinen Kopf hin, und auf Peters Bauchgefühl verlässt sich erst recht kein Großunternehmen, das seinen Aktionären und Aufsichtsräten Rechenschaft schuldig ist und, seit der Krise, ohnehin vorsichtig.

Zahnbürsten daher, Drinks, Feinwaschmittel, Schokoriegel, Dinge, die sich günstig entwickeln lassen, so was darf Peter entwerfen, und jedes Mal mit Erfolg. Autos aber, Handys, Rechner, neue Holos oder Spielekonsolen, Produkte also, deren Erfolg über Gedeih und Verderb eines ganzen Unternehmens entscheiden könnten, darf er nicht machen, auch wenn er sich das absolut zutrauen will und das furchtbar gerne machen würde.

Also ist Peter erfolgreich, aber kein Star; er ist wohlhabend, aber nicht reich; deswegen kann Peter nicht klagen, ist er aber auch nicht erfüllt beruflich, denn die ganz großen Dinger bleiben ihm vorenthalten, und ihm fällt selbst nie was Eigenes ein, und innerlich findet er das, was er macht, ein bisschen peinlich, Popelkram.

»So eine Art *Taste-Scent-Blender-Brander* oder so bist du also«, sagt Anne, und sie lacht wieder in ihrer hellen, wohlwollenden Art.

»Ja, so was.«

»Was für ein eigenartiger Beruf.« Sie mustert ihn aufmerksam.

Es wird in diesem Moment der Flug nach Washington-Dulles ausgerufen. Die Passagiere der ersten beiden Klassen sind gebeten, sich ans Gate zu begeben. Anne und Peter erheben sich von ihren Barhockern, greifen nach ihren Taschen, schlendern durch die Lounge zum Ausgang. Peter sagt im Grunde nichts mehr, er schleicht Anne auch eher hinterher, meint sicher, dass die ihn am liebsten los wäre jetzt, aber was für ein Glück, statt *awkward silence* erzählt Anne ein bisschen von sich selbst jetzt, oder gibt zumindest vor, von sich zu erzählen, und das beruhigt Peter und er hört so gerne Annes Stimme, und sie scheint Peter vielleicht doch nicht so blöd zu finden wie der sich selbst. Da gehen also zwei und sind vertieft in einen Austausch und haben keine Ahnung, wem und was sie da entgegenlaufen, sonst würden sie ja wohl auch umkehren, aber vielleicht geht es uns in dieser Hinsicht allen so.

Bevor wir erfahren, wie es mit den beiden weitergeht, soll allerdings der nächste Ausflug unternommen werden, dieses Mal in Form einer ausführlicheren Randbemerkung zu jener älteren schwarzen Lady, in deren Blindenhund Peter auf seinem Jay-Esbee-Trip fast hineingerannt wäre.

Diese Lady ist in Wahrheit nämlich weder alt noch blind, es handelt sich bei ihr vielmehr um die verkleidete Clarice Jordan, eine international gesuchte, weltberühmte sogenannte Terroristin, die an diesem Tag zum ersten Mal seit Monaten ihr Versteck in Peru verlassen hat, um über Los Angeles nach New York zu fliegen. Das geht für sie nur in solch maskiertem Zustand. Jedes Kind auf der Welt kennt ihr Gesicht, prangt ihr Konterfei doch von Rio bis Roppongi auf zahllosen Hauswänden, Postern und T-Shirts. Für viele junge Menschen auf der Welt ist diese junge Frau keine Verbrecherin, sondern eine große Heldin.

Clarice Jordan also, Jahrgang 2000, ist die Tochter eines Peruaners und einer Amerikanerin. Sie wächst auf in Harlem, New York City, ohne den Vater, der die Mutter noch vor Clarices Geburt verlässt und danach nie wieder auftaucht. Die Mutter ist eine an der Columbia studierte Geschichtslehrerin, Teil der sterbenden schwarzen Intelligenzija des immer rascher sich wandelnden Stadtteils. Clarice wird aufgezogen im Bewusstsein des *struggle*, die Mutter erklärt ihr, was Negritude war und Black Power, was die Crack-Epidemie war, die *L. A. riots*, wer Rosa Parks waren, Nina Simone, Toni Morrison und Chimananda Ngozi Adichie, was Intersectionality ist. Das ewige, aggressive Politisieren ihrer *single mom* nervt den Teenager Clarice irgendwann entsetzlich, das ewige *race, race, race*, deswegen, denkt sie böse, hat mein Vater es auch nicht aushalten können mit der, die doziert nur, die hört nie zu, die ist nur wütend, niemals entspannt. Clarice begleitet die Mutter wochenends bald nicht mehr in die verödeten Jazzklubs der *hood*, hängt stattdessen mit den lustigeren, gefährlicheren Jungs und Mädels der Nachbarschaft rum, beginnt bald, sich als *latina*, als *mulatta* zu inszenieren, aus ihrem Teenagerzimmer, an dessen Spiegel nun ein kleines vergilbtes Foto vom Vater hängt, tönt jetzt nur noch Reggaeton. Clarices Slang färbt sich spanisch, *chicas*, *eses* und *pendejos*, die Haare werden immer länger, die Hosen gegen kurze bunte Kleidchen getauscht. Nach der Highschool weigert sie sich, ans College zu gehen, obwohl ihr Stipendien winken. Uni, findet sie, sagt sie so auch der unglücklichen Mutter, hat nichts mit dem echten Leben zu tun. Sie jobbt in Cafés und Küchen, geht ständig aus, wird high, wird härter, älter, einmal schwanger, treibt ab, lernt eines Tages Miguel kennen, verliebt sich in den, einen begabten jungen Koch aus, huch, Peru, da kam doch der Vater her, Überraschung Überraschung, würde der gute Doktor Freud wohl sagen.

Die beiden daten sich für eine Weile, und als die Reisebeschränkungen wegen der Pandemie wieder aufgehoben werden, begleitet Clarice diesen Miguel sogar in dessen Heimat, gleich in Lima haben die beiden allerdings einen furchtbaren Streit, und Clarice trennt sich von ihm. Sie hat noch zehn Tage Zeit, bevor ihr Rückflug nach New York geht. Clarice läuft durch die Stadt, bis sie an die neblige Pazifikküste gelangt, steile Klippen über einem grauen Meer. Sie setzt sich auf einen Felsen, blickt über den Ozean, weint. Zum ersten Mal seit über einem Jahr ruft sie ihre Mutter an.

Aus Iquitos stamme der Vater, erinnert sich die Mutter am Telefon, einer Stadt am Amazonas. Am nächsten Tag fliegt Clarice an diesen seltsamen Ort, der von Mestizen und abgetakelten Hippies bevölkert wird. Sie wird den Vater in dieser wuselnden Wellblechhüttenstadt niemals finden können, versteht Clarice sofort. Knatternde Motorräder, Schlaglöcher, Menschenmassen, niedrige Häuser, Slum, braun und trüb schiebt sich der Amazonas an der Stadt vorbei. Clarice bleibt trotzdem. Alles, begreift sie schnell, dreht sich hier um Ayahuasca, einen von Schamanen verabreichten schlammigen Tee, der dem Trinker Antworten auf die Grundfragen des Lebens verspricht.

Bald begibt sich auch Clarice, neugierig geworden, in das Camp des berühmten *curandero* Percy Garcia. Sie folgt einem Guide, der sie nach Sonnenuntergang durch den finsteren Wald zu einer Gästehütte auf einer weiten Lichtung führt, und erwacht dort zur Dämmerung. Sie blickt von ihrer Veranda über die Wipfel des unter den ersten Sonnenstrahlen dampfenden Dschungels und fühlt sich seltsam erinnert an das Panorama ihrer Heimatstadt: die Baumriesen wie die Skyline, das Rufen der Affen wie das entfernte Heulen der Sirenen, die Vögel am Himmel wie die Helikopter und Drohnen. Sie fühlt sich eigenartig zu Hause, als sei dieser Wald ihr verwandt.

Am Abend reicht ihr der Schamane auf der Veranda seiner Hütte den Tee und beschwört die Geister des Waldes. Während Clarice in der Finsternis beklommen auf das Einsetzen der Wirkung wartet, wiederholt sie im Kopf mantraartig die Fragen, die sich ihr stellen: Wer bin ich? Wo komme ich her, wo soll ich hin mit diesem Leben?

Clarice sinkt in einen anderen Zustand. Sie fällt in einen bodenlosen Rausch, stürzt durch glitzernde Bilderwelten, aus Neonlicht und Schwärze gezeichnete Erinnerungen und Gefühle. Zunächst ist das alles furchtbare Qual. Clarice hat das Gefühl, von einem gigantischen kalten Scanner abgetastet zu werden, der sich in entsetzlicher Geschwindigkeit durch die Tiefenebenen ihrer Seele rastert.

Dann, auf einmal, Beruhigung. Aus der Bilderflut kristallisiert sich eine langsame, fast stille Vision. Clarice steht am Ufer des Flusses. Sie sieht den eigenen Vater, wie der als Knabe im Amazonas badet. Weit am anderen Ufer steht endlos eine singende grüne Wand, der Wald: *la selva.* Der Knabe taucht in das Wasser, als sich vor ihm ein Boto, ein Amazonasdelfin aus den glitzernden Fluten erhebt. Das Tier betrachtet den Jungen durch sein stilles Auge. Der Junge schaut ruhig und einverstanden zurück. Sie sind eins, sie sind eins, sie gehören zusammen, der Vater und der Delfin sind zwei Emanationen dieser selben Welt, denkt Clarice, und ihr strömen Tränen aus den Augen. Und der Wald, denkt sie, wie schön der ist, wie vollkommen, eine lebendige Kathedrale. Nun aber sieht sie, hinter dem Knabenvater, die Stadt, Iquitos, sieht Iquitos wie ein anorganisches Gitter aus Licht und pulsierenden Signalen, ein Fremdkörper. Sie sieht den elektrischen Strom, wie er durch die Leitungen über und unter den Häusern fließt, sie sieht die hustenden Generatoren, aus denen kankröser Qualm entweicht, sie sieht zitternde Halogenleuchten in Kneipen, Männer und Frauen in Fetzen über Fuselflaschen gebeugt und die Hunde ruhelos in den Gassen, sie sieht Kloaken, die sich in den Fluss entleeren und ihn mit Exkrement vollpumpen, ein Geschwür, ein Ödem, ein Tumor diese Stadt, versteht Clarice, eine Krankheit, verkommen, böse. Der Westen, sieht sie, das ist der Westen, das ist der Kapitalismus, Begriffe der Mutter fallen ihr ein, das System frisst sich metastasierend in diese weiche Welt, und der Knabenvater betritt diese Stadt und atmet deren Luft, und Clarice sieht, wie sich die Lunge, das Blut, das Herz des Vaters schwärzlich verfärben und schrumpelig zusammenziehen, und der Wald hinter dem Vater beginnt, zu Staub zu zerfallen, und der Vater steigt in ein Flugzeug und fliegt davon. Er wurde vergiftet, denkt Clarice. Sie ist verzweifelt jetzt, untröstlich, voller Trauer.

Da erhebt sich neben ihr etwas. Jemand, eine Frauengestalt aus weichem Licht. Clarice begreift es sogleich: Dies ist der Geist der Pflanze Ayahuasca. Dieser Geist beginnt, sie zu streicheln, zu trösten, wie eine Mutter schwebt er bald über, bald neben, bald in ihr, wiegt sie, macht gerade, was gebeugt wurde, beruhigt und flüstert: Mein Kind, und doch wäre dein Vater sonst niemals fortgegangen nach Amerika, und niemals wärest du geboren worden, und du bist wundervoll. Der Herr kennt jedes Haar auf deinem Haupt, erinnert Clarice etwas, das ihr eine Tante einmal sagte. Aber ich bin, weint sie, doch auch ein Teil des Geschwürs, Brut des Geschwürs, ich bin doch auch solch eine fehlprogrammierte Zelle, die fremd und giftig in diesen Wald geraten ist, alle Reinheit ist doch aus mir gewichen, und auch meine Mutter, ach meine Mutter, wie schrecklich bin ich zu ihr gewesen, meine Mutter, sie ist doch auch bloß ein Sklavenkind und Frucht der Gewalt, mit der die Männer, der weiße Mann, die Welt überziehen, und ihr kommt ein Zitat von Toni Morrison in den Kopf, das sie als Kind schon beeindruckte: Der weiße Mann weiß nie, wann er aufhören muss. Der weiße Mann weiß nie, wann er aufhören muss. Der weiße Mann weiß nie, wann er aufhören muss: Er zerstört alles.

Dann, antwortet darauf der Geist der Pflanze Ayahuasca, rette dich und rette mich und rette uns. Du weißt, dass du es kannst. Und in diesem Augenblick erkennt Clarice in einem rasenden Gedankensturz alles, was kommen soll und kommen muss, und im Schock dieser Offenbarung zieht ihr Magen sich krampfend zusammen, und mit einem tiefen, aus der allerersten Zelle ihres Wesens dringenden Schrei, der vielleicht eine ganz exakte Kopie jenes ersten Schreis ist, den sie als Säugling ausstieß, als sie zum ersten Mal das Licht der Welt erblickte, erbricht sich Clarice Jordan in den Plastikeimer, der neben ihrer Matte in der Hütte des Schamanen steht, und öffnet die großen, staunenden Augen und

sieht über sich durch die Öffnung im Dach den Sternenhimmel und fühlt eine sanfte Brise auf den tränenbenetz-
ten Wangen und weiß jetzt, dass nicht nur sie im Wald ist,
sondern der Wald auch in ihr. Sie ist neu geboren.

Zurück in New York City, belegt Clarice Abendschul-
kurse in Ökologie und Nachhaltigkeitsmanagement. Sie
tritt verschiedenen Naturschutzorganisationen bei, arbeitet ehrenamtlich mit, organisiert mit den *Provids* Anti-
wachstums-Demos, legt sich mit Extinction Rebellion
auf die Brooklyn Bridge, findet, dass keine einzige Initia-
tive tief und ernsthaft genug verinnerlicht hat, worum
es tatsächlich geht, um einen Krieg nämlich eigentlich
gegen die Dummheit der räuberischen Spezies Mensch.
Mit einer Handvoll Gleichgesinnter gründet sie eine Lesegruppe, gefüttert von der beglückten Mutter lesen die
jungen Leute Texte über Widerstand, Gewalt, System und
Utopie. Schnell geht es nicht mehr um das *ob*, sondern um
das *wie*. Die Lesegruppe wird zur Keimzelle der späteren
Terrorgruppe »New Pilgrimz«, und Clarice Jordan wird in
die Geschichtsbücher eingehen als deren Gründerin.

Bald zieht Clarice nach Los Angeles und heuert bei National American Airlines an als Stewardess, von Anfang an
mit dem Ziel, irgendwann eine Maschine zu entführen. In
dieser Zeit datet sie übrigens, interessantes Detail, für ein
paar Wochen auch Bautista, den Apotheker aus dem Maréchal Pétard, der sich einseitig in sie verliebt und später immer wieder damit wird angeben müssen, dass er mal Clarice Jordan gevögelt hat und deswegen dann zwei Wochen
lang in U-Haft saß und von den *Feds* ausgepresst wurde.
Ein Jahr vor der Geschichte um Peter, die hier ja eigentlich
erzählt wird, treten die »New Pilgrimz« dann zum ersten
Mal in Aktion.

An einem Freitagmorgen im Frühling in Los Angeles

schieben sich 287 Passagiere an Bord des Fluges National American Airlines 215 nach São Paulo. Unter ihnen befinden sich sechs junge Männer und Frauen aus den Reihen der Terrorgruppe, eine ist Clarice, die Anführerin, als Stewardess. Eine halbe Stunde nach dem Start der Maschine sorgt sie dafür, dass ihre Kollegen Zugang zum Cockpit bekommen, wo Pilot, Co-Pilot und erster Offizier in Windeseile überwältigt sind, sodass das Flugzeug nun unter der Kontrolle der Terroristen steht, beziehungsweise der des Autopiloten, und bald in großen Schleifen hoch über der Mojave-Wüste in Nevada zu kreisen beginnt.

Zwei der Pilgrimz bauen im Cockpit Schusswaffen zusammen, Pistolen aus Plastik, deren Baumuster sie im Darknet gefunden und mit einem 3-D-Drucker materialisiert haben. Die Pilgrimz sind jetzt bewaffnet, sie verteilen sich leise im Flieger, um auf ein vereinbartes Signal hin aufzuspringen und ihre Knarren zu zücken, während die zitternde Stimme des Kapitäns nun über die Kabinenlautsprecher bekannt gibt, dass der Flug 215 entführt sei, »im Namen der Natur, der Zukunft und der New Pilgrimz«.

Die Fluggäste im Jet verlieren augenblicklich die Nerven und schreien und jammern und heulen durcheinander, ein paar machen sich in die Hose, andere werden ohnmächtig, eine herzkranke ältere Dame in der ersten Klasse erleidet gar einen Herzinfarkt und stirbt auf ihrem Platz, sie ist die erste Tote auf dem Konto der Pilgrimz, das sich in den Folgejahren noch üppiger füllen soll. Die Alte muss auf ihrem Platz liegen gelassen werden, ihr Tod schockiert und euphorisiert die Pilgrimz gleichermaßen, spätestens jetzt ist jedem bewusst, dass das hier absoluter Ernst ist. Mit vorgehaltener Waffe drängen sie die Passagiere der First- und Businessclass in den hinteren Teil des Fliegers und nötigen sie, sich dort auf den Boden zu setzen.

Unten, auf der Erde, hat man längst festgestellt, dass die National American Airlines 215 ihre vorgesehene Flugroute verlassen hat, und ist in Kontakt getreten zu den Pilgrimz dort oben in der Luft, die Folgendes fordern: Erstens, dass augenblicklich sämtliche Nachrichtensender über die Entführung der Maschine durch die neue Terrorgruppe informiert werden und dass denen zweitens eine auf der Website imgur.com hinterlassene Botschaft zugespielt werde, in der kurz und bündig erklärt steht, wer die Pilgrimz sind: eine Gruppe von radikalen Ökoaktivisten nämlich, die einen grundsätzlichen und sofortigen Systemwandel zur Erhaltung von Natur und Umwelt fordert. Sollte konkreteren Forderungen, die bald durchgegeben würden, nicht Folge geleistet werden, so werde es durchaus Tote geben, so die Erklärung der Pilgrimz, angefangen mit den Passagieren des entführten Fliegers, den abstürzen zu lassen man keinen Augenblick zögern würde.

Tatsächlich verbreitet sich diese ungefähre Botschaft bald auf allen verfügbaren Kanälen, die großen Netzwerke der Welt laufen heiß, Sendungen werden unterbrochen für *breaking news*, schon sind Terrorexperten in die Studios geladen, Redaktionen sitzen zusammen und überlegen fiebrig, was nun alles herausgefunden werden kann über diese Entführung. Grafiken zeigen, wo der Flieger sich befindet, wie lang er noch in der Luft bleiben kann. Es wird gemutmaßt, wer die Terroristen seien, über die sich namentlich bekennende Anführerin Clarice Jordan ist schnell ausgegraben, dass sie vor ein paar Jahren kurz Mitglied von Greenpeace war, in derselben Zeit eine Gruppe von Extinction Rebellion im Streit verlassen hat und mal eine Online-Petition für einen landesweiten Vegan Day gestartet hat. Kampfflugzeuge steigen auf, um das Flugzeug abzuschießen, sollte es unangekündigt Kamikazekurs nehmen auf eine Metropole, und zugleich haben die Pilgrimz an Bord endlich durchgegeben, was die nächsten, ganz konkreten Forderungen sind.

Und zwar sollen die zehn größten Mastbetriebe der westlichen USA um zwölf Uhr kalifornischer Ortszeit ihre Tore öffnen vor laufenden Livekameras, und die dort gehaltenen Tiere sollen, koste es, was es wolle, freigelassen werden, um hernach zu leben oder zu sterben, das lassen die Pilgrimz offen. Die Terroristen haben im Massenkonsum von Fleisch eines der massivsten Nachhaltigkeitsprobleme überhaupt identifiziert und sich überlegt, dass die Bilder der Freilassung der elenden Kreaturen die Weltöffentlichkeit lange beschäftigen würden und ihnen, den Pilgrimz, schnell Sympathien einbringen, einen guten ersten Auftritt ihrer Gruppierung bedeuten könnten.

Angesichts der in den sozialen Medien sich rasch abzeichnenden Spaltung der amerikanischen Öffentlichkeit, die in beträchtlichen Teilen die Methoden der Pilgrimz zwar ablehnt, aber Sympathien mit den Zielen erkennen lässt und die Forderungen vergleichsweise harmlos zu finden scheint, beschließt der Präsident der Vereinigten Staaten gemeinsam mit dem versammelten Krisenstab, Folge zu leisten.

Um Punkt zwölf Uhr früh also zeigen alle nennenswerten Nachrichtensender der Welt einer gebannt auf Bildschirmen und Holos zuschauenden Weltöffentlichkeit, wie sich große Tore in gespenstisch dunkle, riesige Hallen öffnen, und dann beginnt, in immer rascherer Schnittfolge gezeigt, ein entsetzlich zu beobachtender Exodus blutiger, eiternder, lahmender Schweine, die aus dem Dunkel ins Licht kriechen und zum Teil gleich vor Aufregung verenden, es stehen Herden wackelbeiniger Kälber blinzelnd und zitternd, sabbernd und brüllend in den ersten Sonnenstrahlen, die sie in diesem Leben erleben dürfen. Ein amorpher Haufen von nackten, räudig erscheinenden Lebewesen, die erst auf den dritten Blick als Hühner zu identifizieren sind, verteilt sich gräulich auf einer Asphaltfläche in New Mexico, und eine Herde von zehntausend schwitzenden, stumpfäugigen Rindern ergießt sich über einen Highway in Oregon, um sich dort zum Sterben niederzulegen, während weinende Kinder und herbeigeeilte Tierfreunde verzweifelt versuchen, diesen lebensunfähig gezüchteten Fleischbergen das Nötigste zu verabreichen. Diese grotesken Bilder graben sich unauslöschlich in die Erinnerung der Menschheit ein und sorgen bei den allermeisten Zuschauern mindestens für eine ärgerliche Anerkennung der Tatsache, dass den Kreaturen Mitleid gebühre.

Die Pilgrimz an Bord der National American Airlines unterdessen wagen endlich erfolgreich die spektakuläre Flucht, lösen also die Fesseln des Kapitäns der Maschine, befehlen ihm bei vorgehaltener Waffe, die Flughöhe zu reduzieren, bevor sie sich unter dem Schreien der Passagiere und dem Pfeifen und Heulen eiskalter Luft befallschirmt aus dem Flieger stürzen, um präzise bei einem Fahrzeug zu landen, das, in der Wüste bereitstehend, später, auf den Satellitenbildern, bloß als schwarzer Kleinbus identifiziert werden kann, während die Maschine der American Airlines mit 280 lebenden und einer toten Passagierin in Reno landet.

Die Pilgrimz des Kommandos Jordan werden bald von einer breiten Masse der weltweiten Jeunesse als Helden verehrt. Clarice Jordan wird zu einer in Postern und Graffiti vervielfältigten Ikone. Jungs und Mädchen wollen so sein wie sie, so aussehen wie sie, so klar, so hart, so cool. Greta Thunberg erklärt vor den Vereinten Nationen, Clarice Jordan habe zwar nicht ihr vollkommenes Verständnis, wohl aber ihre größte Sympathie. Schon ein paar Wochen nach der NAA-Entführung versenkt eine Gruppe von Pilgrimz-Epigonen in London ein Kreuzfahrtschiff in der Themse, kurz darauf sabotieren russische Sympathisanten bei Moskau eine Zementfabrik, lässt eine deutsche Zelle in Bayern einen Zug mit fabrikneuen Audi-SUVs entgleisen. Auch bei diesen Aktionen sterben Menschen.

Clarice ist da längst versteckt in Peru, tief im Wald, im Camp eines mit Percy bekannten Curandero. Sie hört von diesen Aktionen nur durch die Berichte ihrer Mitstreiter, die in das Camp kommen, um Weisung zu erhalten und Informationen zu übermitteln, und Clarice hört diese Berichte durchaus dankbar, und träumt, und trinkt Ayahuasca, und plant die nächste Aktion ihrer eigenen Pilgrimz: im kommenden Jahr gleichzeitig alle größeren Parks von New York City in Brand zu stecken, dass die Avenues und Streets des Big Apple sich in schwarzen, bitteren Qualm hüllen und die Katastrophe der weltweiten Umweltzerstörung auch das Herz des Imperiums heimsucht.

Zum Zeitpunkt der Handlung um Peter existiert dieser Plan allerdings bloß in den Köpfen weniger Menschen. Clarice ist ja gerade erst auf dem Weg nach New York, um diese Sache in aller Ruhe auszuhecken. Da aber jedenfalls, wenige Hundert Meter Luftlinie von Peter und Anne, sitzt sie, die langen schwarzen Haare unter einer grauen Perücke, die Augen hinter einer großen Sonnenbrille verborgen, und streicht zärtlich durch das lange Fell ihres Blindenhundes. Sie denkt an den Krieg, in dem sie kämpft und von dem sie oft fürchtet, dass sie ihn nicht wird gewinnen können, aber, denkt sie sich dann stets auch, was bedeutet das schon? Und keiner sieht ihr was an und keiner weiß was, und doch ist sie eine von uns, unter uns.

3
COUNTRY ROADS /
ELDER SPANGLER

Ein paar Tage später und ganz woanders tut Peter nachts wieder kaum ein Auge zu. Erst in den frühen Morgenstunden entlässt ihn sein Jetlag in traumlose Finsternis. Als dann um neun sein Wecker klingelt, kommt er kaum hoch, dabei liegt die Frühlingssonne schon gleißend hell auf seiner weißen Bettwäsche. Wo ist er überhaupt? Er liegt, aha, unter einem Oberlicht, durch das die Welt blendet. Er wendet den Kopf und erblickt ein Zimmer, oder eher noch einen *space*, nahezu farblos, kahl, weiße Wände, spiegelnd weißer Estrich. Es riecht, bemerkt Peter, seltsam nach nichts, irgendwie ist das alles tot, unbelebt, wie für einen Cyborg gemacht. Ihm wird ganz klamm, ängstlich richtet er sich auf, reibt die müden Augen, ist er tot? Er sieht über seine Füße hinweg ein Fenster: Der Blick geht auf eine weite, wild blühende Wiese und den waldigen Anstieg dahinter.

Endlich beginnt Peters Gehirn, diese eigenartige Umgebung mit Bedeutung zu kacheln. Er weiß wieder: Richtig, das ist der dritte Tag hier. Er befindet sich in einem würfelförmigen Bungalow, der als Gästeunterkunft auf einem riesigen, hoch umzäunten und schwer bewachten Areal steht. Die »Mount Horeb Ranch« liegt unter dem weiten blitzeblauen Himmel des offenen amerikanischen Kontinents, am Fuß der bewaldeten Appalachen, in der aus grünen Hügeln und fruchtbaren Tälern collagierten Bilderbuchlandschaft von Pocahontas County, West Virginia. Das ist hier also der sogenannte Retreat – so genannt, weil die Ranch nicht ansatzweise öffentlich zu sein scheint, Peter ist vielmehr der einzige Gast, oder beinahe. Da ist noch die Anwältin, fällt Peter ein, Clementine Bouvet, die ist natürlich auch noch da, und o Gott, wahrscheinlich wartet die Frau längst beim Frühstück im Hauptgebäude, um ihn wieder in die Mangel zu nehmen.

Es ist scheußlich mit der. Vorgestern abend, gestern den ganzen Tag die Fragerei, ein endloses Löchern über seine Arbeit. Ein vergangenes Projekt nach dem anderen musste er erläutern, was der Auftrag war, wie genau er den erfüllte, es gab seitens der Anwältin außerdem Versuche, was über seine Vergangenheit, seine Eltern, seine Ausbildung, sein Privatleben zu erfahren. Alles auch noch gefilmt mit der Kamera. Wahnsinnig unangenehm, ein Parcours.

Peter erhebt sich, schlurft ins Bad, rasiert sich, nimmt eine kochend heiße, ausgiebige Dusche, die er mit eiskaltem Abbrausen beendet. Halbwegs belebt salbt, deodoriert, frisiert und parfümiert er sich, sucht eine Kombination aus weiter Bundfaltenkaki, bengalgestreiftem Oxfordhemd und dunkelblauem Strick-Cardigan aus dem riesigen Wandschrank, dazu trägt er, er ist ja schließlich in Amerika, Tennisschuhe. Endlich öffnet Peter die kühlschrankdicke Türe zur Außenwelt, es ist, als ginge er durch eine Schleuse, als verließe er eine Simulation, er tritt, Erleichterung, in die Natur, in laue, würzige Frühlingsluft und Vogelgezwitscher.

Zehn Minuten, weiß er inzwischen, dauert der Spaziergang zum Hauptgebäude in etwa. Peter läuft über einen sandigen, knirschenden Pfad, vorbei an weiteren quaderförmigen Gästebungalows, die ihn an umgekippte Quarkverpackungen erinnern. Der Weg führt durch einen kleinen Orangenhain, vorbei an einem Gewächshaus, einem gepflügten Acker, einem Zeughaus, vor dem ein paar Golfmobile und Segways parken, nun gelangt Peter in eine parkähnliche Landschaft aus sattgrünen Rasenflächen, Blumenrabatten und mannhohen, dichten Hecken. Hinter einer Wegbiegung stolpert er fast über einen alten Gärtner, der am Rand von taubenetzter, dampfender Wiese einen defekten Mähroboter zu reparieren scheint und Peter, eine Entschuldigung murmelnd, für ein paar Augenblicke hinterherschaut. Sonst liegt das weite Grundstück wie ausgestorben, ein paar äsende Rehe nur sieht Peter in der Ferne.

Bald denkt er wieder an Anne, die ihn seit der Begegnung in Los Angeles furchtbar beschäftigt. Sie befindet sich, denkt Peter, vermutlich gerade auf Tangier Island, einer langsam in der Chesapeake Bay versinkenden Insel. Da haben Freunde ihrer Eltern ein Haus, und da wollte sie hin, das hatte sie ihm noch erzählt auf dem Weg zum Flieger, oder vielleicht auch erst, als sie am Gate waren, wo sie beisammen sitzen geblieben waren für fast eine Stunde, bis zum allerletzten Aufruf und, wie Peter fand, doch ganz federnd und traumartig und amüsiert über irgendwelche leichten Sachen sprachen, beinahe tuschelten, die Köpfe nahe beieinander, und hauptsächlich sprach Anne. Über die komischen Freunde ihrer Eltern auf dieser Insel zum Beispiel oder die eigentümlich versiegelte protestantische Oberfläche der amerikanischen Upper Class. Ein wenig, hatte sie gesagt und Peter mit der Schärfe dieser Beobachtung beeindruckt, wie in den Niederlanden, wo die Wohnungen keine Vorhänge haben und jeder reingucken kann, weil dort natürlich, so die puritanische Suggestion, nichts Sündhaftes stattfindet, und diese Reinheit wird stolz zur Schau gestellt, im Grunde hoffärtig, und in Wahrheit haben aber natürlich alle Affären oder zumindest eine Medikamentenabhängigkeit. So was hatte sie geredet, und dann hatten sich die beiden doch trennen und gegenseitig einen guten Flug wünschen müssen, als Anne in der Business-, Peter in der First Class Platz nahm.

Vor der Landung in Washington hatte sich der aufgeregte Peter aber doch ein für seine Verhältnisse wirklich sehr großes Herz genommen, den trennenden Vorhang zur zweiten Klasse beiseitegestrichen und Anne, die ihr Handy bei seinem Anblick rasch in ihre Tasche schob, dort gefragt, ob er nicht vielleicht ihre Nummer haben dürfe oder irgendeinen anderen Kontakt, ob man sich nicht also einmal wiedersehen könnte, irgendwo auf der weiten Welt, wenn ihr Urlaub, sein Auftrag vorbei seien. Worauf Anne ihn ausgesprochen warm und freundlich angelächelt, gar seine Hand zwischen ihre beiden Hände genommen hatte, um dann zu sagen: »Ich fand es auch irgendwie so schön, dass wir uns begegnet sind. Aber wollen wir es nicht dabei belassen? Ich hätte das irgendwie sehr gerne als eine Erinnerung. Einfach so, weißt du? Der schöne, seltsame, bekiffte Designertyp, dem ich mal in L. A. am Flughafen begegnet bin. Sonst wird das doch alles so kompliziert.« Und als Peter sie daraufhin bloß betroffen anschaute: »Bestimmt verstehst du doch, was ich meine? Wir sind doch irgendwie beide total unterwegs. Das war hier doch was Schönes zwischen uns, wollen wir das nicht am Leben lassen, indem wir es nicht ausleben?«

Klar denkt Peter über diese seltsame, für seine Begriffe eher traurige, defätistische Antwort die ganze Zeit nach. Er möchte Anne furchtbar gerne wiedersehen, er möchte ihre Stimme hören, er fragt sich, wie sie unter anderen Umständen aussähe, in anderer Kleidung, mit offenem Haar, an anderem Ort. Ob er sich abermals so zu ihr hingezogen fühlen würde. Er stellt sich seltsamerweise vor, wie er mit ihr zusammen durch den Jenisch-Park in Hamburg spaziert, ganz in der Nähe des kleinen Hauses, in dem er groß werden durfte.

Jetzt aber ist Anne verschwunden. Peter weiß noch nicht einmal, wo sie eigentlich herkommt oder wohnt. Keine Chance, sie zu googeln, den Nachnamen kennt er nicht, »Corporate Social Responsibility«, »Consulting«, ja, aber für welchen Konzern?

Für keinen, Peter. Das war erfunden von Anne, genau wie die Freunde auf dieser Insel in der Chesapeake Bay, die waren auch erfunden. Anne wollte dir in Wahrheit nichts Wahrheitsgemäßes erzählen. Dass sie vor vierundzwanzig Jahren in Köln zur Welt gekommen, in Marienburg groß geworden ist, in einer riesengroßen, eichenparkettknarzenden Villa, als das einzige Kind aus der Verbindung eines seltsamen blaublütigen Greises mit einer hochneurotischen halbpersischen Industriellentochter, das hätte sie dir auch dann nicht verraten, wenn du gefragt hättest; das sollst du nämlich, wenn es nach Anne geht, nach Anne Donata Pegah Gräfin de Ferolle-Fougiers, um genau zu sein, gar nicht wissen, und deswegen, nun ja, weißt du das halt alles auch nicht, Peter.

Vielleicht, denkt der indessen, begegnen wir uns ja wieder, vielleicht sogar auf dem Flughafen, wenn es zurückgeht oder weiter. Oder sonst irgendwo! Er hat das Gefühl, dass das sein könnte. Und er hofft natürlich. Schön, hat sie gesagt, dass sie ihn schön findet, das hat sie gesagt, und dass da etwas Schönes sei zwischen ihnen, das hat sie auch gesagt. Das sagt sie doch nicht jedem, denkt Peter, das bedeutet doch was!

Es wird an dieser Stelle etwas eher Intimes über Peter verraten: Peter ist nämlich wirklich *sehr* unerfahren mit Frauen. Dreißig Jahre ist er alt, mit einundzwanzig hatte er überhaupt die erste Freundin, den ersten Beischlaf, nach einem Jahr war Schluss mit dem Mädchen, weil Peter sich mit ihr nicht mehr ertragen konnte. Seither: nix, oder so gut wie nix, drei schlimme One-Night-Stands, und das war es dann auch. Peter ist, wie gesagt, sofort total verstört, wenn eine Frau was von ihm will; und weil er schön ist, wollen die Frauen gar nicht so selten was von ihm und überfordern ihn, er ist dann schnell im Schneckenhaus, weil er die sexuelle Aggression nicht versteht, aber er wird eben oft für einen Playboy gehalten da mit seiner schicken Garderobe und dem aufwendigen Leib und dem globalen Leben, für einen, dem man als Frau entweder mit größter Vorsicht begegnet oder dem man eiskalt auf die Pelle rückt. Ein großes Missverständnis. Je älter er wird, desto krachender Peters Unerfahrenheit und seine Scham über dieselbe. Man kann mich doch niemandem, denkt er, zumuten, ich bin ohne jede Kultur eigentlich im Umgang mit Frauen und verschroben und heimlich auch noch ständig bekifft, und anzunehmenderweise bin ich ein armseliger Liebhaber.

Nur! Mit Anne war was anders. Das fühlte sich an wie etwas Ernstes. Ein Erkennen. So wie damals mit der ersten Freundin, der Peter gleich ganz verfiel. Und natürlich hofft Peter heimlich, dass ihn die Liebe irgendwie erlösen könnte aus seiner Einsamkeit. Wenn überhaupt, dann kann ja nur die Liebe solche Gräben überwinden wie jene, die Peters Verspleentheit zwischen ihm und der Welt gerissen hat, so denkt er.

In Wahrheit wird die Liebe bekanntermaßen niemals jene retten, die sich selbst nicht zu lieben vermögen, und einen so verqueren, romantisch naiven Kerl wie Peter hochziehen aus seiner verlorenen Eigenart, ohne unterwegs selbst irgendwas zu brauchen, das ist eine schwere Bürde für jedes Verhältnis, das will man eigentlich keiner Frau wünschen, beziehungsweise das wünscht sich keine vernünftige Frau. Zumal Peter wahrscheinlich auch bald selbst abspringen wollen würde, weil er kaum eine Idee hat von der echten, der gelebten Liebe, die dauert und manchmal müde ist und fies und nicht immer verliebt in sich selbst.

Am Vortag hätte Peter übrigens den Coach anrufen sollen, und erzählen von all dem. Aber er war so eingespannt von dieser seltsamen Anwältin Clementine Bouvet, die ihm übrigens, das glaubt er zumindest, auch noch schöne Augen machte, dass er die Verabredung vollkommen vergaß. Und auch Friederike und Harald hat er bislang bloß mit Einzeiler-Messages abgespeist über seinen Verbleib, »Alles okay, viel los, melde mich asap« oder so ähnlich.

Das Leben ist ein bisschen viel derzeit, denkt Peter. Er ist jetzt vor das Haupthaus gelangt.

Es handelt sich um einen großen Holzkasten aus dem späten 19. Jahrhundert. Zwei doppelgeschossige Flügel um ein Portal, getragen von ionischen Säulen, das Gebäude schaut aus wie eine stark geschrumpfte, unglückliche Kopie des amerikanischen Präsidentenpalastes, es liegt aber ungleich schöner, auf einer ländlichen Anhöhe, sodass man, je nach Fenster und Richtung, über die gepflegte Parklandschaft blickt, oder auf die frisch belaubten Waldhänge der nahe gelegenen Berge, oder auf einen blitzenden, munteren Bach, der das Gelände durchfließt.

Peter steigt die Stufen zum Portal hinauf, öffnet eine Flügeltüre, durchschreitet die verlassene Eingangshalle, in der ein entsetzliches, gewaltiges Gemälde von einem erstaunten Emoji hängt, und gelangt in den Salon, viel zu niedrig für seine hallenartige Ausgedehntheit, außerdem abermals in dem schrecklichen Pseudominimalismus gehalten, der auch seine eigene Unterkunft entstellt, sprich wieder alles weiß, mit quaderartigen weißen Sofamodulen bestückt, die Wände kahl. Einziger Trost der Blick aus den Fenstern sowie ein großer, Farbe und Wärme verbreitender Kamin linker Hand. Vor dem allerdings steht der weiß gedeckte Esstisch, und daran sitzt leider die Anwältin vor einer ausgelöffelten Schale Porridge, und ihr gegenüber sitzt heute noch jemand.

Ein Fremder, ein Mensch, den Peter noch nie gesehen hat.

Es handelt sich um einen ausgesprochen kleinen, beinahe gnomenhaften Mann von porzellanener Hautfarbe, ein Chinese, meint Peter fast richtig – ganz korrekt lautet das Land der Herkunft Singapur. Wie die Anwältin erhebt sich auch dieser Asiate, als Peter den Raum betritt, wortlos, beide gehen ihm schweigend und bedeutungsschwanger entgegen, eine zangenartige Bewegung im Gleichschritt, Peter bleibt unwillkürlich stehen. Die Anwältin – Peter schätzt sie auf etwa sein eigenes Alter – erscheint auch heute wieder in übertrieben countryhaftem Aufzug, in so einem karierten Flanellhemd und Bluejeans mit breitem Gürtel, wobei sie, bemerkt Peter abermals, eine irre Figur hat, muskulös und stahlhart trainiert wirkt ihr Körper unter der Kleidung, wie eine Schwimmerin, breite Schultern, schmale Hüften, kerzengerade geht sie. Ihre dunklen Haare hat sie pagenkopfartig schneiden lassen, der Scheitel liegt scharf über einem katzenhaften olivfarbenen Gesicht. Die Frau, denkt Peter, sieht wirklich toll aus, stark, einschüchternd, schlau. Der Asiate trägt einen sehr klaren, absolut tadellosen Anzug aus leichter grauer Wolle, einen Zweireiher, *bespoke* und italienisch, schätzt Peter, kaum Schultern, weicher Stoff. Das Jackett anschmiegsam wie ein Schal, die Hosen mit schönem Spiel, eierschalenfarbenes Hemd dazu und ein schmaler schräg gestreifter Schlips, *très* Richard Gere, American Gigolo, denkt Peter, auch die Haare übrigens, nur in Schwarz halt, schöne weich gebürstete Locken, matt schimmernd wie die Monkstraps, die der Mann an den Füßen trägt. Das ist alles, erkennt Peter sofort, die sehr hohe, dabei offenbar mühelose Schule, er ahnt im Singapurer die kalte, selbstgewisse Winnerkombination aus Geld plus Herkunft und fühlt sich gleich unterlegen.

Anwältin und Singapurer bleiben im gleichen Moment und in solchem Abstand vor Peter stehen, dass der nicht genau weiß, wen von beiden er eigentlich anschauen soll. Der Asiate verbeugt sich leicht, dann spricht Bouvet: »Peter, guten Morgen. Darf ich Ihnen Wee Yang vorstellen? Und Ihnen auch gleich gratulieren: Wir hätten Sie nämlich gern an Bord. Dass Yang hier ist, bedeutet, dass Sie bestanden haben.«

»*How do you do*«, sagt Wee Yang, schöner britischer Akzent, ein feines, amüsiertes Lächeln auf den Lippen.

»So toll wird es Peter nicht gehen, fürchte ich«, sagt Bouvet. »Er hat zwei scheußliche Tage hinter sich. Jetlag und dann meine anstrengenden Fragen zu seiner Arbeitsweise.«

Wee lacht. »O Gott ja, Peter, Sie Armer, zwei Tage mit dieser Frau. Ich hoffe, sie hat wenigstens angemessene Distanz bewahrt, sie ist ja so ein wildes Tier.«

Bouvet lacht, Wee spricht ungerührt weiter: »Ich bin zu Ihrer Rettung gekommen, Peter. Aber entschuldigen Sie, wollen wir uns nicht setzen, gewiss möchten Sie frühstücken?« Er hakt sich bei Peter unter und zieht ihn Richtung Kamin.

Am Tisch schenkt die Haushälterin Peter Kaffee ein und verschwindet, bevor er etwas bestellen kann. Peter sitzt mit dem Rücken zum Kamin, dass ihm bald heiß wird und der Schweiß auf seine Stirne tritt. Links von ihm hat Wee, rechts Bouvet Platz genommen, vor ihm liegt niedrig und endlos der raumschiffmäßige weiße Salon, dessen Anblick ihn anstrengt.

»Clementine hat mir im Grunde schon alles berichtet«, sagt Wee zu Peter. »Und Sie sind, denken wir, wirklich genau, was wir brauchen. Wir brauchen Intuition und Genie, nicht Routine. Wir brauchen Massenmarkt, aber auch Neu. Wir brauchen Offenheit und Hunger.« Wee schaut Peter durchdringend an.

Peter hat keine Ahnung, was gerade los ist. Worum geht es hier? Wer ist dieser Typ? Was wollen die von ihm?

»Dass Sie noch keine riesigen Projekte gemacht haben, stört uns nicht, Peter«, sagt zu seiner Rechten nun Bouvet. »Im Gegenteil bedeutet das mit Sicherheit zusätzliche Frische. Wir freuen uns, wenn wir gemeinsam durch alle kommenden Schritte gehen können. Wobei, das muss ich ebenfalls sagen, auch wenn es sich gewiss von selbst versteht: Diese Übereinkunft bedeutet natürlich noch nicht, dass wir am Ende tatsächlich Ihren Entwurf nehmen, und auch nicht, dass wir nicht gleichzeitig noch mit anderen Leuten reden.« Ohne zu wissen, worüber hier eigentlich genau gesprochen wird, spürt Peter sofort wieder den Druck auf sich wachsen. Es wird also einen Wettbewerb, ein Hauen und Stechen geben, er wird verglichen werden. In ihm erhebt sich der mitleidlose Selbstanspruch, am Ende zu gewinnen.

»Wir glauben an Sie«, sagt die Anwältin beruhigend, als könnte sie seine Gedanken lesen. »Yang und ich setzen auf Sie. Sie sind unser Kandidat.« Die Anwältin schaut Peter dabei wieder so seltsam tief in die Augen, wie sie das auch an den ersten beiden Tagen gemacht hat, und bleckt merkwürdig die Zähne, dann zieht sie ein Tablet aus einer Aktentasche neben ihrem Stuhl und drückt Peter einen E-Pen in die Hand.

»Bevor wir weiterreden«, erklärt nun Wee, »müssen Sie bitte das Dokument unterzeichnen, das Clementine da gerade auf das Tablet geladen hat. Ein *NDA*, eine Verschwiegenheitserklärung, nichts Wildes. Es ist uns einfach sehr, sehr wichtig, dass alles, was wir hier machen, absolut unter uns bleibt. Das steht auch in dem Dokument. Wenn Sie jemandem davon erzählen, was wir machen: Kopf ab.« Er lächelt amüsiert.

»Eine Kopie«, wieder Bouvet, »geht sofort an Ihre patente Assistentin Friederike.« Hat die etwa die ganze Zeit Kontakt mit ihr?, fragt sich Peter erschrocken. »Wir werden«, fährt Bouvet fort, »außerdem sofort einhunderttausend Dollar auf Ihr Konto überweisen, Peter, sozusagen als Sign-On und Emblem unserer Ernsthaftigkeit. Ihren Tagessatz kriegen Sie weiter gezahlt.«

»Wir freuen uns, Peter«, sagt Wee.

»Auf der gepunkteten Linie, bitte«, sagt Bouvet.

Peter unterschreibt verwirrt.

»Armer Peter«, sagt Wee. »Sie verstehen überhaupt nicht, was los ist. Kommen Sie. Stellen Sie doch einfach die Fragen, die Sie gewiss haben.«

Peter, der Wee gern beeindrucken will, überlegt, wie er jetzt möglichst gelassen und klug reagieren kann, was eine gute Frage wäre. Etwas spät, will man meinen, Peter. Du hast ja gerade ungelesen einen Wisch von fremden Leuten unterzeichnet, keiner in dem Raum hält dich noch für gelassen oder klug.

»Sie wollen gewiss erst einmal wissen, wer eigentlich ›wir‹ sind«, sagt Bouvet, bevor Peter etwas sagen kann. »Das hatten Sie ja bereits am ersten Tag gefragt und gestern dann noch einmal, und jetzt kann ich dazu, wie versprochen, auch was sagen. Wir sind ein Unternehmen, wie Sie sich unschwer gedacht haben werden. Das Unternehmen heißt *kortex*. Vermutlich haben Sie noch nie von uns gehört.«

»Und Sie«, wendet sich Peter nun endlich an Wee, »sind der Besitzer oder der Chef jedenfalls?«

Bouvet und Wee lachen laut und etwas lange. »Nein«, sagt Bouvet. »Zum Glück ist Yang weder noch.«

»Ich bin bloß so eine Art Steuermann, könnte man sagen«, sagt Wee. »Oder ein interner Berater, wenn Sie wollen. Ein Scharlatan.«

»Jesus, Yang, stell dir vor!«, lacht Bouvet noch immer.

»Wissen Sie, ich habe Biologie und Philosophie studiert«, sagt Wee zu Peter, als würde das irgendwas bedeuten.

»In Oxford«, sagt Bouvet.

»Natürlich. Balliol«, sagt Wee. »Und Sie eigentlich, Peter, wo haben Sie studiert?«

»Hamburg«, antwortet Bouvet für Peter.

»Und was, wenn ich fragen darf?«

»Chemie«, sagt Peter.

»PhD?«

»Er hat seinen Bachelor abgebrochen«, sagt Bouvet. »Danach eine Ausbildung zum Grafiker, auch nicht beendet. Diverse Praktika, Ogilvy, Lippincott, solche Sachen, dann, ausgerechnet kurz vor Corona, Berater geworden. So gut ist unser Peter, dass ihn der *slump* nicht kleingekriegt hat.«

»Lippincott?«

»Interessante Firma«, sagt Bouvet, die ihre Hausaufgaben gründlich macht. »Die sind groß geworden mit dem Design der Campbell-Suppen-Dose. Haben aber auch U-Boot-Interieurs entworfen und Autos.«

»Aha«, sagt Wee, drückt auf ein Tischknöpfchen, die Bedienung kommt herein, »Champagner, bitte. Oder? Das ist doch ein Moment für Champagner, finde ich.«

»Absolut«, sagt Bouvet, um sich dann wieder Peter zuzuwenden. »Also, unser Chef – Yang ist zwar der CEO von *kortex*, aber das ist nur so eine Art Titel –, unser Chef, der Mann mit den Ideen, der Besitzer übrigens auch, ist Drew Itautis.«

»Kennen Sie ihn?«, fragt Wee.

»Natürlich«, sagt Peter.

»Ach! Woher?« Bouvet wirkt überrascht.

»Aus den ... aus den Medien.«

»Peter, Darling.« Wee tätschelt Peters Hand. »Jeder zivilisierte Mensch kennt Itautis. Clementine wollte wissen, ob Sie ihm schon einmal persönlich begegnet sind.«

»Nein, das nicht.«

»Also«, sagt Bouvet, »Drew ist sozusagen unser Gott, *kortex* ist seine Schöpfung. Vielleicht haben Sie schon gehört, dass Drew sich aus dem Tagesgeschäft von *joule* zurückgezogen hat. Und warum? Um sich ganz *kortex* zu widmen. *Das* allerdings wissen die allerwenigsten.«

Peter ist erschüttert und kein bisschen erstaunt zugleich. Hatte er also doch recht! Das hatte er doch irgendwie geahnt! Itautis. Unglaublich. Auf einmal rückt Peter in allerhöchste Sphären. Der Mann, kaum zehn Jahre älter als Peter, gilt als einer der einflussreichsten Menschen der Welt. Einer, bei dem Regierungschefs um Audienz bitten, einer, den keiner so richtig durchschauen kann, einer, der offenbar irgendwie anders als alle anderen denken kann. Der erfolgreichste Unternehmer des 21. Jahrhunderts, ein durch die Decke gehendes Start-up nach dem anderen hat er gegründet. Und dem wird Peter nun vielleicht ja sogar begegnen! Wahnsinn. Er will vor Aufregung aufspringen.

»Was wir machen«, sagt Bouvet. »Das müssen wir nun natürlich auch offenlegen. Das ist aber nicht so leicht erklärt. Willst du es versuchen, Yang?«

Wee entkorkt gerade fachmännisch die herbeigebrachte Flasche Bollinger. »Man will ja gleich mit den Korken auf diese scheußlichen Deckenleuchten hier zielen«, sagt er dabei lächelnd. »Oder aufeinander. Habe ich dir das eigentlich mal erzählt, Clementine, dieses eine Mal mit Binky, wo wir mit den Korken keinen Erfolg hatten und am Ende eine Gans durch das Schlafzimmerfenster seiner Eltern geworfen haben, eine lebendige, versteht sich ...? Hier, Peter, Ihr Glas, *bottoms up*, muss ich bitten, das gehört sich so beim ersten Glas des Tages, das muss ich Ihnen hoffentlich nur einmal erklären, wir werden noch sehr viel Champagner trinken, wir werden nämlich noch sehr viel Zeit verbringen miteinander, Clementine, Sie und ich.«

Peter, der so gut wie nie trinkt und noch überhaupt nichts gegessen hat, stürzt sein Glas wie befohlen in einem Zug hinunter. Er hat richtig tolle Laune jetzt.

»Wir wollen«, sagt Wee, »gemeinsam die Welt verändern.«

»Das glaube ich Ihnen«, sagt Peter. Der erste gute Satz, den er an diesem Tag hinkriegt, der erste, der Distanz suggeriert, die erste Coolness, gewonnen aus der in ihm aufsteigenden Freude über die Tatsache, dass er sich nachher in Hamburg melden wird: Sag alles ab, Friederike, ich arbeite absehbar für Drew Itautis, schon mal gehört den Namen, hm?

»Natürlich glauben Sie mir das. Sie finden den Satz verständlicherweise ein wenig albern. Zu Recht im Allgemeinen, in diesem Speziellen allerdings nicht. Denn was heißt das genau, die Welt verändern?«, fährt Wee fort. »Man muss die Menschheit verändern, Peter. Beziehungsweise den Menschen. So verändert man die Welt. Wir wollen neu definieren, was ein Mensch sei. Und wie macht man das, den Menschen neu definieren, hm?« Wee lächelt vergnügt. »Wussten Sie, lieber Peter, dass Aristoteles den Sitz des Denkens im Herzen vermutete? Das Gehirn hielt er für so eine Art Stopfsubstanz im Schädel, überflüssig. Heute sind wir uns alle einig: es handelt sich beim menschlichen Gehirn um das komplexeste bekannte Objekt im Universum. Wir verstehen eine Menge von der Welt um uns herum, aber das Ding, mit dem wir verstehen, haben wir noch nicht ansatzweise verstanden. Der Kasten ist so kompliziert, und wir alle tragen davon einen spazieren – oder werden davon spazieren getragen, je nachdem, wie man es sehen will. Das Gehirn ist übrigens noch nicht sonderlich alt. Erlauben Sie mir einen kurzen Abriss: Vor 580 Millionen Jahren entwickelten Quallen als erste Lebewesen Nervenzellen. Vor 550 Millionen Jahren entstand im Plattwurm so eine Art erstes Gehirn. Vor 225 Millionen Jahren hatten Nager bereits ein limbisches System, Schoß dessen, was der bekannte Freudianer Sigmund Freud als den Trieb bezeichnete. Und vor 80 Millionen Jahren schenkte die Evolution auf Bäumen hausenden Säugetieren primitive erste Versionen dessen, was wir als Neokortex bezeichnen würden – einen Denkapparat also, eine absolut feine Sache. Vor vier Millionen Jahren – nicht sehr lange her, Peter, aber doch auch vier Millionen Jahre vor Christus, Buddha, Konfuzius, Laotse und Sokrates! – tauchten die ersten Hominiden auf.«

»Yang!«, ruft Bouvet und lacht. »Was soll das?«

»Geduld! Peter hört mir ganz genau zu, nicht wahr Peter, das tun Sie doch?«

»Absolut«, sagt Peter, der schon einen kleinen Schwips hat und das alles plötzlich sehr lustig findet und zugleich tatsächlich spannend. Irgendwo hinten in seinem Kopf dudeln die Begriffe Itautis und Anne, Friederike und Harald, und es läuft auch Musik, es läuft in Peters Kopf ja sowieso immer Musik, gerade läuft »Slave to Love« von Bryan Ferry, wer weiß, warum, vielleicht wegen des Zweireihers von Wee, der an Ferrys Style erinnert. »*No I can't escape*«, dudelt es in Peters Kopf, »*I'm a slave to love.*« Aber vorne, sozusagen auf der Hauptbühne seiner Aufmerksamkeit, hört Peter wirklich zu und fühlt sich so glücklich dabei, ganz so, als hätte er im Lotto gewonnen, oder vielleicht auch so, wie sich einer fühlen mag, der gerade aus der Gefangenschaft entlassen worden ist, und dieser schwule Singapurer macht ihm großen Spaß, wie der da so lustig rumassoziiert.

»Vor 100000 Jahren entwickelten unsere nun ziemlich direkten Vorfahren die Fähigkeit zur Sprache. Und es ist 50000 Jahre her, da verfügte der Mensch über eine komplexe Grammatik. Die waren schon so wie Sie und ich, die Leute damals, nur weniger schön natürlich, wobei ich Sie gerne fragen möchte zu diesen grässlichen Protenschuhen, die Sie da tragen, wie man das verstehen soll, aber das verschieben wir. Denn, Peter! Sprache! Jetzt ging es wirklich rund. Es ließ sich ja einiges mitteilen. *Ich* sage *dir*, was *ich* denke, und *meine* Gedanken sind nun in *deinem* Kopf. Können Sie sich vorstellen, was für ein Quantensprung das war? Ich erkläre dir, wie du einen Pfeil baust. Ich sage dir, wo die Beute liegt. Klang als Symbol für Ding, Information – gar Abstraktion. Futur II, Potenzialität. Witze, Geschichten. *Wissen*, Peter. Wissen. Akkumuliertes Wissen. Ich hörte, *schreibt* Herodot dann bald, dass in Kleinasien, und so weiter. Mitte des 15. Jahrhunderts existierten in ganz Europa nur 30 000 Bücher, das waren Schätze. Es begab sich aber zu jener Zeit, druckt wenig später schon Gutenberg, und dann, Massenmedien, das Wissen reist um die Welt. Weil dieser dort in Deutschland dachte, weiß irgendwann der des Lesens mächtige Italiener Guglielmo Marconi, denke ich nun, und auf einmal: Radio! Telefon! Fernsehen. Internet! Internet! Internet! Exponentiell, rasend, galoppierend. Und das war, auf der großen Timeline gesehen, sozusagen vor ein paar Sekunden.« Wee schenkt sich und Peter Champagner nach, Bouvet hält die Hand über ihr Glas.

»So«, sagt Wee. »Wie verändert man die Welt, Peter? Indem man sich anschaut, was gerade eben erst war, und sich dann fragt: Was passiert *morgen*?«

Schweigen im Raum. Peter kann sich nichts vorstellen. Niemand, denkt Peter, kann sich das vorstellen. Oder können das diese Leute?

»Morgen fliegen wir alle nach Tokio«, sagt endlich Bouvet.

»Richtig, das auch. Ginza und so weiter«, sagt Wee und winkt ab. »Wenn Sie aber, Peter, wissen wollen, worin das Genie von Drew Itautis liegt: Er hat eine Idee vom Morgen. Er weiß, was kommen wird. Der ist kein Wurm wie Clementine, Sie und ich, Peter, über den Dreck der Gegenwart kriechend, sondern ein Mensch. Dieser Mann kann sehen. Und er wird Sie und uns an seinen Einblicken teilhaben lassen. Machen Sie sich also ruhig auf etwas gefasst. Aber Entschuldigung. Jetzt muss ich pinkeln.«

»Ich auch«, sagt Bouvet. »Entschuldigen Sie uns bitte kurz, Peter.« Beide entfernen sich.

Peter streckt die Beine unter dem Tisch aus. Sein Kopf

tanzt, er ist ein bisschen betrunken. Drew Itautis! Und Tokio, hat er das richtig verstanden, dass sie da morgen hinfliegen? Er denkt an die wundervolle Rolex Milgauss 6541, die er bei seinem letzten Besuch in Japan bei Jackroad entdeckte, dem berühmten Geschäft für gebrauchte Uhren in Nakano. So eine wird er sich kaufen von dem schönen Bonus, denkt er. Als Belohnung und als Trost für die schrecklichen vergangenen Tage, zur Feier. Vielleicht wird er irgendwas auf den Rücken gravieren lassen, »West Virginia« oder so. Peter greift nach seinem Handy, um sich im Internet noch einmal ein Bild der Uhr anzusehen. Auf dem Display schwebt eine Nachricht. Eine grüne Sprechblase.

»Dear Peter«, steht da. »Verzeih. Hab mir jetzt doch deine Nummer besorgt. Very bored here. Rufst du mal an? xo Anne (die aus dem Flugzeug).« Peter springt auf und rennt ans Fenster, als müsse er die Nachricht noch einmal bei Tageslicht auf Echtheit überprüfen.

Machen wir ein kleines Foto von diesem Moment.

Peter, ein Lächeln auf den Lippen, im schönen, warmen Licht der Frühlingssonne, am Fenster der Mount Horeb Ranch, in West Virginia. So wollen wir uns an ihn erinnern. In diesem Moment ist er glücklich, und vielleicht war er nie und wird er auch nicht mehr glücklicher als in diesem Moment. Denn wann ist ein Mensch je glücklicher, als wenn das Versprechen ausgesprochen scheint, dass alle Versprechen in Erfüllung gehen könnten?

Im Hintergrund unseres Fotos, durch das Fenster, an dem Peter steht, sehen wir übrigens, wenn wir genauer hinschauen, wieder jenen Gärtner, über den Peter vorhin fast gestolpert wäre. Der Mann humpelt leicht. Er humpelt, weil er – o ja, *messieursdames*. Denn wie was Tokio, Nachricht von Anne, Drew Itautis und die Welt von morgen, den Menschen neu definieren, wo ist Peter da reingeraten? Dazu kommen wir noch. Es folgt an dieser Stelle erst mal der nächste Ausritt. Wir fixieren uns auf diesen Gärtner, der den schönen Namen Elder Spangler trägt. Er humpelt, weil er eine kaputte Hüfte hat, und zu der kam er, wie so viele Menschen in dieser Geschichte bislang zu so vielem, wegen der Liebe oder des Hungers nach ihr.

Es gibt bekanntlich Menschen, die meinen, die Welt habe auf sie gewartet, und die Bühne des Erwachsenenlebens betreten sie in der Erwartung, nun werde sich ihnen ihre Bestimmung offenbaren und öffnen wie die berühmte blaue Blume. Und dann gibt es jene, denen das Dasein allein schon zu reichen scheint, die nach keiner Auszeichnung streben und auch keine erwarten. Natürlich sind diese duldsameren Charaktere oft die besseren, denn es geht ihnen jener Hunger ab, der Bösartigkeit gebiert, und das verzweifelte Strampeln, das Aufsteigen oder Fallen der anderen in den hängenden Netzen des Schicksals beobachten sie mit Staunen, Mitleid und einer gewissen Verständnislosigkeit.

Und ein solcher Mensch also war Elder Spangler, geboren 1961 in Pittsburgh, Pennsylvania. Der stille Sohn eines stillen Uhrmachers und einer stillen Hausfrau, ragte Elder in keiner Weise unter seinen Altersgenossen heraus. Er war von unauffälliger Gestalt, ein durchschnittlicher Schüler von durchschnittlicher Intelligenz, er hatte keine besondere Begabung, außer der einen sehr glücklichen Anlage vielleicht, dass er eben ausgesprochen genügsam war, zufrieden mit seinem Dasein, zufrieden mit dem Menschen, den Gott, an den er ohne große Wackelei zu glauben bereit war, in ihm erschaffen hatte. »Auch sind die Haare auf eurem Haupt alle gezählt«, so ging sein Konfirmationsspruch aus dem Lukasevangelium. »Fürchtet euch nicht!« Dass ihn niemand sonderlich zu achten schien, dass sich kein Mensch nach ihm je umdrehte, dass er bisweilen verspottet wurde, eher noch aber einfach niemanden zu interessieren schien, das konnte Elder, der auch von zu Hause keine Vernarrtheit in seine Person kannte, verständnisvoll akzeptieren. Er war nun einmal, der er war, und was fehlte ihm denn schon? So tröstete er sich in den seltenen Momenten, in denen er sich vielleicht doch etwas einsam, etwas unbeachtet, etwas verschmähter fühlte, als ihm angemessen erschien.

Als Elder neunzehn Jahre alt war, hauste er in einer kleinen, sauberen Ein-Zimmer-Wohnung in einem Souterrain nahe der Universität. Er arbeitete als Dreher in einer Maschinenteilefabrik und wartete auf nichts im Leben, als ausgerechnet ihm, so empfand er das klar und deutlich, ein Wunder widerfuhr. Bei einem Gottesdienst setzte sich neben ihn die siebzehnjährige Elaine Warner aus Green Bank, West Virginia. Elaine, ganz niedlich, sagten die meisten, schön, fand Elder, wie ein Engel, war zu Besuch bei ihren Großeltern in Pittsburgh, und nach dem Gottesdienst, beim Gemeindetee, sprach Elaine Elder an, und die beiden unterhielten sich und trauten sich dabei kaum, einander in die Augen zu schauen. Bald darauf sah man sie schon gemeinsam spazieren gehen am Monongahela River, unter den herbstlichen Bäumen und mit der großen Dämmerung im Rücken, in der rosa leuchtende Rußwölkchen schwebten, und siehe, Elaine nahm Elders Hand. Und als Elder ihr ein paar Tage später, einen Tag vor ihrer Abreise, wie in Trance und von der Geschwindigkeit und Intensität der Ereignisse überwältigt, einen Antrag machte, sagte Elaine tränenumflorten Auges lachend Ja und erklärte Elder sodann, sie habe ihn nach dem Gottesdienst doch nur angesprochen, weil ihr in der Nacht zuvor geträumt hätte, und eine Stimme, die vielleicht der Herr selbst gewesen sei, hätte in diesem Traum ihr gesagt, dass bald ein Mann in ihr Leben treten werde, um *ihr* Mann zu werden, und sie hätte diesen Mann in Elder im Gottesdienst sogleich erkannt, und nur deswegen hätte sie ihn angesprochen.

Und so ging Elder also mit Elaine zusammen nach West Virginia. Die beiden zogen in ein kleines Haus, das auf einem Hügel abseits der Farm von Elaines Eltern stand. Elaine fand eine Stelle als Sekretärin am nahe gelegenen Radioobservatorium, von dem aus weltberühmte Forscher den Sternenhimmel erkundeten. Am Observatorium herrschte eine familiäre Atmosphäre, und Elaine war in ihrer fröhlichen, klugen Art bei allen beliebt, und manchmal wurden Elaine und Elder nun zu Dinnerpartys eingeladen von den Forschern, sogar von Leuten, die später Nobelpreise gewannen, und bisweilen wurde nach dem Essen noch getanzt, oder Elaine wurde gebeten, etwas vorzuspielen, Bluegrass- und Mountain-Musik, denn sie spielte Banjo und sang gut, und dann standen alle lachend im Kreis und klatschten im Takt, und Elder war stolz. Abends, wenn Elaine von der Arbeit nach Hause kam, erzählte sie Elder, woran im Observatorium gerade gearbeitet wurde, oder sie las ihm aus der Zeitung vor, oder sie gab ihm manchmal Bücher, die er studieren sollte. Elder hatte das Gefühl, ein bisschen mehr von der Welt zu verstehen durch Elaine, und er liebte und bewunderte sie deswegen umso mehr, und Elaine sagte zu Elder: Du bist aus Gold, und sie liebte es, dass ein Mann sie so verehrte, wie Elder das tat, und sie wusste, dass er sie trotzdem so sah, wie sie war.

Elder selbst wurde unterdessen so eine Art Handwerker ohne Spezialisierung, die Leute im County wussten, dass er im Grunde alles reparieren konnte, was in einem Haus so kaputtgehen kann, man konnte ihn anrufen, und dann kam er in einem alten Pick-up voller Werkzeuge und kriegte es meistens wieder hin. Wenn ihn niemand anrief, arbeitete Elder irgendwas im Garten auf dem eigenen Grundstück oder auf der Farm von Elaines Eltern oder ging auf die Jagd in den bunten Wäldern der Appalachen.

Kinder konnten Elaine und Elder leider keine bekommen. Sie lebten trotzdem sehr glücklich miteinander, Elder als so eine Art Schatten von Elaine, die fest in die soziale Struktur des Örtchens und des Observatoriums eingewoben war und ihn überallhin mitnahm, und so blieb das bis kurz nach Elders zweiundfünfzigstem Geburtstag, als innerhalb weniger Wochen erst Elaines Mutter starb, ein paar Tage später der Vater, und dann fand Elder eines Morgens Elaine selbst neben sich im Bett, kalt und grau und leblos, die Augen weit aufgerissen, die Lippen zu einem bitteren Ausdruck verzerrt. Sie war neben ihm lautlos am Schlag gestorben, und er hatte tief geschlafen, und auf einmal war sie fort, und er war alleine auf der Welt, und plötzlich, so plötzlich, wie alles begonnen hatte, war alles zu Ende, und er war wieder nur Elder in der nun ganz entzauberten Welt.

Elder zog sich in der Folge fast völlig zurück. Er hörte auf zu arbeiten, er verließ das Grundstück nur noch selten, um im weit entfernten Elkins seine Einkäufe zu tätigen. In die Kirche ging er nicht mehr, immer seltener klingelte sein Telefon, er vereinsamte. Oft saß er vor dem offenen Fenster und schaute hinaus über den verwildernden Garten und die Felder und hinauf zu den gigantischen Antennen des Observatoriums, die fremd gegen den Himmel standen. Elder versuchte, keine Wut zu fühlen, er suchte in sich nach Dankbarkeit für die Jahre mit Elaine, aber da war eigentlich nur Schmerz und ein böser, glimmender Zorn. Er hatte mit Elaine seine Gleichmut, seine gelassene Heiterkeit verloren.

Genau ein Jahr nach ihrem Tod schlief Elder in den Abendstunden auf seinem Stuhl am Fenster ein und hatte einen Traum: Durch die Antenne des Radioteleskops wurde ein Signal über das Feld gesendet, ein goldener Faden gesponnen in sein Ohr, und es erreichte ihn ein singendes Zeichen, das in keiner Sprache sprach und nichts Menschliches hatte und doch ganz eindeutig die Stimme war seiner verstorbenen Frau, Elaine. Und Elaine sagte ihm: Elder, du bist zu wütend, du bist zu alleine, umgib dich mit Leben, du musst leben. Wo soll all deine Liebe hin, wo ich doch fort bin? Sei nicht traurig. Und im Traum sah Elder das Haus von Elaines Eltern, und er sah lachende Kinder, die aus dem Haus ins Licht rannten.

Schon tags darauf stellte er von seinem alten PC aus eine Anzeige ins Netz, und es dauerte nicht lange, bis Charlie Ives deswegen bei Elder anrief: Das Farmhaus, das zu mieten sei, ob er mal vorbeikommen könne, um es anzusehen?

Und dann kam Charles Ives, ein großer, schöner junger Brite, der in London die große, schöne Senegalesin Louise Mbaye geheiratet hatte. Charles war Erzieher, Louise war Astrophysikerin, und Louise hatte eine Stelle bekommen am Radioteleskop. Sie sollte helfen, den Kosmos nach außerirdischem Leben abzusuchen von West Virginia aus. Charles und Louise hatten zwei Töchter, Marla und Carson, und diese vier zogen in das Haus der toten Eltern der toten Elaine, und Elder beobachtete von seiner Veranda aus, wie ein Umzugswagen vor dem Haus hielt und die beiden kleinen Mädchen aufgeregt zwischen den Möbelpackern umherwuselten, und dann standen Charlie und Louise Ives mit Marla und Carson ein paar Tage später vor seiner Türe und brachten einen selbst gebackenen Kuchen mit, und Elder kochte Tee, und man saß gemeinsam auf der Veranda und machte freundlichen Small Talk. Elder erzählte ein bisschen von seinem eigenen Leben und von Elaine, und er mochte die Ives sehr, und es war fast, als breche etwas in ihm auf. Er fühlte sich zum ersten Mal seit Ewigkeiten ganz gut wieder und redete für seine Verhältnisse sehr viel und freigiebig, aber dann, bemerkte er zu spät, erzählte er vielleicht ein bisschen zu viel und zu viel von Elaine, und es wurde ein bisschen zu traurig, denn die Ives verabschiedeten sich, wie er fand, eher plötzlich und überhastet, und die Kinder lachten nicht mehr.

Die Familie kam in der Folge nicht mehr zu ihm zu Besuch. Manchmal half Elder Charlie bei irgendwas auf der Farm, einmal wurde er als einer von vielen Gästen zu einem großen Barbecue in den Garten der Familie eingeladen, sonst winkte man sich eher gegenseitig zu von Weitem oder passierte sich im Auto und hupte fröhlich, aber die Familie schien doch sehr beschäftigt mit sich selbst, Louise schuftete am Observatorium, Charlie fand eine Stelle an der örtlichen Grundschule, Marla und Carson waren im Unterricht oder beim Reiten, und die Ives fuhren wochenends und in den Ferien möglichst weit herum im Auto und erkundeten den großen Südosten der Vereinigten Staaten.

Elder freute sich über die schönen neuen Nachbarn und das Leben, das im großen Haus eingezogen war, und zugleich wollte die Bitterkeit über sein eigenes Dasein nicht aus ihm weichen, und tief nach unten drückte Elder böse, komplizierte Gefühle, die er für die Familie Ives hegte und die ihr Glück betrafen und ihre Sorglosigkeit und ihre Liebe. Er sah Charlie und Louise Arm in Arm spazieren gehen im Abendlicht, er sah die Mädchen lachend im Garten spielen oder sich zanken, um von den Eltern getröstet zu werden, und Elder war sehnsüchtig beim Anblick dieser Menschen und wünschte sich leise, er dürfte mehr teilnehmen an ihrem Leben, aber wenn er den Mädchen begegnete, spürte er ihre Scheu und seine eigene Unbeholfenheit zu deutlich. Und auch Charlie und Louise schienen darauf bedacht, den Nachbarn nicht zu nahe an das eigene, noch unversehrte Leben herankommen zu lassen, und Elder konnte das verstehen, es gab ja wenig Reizvolles an ihm, Elaine war es immer gewesen, zu der die Menschen sich hingezogen gefühlt hatten.

An Elaines zweitem Todestag erwachte Elder spät und widerwillig. Er hatte keinen Traum von Elaine gehabt, er war allein geblieben in der Nacht. Elder trat ans Fenster, zog die Vorhänge zurück und sah, dass sich die Welt in dichten Nebel gehüllt hatte. Von den Radioteleskopen – gigantische Schüsseln, in denen sich die kosmische Hintergrundstrahlung fing – konnte Elder bloß jene rotblinkenden Lichter ausmachen, die Piloten vor dem Hindernis warnen sollten. Das Haus der Ives war ganz im Grau versunken. Elder zog sich seinen Mantel an und ging spazieren, die Gedanken bei Elaine, und es war ihm, als sei seine Frau erst an diesem Morgen gestorben, so taub und sprachlos fühlte er sich innerlich, als hätte eine gewaltige Hand seinem Herzen eine gewaltige Schelle verpasst.

Zum ersten Mal seit Elaines Tod sprach Elder wieder mit Gott, und zum ersten Mal in seinem Leben haderte Elder offen mit ihm: Wieso, Herr, hast Du uns keine Zeit gegeben, uns voneinander zu verabschieden? Wieso hast du mich schlafen lassen, während sie starb? Wieso hast Du mir solches Glück gezeigt, um es so unangekündigt wieder zu nehmen? Das war nicht gerecht. Und Elder fühlte eine böse Zufriedenheit über seine blasphemischen Gedanken, als befreite er sich von einer Last, und dachte an Hiob mit Verachtung.

Er lief auf dem weiten Gelände der alten Farm ziellos auf und ab, bis ihn seine Schritte, er wusste kaum, wie, plötzlich auf die Veranda des großen Hauses gelenkt hatten, das im Nebel lag wie ein Geheimnis. Die Ives waren offenbar fort, Charlies Truck fehlte, das Haus war ganz still. Grundlos probierte Elder die Türe, sie war nicht verschlossen, sie ging auf, und bevor Elder wusste, wie ihm geschah, hatte er sie nicht vor, sondern hinter sich wieder zugezogen, und war über die Schwelle getreten.

Er blieb im Flur stehen. Sein Herz schlug schnell. Das Haus sah von innen nun ganz anders aus als zu Lebzeiten von Elaines Eltern. Es wirkte offener, größer, weicher. Es roch gut, nach Regenjacken und warmer Küche und Feuerholz und Seife. Im Erdgeschoss gab es ein großes Wohnzimmer mit Kamin und Blick über die Farm. In der Küche, sah Elder, hingen Kinderbilder am Kühlschrank und Stundenpläne. Unter der Treppe gab es eine Art kleines Arbeitszimmer mit zwei Schreibtischen, mit Regalen voller Bücher, ein paar von den Romanen kannte Elder, die hatte auch Elaine gelesen.

Elder stellte sich vor, wie es wohl wäre, wenn er Feuer an dieses Haus legte, und erschrak über diesen Gedanken. Er stieg die Treppe hinauf in das Obergeschoss. Er betrat das Schlafzimmer von Charlie und Louise und setzte sich auf das Bett und betrachtete die Fotos und die geheimnisvollen Tiegelchen mit Salben und Tinkturen, die auf dem Nachttisch von Louise standen. Er studierte den Rücken des Buches, das Charlie offenbar gerade las. Er ging in das Badezimmer und wusch sich die Hände und trocknete sie und betrachtete dabei sein Gesicht im Spiegel und fand, dass er noch immer aussah wie als Kind, wie ein Junge, es waren dieselben Augen, dasselbe Gesicht, als hätten all die vergangenen Jahre nur in seinem Kopf stattgefunden. Er ging aus dem Badezimmer und hatte nun das eigenartige Gefühl, das alles sei nur ein Traum, und auf einmal dachte er: Vielleicht bin ich ja auch wirklich nur noch ein Geist, vielleicht habe ich dieses Leben schon bewältigt, und zu Hause wartet Elaine auf mich, und sein Kinn zitterte, und die Vehemenz seiner Gefühle und die Haltlosigkeit seiner Gedanken ängstigten ihn.

Elder ging geräuschlos über den Flur und betrat ein Kinderzimmer, es war das von Marla, der älteren Tochter, er erkannte das an einem Hausaufgabenheft, das auf dem kleinen Kinderschreibtisch lag. Das Zimmer war aufgeräumt, die Spielsachen standen ordentlich in einem Regal, das Bett war gemacht. Es roch leicht säuerlich, als sei das Kind vielleicht kürzlich krank gewesen. Elder nahm eines der Kuscheltiere vom Bett und drückte es an sein Gesicht und legte es zurück, dann nahm er das Hausaufgabenheft und blätterte darin gedankenverloren und schaute aus dem Fenster. Er meinte, Lichter im Nebel zu sehen, und dann tauchte aus dem Nebel auf einmal Charlies Truck auf und hielt knirschend im Kies vor dem Haus.

Marla sprang vom Beifahrersitz hinunter, Charlie stieg auf der Fahrerseite aus, die beiden unterhielten sich lachend über irgendwas und verschwanden auf der Veranda und aus Elders Sicht, und bis dahin hatte er wie festgefroren am Fenster gestanden, das Hausaufgabenheft zusammengedrückt in der Hand, und erst als er unten die Türe gehen hörte und die Stimmen im Haus, konnte er sich bewegen und dachte, dass er vielleicht nach unten den beiden entgegengehen sollte mit irgendeiner Ausrede, und dann sah er Marlas Bett, und dann bemerkte er, dass er im Begriff war, unter Marlas Bett zu kriechen, und dann kroch er unter Marlas Bett und lag dort, und das Herz wummerte ihm eng in der Brust, und nun rannte jemand die Treppe hoch. »Beeil dich!«, hörte er von unten Charlies Stimme. »Ich mach schnell!«, rief Marla zurück, und dann war sie in ihrem Zimmer.

Elder sah ihre kleinen Füße in den kleinen Socken auf dem Teppich, er hätte sie berühren können, so nahe waren sie. Vor ihm wurde ein Schulranzen auf den Boden gepfeffert, und dann fielen Anziehsachen herunter, Reiterstiefel wurden vor dem Bett aufgestellt, und er hörte das Mädchen atmen, offenbar zog es sich um, und dann rief es: »Hast du den Kuchen für Caroline? Mom hat gesagt, wir sollen ihr was mitbringen!«, und Charlie antwortete von unten: »Ja! Jetzt zackig, wir wollten doch heute mal pünktlich sein«, und Marla rief: »Ich bin gleich fertig!«, und sie setzte sich aufs Bett, dass die Sprungfedern fast auf Elders Gesicht drückten, und er hörte sie atmen, während sie in die Reitstiefel stieg, und dann stand sie auf und rannte aus dem Zimmer die Treppen hinunter. »Fertig!«, rief sie, »dann los«, sagte Charlie, und dann sagte er: »Wo sind deine Arbeitssachen? Du wolltest das doch nachher bei Mom im Büro machen, das hatten wir doch besprochen«, und Marla sagte: »Mist, vergessen!«, und dann rannte Marla die Treppe wieder hoch in ihr Zimmer, und Elder, Elder spürte das Heft zusammengedrückt in seiner Hand, und kalter Schweiß trat auf seine Stirn.

»Ich kann mein Hausaufgabenheft nicht finden!«, rief Marla, die an ihrem Schreibtisch stand. »Wo ist denn dieses blöde Heft?«, sagte das Mädchen dann leiser zu sich selbst, und Elder sah ihre Füße im Zimmer auf und ab gehen, und dann ging das Mädchen auf die Knie und beugte sich herunter und schaute unter sein Bett, und da lag Elder.

Das Kind schaute ihm in die Augen. Elder versuchte noch so was wie ein warmes Lächeln, streckte dem Kind gar grotesk das zerknüllte Hausaufgabenheft entgegen, da schrie es. »Aaah!«, schrie Marla und kroch rückwärts fort von ihm. »Aaiihh! Daddyyy!« Und Charlie, sofort Alarm in der Stimme, rief von unten: »Was ist denn?«, und Elder hörte ihn die Treppe hochrennen, und versuchte, sich irgendwie unter dem Bett hevorzubewegen, kam aber nicht so recht vom Fleck. »Da ist ein Mann unter meinem Bett!«, schrie Marla. »Was?«, sagte Charlie, und dann sah Elder, wie Charlie sich herabbeugte, wie dessen Gesicht vor ihm auftauchte, und im nächsten Moment sagte Charlie: »Elder? Sind Sie das?«

Und er packte Elder am Arm und zog ihn unter dem Bett hervor, und Elder rappelte sich auf und stand nun vor Charlie, mit dem Rücken zur offenen Tür, und er hob entschuldigend die Arme und wollte etwas Erklärendes von sich geben, aber es kam nur: »Es tut mir leid«, und dabei ging er einen Schritt rückwärts. »Was machen Sie hier?«, fragte Charlie, aber aus seinem Gesicht wich das Erstaunen langsam einem kalten Zorn, und Marla versteckte sich hinter ihrem Vater und wimmerte. »Es tut mir leid«, sagte Elder abermals und ging weiter rückwärts. »Was machen Sie hier, Sie Penner?«, fragte Charlie noch einmal, und nun schubste er Elder. »Was machen Sie unter dem Bett meiner Tochter?« Und Elder sagte noch einmal: »Es tut mir leid«, und dann drehte er sich um und wollte davonrennen, aber seine Beine waren seltsam wie Pudding, und als er an die Treppe kam, stolperte er über die eigenen Füße und stürzte. Er fiel die dreizehn beteppichten Stufen hinunter und brach sich dabei doppelt die Hüfte und verlor dann dankbar das Bewusstsein.

Einige Wochen später zog die Familie Ives aus dem alten Farmhaus aus. Charlie und Louise hatten von einer Klage gegen den noch immer im Krankenhaus befindlichen Elder großzügig abgesehen, allerdings eine einstweilige Verfügung beim Sheriff erlassen, nach der Elder der Familie in Zukunft fernzubleiben hatte. Elder selbst kehrte irgendwann aus dem Krankenhaus in das kleine Haus zurück, das er einmal mit Elaine bewohnt hatte. Er konnte, wenn er aufrichtig in sich hineinhorchte, über die Episode mit der Familie Ives keine wirkliche Scham empfinden. Dies, so fühlte er, war ihm eben passiert, es war nicht gut gewesen, aber, das verstand er nun auch, es war ihm sehr schlecht gegangen, als es geschah, und er hatte in dem schlimmen Sturz die Treppe hinunter für seine Begriffe auch Buße getan.

Die Wahrheit war, dass es Elder seit dem Vorfall eigentlich deutlich besser ging. In den vielen opiumgetränkten Dämmerstunden, die er im Krankenhaus verbracht hatte, war ihm ein paarmal Elaine begegnet, oder so was wie ihr Schatten, und er hatte dabei eine tiefe Liebe empfunden und endlich auch so etwas wie eine Freude darüber, dass es sie in seinem Leben gegeben hatte. Er war aus dem Krankenhaus gegangen mit einem Gefühl von Erlösung. Heimlich erklärte er sich den Traum am ersten Todestag nun sogar als eine Art elaborierten Plan der toten Elaine, die, so meinte er, von vornherein die ganze Kette von Ereignissen so geplant hatte, alles nur mit dem Ziel, ihn irgendwie zu läutern und zu befreien, es war also nie um Freundschaft zu den Ives gegangen, sondern um irgendeinen radikalen (Hüft-)Bruch mit seinem alten Leben.

Die Krankenhausrechnung nötigte Elder Spangler dazu, die alte Farm von Elaines Eltern zu verkaufen. Es blieb auch danach noch ein beträchtlicher Schuldenberg. Elder nahm den beinahe dankbar auf sich, wie eine neue Aufgabe, der er sich widmen konnte. Weil in der Community niemand mehr etwas zu tun haben wollte mit ihm, freute er sich umso mehr, als ihm auf einer seltsamen Ranch, nur eine halbe Stunde Fahrt von Green Bank entfernt, eine Stelle als Gärtner angeboten wurde. Bald trat er dort, in Mount Horeb, seinen Dienst an und rabboterte fortan still vor sich hin, im Grunde wieder als der Mann, der er gewesen war, bevor Elaine in sein Leben trat. Elder ahnte nie, wie mächtig einige der Menschen waren, die ab und zu in dieser dem Unternehmen *joule* gehörenden Ranch logierten, und so gingen seine Jahre, wie er fand, ereignislos, gleichmäßig und einfach dahin – *like a field mouse, not shaking the grass*. Er war zufrieden.

Seht also einmal mehr. Dort humpelt Elder Spangler, Witwer der Elaine, genesener Traumatisierer der Marla Ives. Und kaum einer weiß von dieser Geschichte, und niemand sieht sie ihm an, und doch ist auch er nur einer von uns, unter uns.

4

POCARI SWEAT /
AOKIGAHARA
GHOST STORY

Eine knappe Woche ist vergangen. Wir befinden uns in Tokio, es ist Nacht. Da, im verwinkelten Stadtteil Jingumae, in einer finsteren, verlassenen Gasse, sehen wir Peter wieder, aber o Gott, was ist denn mit dem los? Er steht mit dem Rücken zu uns, leise schwankend, und starrt wie hypnotisiert in einen leise summenden Getränkeautomaten. Von der Maschine, die ausschließlich das milchig-trübe Sportgetränk »Pocari Sweat« feilbietet, geht diffuses Licht aus wie elektrischer Mondschein. Das Licht hebt Peters Vorderseite ein wenig aus dem Schatten, und fit, muss man sagen, sieht er nicht gerade aus. Sehr blass ist er, die Augen sind stark gerötet, der ganze Ausdruck wirkt weggetreten. Auch Peters Aufmachung ist ungewohnt, ein abgetragen ausschauendes Smokinghemd unter einem bräunlichen, ausgebeulten Zweireiher und dazu runtergetretene, ungeputzte Lederschuhe.

Aber man muss sich noch keine Sorgen machen. Peter geht es im Grunde ausgezeichnet. Die Garderobe, um damit mal anzufangen, ist natürlich wie immer total überlegt, nur ein Amateur könnte das übersehen, der *suit* ist Yamamoto, vintage, auch die Schuhe sind zweiter Hand, aber feinste englische Qualität, genau wie das Hemd. Das ganze Outfit verbreitet genau wie die etwas stumpf getragene Rolex, die seit Kurzem an Peters Handgelenk hängt, jene leise, aber nachdrückliche Schönheit auf den zweiten Blick, die der Japaner als *wabi-sabi* bezeichnet und die Peter seit ein paar Tagen beruflich schwer beschäftigt.

Auch sein bleiches Antlitz und die geröteten Augen sind ebenfalls schnell erklärt: Nachdem Bouvet und Wee ihm in West Virginia eröffnet hatten, dass die Reise nach Japan im Privatjet gehen würde, beschloss Peter im letzten Moment vor der Abreise noch irrsinnig, sein Gras in dieses den Drogen schwer abgeneigte Inselreich einzuschmuggeln – was gut gegangen ist. So konnte vor ein paar Stunden auf dem Balkon seiner kleinen Suite im Hotel Imperial endlich mal wieder die Sebsi zum Einsatz kommen, unser Freund ließ den Blick über die noblen Straßen von Ginza schweifen, während er ein Pfeifchen rauchte mit »Eyes Wide Shut«, jenem potenten Gras, das dem Konsumenten *complete focus* verspricht. Und weil das Gras funktioniert, ist Peter nun eben auch vollkommen vertieft in seine Gedanken: weltvergessen.

»Das ist doch alles total vorbei«, denkt Peter beim Anblick der Flaschen mit Pocari Sweat. »Diese digitale Ästhetik der Leistungssteigerung, diese Obsession mit dem Artifiziellen. Dieser Drink soll doch eindeutig erinnern an das Androidenblut von Bishop in *Alien*, oder nicht, dass man sozusagen mechano-kannibalistisch zur Maschine wird, indem man deren Körpersäfte trinkt? Aber das ganze Problem mit dem Cyborg und Cyber-Punk und William Gibson und Ridley Scott und so weiter ist doch, dass das überhaupt nicht mehr neu, sondern so alt wirkt. So retro und visionslos, das Dystopische daran hat in unserer tristen Gegenwart jede Sexyness verloren. Wir müssen das wirklich anders machen mit *libeo*. Das muss ich den Leuten bei *kortex* unbedingt vermitteln, die sind da nicht ganz auf der Höhe. Und ich sollte wirklich noch einmal nach Takachiho.« Peters Blick schärft sich wieder. Er kratzt sich kurz am Kinn und nickt dann anerkennend: Auch dieses Gras ist wieder wirklich ausgezeichnet.

Ein Blick auf die Uhr bestätigt Peter unterdessen, was zu befürchten stand: Es ist Zeit. In einer halben Stunde muss er im JBS sein, um dort, jawohl, Anne zu treffen. Die ist nämlich auch in Tokio. »Japan?? Ich komme mit :-)«, hatte in einer der wenigen Nachrichten gestanden, die sie Peter seit jener ersten, ihn so glücklich machenden SMS geschickt hat.

Peter unterdrückt einen Anflug von Panik. Es heißt unbedingt klarkommen jetzt. Im grellen Licht eines 7-Eleven an der Ecke zur Omotesando trinkt er noch schnell einen Doppio, während draußen ein feiner, freundlicher Frühlingsregen einsetzt. Auf der Toilette rehydriert er die geröteten Augen mit sensationellen japanischen Augentropfen, dann fährt er mit der Ginza Line eine Station zum Bahnhof Shibuya und läuft, den Weg kennt er auswendig, über den dunklen Asphalt, durch Tokios glitzernde Straßen aus blinkenden Reklamen und flackerndem Halogen, und fühlt sich dabei, als wandele er durch gigantische Schaltkreise. Schließlich kommt er, fünf Minuten zu früh, vor dem JBS an, seiner Lieblingsbar auf der ganzen Welt, deren Name ein Akronym ist für die Worte Jazz, Blues, Soul. Hier soll er Anne zum ersten Date in Japan treffen.

Die Bar befindet sich im zweiten Stock eines unscheinbaren Geschäftsgebäudes westlich des Bahnhofs. Man muss eine schmale, schlecht beleuchtete Stiege hochklettern, in der es klamm riecht, und dann auch ein kleines bisschen Courage aufbringen, um die Tür aufzudrücken, denn nichts daran suggeriert, dass dahinter tatsächlich das Lokal wartet. Peter ist aber sowieso furchtbar aufgeregt, so aufgeregt in der Tat, dass er kaum irgendwas ernsthaft mitkriegt, vielmehr schiebt das Adrenalin alles in eine seltsame Zeitlupe, er sitzt wie ein winziger, regloser Kapitän in seinem Kopf und schaut durch die Luke der eigenen Augen dem Geschehen davor zu. Die Tür zur Bar geht auf, und Peter hat damit gerechnet, der Erste zu sein, dass er sich also erst einmal umschauen, den spärlich beleuchteten Raum in Betracht nehmen darf, sich setzen und ankommen, stattdessen fällt sein Blick gleich als Erstes auf Anne, die schon da ist, direkt vor ihm sitzt sie an der Bar, und sie hat den Blick schon zur Tür gewendet, und so begegnen sich ihre Augen, hier und jetzt, zum ersten Mal wieder seit dem Abschied im Flieger, und Peter ist abermals wie blind, wenn er sie anschaut, und er spürt ein Kribbeln im ganzen Körper, und er fängt unwillkürlich an, über das ganze Gesicht zu strahlen.

Und auch Anne lächelt und muss zu ihrer Irritation feststellen, dass sie tatsächlich glücklich ist, diesen komischen Peter zu sehen, dass sie ihn mag, und sie braucht dieses Mal mehr als einen kleinen Moment, um sich wieder zu fangen. Sie steht auf, will Peter irgendwie die Hand reichen, spürt dann aber, dass das auf keinen Fall reichen würde gerade, und sie umarmt ihn, kurz, flüchtig, dass ein Hauch ihres am Morgen aufgetragenen Parfums in Peters Nase steigt, Vetiver.

»Du siehst ja ganz verändert aus«, sagt Anne. »Wie ein

Japaner irgendwie.« Sie mustert seine Garderobe: »Richtig schön.«

»Du auch«, sagt Peter, der sich kaum traut, Anne zu betrachten. »Also, du siehst auch toll aus.« Anne hat keinen sonderlich komplizierten Stil, sie mag es schlicht und kann sich das auch leisten, sie trägt ein grau meliertes, zu großes Sweatshirt, helle Jeans und Nike Killshots. Die Haare hat sie wieder lose hochgesteckt, Peters Blick streift kurz und schaudernd die goldenen Strähnen, die von ihrem Nacken über das Oberteil fallen. Der Nasenstecker glitzert im Licht der Bar. Sie ist ein physisches Wesen, denkt Peter, und in diesen Gedanken mischt sich, wie in homöopathischer Dosis, Trauer: Sie ist sterblich. Sein Herz klopft.

»Du bist ein bisschen bleich«, sagt Anne.

»Warte kurz«, sagt Peter, »ich erzähl dir gleich«, und dann: »puh«, als er sich neben sie an die Bar setzt, ein heller Holztresen, hinter dem statt Schnäpsen hohe, von endlosen Schallplatten gefüllte Regale stehen. Das JBS ist eine Musikhörbar, ein *kissaten*, in dem der Barmann auflegt, die Gäste sind angehalten, nur leise zu reden, der Musik Aufmerksamkeit zu schenken. Gerade läuft, erkennt Peter auf der Stelle, *Night Beat* von Sam Cooke, eine bluesige, wundervolle Saufplatte. Peter und Anne sind fast die einzigen Gäste in der Bar, da sitzt, ganz am anderen Ende des Tresens, nur eine einsame japanische Frau mittleren Alters vor einem Whisky und studiert irgendein Buch. Die Frau dreht sich von Peter weg, als sie seine Augen auf sich spürt.

Peter also: setzt sich auch. Er spürt Anne neben sich, ganz leicht berührt ihr Knie das seine. Die Stühle stehen eng in dem kleinen Raum, die beiden sehen einander nur halb und scheu und lächelnd an. »Ich freue mich«, sagt Peter, durchatmend, wieder leiten ihn Bekifftheit und Aufregung auf einen glücklichen Pfad der Aufrichtigkeit. »Erzähl mir doch mal, wie du hergekommen bist und so. Ich bin irgendwie so aufgeregt, dass ich kaum reden kann. Ich muss mich wirklich noch kurz fangen.«

Er spricht zu Anne, als sei im Grunde alles klar zwischen ihnen, mit offenem Visier. So fühlt sich das an für ihn: als sei Anne seine Frau, seine Freundin. Wenn man es recht bedenkt, versteht man auch, dass die Begegnung mit Anne so eine Art Wunder ist für Peter, dass er einen Menschen gefunden hat, zu dem er so schnell so offen spricht wie sonst höchstens zu seinem Bruder Harald. Und Anne, der gegenüber interessierte Männer meist irgendeinen lächerlichen Anschein von Coolness zu wahren versuchen, hinter dem sie ihre offensichtliche Aufgeregtheit nicht glücklich kaschieren, findet dieses offene Visier auf seltsame Art anziehend.

Der Barmann stellt sich vor die beiden. Peter und Anne bestellen Highballs, Whisky Soda. Anne erzählt Peter, dass es auf der Insel in der Chesapeake traurig und bedrückend gewesen sei, bei dem Hausherrn sei kurz vor ihrem Eintreffen ein Krebs diagnostiziert worden, sie hätte also gleich begriffen, dass sie nicht gut bleiben könne. Und dann hätte sie an Peter gedacht, und, an dieser Stelle zögert Anne, sie hätte sich, ehrlich gesagt, sowieso geärgert über ihren blöden Spruch beim Abschied im Flieger, eigentlich hätte sie sich gefreut über Peters Vorschlag eines Wiedersehens, und dann hätte sie ihn nach ein bisschen Googeln gefunden und endlich bei seiner Assistentin angerufen und die bequatscht, Peters Handynummer rauszurücken (das weiß Peter schon von Friederike, mit der er wieder in Kontakt steht, desgleichen auch mit Harald, wenngleich nicht mehr so regelmäßig). »Und als du mir dann geschrieben hast, dass du nach Tokio fliegst, wusste ich sofort, dass ich auch herkommen will. Ich will schon so lange. Ich bin zum ersten Mal in dieser Stadt, weißt du?«

»Gefällt es dir denn?«

»Sehr. Ich meine, ich bin ja erst vorgestern angekommen. Aber ich wohne gleich um die Ecke, und ich wache immer total früh auf, und dann gehe ich durch die Straßen und beobachte, wie alles lebendig wird. Heute früh war ich am Meiji-Schrein, da gab es eine Shinto-Hochzeit, und dann habe ich mir nachmittags das Edo-Museum angesehen. Es ist toll.«

»Finde ich auch«, sagt Peter. »Ich wohne normalerweise auch in diesem Stadtteil. Dieses Mal haben die ... Ich wohne in Ginza dieses Mal. Das Hotel heißt Imperial, es ist unglaublich. Das feinste Hotel, in dem ich jemals gewesen bin.«

»Ja, dann aber raus mit der Sprache! Was machst du hier eigentlich? Du wolltest doch irgendwas in West Virginia erledigen.«

»Da war ich auch. Anne«, sagt Peter dann, und er legt ihr kurz und leicht die Hand auf den Rücken, und ihr Rücken kommt ihm dabei eigenartig breit und stark vor. »Pass mal auf. Wir kennen uns ja eigentlich gar nicht, auch wenn sich das für mich überhaupt nicht so anfühlt. Das ist so merkwürdig. Und wenn ich dir das jetzt mal so ein bisschen erzähle – und ich erzähle dir auch nicht alles, okay? Ich darf nämlich nicht. Aber wenn ich dir was erzähle, dann, weil ich ...«

»Du musst mir gar nichts erzählen«, unterbricht ihn Anne, einen Hauch kühl, gekränkt. »Aber ich kann Geheimnisse für mich behalten, wenn es das ist, was du wissen willst.«

»Ich sage doch, ich erzähle es dir. Aber es ist eigentlich eben so richtig, also so richtig, richtig geheim.«

In diesem Moment singt Sam Cooke im Hintergrund: »*At last I've awakened to see what you've done; All I can do is pack up and run; Now I know the rules; Get yourself another fool*«, Peter aber wird jetzt: erzählen. Denn er muss doch auch irgendwem mal erzählen dürfen, selbst Friederike und Harald gegenüber hat er bislang keine Details verraten, aber wie verrückt das alles ist, das muss mal raus, und er will das vor allem Anne erzählen, es ist zu irre, es ist zu großartig, um nicht ausgepackt zu werden, zumal es doch sicher auch Eindruck machen wird.

»Also, pass auf«, sagt er, die Stimme gesenkt. »Mein neuer Auftraggeber ist Drew Itautis. *The man himself.*«

»*What?*«, sagt Anne.

»Ja! Der hat vor etwa zehn Jahren ein kleines, ziemlich geheimes Unternehmen gegründet, das *kortex* heißt. Die entwickeln offiziell Implantate für das Gehirn. Schrittmacher gegen Parkinson und Epilepsie und so, kleine elektronische Impulsgeber im Gehirn, die gegen motorische Störungen anarbeiten. Es gibt so was schon seit den Siebzigerjahren des letzten Jahrhunderts, aber *kortex* ist auf diesem Markt innerhalb der letzten fünf Jahre zur Nummer eins aufgestiegen und bietet sensationell kleine, außerordentlich präzise Produkte an, die zum Teil auch schon per Kit, also ohne intensive chirurgische Vorarbeit eingesetzt werden können. Wohl mit so einer Art Hämmerchenmaschine, die winzige Einheiten ins Hirn schießt, keine Ahnung, wie man sich das genau vorstellen muss.«

Peter räuspert sich.

»Die sind jedenfalls so schnell so gut geworden, weil sie unfassbare Mengen an Geld verbrannt haben für ein Team von Leuten, das sich kein Unternehmen mit Profitstreben jemals leisten könnte. Aber die wollen bei *kortex* halt gar keinen Profit machen. Jedenfalls noch nicht. Woran die nämlich von Anfang an und sozusagen eigentlich interessiert waren, ist Potenzierung. Das heißt, die wollen versuchen, die Leistung des Gehirns über Impulse von außen zu steuern und maschinell zu steigern. *Brain-Machine-Interface* nennt sich so was. Auch da gab es in der Vergangenheit schon diverse Anläufe, so riesige Helme mit Kabeln dran, die man anziehen sollte, aber diese Sachen waren krude und ziemlich wirkungslos. Bei *kortex* haben sie nun aber angeblich einen ersten Prototyp von so einem Interface bis zur Testreife gebracht. Sie behaupten, dass das Ding funktioniert. Eine Steigerung des IQ um bis zu fünf Prozentpunkte, heißt es.«

Peter nimmt einen tiefen Schluck von seinem Highball. Er sitzt mit Anne im JBS in Tokio und erzählt die Geheimnisse eines Milliardenkonzerns, und das fühlt sich für ihn richtig an.

»Also«, sagt er, »ich war ja zunächst in West Virginia, da bin ich zwei Leuten von *kortex* begegnet. Ich weiß von beiden ehrlich gesagt überhaupt nicht, was die genau machen für den Konzern, aber die haben mich sozusagen ausgecheckt und dann angeheuert als Designer und begleiten mich nun. Und die haben mich nach Tokio gebracht, weil hier gerade das Entwicklerteam von *kortex* hockt, um mit verschiedenen neuen Silikonen herumzuspielen. Den Leuten von diesem Team bin ich in den letzten Tagen ein paarmal begegnet. Die sind total unglaublich. Lauter Professoren und Ingenieurgenies und Hackerfreaks, etwa zwanzig Leute, die Itautis persönlich ausgewählt hat mit dem Ziel, diese Denkdoping-Maschine zu bauen, und die sind alle wahnsinnig schlau, also echt unfassbar schlau, und wie eine Familie, die leben richtig gemeinsam wie eine Kommune und reisen zusammen um die Welt.«

Die unfassbaren Experten haben Peter in langen, mühsamen Gesprächen zu erklären versucht, wie verrückt kompliziert das Projekt ist, an dem sie arbeiten. Es ist wirkliche Pionierarbeit zu leisten in allen möglichen verschiedenen Disziplinen, er hat mit einem Wissenschaftler nach dem anderen geredet, bis ihm der Kopf schwirrte. Die Neuronen des Gehirns, hat er gelernt, sind wirklich winzig und absolut zahllos und auf fantastische Weise verstrickt und vernetzt, und sie liegen geschützt unter Knochen und Haut und Flüssigkeit. Diese Zellen präzise zu lesen und anzusteuern, ohne die Schädeldecke zu öffnen, ist im Grunde fast eine Unmöglichkeit, es ist so anspruchsvoll, dass die allermeisten Wissenschaftler beim bloßen Gedanken daran die Waffen strecken. »Die eine Sache, die mir alle gesagt haben, ist aber, dass Itautis der irrste Kopf von allen ist. Der versteht offenbar wirklich jeden Aspekt des Projekts und kann bis ins letzte Detail Input geben oder sich Lösungen überlegen. Und weil Itautis alles für möglich hält und sie den so maßlos bewundern, folgen sie ihm und haben nun tatsächlich eben auch Erfolg. Die Maschine beginnt zu funktionieren.«

Anne, die bislang gebannt zugehört hat, schüttelt den Kopf. »Aber was hat das denn mit dir zu tun? Ich dachte, du machst Schlümpfe?«

»Also, diese Maschine hier in Tokio ist erst mal nur ein erster Prototyp. Itautis glaubt, dass die Technologie in den kommenden Jahren genau solche Sprünge machen kann wie alle anderen Technologien der letzten Zeit auch. Also, diese erste Maschine wäre dann sozusagen noch eine qualmende Motorkutsche, und irgendwann möglichst bald gibt es schon die Teslas der Hirnstimulation. Nur dass solche Sprünge inzwischen ja nicht mehr Jahrhunderte, sondern eher Dekaden brauchen. Ich habe mich mit Yang, einem von diesen beiden seltsamen Leuten aus West Virginia, wobei der angeblich sogar der CEO von *kortex* ist, aber egal, mit dem habe ich mich vor allem lange über die Frage unterhalten, warum so ein Apparat angeblich so alles verändernd wäre, wie die das zu glauben scheinen. Die denken nämlich, dass das eine grundlegende Veränderung der Welt bedeuten wird, und Itautis hat offenbar Hunderte Millionen Dollar Privatvermögen investiert. Und dieser Yang meinte: Stell dir vor, du könntest dich stundenlang am Stück mühelos total konzentrieren. Oder stell dir vor, dein IQ, oder meinetwegen jede andere Art, das Geistespotenzial zu quantifizieren, wäre auf einmal um fünf Prozentpunkte höher: Konzepte, die dir bislang schwerfielen, würden zugänglich und greifbar erscheinen. Denkfehler, an denen du geklebt hast, offensichtlicher. Stell dir vor, du hättest häufiger bessere Ideen, die du schneller und präziser formulieren könntest. Stell dir vor, die klügsten Menschen der Welt würden auf einen Schlag noch mal klüger werden, sodass sie ihre Aufgaben noch besser lösen können. Stell dir vor, die Menschheit insgesamt würde klüger, einsichtsreicher werden. Und die Maschine von *kortex* würde ja auch immer besser werden, weil die Erfinder immer schlauer würden. Stell dir vor, dein IQ wäre bald um zehn, um zwanzig Prozent höher, sodass du als Normalsterbliche plötzlich einsteinschlau sein könntest. Die ganze Menschheit würde einen gewaltigen Satz nach vorne machen und immer schneller werden. Weiter beschleunigen. Stell dir vor, irgendwann ließe sich das Denken mehrerer Menschen direkt *vernetzen*, weil man die Interfaces miteinander verbindet.«

»Telepathie!« Anne sitzt jetzt ganz still und schaut Peter sehr ernst an. »Daran arbeiten die?«

»Also, angeblich haben die das erste Ziel so ziemlich erreicht. Fünf Prozent Steigerung.«

»Aber ... muss man dazu denn nicht genau wissen, wie das Gehirn funktioniert und so? Ich dachte immer, wir verstehen das noch gar nicht.«

Sie ist richtig aufgeregt, denkt Peter. Die interessiert das genauso wie mich.

»Man muss offenbar überhaupt nicht genau wissen, wie das Gehirn exakt funktioniert, noch nicht einmal, wie so eine Maschine exakt funktioniert. Man muss nur wissen, *dass* die Stimulatoren irgendwie stimulieren. Das ist schon bei den Schrittmachern im Hirn so. Kein Mensch begreift, was da neurologisch ganz genau passiert, man hat nur begriffen, dass es hilft. Und bei *kortex* ist die Maschine an ein wahnsinnig komplexes Feedbacksystem angeschlossen, in das der User theoretisch selbst eingreifen kann, wobei die Maschine wohl vor allem von selbst sehr schnell lernt, Muster zu erkennen und zu verstärken. Das sind die *AI*-Algorithmen, für die bei *kortex* die Programmierer zuständig sind. Am Anfang, so viel habe ich inzwischen verstanden, gibt es anscheinend eine Art Einführung: Die Maschine sagt: ›Denk an Grün‹ oder ›Erinnere dich an gestern‹ oder ›Sing ein Lied‹ oder ›Lös eine mathematische Aufgabe‹ oder so. Dabei lernt sie deine Denkprozesse kennen, und dann beginnt sie langsam, stimulierend einzugreifen. Man spürt das angeblich nicht.«

Anne schüttelt den Kopf. »Das ist Wahnsinn. Und wie muss man sich das vorstellen? Das ist so eine Art Helm oder was?«

»Das weiß ich auch noch nicht so ganz genau«, sagt Peter. »Das haben die mir noch nicht verraten. Aber die Idee ist, dass solche Brain-Machine-Interfaces am Ende, in möglichst naher Zukunft, ganz alltäglich sein werden. So alltäglich wie Smartphones oder Holos. Und ich weiß auf jeden Fall jetzt schon, dass das Ding klein, transportabel sein wird und auf dem Kopf sitzen soll. Wahrscheinlich mit dem Smartphone verknüpft.«

Anne schüttelt abermals den Kopf.

In Anne ... Wir verraten das an dieser Stelle nun etwas ausführlicher. In Anne gehen gerade sehr komplizierte Sachen vor. Sie triumphiert innerlich, weil Peter ihr offenbar einfach alles verrät ohne Vorbehalte. Sie hat ihn gekriegt, der Move mit dem Hinhalten war genau richtig. Und zugleich findet sie das, wovon Peter spricht, in höchstem Maße unheimlich und beunruhigend und kann das kaum verbergen. Es geht bei ihr nicht um einen diffusen Konservatismus, sie ahnt vielmehr ganz richtig, dass hier gerade die Rede ist von einer Technologie, die für die Menschheit dauerhaft Grenzen verschieben muss. Sie denkt nachvollziehbar, dass eine Maschine wie dieses Interface tiefe Gräben ziehen wird, die Träger zu Halbgöttern machen, die Ungerüsteten zu Wilden herabsinken lassen wird.

Und dann findet Anne Peter, der das alles erzählt, mit jedem Moment dieses Gespräches anziehender. In Ermangelung eines präziseren Ausdrucks findet Anne das einfach aufregend, dass dieser schöne, eigenartig zarte Typ offenbar wirklich involviert ist in unmittelbar bevorstehenden Epochenwechsel. »Übermensch«, schießt es ihr in den Kopf. Die Zukunft, die nächste Stufe, vielleicht ja doch auch richtig, in Anbetracht der katastrophalen Gesamtsituation der Welt? Akzelerationismus, die Technologie muss die Wirklichkeit überholen, um den Untergang abzuwenden, in ihrem engsten Umfeld glauben viele Menschen daran. Sie selbst weiß nicht, ob ihr der Gedanke wirklich einleuchtet. Es ist alles so anstrengend ambivalent in ihr, die Technologie ist beängstigend, aber ihr Designer wirkt durch seine Assoziiertheit schöner, und Anne will und darf für den eigentlich nichts empfinden, die eigenen Gefühle so zu beschneiden missfällt ihr aber auch, sie will sich nichts verbieten müssen, sie hat sich stets als souveränen Menschen betrachtet.

»Glaubst du, dass du die Maschine ausprobieren wirst?«

»Ja.«

»Aber dann greifen die doch ... Das ist dein Gehirn. Willst du da jemanden mit rumspielen lassen?«

Peter nickt ernst. »Klar. Darüber denke ich auch nach. Aber wie soll ich ein Produkt gestalten, das ich selbst nicht kenne, nicht spüren kann, zu dem es auch keinen Vorläufer, keinen Vergleich gibt? Und wie soll ich verstehen, welche Ängste ein Konsument überwinden muss, wenn ich mich denen nicht selbst aussetze?« Er trinkt. »Guck mal. Ich weiß, dass das alles ein bisschen krank wirken kann, also, kopflos ehrgeizig oder so, aber ehrlich gesagt musste ich über die Sache keine Minute nachdenken. Seit ich das Wissenschaftlerteam von kortex kennengelernt habe, glaube ich denen, dass ihre Maschine die Welt massiv verändern wird. Und deswegen ist das wahrscheinlich einer der größten Designaufträge, die man in meiner Lebenszeit überhaupt kriegen kann. Verstehst du das?«

»Weiß ich nicht. Vielleicht ein bisschen. Du willst wer sein. Das geht uns ja allen so.«

»Das kann ikonisch werden. Für die Massen, irgendwann auch für die Museen. Aber dazu muss ich das Ding an mir selbst testen. Die rechnen bei kortex übrigens auch mit nichts anderem.«

»Und du musst am Ende also wahrscheinlich so eine Art Fahrradhelm oder so entwerfen?«

»Die Sensoren, die das Gehirn abtasten, sind offenbar sehr klein. Das könnte auch ein Hut oder ein Tuch oder so sein oder sonst irgendwas für den Kopf. Ich habe schon ein paar Ideen.«

»Du«, sagt Anne jetzt, »das ist wirklich alles total verrückt.« Sie stürzt ihr Glas hinunter. »Ich weiß nicht, was ich davon halten soll, ehrlich gesagt.«

»Corporate Social Responsibility, das ist ja auch dein Feld. Die spielen Evolution.«

»Ich meine, wenn das wirklich gehen sollte ... Ihr experimentiert an der ganzen Menschheit herum. Wer weiß, ob wirklich jeder so eine Maschine ... Was das zwischen Arm und Reich ... Ich hoffe für dich, dass diese Leute wirklich vorhaben, was sie versprechen.« Sie schaut Peter durchdringend an. Peter sieht, dass sie graue Augen hat. »Ich komme gleich wieder«, sagt Anne. Einen Moment bleibt sie noch stehen, als hätte sie vergessen, wofür sie sich erhoben hat, dann verschwindet sie in Richtung *restroom*.

Peter bleibt zurück und fühlt sich eigentümlich ruhig. Es ist in Ordnung, denkt er. Ich weiß ja selbst nicht, was ich von mir und dieser ganzen Aktion halten soll, beziehungsweise ich verstehe ja auch nicht, woher mein Vertrauen in die Sache kommt, ob das nicht wirklich verrückt ist, was ich da mache. Vielleicht macht mich diese Maschine ja sogar kaputt. Es ist schön, denkt Peter, dass Anne mir so geradeheraus sagt, was sie denkt. Vielleicht sollte ich mich irgendwie an sie halten. Vielleicht sollte ich der immer alles ganz anvertrauen. Er hat, stellt er mit schlechtem Gewissen fest, noch überhaupt nicht über die politischen Fragen nachgedacht, die so eine Maschine impliziert.

Und eine Freude steigt in Peter auf. Er merkt, dass er wirklich verknallt ist in diese Frau, in ihr Denken, ihre Art, ihre Erscheinung. Dieses seltene, wundervolle Gefühl, und er spürt eine schöne Angstlust, sie gewinnen, sie nicht gewinnen zu können, und er fühlt, dass er Anne zu begehren beginnt, dass er sie berühren will und sich das vorstellen kann: Sie zu berühren.

Anne unterdessen steht vor dem Spiegel des sorgfältig verriegelten kleinen Toilettenraums und schickt, nach kurzem Zaudern, eine verschlüsselte Nachricht an den Kontakt »Amaguq«: »Brain-Machine-Interface: tatsächlich. Prototyp schon in Testphase. Team in Tokio. Siebert Designer?«

Sie kriegt schon ein paar Sekunden später eine Antwort: drei Ausrufezeichen.

Zurück am Tresen weiß Anne für ein paar Augenblicke nicht mehr, wie sie mit Peter reden soll. »Willst du mir verraten, wie du dir das Ding vorstellst?«, fragt sie dann.

Der Barmann stellt zwei neue Highballs vor die beiden.

»Die Maschine hat von mir aus sogar schon einen Namen. Aber den behalte ich jetzt doch erst mal für mich.«

»Schade.«

»Es geht mir gar nicht um Copyright oder so. Das ist eher Gewohnheit: Über *work in progress* spreche ich mit niemandem, das verunsichert mich immer nur.«

Libeo. So soll die Maschine heißen. Im Flieger nach Tokio, als Wee ihm die Idee Brain-Machine-Interface zum ersten Mal ausführlicher erklärte, hat Peter diesen Namen in ein kleines Notizheft gekritzelt. Eine Eingebung.

»Ich kann dir auch nicht viel über die Gestaltung sagen«, sagt Peter. »Ich kenne mich mit den technischen Voraussetzungen noch nicht so aus.«

»Hast du gar keine Ahnung?«, fragt Anne über ihren Glasrand. Die beiden trinken inzwischen sehr schnell, ihre Drinks sind schon wieder fast leer, dieser ganze fiebrige Austausch und seine Geladenheit berühren das Hysterische. »Irgendwie macht mich das sehr nervös alles«, sagt Anne denn auch.

»Mich doch auch. Ich bin so froh, dass ich mal mit jemandem reden kann, ehrlich gesagt. Ich bin so froh, dass du hier bist. Ich bin froh, dass ich dich in L. A. an der Bar getroffen habe. Ich sitze gern mit dir in Bars.«

Anne lächelt. »Ja, schon wieder eine Bar. Vielleicht gehen wir gleich mal ein bisschen spazieren?«

»Unbedingt. Noch ein letzter Drink?« Peter hebt den Arm. »Weißt du, wenn ich zu viel darüber nachdenke ... dass ich da auf einmal mit Itautis zusammenarbeite und so, dann wird mir auch ein bisschen anders. – Two more, please. Arigato.«

»Das ist alles so krass«, sagt Anne. »Mensch-Maschine. Cyborg. Wie aus so einem Science-Fiction-Film.«

»Ja, und ich glaube, genau das ist der Punkt«, sagt Peter. »Also, wenn es um die Frage geht, wie das Ding aussehen soll. Ich glaube eben, das kann es nicht sein. Es kann nicht so ein Technoding sein. Nicht so ein Cyborgding. Es muss vielmehr organisch aussehen. Aber es darf natürlich zugleich auf keinen Fall vollkommen unauffällig sein. Es muss schmücken. Ich denke viel über *wabi-sabi* nach zur Zeit, kennst du dieses japanische Konzept? Die Schönheit der alten Dinge, der Sachen, die gebraucht sind, notwendig, persönlich, echt. Und dann ... Dir sagt nicht zufällig der Künstler Tomás Saraceno etwas, oder?«

»Ist jetzt nicht dein Ernst?«

»Wieso?«, meint Peter. »Der ist bekannt, klar, aber den kennt doch nicht jeder, oder? Ich habe jedenfalls von dem vor ein paar Jahren in Paris eine Show gesehen, im Palais de Tokyo ...«

Anne springt auf, sie ist ganz aufgeregt. »Warte kurz!«, sagt sie und stellt ihr Glas auf dem Tresen ab, und dann zerrt sie sich den Pullover über den Kopf, dass ihre Haare knistern und danach ein wenig zu Berge stehen. Sie zieht das T-Shirt, das sie darunter trägt, vor Peter in die Länge, dass der besser erkennen kann, was darauf zu sehen ist:

eine menschliche Silhouette, die einem steigenden Ballon hinterherzuschauen scheint, rechts unten ein Schriftzug: Tomás Saraceno, Palais de Tokyo. »Ich war in dieser Ausstellung, auf der Abifahrt, 2019! Meine liebste Ausstellung aller Zeiten!«, sagt Anne, es ist die Wahrheit. Erstmals sieht Peter sie fröhlich, in ihren Augen wohnt das Kind, das sie mal war, und Peter denkt: Sie ist ja weich, sie ist ja eigentlich ganz warm. Und vielleicht waren wir ja damals sogar zusammen da, im gleichen Moment in der Ausstellung! Schicksal!

Auch Anne fragt sich, wie das sein kann.

»Wow, Tomás Saraceno! He is really cool«, sagt in diesem Moment obendrein der Barkeeper. »He had a nice show here in Tokyo recently.«

»My favorite artist!«, sagt Anne.

»Mine too«, sagt Peter.

»Maybe you guys are star-crossed«, sagt der Barkeeper und lacht.

Etwa eine Stunde später gehen Anne und Peter nebeneinander die enge Treppe vom JBS hinunter zur Straße. Sie reden noch immer über einen Gedanken von Saraceno, die Idee, dass eine Spinne nicht ohne ihr Netz, ein Netz nicht ohne seine Spinne zu denken ist, dass Spinne und Netz letztlich *ein* Wesen sind, ein natürlicher Cyborg. Sie reden über dessen Implikationen für eine vernetzte Welt, in der alle Menschen miteinander in Kontakt stehen, und Peter erläutert, wie Saraceno seiner Meinung nach diesen Gedanken ästhetisch zu übersetzen versucht. »Die Welt«, sagt Peter, »also, die Natur, so wie wir das jetzt wissen, ist ja im Grunde wie ein Netz. Ein gigantisches Ökosystem. Wenn ich an die Maschine denke, dann denke ich an Netze, an Blätter, Wurzeln. An Spinnen und Käfer und so.«

Der Regen hat inzwischen aufgehört, geblieben ist lediglich der Glanz auf den Straßen. Es ist eigentümlich warm in der Stadt, Peter zieht sein Jackett aus und hängt es sich über den Arm. Anne und Peter gehen nebeneinander, angeschickert, angeregt, ihre Hände streifen sich, Anne nimmt Peters Hand, sie ist sehr verwirrt über ihre Gefühle, und Peter ist so aufgeregt, dass er kein Wort rausbringt und Anne nicht anzuschauen wagt, aber er streichelt mit seinem Daumen leise ihren Handrücken, und die ganze Welt ist wie weggepustet, und er hat auf einmal den seltsamen Wunsch, sich jetzt, ganz plötzlich, einfach in Luft aufzulösen und zu verschwinden für immer.

Was übrigens nicht nur für Anne einen riesigen Schock bedeuten würde, sondern auch für die sogenannte »Anwältin« Clementine Bouvet. Von Peter und Anne unbemerkt, läuft diese Frau, den Kragen wie im Spionagefilm hochgeschlagen und eine Baseballkappe des Teams *Hiroshima Carp* tief im Gesicht, einige Dutzend Meter hinter den beiden her und spricht leise und kalt in ihr Headset: »Seltsam. Der hatte offenbar ein Date. Sehr schöne Frau. Bemerkenswert schön. Sehr schönes Paar. Ich tippe, nächste Station Love Hotel.«

Mit wem telefoniert Bouvet? Und wer ist eigentlich dieser Amaguq, mit dem Anne in Kontakt steht? Anne ist ja wohl, so viel scheint inzwischen doch klar, eine Spionin? Wir werden noch sehen. Für den Moment bleiben wir stehen, lassen die beiden sich schlendernd von uns entfernen, kehren um, laufen, *steady cam*, die Treppen zur Bar abermals hoch und stoßen die Türe auf zum JBS. Es läuft gerade *Space Circus* von Chick Corea, und wir zoomen nun langsam auf jene Japanerin, die Peter vorhin aufgefallen ist, diese Frau, die einsam ein Buch studierte und das noch immer studiert, ein fremdes Tagebuch, und dabei eine Zigarette nach der anderen raucht, vollkommen vertieft. Zu dieser Frau gibt es eine Geschichte zu erzählen, die sich lohnt.

Es ist, Achtung, eine Gruselgeschichte.

Die Frau heißt Midori Sato. Sie ist Ende vierzig, sie ist Forensikerin. Wenn man sich im Morddezernat der Tokioter Polizei umhört, werden die Kommissare dort sagen, dass Frau Sato die wahrscheinlich beste Gerichtsmedizinerin von ganz Japan ist. Nie liege sie falsch, sie habe einen unglaublichen Riecher. Was sie allein durch den bloßen Augenschein aus einer Leiche, ja einem Knochen lesen könne, löse immer wieder Erstaunen und Bewunderung aus. Frau Sato lebe, würden die Kommissare – auch sie rauchen natürlich, während sie erzählen, sitzen auf ihren alten Bürostühlen, die Krawatten gelockert, die Füße auf die metallenen Schreibtische hochgelegt –, Frau Sato lebe, würden die Kommissare sagen, eine ausgesprochen private Existenz, es wisse hier kein Mensch so richtig irgendwas über sie, höchstens sage man manchmal leise und durchaus nicht ohne eine gewisse Sorge zueinander, dass die Sato heute mal wieder eine Fahne habe.

Die Polizisten haben natürlich keine Ahnung, dass Frau Sato – oder nennen wir sie, denn wir werden ohnehin sehr persönliche Dinge über sie preisgeben, doch einfach Midori –, dass Midori also sich am Vorabend beinahe das Leben genommen hätte.

Warum?

Lebensmüde einfach. Zu wenig Freude am Dasein. Zu oft zu traurig, zu grundsätzlich ernüchtert, zu vieles immer gleich, zu lange alles schon, zu einsam alles immer, zu viel Kampf für zu wenig Glück, zu viel bergauf, immer bergauf, zu bitter zu vieles. Zu anstrengend alles. Zu wenig Liebe.

Das fing in ihrem Leben schon damit an, dass sie *buraku-min* geboren wurde, als Mitglied der alleruntersten Schicht der japanischen Gesellschaft, als eine Art Unberührbare, deren Möglichkeiten von vornherein stark begrenzt schienen. In Midoris Umfeld wimmelte es von Sozialversagern, Arbeitslosen, Huren, Kriminellen, Trinkerinnen. Midori kam zwar sozial geschlagen, allerdings auch sehr, sehr schlau auf die Welt, hart, kämpferisch und eigensinnig veranlagt, und trotz der vielen Steine, die ihr die eigene, über sie ausdrücklich befremdete Familie in den Weg legte, trotz der vielen Hindernisse, die *burakumin* im Japan von Midoris Kindheit und Jugend noch überwinden mussten, um überhaupt mal so etwas wie eine Chance auf einen regulären Platz in der Gesellschaft zu bekommen, trotz alldem also gelang es Midori, die Schule glänzend abzuschließen und einen Studienplatz an der medizinischen Fakultät der Universität Tokio zu erhalten – wofür sie ein Eintrittsexamen zu bestehen hatte, das zu den schwersten in ganz Japan zählte.

Midori schaffte das, indem sie sich schon früh so weit wie möglich von ihrer sabotierenden Familie abkapselte, indem sie absolut stur und stupide lernte, also ohne Pause, ohne Freunde, ohne Leben jenseits der Bücher und Formeln, einsamst, dabei stets den Traum des Entkommens vor Augen. Indem sie alle Tränen über die Beleidigungen und Schläge und Anfeindungen, die sie seitens ihrer Lehrer und Familie erdulden musste, nur nachts, im Dunkeln, allein vergoss, sodass sie deren Wirklichkeit des Tags dann auch vor sich selbst verleugnen konnte. Indem sie eine unglaubliche Disziplin an den Tag legte.

An dem schwülen Frühsommertag, an dem die junge Midori Sato nachmittags von ihrem Ferienjob als Regaleinräumerin in der Lebensmittelabteilung eines großen

Warenhauses in Shinjuku nach Hause kam, um im Brief-
kasten Post der Universität Tokio zu finden, welche ihr
die Aufnahme an der medizinischen Hochschule bestätigte, drehte sie noch im Hausflur auf dem abgelaufenen
Absatz um und lief zu Fuß bis an die Ufer des Flusses Su-
mida, wo die Kirschen bereits verblüht waren und Midori,
unscheinbar, klein, rundlich, übernächtigt, mit fettigen
Haaren und glänzender Haut, wo also diese Midori sich
auf ein Geländer lehnte, in der einsetzenden Dämmerung
eine Zigarette rauchte und vor Glück und Erschöpfung für
einen Moment zusammenzuklappen drohte. Bis ihr plötzlich, beim Anblick der trüben Gewässer vor sich, wie einer
Idiotin einfiel, dass sie im Studium vermutlich regelmäßig
mit Leichen zu tun haben würde. Und dabei hatte sie doch,
seit sie als Kind die sterblichen Überreste einer Nachbarin
in einem Kanal neben dem Wohnblock aufgefunden hatte,
einen schlimmen Grusel vor Toten, und sie dachte plötzlich erschüttert, dass sie Medizin, dieses Fach der arrivier-
ten Leute, vielleicht gar nicht würde studieren können.

Schon am nächsten Tag begab sich Midori auf das Gelände der Tokioter Universität und suchte das Leichenschauhaus der medizinischen Fakultät auf. Dem Stu-
denten, der dort gerade Dienst schob, stellte sie sich als
angehende Kommilitonin vor und erklärte, dass sie nach
einer Stelle suche. Sie wollte sich, das verschwieg sie, möglichst rasch und gnadenlos an den Anblick von Leichen gewöhnen. Ob zufällig ein Job frei sei, fragte Midori. Zufällig war einer frei. Bald sah Midori die ersten Toten vor
sich nackend auf metallenen Tischen liegen. Sie verlor viel
schneller, als sie für möglich gehalten hätte, ihre Scheu.
Als Midori dann mal Nachtdienst hatte und die Polizei ihr
den Leichnam eines Selbstmörders, der sich bei Roppongi
vor die *Oedo-Line* geworfen hatte, in mehreren Plastiksä-

cken brachte, rauchte sie nach deren Öffnung zwei, drei Zigaretten und trank dankbar auch einen Schluck aus dem Flachmann, den ihr der Kommissar hinhielt, und dann war das Thema für sie endgültig erledigt. Sie hatte, befand sie, keinerlei Angst mehr vor Toten.

Als Medizinstudentin jobbte Midori weiter in dem Leichenschauhaus und assistierte dort dem Professor für Forensik, Herrn Takashi Nakamoto, und der war, diese Auffassung verlor Midori für den Rest ihres Lebens nicht mehr, ein wirkliches Genie, der las in Leichen wie in einem offenen Buch. »Wissen Sie, Midori-San«, sagte Nakamoto, »Patienten können sprechen. Leichen können nicht sprechen. Wir müssen trotzdem hören, was sie uns sagen. Darum bitten sie uns stumm. Woran also«, sagte Nakamoto und verbeugte sich tief und ernst vor einem Toten, der vor ihm aufgebahrt lag, »sind Sie gestorben?«

Nakamoto impfte seiner Schülerin Midori eine derartige Leidenschaft für Forensik ein, dass sie alle Pläne einer Karriere als reguläre Ärztin über den Haufen warf, um wie ihr Vorbild in der Gerichtsmedizin zu arbeiten. Was allerdings dazu führte, dass sie weiterhin sehr viel alleine war, denn die Toten, die sie umgaben, waren, nun ja, nicht lebendig. Wir verraten auch, dass Midori in den unglücklich verheirateten Professor Nakamoto unglücklich verliebt war, der sah in ihr aber eher so etwas wie seine unansehnliche, aber hochbegabte Tochter und nahm sie regelmäßig nach der Arbeit mit in sein Stammlokal, den Grill eines Koreaners, wo die beiden sich bisweilen furchtbar betranken, und Nakamoto erzählte über Fälle oder Knochenbrüche oder Quetschungen, oder er klagte über seine Frau, bevor er nach Hause ging oder ab und an zu einer Prostituierten.

Als Nakamoto in seinem vierundsechzigsten Lebensjahr

an einem Herzinfarkt starb, verlor Midori ihren einzigen Freund auf der Welt. Sie ging fortan alleine und bald täglich zu dem Koreaner, rauchte und trank dort und starrte auf die glühenden Kohlen in der offenen Küche. Ihre Wohnung, die sie nur noch zum Schlafen aufsuchte, verwahrloste zusehends. Die Beförderung auf eine Professur blieb aus, *burakumin*-Frau bleibt irgendwann eben doch *burakumin*-Frau. Die Schicksale der Toten unterdessen, vor allem die Geschichten der Selbstmörder und Selbstmörderinnen, mit denen Midori tagein, tagaus konfrontiert war, lagerten sich auf ihre Seele wie hauchdünne, zarte Häute von Schmerz, aus denen über die Jahre eine schwere, harte Kruste immer weniger erträglicher Trauer wurde.

An ihrem vierzigsten Geburtstag – kein einziger Mensch hatte ihr gratuliert – lief Midori vom Koreaner aus nach Hause und fragte sich erstmals ernsthaft, ob sich die ganze Sache eigentlich wirklich lohne, ob das wirklich sein müsse, dieses Dasein, in dem sie von Anfang an ihr absolut Allerbestes gegeben hatte und in dem es doch irgendwie ständig Nacht blieb und sich nirgends auch nur das erste Anzeichen einer Morgenröte erahnen ließ. Hart und tapfer und diszipliniert war sie gewesen, aber um welchen Preis hatte sie sich befreit? Wäre es nicht besser gewesen, das eigene Umfeld nicht zu verlassen, um wenigstens nicht einsam sein zu müssen? Und hätte sie nicht immer schon wissen können, dass aller sozialer Aufstieg nichts an der Tatsache ändern würde, dass eine hässliche Frau aus ärmlichsten Umständen in dieser Welt keine Liebe finden wird?

Die Frage, ob es eigentlich noch so etwas wie einen Sinn in ihrer Existenz gebe, verließ Midori nun nicht mehr, sie wachte täglich mit ihr auf und ging täglich mit ihr ins Bett. Es war vielleicht nicht so, dass sie depressiv gewesen wäre im Sinne eines Verlorenseins in einem Nebel aus ständiger grundloser Angst und Verzweiflung. Sie fühlte sich nur einfach sehr übersehen und sehr müde und im Grunde längst alt und des ganzen Daseins, in dem sie nichts Schönes mehr zu erwarten hatte, zunehmend überdrüssig.

Dr. Midori Sato war achtundvierzig Jahre alt, als sie an einem herbstlichen Samstagmorgen verkatert erwachte, sich ankleidete und kurz entschlossen in ein Outdoor-Geschäft in Shinjuku ging, um dort ein Zelt, einen Schlafsack, eine Stirnlampe, Isomatte und einen Wanderrucksack zu erstehen, bevor sie sich in einen Zug setzte, der sie an den Fuß des ewig schneebedeckten Berges Fuji trug. Auf dessen Hängen wuchs, wie Midori natürlich genau wusste, das *Jukai*, das Meer der immergrünen Bäume, ein weites, dichtes Gehölz, das vor Jahrhunderten über zu bizarren Formen erstarrter Lava gewachsen und später weltberühmt geworden war: als der *Selbstmörder-Wald* von Aokigahara. Jährlich nahmen sich in diesem Labyrinth aus Bäumen Hunderte das Leben, erhängten sich meistens oder schluckten Tabletten, ihre Leichen wurden später, manchmal erst Jahre später gefunden von lokalen Freiwilligen, die in regelmäßigen Abständen den Wald durchkämmten in der Hoffnung, dort auf noch Lebende zu treffen, denen sie das unaussprechliche Vorhaben noch würden ausreden können.

Es war schon Nachmittag, als Midori aus dem Bus stieg, der sie vom Bahnhof zu einem weiten Parkplatz am Rande des Waldes gebracht hatte. Hier ließen Touristen und Wanderer ihr Auto stehen, um über einen Pfad in das *Jukai* zu gelangen. Auf dem Parkplatz war es heiß. Das große Gasgestirn der Sonne stand hell und dottergelb in einem klaren Himmel, nur der Berg Fuji hatte sein Haupt wie so oft in dichte Wolken gehüllt. Midori lief über den Parkplatz und bemerkte gleich neben dem Eingang zum Wanderpfad ein Auto, das verlassen wirkte, als stünde es schon

sehr lange an dieser Stelle, und durch die von Kalkablage-
rungen und Staub fast undurchsichtig gewordenen Fenster sah Midori ein Paar ausgetretener Turnschuhe auf dem
Beifahrersitz, eine Straßenkarte, einen weißen Kittel, eine
ausgetrunkene Flasche Schnaps.

Sie betrat den Wald.

Die Luft wurde augenblicklich kühler. Es roch würzig,
frisch, nach Nadelholz, es sangen Vögel, das Licht brach
sich glitzernd in den Bäumen. Midori, die noch nie in
ihrem Leben den Großraum Tokio verlassen hatte, der die
Natur also im Grunde noch nie begegnet war, fühlte augenblicklich, wie an den gefrorenen Rändern ihrer Seele
etwas taute, etwas sich kräuselte wie eine Auster, auf die
Zitronensaft geträufelt wird, und sie stapfte, nun eigentümlich ruhig und gedankenlos, mit ihrem neuen Wanderrucksack auf dem Rücken, in diese grüne Welt hinein.
Sie gelangte an eine Gabelung, deren eine Abzweigung
durch eine Kette gesperrt war, und an der Kette hing ein
Schild: »Betreten für Touristen verboten. Verirrungsge-
fahr.« Midori schaute sich um. Niemand ging vor ihr auf
dem Wanderpfad, niemand schien ihr zu folgen. Niemand
sah sie. Sie kletterte über die Kette und betrat den verbo-
tenen Pfad. Der Wald, fand sie, wurde dahinter nur noch
schöner: als sei vor ihr noch nie jemand an diesem Ort gewesen. In Midori herrschte eine große, sehr lange nicht erlebte Ruhe. Sie fühlte sich eigenartig körperlos.

Bis sie, nach einigen Hundert Metern, am Wegesrand
einer großen Holztafel gewahr wurde, auf der in weißen
Lettern ein kurzer, klarer Text zu lesen stand: »Ihr Leben
ist ein kostbares Geschenk von Ihren Eltern. Bitte denken
Sie an Ihre Eltern, Geschwister und Kinder. Behalten Sie
Ihre Schwierigkeiten nicht für sich: Reden Sie mit jemandem.«

Dr. Midori Sato las diesen Text und es schossen ihr Tränen in die Augen. Tränen der Wut und des Schmerzes, denn dieser Text, dachte sie mit geballten Fäusten, richtete sich ja wohl eindeutig und klar an alle anderen, aber nicht an sie. Dieser Text hatte mit dem vollkommen unbeobachteten Leben, das sie kannte, das ihr auferlegt worden war nicht als Geschenk, sondern als hasserfüllte Bürde, mit der Leere, die sie fühlte und die sie umgab, überhaupt nichts zu tun, und sie schrie plötzlich. Aus ihrer Brust drang das lauteste Geräusch, das sie jemals von sich gegeben hatte, ein hohes, gellendes Kreischen. Sie fühlte einen entsetzlichen Hass auf dieses Schild, das ihr so ungebeten den eigentlichen Grund ihrer Anwesenheit in dem Wald in Erinnerung gerufen hatte und sie in diesem Ziel auch noch so zynisch zu bestärken wollen schien.

Es war, als sei in Midori endgültig eine Schleuse gebrochen, hinter der sich Jahrzehnte von Verzweiflung und Schmerz und Selbstverleugnung gestaut hatten, und von den eigenen Tränen wie blind und mit knirschenden Zähnen, leise Flüche ausstoßend auf diese ganze gemeine Welt und die Gottheit, die sie hineingeschleudert hatte, lief Midori weiter, und bald gingen rechts und links des immer schmaleren Pfades tatsächlich jene bunten Bänder in den Wald hinein, die auf Midori in einer Fernsehdokumentation über das *Jukai* einmal besonderen Eindruck gemacht hatten. Es handelte sich um Absperrbänder aus Plastik, die die Selbstmörder wie einen Ariadnefaden hinter sich herzogen bei ihrem Weg hinein in das verschlungene Dickicht des Baummeeres, um daran entlang wieder einen Weg zurück zu finden in die Welt der Lebenden, für den Fall, dass sie sich am Ende ihrer Reise doch noch dafür entscheiden sollten, in das Dasein zurückzukehren. Midori war zunehmend erschrocken darüber, wie viele dieser Bänder sie im schwindenden Licht dieses Tages ausmachen konnte. Aus Furcht, einem anderen Todeskandidaten oder einem dieser selbst ernannten freiwilligen Retter zu begegnen, wenn auch sie selbst schon hier den Pfad verließe, ging Midori immer weiter, bis sie den Weg im Halblicht kaum noch auszumachen vermochte und auch keine Ariadnefäden mehr zu sehen waren. Dann zog sie aus ihrem Rucksack die mitgebrachte Rolle roten Absperrbands und schlug sich, pochenden Herzens, in die Finsternis hinein.

Sie schaffte es nicht besonders weit. Es war immens uneben hier, wirklich war der Grund, auf dem die Bäume wuchsen, wie von den Wellenkämmen und -tälern eines aufgewühlten Meeres durchzogen. Immer wieder stolperte Midori über Wurzeln und Geröll. Sie spürte, wie ihr zunehmend klamm und ängstlich zumute wurde, sie hatte das Gefühl, sich endgültig außer Reichweite der Mitmenschen zu begeben, sie fragte sich, warum sie nicht umkehrte, und dachte zugleich immer bestimmter, dass sie unmöglich aus diesem Wald auf den Parkplatz, geschweige denn in ihr sinnfreies Leben zurückkehren könnte, ohne dabei den letzten verbliebenen Respekt vor sich selbst zu verlieren. Sie wollte, oder besser, sie musste, das spürte sie, in diesem Wald verschwinden.

In einer moosbedeckten Kuhle versuchte Midori beim Licht ihrer Stirnlampe für eine Weile vergeblich, ihr Zelt aufzuschlagen. Schließlich band sie es mit seinen Schnüren an den Bäumen fest, dass es wie eine Plane zum Boden herabhing und eine schutzlose Art Höhle entstand. Midori rollte ihre Isomatte aus, breitete den Schlafsack darüber und legte sich endlich, reglos, auf den Rücken.

Sie spürte die Weichheit des Bodens unter sich. Ihre Hände lagen auf dem Moos, das die Erde überzog wie ein nasses Fell. Sie knipste ihre Stirnlampe aus und stellte fest, dass es um sie herum nun absolut und vollkommen dunkel war. Sie hob die Hand vor die Augen und sah sie nicht. Sie legte die Hand wieder ab und lauschte dem eigenen Atem, bis ihr bewusst wurde, dass sie umgeben war von Geräuschen. Die Bäume raschelten im leisen Wind, ab und an knackte ein Ast. Tiere, die sie nicht identifizieren konnte, riefen. Sie begriff, dass alles um sie herum lebendig war, ihrer eigenen Anwesenheit in diesem Wald aber vollkommen gleichgültig gegenüberstand. Es war, dachte Midori, als sei sie schon nicht mehr da. Als sei sie schon tot, als läge sie schon unter der Erde. Es war friedlich.

Midori tastete mit der Hand nach dem Rucksack, der neben ihr auf der Erde lag, und erfühlte das kleine Glas mit den Schlaftabletten, die sie mitgebracht hatte. Das Glas ruhte kühl in ihrer Hand, die Tabletten schlugen mit leisem Klappern gegen den Deckel, wenn sie es bewegte. Sie ließ das Glas mit einem Gefühl der Beruhigung wieder in den Rucksack zurückgleiten. Alles war da. Bei dem Gedanken, den kommenden Morgen nicht mehr erleben zu müssen, empfand Midori so etwas wie Erleichterung. Nicht mehr sich erheben zu müssen, nicht mehr weiter und jeden Tag – jeden, jeden Tag! – immer wieder die ganze erbärmliche Notdurft des Daseins durchexerzieren zu müssen, bis der Tod sich dann endlich gleichgültig, schlapp und kriechend von selbst blicken ließe, nachlässig als Leberzirrhose oder Tumor verkleidet. Es war genug, genug, fühlte sie, sie wollte ruhen, endlich Ruhe haben, in der Ruhe bleiben dürfen, nichts mehr fühlen müssen, nichts mehr denken müssen, nichts mehr sehen, nichts mehr hören, nichts mehr sagen, nichts mehr spüren müssen. Frieden. Nicht mehr essen, pissen, scheißen, bluten. Nicht mehr trinken –

Midori hatte keinen Schnaps mitgebracht in den Wald. Sie hatte sich vorgenommen, nüchtern aus dem Leben zu scheiden, nicht irgendwie benebelt hinüberzugleiten oder gar besoffen abzubrechen und sich feige doch für das Leben zu entscheiden. Alles bei klarem Verstand. Nun aber fühlte sie ein brennendes Verlangen nach einem Schluck und wusste: Es gab nichts. Eine Wasserflasche hatte sie mitgebracht für die Tabletten, mehr nicht. Irritiert und seltsam aufgescheucht lag sie auf dem Rücken unter ihrem Zelt und versuchte, den beschämenden Gedanken an Alkohol aus ihrem Kopf zu verbannen und zu jener Besonnenheit, zu jener Ruhe, vielleicht sogar zu jener Vergebung zurückzufinden, die sie kurz zuvor noch in sich hatte heraufdämmern spüren.

Stattdessen fühlte sie ihr Herz in der Brust rasen wie ein aufgeschrecktes Tier in seinem Käfig. Die Zunge lag ihr trocken und schwer im Mund. Ein Nasenloch war verstopft, sie konnte nicht gut atmen. Sie war noch, sie war noch ein Körper, den sollte sie also nun auslöschen, diesen armen Körper, den nie eine liebende Hand gestreichelt hatte. Ihr kamen Zweifel, Trauer, Selbstmitleid.

Sie lag und dachte und fühlte und war unruhig, unentschlossen, stundenlang, bis sie irgendwann ausglitt in eine Welt schütteren Schlafes. Sie erwachte noch immer in der Finsternis und fröstelte und wollte sich, benommen, in ihren Schlafsack verkriechen, wurde dabei aber zu wach und begriff wieder ganz, wo sie war und warum, und ein Anflug von Panik durchzitterte ihren Körper von den Fersen bis zur Kopfhaut, bevor sie abermals, diesmal voller Angst, nach den Tabletten griff.

Reiß dich zusammen, Midori, sagte sie sich, du machst dich lächerlich, bring es zu Ende. Beherrsch dich. Midoris Hände umklammerten das Glas, sie drehte sich auf die Seite, wühlte mit der anderen Hand im Rucksack nach der Wasserflasche, sie hatte dabei das Gefühl, am ganzen

Leib zu schlottern. Ihr Rucksack, ihr Schlafsack raschelten unter ihren Bewegungen.

So hörte sie die Schritte erst, als sie schon ganz nahe waren.

Midori erstarrte.

Schritte, draußen, im Wald. Da ging jemand. Midori lag vollkommen still im Dunkeln, sie hörte den hämmernden Schlag ihres Herzens, das Blut in ihren Ohren rauschen, und darüber hörte sie, vollkommen eindeutig, das Knacken des Gehölzes, das Rascheln des Dickichts, Schritte, die näherkamen und nun ganz nahe waren und endlich stehen blieben, gleich vor ihrem Unterschlupf. Dann nichts mehr. Midori hielt den Atem an. Die Haare in ihrem Nacken hatten sich aufgestellt, sie hatte eine Gänsehaut, als sei die Temperatur plötzlich auf Minusgrade gesunken. Sie biss sich auf die Lippen, damit ihre Zähne nicht zu klappern begannen. Eine archaische Angst breitete sich in ihr aus. Wer war da? Wer stand da, oder was? Nichts mehr zu hören. Es verging eine Ewigkeit, dachte Midori. Hatte sie sich alles eingebildet? Sie wartete weiter. Nichts. Endlich beschloss sie, nach ihrer Taschenlampe zu tasten, Licht zu machen, gerade wollte sie den Arm bewegen, als sie eine leise, flüsternde Stimme vor sich hörte:

»Entschuldigung?« Mehr ein Hauch denn ein Wort.

Midori unterdrückte krampfhaft ein Wimmern.

Plötzlich Licht. Das Licht einer Taschenlampe tanzte über die Plane und blendete Midori, die weiter reglos lag. Das Licht wanderte über die Plane, dann, auf einmal, eine kleine, weiße, knochige Hand, die unter den Stoff griff und ihn anhob.

Ein fürchterliches Stöhnen entfuhr Midori. Sofort zog sich die Hand zurück.

»Verzeihung!«, rief die Stimme vor dem Zelt erschrocken. Eine Frau, oder ein Kind? »Verzeihung! Ich dachte, hier ist niemand. Bitte entschuldigen Sie!«

Midori bewegte sich, setzte sich auf, rieb sich im Licht, das durch den Stoff ins Innere ihrer Höhle drang, die Augen, sagte dann, grotesk: »Kein Problem.«

»Bitte verzeihen Sie«, sagte die Stimme. »Ich wollte Sie auf keinen Fall erschrecken.« Pause. »Ist alles in Ordnung bei Ihnen da drinnen?«

»Ja«, sagte Midori. »Ich habe geschlafen.«

»Ah. Entschuldigen Sie bitte die Störung. Verzeihung, aber es ist leider verboten, hier im Wald zu kampieren. Leider muss ich Sie darauf hinweisen.«

»Ah. Das wusste ich nicht. Das tut mir leid.«

»Darf ich Sie fragen, ob es Ihnen gut geht?«

»Es ist alles in Ordnung. Danke. Ich habe geschlafen.«

»Ja. Gut. Das ist gut.« Pause. »Wäre es Ihnen recht, wenn ich einmal kurz die Zeltplane anhebe, dass wir einander sehen können?«

Midori zögerte. »Gut«, sagte sie dann.

Abermals erschien die Hand, hob den Stoff an, sichtbar wurde nun, im blendend weißen Licht einer auf den Boden gelegten LED-Taschenlampe, eine bleiche Frau, etwa in Midoris Alter, in schneeweißer Outdoor-Kleidung, die sich sogleich tief vor Midori verbeugte.

»Es tut mir sehr leid, wenn ich Sie erschreckt habe. Ich bin über den Pfad weiter hinten gegangen und habe dann das Absperrband gesehen, das zu Ihrem Zelt führte. Ich bin Freiwillige hier und mache nachts manchmal Kontrollgänge.« Die Fremde zögerte. »Wie Sie vielleicht wissen«, sagte sie dann, »gibt es in diesem Wald leider oft Suizide. Ich wollte bei Ihnen nach dem Rechten sehen. Ich wollte Sie wirklich nicht erschrecken. Aber bitte, verlassen Sie morgen, wenn es hell ist, wieder diesen Ort.«

Midori nickte.

Die Frau verbeugte sich abermals tief. »Erlauben Sie mir, dass ich mich vorstelle. Manchmal ist es gut, einen Namen zu kennen. Ich heiße«, sagte sie, »Midori Sato.«

Midori, die sich gerade ebenfalls hatte verbeugen wollen, setzte sich ruckartig auf. »Wie ist Ihr Name, bitte?«

»Midori Sato.«

»Ah! Wirklich. Das ist erstaunlich. Ich heiße genauso. Ich heiße auch Midori Sato.«

Die Frau lächelte. »Ist das so? Ein interessanter Zufall. Wir haben wohl einen nicht sehr ungewöhnlichen Namen.« Die Frau wippte leicht auf den Knien vor und zurück. »Sie sind auf Wanderschaft?«

Midori überlegte kurz. »Ich wollte den Wald sehen«, sagte sie dann. »Ich komme aus Tokio. Ich habe noch nie die Natur gesehen.« Sie zögerte. »Der Wald ist sehr schön.«

»Ja«, nickte die Frau. »Das ist er. Leider ist es aber auch ein sehr trauriger Ort.«

»Ist das so?«, antwortete Midori.

»O ja«, sagte die Frau. »Es heißt, dass hier bereits im 19. Jahrhundert verarmte Bauernfamilien ihre Kleinkinder und Alten zurückließen, wenn Hunger herrschte, um sie hier sterben zu lassen. Deswegen glauben einige, der Wald sei verflucht und dass es hier Gespenster gebe.«

»Oh.«

»Ja. Das ist so. Und leider kommen jedes Jahr auch sehr viele Menschen in diesen Wald, um sich das Leben zu nehmen.«

»Das wusste ich nicht.«

»Bitte«, sagte die Fremde auf einmal. »Ich habe den Eindruck, dass es Ihnen nicht sehr gut geht. Bitte bleiben Sie am Leben!«

Midori traten Tränen in die Augen, die sie rasch wegwischte. »Ah«, sagte sie. »Das Leben. Das ist leider manchmal keine sehr leichte Angelegenheit.«

»Das stimmt leider«, sagte die Frau. »Auch ich finde es nicht immer leicht.«

Beide schwiegen für einen Augenblick bewegt.

»Ich bin zum Beispiel«, sagte die Frau dann, »burakumin geboren. Ich hoffe, Sie irritiert das nicht. Aber die Gesellschaft macht es Menschen wie mir noch immer oft schwer. Ich weiß deswegen, dass das Leben hart sein kann.«

Midori war nun sehr erstaunt. »Auch ich bin *burakumin*«, sagte sie. »Meine Vorfahren waren Totengräber.«

»Oh«, sagte die Frau und lächelte wieder. »Dann haben wir ja noch etwas gemeinsam! Ich verstehe. Wir wissen also beide genau, es kann sehr schwer sein, eine solche Geburt zu ertragen.«

Midori betrachtete die Fremde im Licht der Lampe. Sie war sehr mager, ein kantiges, knochiges Gesicht, eine lange, unglückliche Nase darin. Die Haut der Frau glänzte fettig. »Midori und Midori«, flüsterte sie leise.

»Sie kommen aus Tokio?«, fragte die Frau nun. »Eine echte Großstädterin. Ich war lange nicht mehr dort. Wissen Sie, ich bin auch dort geboren, in Arakawa. Aber nun bin ich schon lange hier in der Präfektur Yamanashi.«

Midori schüttelte ungläubig den Kopf. »Ich bin noch immer so erstaunt über unsere Begegnung«, sagte sie dann. »Das ist doch ein seltsamer Zufall. Ich dachte, ich sei mutterseelenallein in diesem Wald. Und dann begegnen ausgerechnet wir uns und haben so viel gemein. Wissen Sie, ich bin auch in Arakawa geboren.«

»Ooh?«, machte die Frau. »Das ist so seltsam! Aber es ist natürlich eine Gegend für Leute wie uns.«

»Heute lebe ich in Shinjuku«, sagte Midori. »Ich beneide Sie. Sie sind oft hier in dieser schönen Natur.«

»Ja, die Natur ist sehr beruhigend. Aber ich bin nicht so oft hier, wie Sie denken. Das ist freiwillig, und ich finde nur selten die Zeit. Ich arbeite unter der Woche im Krankenhaus.«

Midori wurde kalt. »Sie sind Ärztin?«

»Ja. Onkologie.«

Midori rückte unwillkürlich näher an diese Besucherin heran. »Das ist ganz unglaublich. Ich habe auch Medizin studiert! An der Universität Tokio!«

Die Frau kicherte seltsam. »Wie komisch! Man meint immer, man sei so einzigartig. Gerade mit einem Hintergrund wie unserem! Ich war allerdings nur an der Frauenuniversität für Medizin. Nicht ganz so toll wie Sie also.«

Midori verstand nicht, wie die andere so ruhig bleiben konnte. »Bitte«, sagte sie dann. »Wann haben Sie Geburtstag?«

»Am 25. Mai 1977.«

Midori starrte die Frau an. »Ich auch«, flüsterte sie.

»Wirklich?«, fragte die Besucherin. »Wir sind ja wie die Zwillinge!«

Zwilling, schoss es Midori durch den Kopf, wie unser europäisches Sternzeichen auch. Plötzlich setzte Skepsis ein bei ihr. Vielleicht war das alles nur ein Trick, um sie irgendwie zum Weiterleben zu bewegen, irgendetwas, das man in Kursen zur Suizidprävention lernen konnte, dieses Spiel mit den parallelen Leben? Aber woher sollte diese Frau so viel über sie wissen? Vielleicht, dachte Midori, hatte sie ein Kollege aus der Forensik zufällig beobachtet, wie sie hier in den Wald gegangen war, und die lokale Aufsicht alarmiert?

»Können Sie mir«, fragte Midori die Besucherin, »mal ein bisschen was aus Ihrer Kindheit in Arakawa erzählen?«

Die Frau lachte. »Gern. Erinnern Sie sich zufällig noch an den kleinen Spielplatz im Aimori-Park, gleich am U-Bahnhof Minowa? Im Sommer stand dort manchmal ein Eisverkäufer?«

Midori erinnerte sich gut.

Die beiden Frauen kamen nun in ein Gespräch über den Stadtteil und ihre eigenartig identischen Kindheiten. Es war zu seltsam. Es war Midori, als hörte sie sich selbst zu, und das machte sie eigentümlich glücklich. Ganz allein, dachte sie unwillkürlich, bin ich also doch nicht auf der Welt. Ich habe einen verlorenen Zwilling. Ausgerechnet hier finde ich ihn, ausgerechnet heute. Die andere Midori erzählte irgendwann auch von ihrer Arbeit in der Onkologie. »Ich glaube, weil ich selbst vom Tod umgeben bin, will ich hier im Wald versuchen, die Leute vor dem Suizid zu retten. Ich kenne zu gut den Schmerz.« Midori verstand das natürlich.

Allmählich dämmerte es. Licht kroch in die Welt zurück. Über dem Waldboden stand feiner Nebel, in den Baumwipfeln begannen Vögel zu singen.

»Midori-Chan«, sagte die Besucherin zärtlich. »Wäre es Ihnen recht, wenn wir Ihr Zelt abbauen und zum Parkplatz zurückgehen?«

Midori war kurz ein bisschen erschrocken über diese persönliche Anrede, über diese Direktheit. »Ja«, sagte sie dann aber. »Gehen wir.« Sie spürte kein Verlangen mehr, im Wald zu bleiben.

Die beiden Frauen rollten gemeinsam das Zelt zusammen. Sie schwiegen dabei. Wenn sich ihre Blicke begegneten, lächelten sie. Als alles gepackt war, gingen sie zurück zum Pfad. Die Fremde rollte dabei das Absperrband hinter sich her. »Leider ist der Park wegen der vielen Menschen, die hier illegal kampieren, zunehmend vermüllt«, sagte sie, als sie wieder auf dem Weg standen. »Sicherlich haben Sie die vielen Spuren gesehen, die die Menschen hier zurücklassen.« Midori nickte. »Dabei«, sagte die Frau nun, »fällt mir etwas ein. Ich möchte Ihnen auf dem Weg gerne etwas zeigen.«

Die Fremde ging voran. Midori folgte, so gut es ging, die Frau ging sehr zügig, sehr geschickt über den unebenen Boden. Sie sah von hinten so zart und schmal aus wie ein Kind. Die Frau zog sich im Gehen ihre Kapuze über. Darunter, auf dem Rücken ihrer weißen Jacke, erschien eine eigenartige Zahlensequenz, wie mit schwarzem Marker daraufgeschrieben:

»$1 + 1 = 2 + 2 = 4$«

»Hier«, sagte die Frau, als die beiden schon fast wieder an jene Stelle gelangt waren, an der Midori das Schild begegnet war. »Sehen Sie dieses Band?« Ein weißes Absperrband, das vom Pfad in den Wald führte. »Bevor Sie zurückkehren nach Tokio, möchte ich Sie bitten, diesem Band in den Wald zu folgen. Vielleicht wird Ihnen das, was am Ende wartet, dabei helfen, nicht noch einmal hierher zurückzukehren.«

Midori zögerte. Das Band verschwand vor ihr im Nebel zwischen den Bäumen. Darüber lagen die Wipfel bereits im goldenen Licht der Morgensonne. Eigentlich hatte Midori das Bedürfnis, den Wald so schnell wie möglich zu verlassen und das Licht der Sonne auf sich zu fühlen. »Bitte«, sagte die Frau. »Es wäre wichtig für mich. Ich warte auf Sie.«

Midori nickte, legte eine Hand auf das Band und ging vorsichtig in den Wald hinein. Schon nach wenigen Schritten hatte sie der Nebel verschluckt. Sie sah kaum die nächsten Meter vor sich, und als sie sich umdrehte, war auch der Pfad, auf dem die Frau wartete, nicht mehr auszumachen.

Es war furchtbar still. Die Vögel sangen nicht mehr, nur manchmal flatterte es über ihr wie von Flügelschlag.

Midori war vielleicht fünf Minuten dem weißen Band gefolgt, als sie vor sich endlich eines Leuchtens gewahr wurde, das, wie sie nach ein paar weiteren Schritten feststellte, von einem grellorangen Zelt ausging, das in einer kleinen Vertiefung aufgeschlagen war. Das Zelt stand offenbar schon eine ganze Weile im Wald. An einem Ende war es zusammengefallen, von Laub, Erde und Nadeln bedeckt. Der Stoff strahlte giftig, wie ein Warnsignal. Nichts regte sich.

Neben dem Zelt entdeckte Midori, auch halb schon im Kompost versunken, einen Rucksack. Daneben lag eine weiße Outdoor-Jacke. Es war, fiel Midori auf, das exakt gleiche Modell, wie es die fremde Frau anhatte.

Midori stellten sich die Haare im Nacken auf. Sie hob die Jacke von der Erde auf und schaute unter die Kapuze, wo auf den Stoff eine Zahlensequenz geschrieben stand wie mit schwarzem Marker:

»1 + 1 = 2 + 2 = 4«

Eine Eiseskälte lief Midori durch Mark und Bein, sie ließ die Jacke fallen, ihre Hände verkrallten sich in ihren Haaren. Jäh drehte sie sich um, in der sicheren Erwartung, zwischen den Bäumen die andere, die tote Midori als Schatten auf sich zurasen zu sehen.

Doch da war niemand. Nur Bäume, Nebel.

Stille.

Ein paar Stunden später stand Midori in der Vormittagssonne auf dem Parkplatz, neben sich den Kommissar der örtlichen Polizei, dem sie kurz zuvor noch jene Stelle im Wald gewiesen hatte, an der in einem orangen Zelt eine Tote lag, ein grinsendes Skelett, umhüllt von synthetischer weißer Outdoor-Kleidung, die nicht verrotten wollte. »Ich schätze«, sagte Midori dem Kommissar, der ihre

Geschichte von einem Zufallsfund bei einer Wanderung höflich zu glauben bereit war, »dass die Frau da schon eine Weile liegt. Zwei, vielleicht drei Jahre schon.«

»Woher wissen Sie das?«, fragte der Kommissar, während er Midori eine Zigarette reichte und ihr Feuer gab. »Und wieso eine Frau?«

»Ich bin Forensikerin«, sagte Midori. »Ich kenne mich aus mit Knochen.«

Eine Kollegin von der Spurensicherung kam in weißem Overall aus dem Wald und lief über den hellen Parkplatz zu den beiden. »Nichts«, sagte sie. »Kein Ausweis, keine Dokumente. Vielleicht kann das Gebiss uns noch was sagen.«

»Ich würde Ihnen raten, mal nach dem Besitzer dieses Autos zu fahnden«, sagte Midori und wies mit der Zigarette auf das verlassene Fahrzeug, das ihr am Vorabend aufgefallen war. »Ich habe das Gefühl, dass es der toten Person im Wald gehört haben könnte.«

Der Polizist blickte sie skeptisch an.

»Verzeihen Sie, Herr Kommissar«, sagte Midori. »Ist es für Sie in Ordnung, wenn ich jetzt nach Hause fahre? Ich bin sehr müde.«

Im Zug zurück nach Tokio zog Midori ein vergilbtes Notizbuch aus ihrem Rucksack. Sie hatte es im Zelt neben der Toten gefunden und eingesteckt. »M. S.« stand in europäischen Zeichen auf dem Umschlag. Midori blätterte durch die Seiten, sie waren über und über mit kleinen, eng geschriebenen Zeichen in schwarzem Kugelschreiber bedeckt. Der erste Eintrag war etwa zehn Jahre alt. Der Inhalt des Notizbuches, stellte Midori fest, bestand zu Teilen in seltsam nichtssagenden, tagebuchartigen Einträgen: »20. November: 19:00–22:40 Uhr, Abendessen in J.«; »3. Juli: 9:00–17:15 Uhr, Tagesausflug an den See Ashi«.

Der Großteil des Heftes allerdings war mit philosophischen Zitaten und Betrachtungen gefüllt, die sich alle um dieselbe Frage zu drehen schienen: Mit welchen guten Gründen den Schmerz des Daseins ertragen?

»Aus der Nobelpreisrede von Yasunari Kawabata«, las Midori etwa, »stammt das folgende Zitat: ›Gibt es unter jenen, die über das Wesen der Dinge ernsthaft nachdenken, überhaupt welche, die nicht den Suizid erwägen?‹ – Ich möchte gerne zurückfragen: Mit welcher Rechtfertigung lehnen Menschen, die über das Wesen der Dinge ernsthaft nachzudenken behaupten, den Suizid ab?«

Oder, ein anderer Eintrag: »Der dänische Philosoph Kierkegaard schreibt: ›Die Pointe beim Selbstmord, dass er ein Verbrechen gegen Gott ist, entgeht dem Heiden ganz und gar.‹ Die Pointe entgeht mir, einer japanischen Heidin, unterdessen gar nicht, sie verführt mich vielmehr, so gut ist sie.«

Midori versank in der Lektüre. Die in dem Heft versammelten Gedanken und Zitate sprachen zu ihr wie eine wohlvertraute, säuselnde Geheimsprache. Jedes Wort, jede Idee darin schien ihr bekannt.

Kurz vor dem Bahnhof Shibuya beschloss Midori, den Zug zu verlassen und ins JBS zu gehen, eine Bar, die ihr Nakamoto vor Jahren einmal gezeigt hatte und in der es still und privat zuging. In die eigene Wohnung zurückzukehren, um dort begreifen zu müssen, dass das Vorgefallene wirklich geschehen war, empfand sie als unmöglich. Noch konnte sie die Angst, verrückt geworden zu sein, erfolgreich von sich schieben.

Im JBS bestellte sie einen Whisky und las weiter in dem Notizbuch. Niemand störte sie dabei, sie war fast die ganze Zeit alleine. Es erschien nur eine wunderschöne ausländische Frau in der Bar, bald setzte sich ein ebenfalls sehr schöner Ausländer neben sie, die beiden verschwanden aber bald wieder. Midori las und trank. Sie entdeckte eine Passage des englischen Dichters Shakespeare aus dessen Theaterstück *Hamlet*. Midori kannte davon nur die berühmten ersten Worte, nicht aber, was folgte.

Sein oder Nichtsein; das ist hier die Frage:
Ob's edler im Gemüt, die Pfeil und Schleudern
Des wütenden Geschicks erdulden oder,
Sich waffnend gegen eine See von Plagen,
Durch Widerstand sie enden? Sterben – schlafen –
Nichts weiter! Und zu wissen, dass ein Schlaf
Das Herzweh und die tausend Stöße endet,
Die unsers Fleisches Erbteil, 's ist ein Ziel,
Auf's innigste zu wünschen. Sterben – schlafen –
Schlafen! Vielleicht auch träumen! Ja, da liegt's:
Was in dem Schlaf für Träume kommen mögen,
Wenn wir die irdische Verstrickung lösten,
Das zwingt uns stillzustehn. Das ist die Rücksicht,
Die Elend lässt zu hohen Jahren kommen.

Midori trat das Wasser in die Augen. Die Worte trösteten sie auf die eigentümlichste Weise. Es war, als lese ihr jemand aus ihren innersten Gedanken und Gefühlen vor: »Die Rücksicht, die Elend lässt zu hohen Jahren kommen«, flüsterte Midori leise für sich. Sie seufzte tief. Dann blieb ihr Finger, der über die Zeichen fuhr, plötzlich stehen.

Da stimmte etwas nicht.

Sie hatte über der Lektüre längst aufgehört, die Daten der Einträge mitzulesen. Nun aber bemerkte sie, dass die Stelle mit der Shakespeare-Passage laut Datierung vor kaum drei Monaten in das Heft eingetragen worden war. Midori las das Datum wieder und wieder. Das konnte nicht sein. Hatte sie sich getäuscht in ihrer Einschätzung, dass die Knochen schon länger in dem Wald lagen? Unmöglich. Sie wusste genau, absolut ganz genau, dass eine Leiche nach so wenigen Wochen noch nicht so ausschauen konnte. Midori wusste, dass sie das wusste.

Wieder wurde ihr klamm. Die Eiseskälte, die sie im Wald gefühlt hatte, kroch dieses Mal langsam, spürbar von den Füßen aufwärts in Midoris Leib, als käme sie von unten durch das Gebäude herauf. Eine Gänsehaut überzog ihren ganzen Körper. Hatte, dachte sie, verzweifelt nach einer guten Erklärung suchend, vielleicht jemand dieses Heft neben der Toten zurückgelassen? Aber die Seiten waren doch so vergilbt und von Feuchtigkeit gewellt, als sei das Heft schon alt? Oder hatte die Tote absichtlich falsch datiert? Aber warum?

Eine grässliche Ahnung stieg in ihr auf wie kalter Nebel. Der Spuk, sagte ihr eine innere Stimme, ist noch nicht vorbei.

Zitternd blätterte sie nun schneller in den Seiten und las die folgenden Datierungen. Eingetragen vor zwei Monaten. Vor einem Monat. Vor drei Wochen, vor zwei, vor einer. Eingetragen vor ein paar Tagen. Dann der letzte Eintrag in dem Heft.

Heute.

Es war eine von diesen eigenartig kurzen, telegrammartigen Notizen:

»23:00 Uhr: Tokio. JBS.«

Midoris Augen flogen zu der Uhr, die über der Eingangstür hing. Sie zeigte eine Minute vor elf. Der Song, der in der Bar gerade spielte, ging zu Ende. Die Bar war still. Der Wirt war verschwunden. Das Licht schien zu flackern. In der Stille bewegte sich der Minutenzeiger mit einem mechanischen *Klack* eine Minute vor.

Elf Uhr.

Midori starrte auf die Tür. Die Klinke kippte. Die Tür öffnete sich. Etwas kam herein.

Seht also: Dort sitzt sie. Dr. Midori Sato, *burakumin*, Forensikerin, seit Neuestem eine Komplizin der Überzeugung, dass es mehr Dinge zwischen Himmel und Erde gebe, als sich jede Schulweisheit zu träumen vermag.

Und niemand weiß das, und niemand sieht es ihr an, und doch ist auch sie bloß eine von uns, unter uns.

5

AM FLÜSSCHEN /
L'AFFAIRE
HONJO-MASAMUNE

Das Rauschen von Bäumen, dann Aufblende: Wir stehen auf einer Bahntrasse, ein Stück abseits des Gleises, sehen die Schienen glänzend unter dem blauen Himmel liegen, eine saubere Schneise durch bewaldete Hänge und frischgrüne Bambushaine. Wir befinden uns in der zauberhaften Hügellandschaft der südjapanischen Insel Kyushu. Sanft neigen sich die Wipfel in morgendlichem Frühlingswind. Vogelgezwitscher. Welch Frieden.

Nun aber rauscht etwas heran, da kommt eine graue Lok die Gleise heruntergefahren, sie zieht die schönen alten Nichirin-Waggons des Zuges, der zwischen Fukuoka und Miyazaki verkehrt. Schon rattert die Bahn heulend an uns vorbei. Musik setzt ein: Der erste Satz von Rachmaninows drittem Klavierkonzert, Musik für Reisende.

Schnitt in ein gemütliches Abteil. Hier sitzt unser Freund Peter Siebert, noch immer in seinem Wabi-sabi-

suit, zurückgelehnt in einen grauen Velourssessel der ersten Klasse. Er schaut in die vor dem Fenster vorbeiziehende Natur und hat das Klavierkonzert über seine Kopfhörer in den Ohren. Gerade spielt die Pianistin die ersten Töne des berühmten Themas. Peter lächelt und träumt vor sich hin: Anne in den Häuserschluchten von Tokio, Anne, die dort auf ihn wartet, Anne, wie sie im bunten Licht von Ginza vor ihm hergeht, sich zu ihm umdreht, lächelt, ihm die Hand reicht.

Peters *fantaisie* wird unterbrochen, als jäh die Tür zum Abteil aufgeht und darin Wee Yang erscheint, in der kleinen Hand eine kleine Plastiktüte, aus der er, nachdem er sich neben Peter gesetzt hat, eine Flasche Taittinger und zwei Plastikbecher hervorzieht, während Peter sich die Kopfhörer aus den Ohren nimmt.

»Und«, fragt Wee, »merken Sie schon was?«

Peter nickt mit großen Augen.

»Bei mir auch«, sagt Wee und grinst breit mit weißen Zähnen. »Ich hatte Ihnen doch gesagt, das ist ganz wundervolles Zeugs! Besser als jede Alka-Seltzer! Fährt kalt an, aber jetzt wird doch alles warm und weich, meinen Sie nicht?«

»Absolut«, sagt Peter. »Und macht die Musik so schön! Ich hörte gerade Rachmaninow, drittes Klavierkonzert.«

»Argerich, hoffe ich.« Wee entkorkt die Flasche mit Champagner. »Aus meinem Koffer, also leider ein bisschen warm. Aber was soll's.« Der Singapurer schenkt ein. Von seinen glatt rasierten Wangen weht Peter der angenehme Geruch von Hermès Équipage entgegen. »Hier«, sagt Wee und reicht ihm einen Becher.

»Puh«, macht Peter.

»Bottoms up!«, ruft Wee. Die beiden trinken. Wee schenkt nach, dabei wirft er Peter einen verschwörerischen Blick aus bernsteinfarbenen Augen zu.

»Wollen Sie vielleicht wissen«, fragt Wee, »warum ich Ihnen so früh am Morgen Drogen verabreicht habe?«

Wee und Peter sind am Vortag aus Tokio aufgebrochen, um gemeinsam nach Takachiho zu reisen, ein magisches Städtchen in den Bergen, das für die japanische Mythologie von zentraler Bedeutung ist. Peter ist vor Jahren einmal mit seinem Bruder Harald dort gewesen, hat den Ort nie vergessen können und ist der sicheren Überzeugung, in Takachiho wesentliche Impulse für seine Ideen zu *libeo* gewinnen zu können.

Wee Yang hatte, als Peter ihm von Takachiho berichtete, sofort erklärt, ihn begleiten zu wollen. Die Anwältin Clementine Bouvet unterdessen, die, wie sie sagte, in Tokio noch zu tun hatte, will am Abend mit einem Helikopter hinterherkommen. (Sie möchte tatsächlich, unter uns gesagt, die ebenfalls in Tokio verbliebene Anne weiter ausspionieren, über deren Hintergrund und Beziehung zu Peter sie noch so gut wie nichts weiß. »Anwältin« ist Clementine Bouvet übrigens natürlich nicht. Sie ist vielmehr angestellt als *Head of Security* von Itautis' Unternehmen *joule*. Eine hochintelligente, waffennärrische Kampfsportmaschine, Ex-Marine mit diversen Einsätzen, Master im Geheimdienststudiengang »Kriegssoziologie« an der Kennedy School, Harvard.)

Wee und Peter sind am Vortag in Tokio also in einen Zug nach Fukuoka gestiegen, haben dort eine Pause eingelegt, die weltberühmten Tonkotsu-Ramen gegessen, viel zu viele Biere getrunken, dabei weiter endlos und begeistert über *libeo* und Itautis gesprochen, um endlich besoffen im Hotel Okura einzukehren, bevor sie sich am folgenden, heutigen Morgen schwer verkatert auf dem Bahnsteig wiederbegegneten, um gemeinsam in den Zug Richtung Miyazaki zu steigen. Kurz vor der Abfahrt hat Wee Peter mit einem Augenzwinkern eine kleine Gelkapsel in die Hand geschoben und ihm bedeutet, die werde ihm wieder auf die Beine helfen.

»In der Kapsel befand sich«, erklärt Wee nun, »MDMA. Ich finde ja, dass diese Substanz völlig falsch verstanden wird. Natürlich kann man wunderbar tanzen und vögeln darauf, aber der eigentliche Zauber liegt, wenn Sie mich fragen, in der Konversation, die mit diesem Zeug möglich wird.«

Peter, der diese Droge zum ersten Mal in seinem Leben eingenommen hat, nickt, während er das warme Blut durch seine Extremitäten rauschen spürt.

»Und wissen Sie, Peter«, sagt Wee, »Sie haben ja diese Interviews mit Clementine über sich ergehen lassen müssen, und natürlich habe ich mit ihr ausführlich über deren Inhalt gesprochen, und inzwischen haben ja auch wir beide uns schon viel miteinander unterhalten können. Und doch habe ich das Gefühl, dass wir uns eigentlich noch gar nicht so richtig kennen, es geht bei unseren Gesprächen ja doch immer nur um den Job und so weiter. Ich weiß im Grunde gar nichts über Sie. Und Sie wissen auch kaum etwas über mich. Das Molly ist besser als Aspirin, es wirkt etwa zwei Stunden lang, wenn wir ankommen, sind wir wieder wundervoll nüchtern und fit. Es wird uns in der Zwischenzeit aber, glaube ich, über jene Scheu hinweghelfen, die uns beide noch von jener Freundschaft trennt, die uns, das meine ich ganz deutlich zu spüren, doch eigentlich verbinden sollte.« Wee drückt sacht Peters Arm. Peter empfindet die Berührung als sehr angenehm.

»Das ist schön«, sagt er. Er spürt eine langsame Wärme aus Zufriedenheit und Glück in sich emporsteigen. »Und Sie haben recht, wir kennen einander ja wirklich noch kaum. Zu mir gibt es aber, fürchte ich«, sagt er und streckt wohlig die Beine aus, »gar nicht so viel zu berichten. Ich bin ein ganz gewöhnlicher Mensch.« Peter meint das in diesem Moment überhaupt nicht kokett, er sieht das gerade einfach so, er ist damit im Augenblick auch vollkommen einverstanden. Ich bin halt, denkt er, einfach ein eher mittelmäßiger Typ aus Deutschland, nicht ansatzweise so klug und interessant, wie Wee das gewiss ist und jemand wie Itautis es dann erst recht sein muss. Aber, denkt Peter auch zufrieden, trotzdem sitze ich jetzt hier und rede mit diesem Typen, und der will mein Freund sein. Gewiss ist Wee ungleich kultivierter als ich, gebildeter, mondäner, aber ich scheine ihn doch immerhin nicht zu langweilen, und das ist doch wunderbar! Und Anne ist in Tokio und will dort auf mich warten!

»Ich habe«, sagt Peter, und ihm gefällt es sogar richtig, das noch einmal zu betonen, »eine ganz normale Mittelklasse-Biografie.«

»Das halte ich für eher unwahrscheinlich«, lächelt Wee.

»Nein, wirklich«, sagt Peter. »Ich bin ein Lehrersohn aus Hamburg. Mein Vater hat Geschichte und Englisch am örtlichen Gymnasium unterrichtet, meine Mutter hat privat Klavierstunden gegeben. Das war alles total normal, und ich war ein ganz normales Kind.«

»Leben Ihre Eltern denn noch?«

»Nein.« Peter sieht im Augenwinkel seines Bewusstseins ein weites Meer aus Trauer und Sehnsucht. Die Eltern, die fort sind, beide kurz hintereinander plötzlich gestorben vor einigen Jahren, die Mutter an einem Schlaganfall, der Vater an Herzversagen. Peter richtet den Fokus lieber weiter auf den Augenblick. »Ich hatte eigentlich eine sehr schöne Kindheit.«

»Eigentlich?«

Peter horcht in sich hinein und spürt, von der Substanz

sicher geleitet, einen leisen Schmerz, der ihm bislang noch nicht in solcher Klarheit bewusst geworden ist.

»Ach, wissen Sie«, sagt er, »da war irgendwie auch immer Scham.«

»Scham?«, fragt Wee.

»Irgendwie schon. Das ist schwer zu erklären. Ich verstehe das selbst auch erst in diesem Moment zum ersten Mal.« Peter atmet tief ein und aus. »Mann, das ist eine unglaubliche Substanz, die Sie mir da verabreicht haben. Wow.« Er schaut aus dem Fenster. Der Zug gondelt nun langsamer, die Strecke führt kurvenreich bergauf, ab und an geht es durch einen Tunnel. Peter wendet sich wieder Wee zu. »Ich weiß nicht, ob Sie das alles interessieren kann«, sagt er.

»Kommen Sie schon. Deswegen haben wir uns doch hier zusammengesetzt. Natürlich interessiert mich das.«

»Es ist mir aber auch ein wenig peinlich.«

»Warten Sie mal meine Geschichten ab. Ich verrate Ihnen schon einmal so viel: Ich hatte meinen ersten Orgasmus bei der Lektüre von Mishimas ›Tempelbrand‹. Alles vollkommen überkandidelt *chez nous*.«

Peter hat keine Ahnung, wovon Wee spricht. Aber er hat doch Lust, die emotionale Landschaft, die sich vor ihm auszubreiten beginnt, weiter zu erkunden. Ich muss den Coach dringend anrufen, schießt es ihm durch den Kopf.

»Also, da, wo ich groß geworden bin, die Gegend in Hamburg heißt Othmarschen.«

»Klingt schon einmal wundervoll«, sagt Wee. »Sehr teutonisch!«

»Es ist eine stille, weitläufige Villengegend, lauter große, bürgerliche Häuser aus der Gründerzeit in üppigen Gärten. Oftmals versteckt hinter hohen Rhododendren, denn Othmarschen liegt, das sagt einem der Name ja auch, auf sumpfigem Gebiet. Im Sommer hat die Gegend deswegen bisweilen beinahe etwas Tropisches.«

»Gewiss, ja, vollkommen gewöhnlich, Peter«, sagt Wee. »Natürlich wachsen neunundneunzig Prozent der deutschen Jugend in tropischen Villengärten auf.«

»Die Jeunesse von Othmarschen«, fährt Peter, dichterisch beflügelt, fort, »lebt ungeheuer behütet. Da ist der Hockeyklub, der Tennisverein, das Segelboot des Vaters, da sind die Feriendomizile auf Sylt und/oder Ibiza, die Landhäuser bei Siena. Anwälte, Reeder, Geschäftsmänner, bisweilen Professoren, solche Leute leben da. Diese Herren sind dann auch ganz unironisch Mitglieder von Herrenklubs. Sie sind mit gelangweilten Hausfrauen verheiratet und in der Regel nicht geschieden.«

»Ich ahne, wo das hinführt«, sagt Wee.

»Vielleicht. Meine Eltern sind aber übrigens zusammengeblieben. Sie konnten als Lehrer mit diesem reichen Lebensstil aber natürlich überhaupt nicht mithalten. Wir wohnten am Rand der Gegend in einer kleinen Doppelhaushälfte, die meine Eltern auch bloß mieteten. Aber ich war eben auf der Grundschule schon mit diesen ganzen reichen Söhnen und Töchtern zusammen und ging später mit denen auch auf das hochberühmte Gymnasium des Stadtteils, wo mein Vater übrigens unterrichtete, sodass alle sehr genau wissen konnten, aus was für Verhältnissen ich stammte. Peinlich.«

Wee nippt an seinem Champagner.

»Wenn ich jetzt so drüber nachdenke, gebe ich den gelangweilten Müttern die Schuld«, sagt Peter. »Diese Ausstaffage der eigenen Kinder schon so früh, all diese Klamotten und Aktivitäten. Für mich ... Es ist für Kinder wahrscheinlich nicht gut, wenn sie schon früh einen Sinn für die ökonomischen Realitäten der Welt gewinnen müssen. Wobei ich, global gesehen, absolut wundervoll groß geworden, das ist mir natürlich klar, und ich will mich nicht beschweren, überhaupt nicht.«

»Bitte lassen Sie dieses Einordnen, lieber Peter, das beleidigt meine Intelligenz und kostet uns wertvolle Zeit. Ich verstehe natürlich.«

»Also ich bemerkte eben als Kind schon, dass die Häuser meiner Klassenkameraden anders aussahen als unser eigenes, dass die Kindergeburtstage bei denen anders abliefen als bei uns, dass die andere Sachen anhatten, dass die bisweilen in einem Code zu kommunizieren schienen, den ich nicht kannte, oder über Dinge sprachen, die mir nichts sagten. Ich meine mich zu erinnern, dass ich mich schon früh genierte, wenn ich andere Kinder zu uns nach Hause brachte. Wir hatten einfach nicht solche Umstände wie die. Mein Zimmer war kleiner, ich hatte nicht die gleichen teuren Spielzeuge, es war alles nicht vergleichbar. Dafür schämte ich mich heimlich. Glaube ich. Das war aber ein sehr vages Gefühl. Ich liebte meine Eltern ja auch und wollte mich für deren Umstände sicher nicht entschuldigen müssen. Trotzdem war es da: So richtig, fühlte ich, gehörten wir nicht dazu, oder nur wie die großzügig geduldeten armen Verwandten. Ich habe als Kind Mimikry betrieben, so gut es ging versucht, so auszusehen, so zu reden, mich so zu geben wie die anderen, nicht aufzufallen als anders, mir nie anmerken zu lassen, wenn ich nicht mitreden konnte: Disneyworld oder Disneyland, was ist besser, ich hatte doch keine Ahnung. Ich habe mir zu Weihnachten und zum Geburtstag inständig die richtigen Anziehsachen, die richtigen Turnschuhe gewünscht. Ich habe mit meiner Mutter, die das nicht verstehen konnte oder wollte, furchtbare, für mich nachgerade existenzielle Auseinandersetzungen gehabt, weil ich nicht mit geflickten Hosen in die Schule gehen wollte. Da war immer irgendein Ungenügen bei mir. Ich spürte das dauernd. Ich schämte mich für uns und ich schämte mich für meine Scham. Uff.«

»Glauben Sie, dass Ihre Begabung als Designer mit all dem was zu tun haben könnte? Dass sie da so ästhetisch gepolt worden sind?«

»Weiß nicht. Als Kind wollte ich einfach haben, was die anderen hatten. Ich hatte da kein sonderliches Geschmacksurteil. Es mag sein, dass ich einen relativ nuancierten Blick hatte. Ich glaube auch, dass ich immer schon eine sehr gute Nase, eine sehr gute Zunge hatte, die Augen sind auch okay. Aber der Ernst in diesen Dingen kam später. Wir waren auch keine besonders auf Schönheit fixierte Familie. Musik, okay. Und wenn ich so drüber nachdenke: Es sah nicht schlimm aus bei uns. Meine Eltern waren anständig angezogen. Aber das war nie der Fokus – meine Eltern haben nie so richtig verstanden, was ich eigentlich mache, was mit mir los ist.«

»Und Sie haben einen Bruder?«

»Ja, Harald, dem solche Dinge aber nie irgendwas zu bedeuten schienen. Das war mir auch irgendwie ein Trost. Oder es hat alles nur noch schlimmer gemacht. Beides irgendwie. An Harald merkte ich schon, dass es am Ende nicht so wichtig war, ob man die richtigen Sachen anhatte. Der hatte sie ja auch nicht und war trotzdem in seinem Jahrgang einer der Coolen. Aber der war erstens super sportlich, im Gegensatz zu mir, der hat für die deutsche Juniorennationalmannschaft im Hockey Torwart gespielt, der war also sowieso schon mal respektabel, und der war vor allem von Anfang an einfach unglaublich schlau auf so eine ganz entspannte, unabhängige Art. Der war zum Beispiel total interessiert an Geschichte und hat darüber endlos mit meinem Vater gesprochen. Mein Vater hätte, glaube ich, übrigens auch mehr werden können als bloß ein Lehrer – also ›bloß‹, ich meine, ich hab ja noch nicht mal studiert. Aber der war, dachte ich jedenfalls, total gebildet, las die ganze Zeit, kam aber eben aus einer norddeutschen Bauernfamilie, für die war ein Lehramt absolut solide und schon ein Aufstieg.«

»Mhm. Und Ihre Mutter?«

»Die kam aus einer Pfarrersfamilie. Sieben Kinder! Wollte damit aber nicht so viel zu tun haben. Wir sind nicht in die Kirche gegangen oder so. Ihr Gott war, glaube ich, Händel. Der Mutter fühlte ich mich eigentlich näher als meinem Vater. Die war weicher. Und natürlich gab es da die Musik, auch wenn ich überhaupt kein Talent zum Klavierspielen hatte. Aber wir konnten stundenlang zusammen Musik hören, oder ich hörte ihr zu, wenn sie spielte. Sie hatte Pianistin werden wollen, auf der Hochschule aber schnell gemerkt, dass die Begabung bei Weitem nicht reichte. Aber sie hat sehr schön gespielt.«

»Aber das klingt schon auch ein bisschen unglücklich, finde ich. Was Sie da schildern. Oder wie Sie darüber reden.«

»Aber das war es dann eben doch nicht. Das ist falsch. Vielleicht erinnere ich mich gerade falsch oder erzähle das komisch. Ich liebte meine Eltern, ich hatte Freunde, ich war okay in der Schule. Ich wurde die allerlängste Zeit nicht gehänselt.«

»Die allerlängste Zeit?«

»Also, eigentlich nie. Nur, ich kam dann in eine sehr sonderbare Pubertät.« Peter rauscht der Kopf.

»Wieso seltsam?«, fragt Wee. »Sie müssen doch an jedem Finger zehn Mädchen gehabt haben.«

»Ha!«, sagt Peter. »Da waren keine Mädchen!«

»Das ist interessant«, sagt Wee. »Warum nicht?«

Das ist natürlich keine ganz einfache Frage, die Wee da gerade an Peter richtet, und wenn er ihm nicht das Wahrheits- und Emotionsserum MDMA eingeflößt hätte, würde Peter auch ihre Distanzlosigkeit auffallen, wie die dieses ganzen nackten Gesprächs. Gemein sowieso: Wee hat Peter eine überaus ordentliche Dosis verabreicht, 180 Mikrogramm, indem er vor der Abfahrt in seinem Hotelzimmer die eigene Gelkapsel öffnete und die Hälfte daraus in Peters kippte. Er fährt selbst also auf wesentlich niedrigerem Niveau als der arme Peter, der total high und auch schon wieder leicht angeschickert ist.

Natürlich – Wee will Peter nur aushorchen. An einer genuinen Freundschaft ist er, wie sich denken lässt, für keine Sekunde auch nur ansatzweise interessiert, dieser povere Deutsche da, so verquer und zugleich so eigenartig *straight*. Peter ist für ihn als Person nicht ernsthaft interessant, noch nicht einmal erotisch anziehend findet Wee Peter, er steht auf weniger glatte Schönheiten, und vor allem steht er sehr auf Intellekt, total sapiosexuell, und da kennt er ganz andere Kaliber als Peter.

»Ich war als Teenager so ein bisschen komisch«, sagt der nun. »Auch ein bisschen dick.«

»Nein!«

»Na ja, aber da begann es dann mit dem Design, das hatten Sie doch vorhin gefragt. Also, was ich selbst denke: Es gab in meinem Leben eigentlich einen großen Bruch. Da war die Kindheit, von der ich Ihnen ja gerade erzählt habe.« Peter rollen auf einmal die Augen im Kopf umher. Er hat das Gefühl, eine Lunge zu haben wie einen Krater, endlos tief, er kann gar nicht tief genug einatmen. O Gott, fühlt er, die ganze Kindheit, die ganze Jugend, das ist ja wirklich alles vorgefallen, wieso denke ich da eigentlich nie drüber nach? Wieso rede ich mit dem Coach immer nur über die Gegenwart? »Haben Sie einen Schluck Wasser für mich? Ich hab einen ganz trockenen Mund.«

»Leider haben wir nur Champagner.«

Peter trinkt einen nutzlosen Schluck. »Also, es war alles so, wie ich das beschrieben habe, und dann, als ich vierzehn war, gab es so eine Art Unfall.«

Peter schweigt. Da ist irgendwas in ihm. Der Unfall. Ihm fällt dazu etwas ein. Nichts Konkretes, in ihm leuchtet keine tatsächliche Erinnerung auf, aber sozusagen so etwas wie deren Adresse, die Ahnung, dass es sie gibt. Ihm wird kalt. Da ist irgendwas ganz Düsteres in ihm, ahnt er, für einen Augenblick nur, dann verpufft das Gefühl wieder.

»Ein Unfall?«

Peter reibt sich die Augen. »Ja«, sagt er dann. »Also, als ich vierzehn Jahre alt war, schickten mich meine Eltern auf so eine Sommerfreizeit in England: ›Camp Cavo‹ oder so hieß die Sache. Die war von der Schule mitorganisiert und die war, für unsere Verhältnisse, ausgesprochen teuer, aber mein Bruder Harald hatte dort auch schon mitfahren dürfen, als er in meinem Alter war, und schwärmte danach immer so davon. Und mein damals bester Freund – Christoph, aus meiner Klasse –, der fuhr auch mit. Dieses Camp war so eine Art Zeltlager für zwei Wochen, und es waren verschiedene ziemlich elitäre Schulen aus Europa da zusammen, beziehungsweise eben Schüler dieser Schulen in meinem Alter. Nur Jungs, muss man noch dazu sagen. Und die haben dann eben gezeltet und Fußballturniere gespielt und so *challenges* gehabt und Flöße gebaut und Rugby gespielt und Führungsqualitäten entwickelt und internationale Freundschaften geknüpft und so was, so wurde das in einem Prospekt angekündigt. In jedem Zelt Franzosen, Deutsche, Engländer, Belgier, Spanier, Schweizer. Und also, ich war vierzehn Jahre alt, und ich war ganz glücklich mit allem, ich freute mich wirklich auf diese Freizeit und hatte alles dabei und stieg zusammen mit Christoph in ein Flugzeug nach England. Das war wohl irgendwo in Somerset dann.«

»Oh, wundervoll, ja. Avalon.«

Peter versteht wieder nicht, wovon Wee redet, Roxy Music oder so, er ist abgelenkt. Denn wieder hat er dieses Gefühl, auf der Schwelle einer Erinnerung zu stehen, die sich ihm im nächsten Augenblick entzieht.

»Also«, sagt er mit irritiertem Kopfschütteln, »der ganze Punkt ist: Ich erinnere mich an diese ganze Freizeit überhaupt gar nicht mehr. Ich weiß noch, wie ich in den Flieger stieg, und dann erinnere ich als Nächstes, wie ich in Hamburg in einem Krankenhaus aufwache.«

Wee, den das alles immer weniger interessiert, vielleicht, weil er doch schon zu viel Champagner getrunken hat, abermals: »Nein!«

»Doch, wirklich«, sagt Peter. »Offenbar war es so, dass wir in dem Camp einmal Räuber und Gendarm im Dunkeln gespielt haben, und ich war Räuber und lief vor den Gendarmen davon und lief im Dunkeln in eine Grube, in einen ehemaligen Steinbruch, und fiel also wohl etwa acht Meter tief, bevor ich auf einem Haufen nasser Erde aufschlug.«

Peters Hände sind schwitzig.

»Und dann?«, fragt Wee.

»Na ja, und dann. Also, ich überlebte das ja, offensichtlich, aber ich war in dem Sommer wochenlang im Krankenhaus und wachte auf aus einem viertägigen Koma und wusste nichts mehr, und irgendwie hat mich das dann sehr verändert.«

»Inwiefern?«

»Ich weiß nicht. Also, zum Beispiel ... Ich hatte danach kein Bedürfnis mehr nach Freundschaften, für eine ganze Weile nicht. Ich bin so ein ziemlicher Eigenbrötler geworden. Ich fühlte mich irgendwie so, als hätte auch meine Seele durch diesen Sturz einen Schaden genommen, wie eine angebrochene Schale aus Porzellan oder ... Entschuldigung. Vielleicht war es auch so, dass ich mit meiner eigenen Sterblichkeit oder sogar einfach mit dem Tod in Berührung gekommen war und damit nicht zurechtkam? Ich habe keine Ahnung. Was rede ich hier eigentlich. Aber auch diese Amnesie, die hat mich total fertiggemacht lange. Ein bisschen immer noch. Dieses Gefühl: ich war irgendwo, mit irgendwem, ich habe Dinge gesagt, getan, aber ich kann mich an nichts davon mehr erinnern, als sei das gar nicht wirklich passiert, als sei ich da tot gewesen oder so, als sei das ganze Dasein vielleicht auch nur so eine Art Illusion. Das hat mir Angst gemacht. Ich fühlte mich einfach zerbrechlich danach.«

»Ah.«

»Ja, und es war also auch nach diesem Sturz, dass ich anfing, diesen komischen Instinkt zu spüren in mir, von dem ich glaube, dass er für meine Karriere so elementar ist.«

»Ja, dieser Instinkt interessiert mich nun natürlich wirklich«, sagt Wee und setzt sich auf und will sich im nächsten Augenblick auf die Zunge beißen, aber die Offenbarung in seiner Aussage fällt Peter gar nicht auf.

»Das war ... ich weiß noch, das erste Mal, da lag ich im Krankenhaus, und ich konnte ja den ganzen Tag fernsehen. Und da kam dauernd Werbung, und irgendwann stellte ich fest, dass mich die Werbung interessierte, aber anders als früher. Die erste Werbung, an die ich mich in diesem Zusammenhang erinnern kann, war eine für eine neue Leberwurst, und man sah Leute in der Natur, die sich

diese Wurst auf ihr Brot schmierten. Und ich dachte sozusagen über die Werbung selbst nach und darüber, was
die ansprach und wie, und ich fragte mich, ob sie funktionierte, und war mir seltsam sicher, dass sie es tat, und
ich schaute mir danach dann all die beworbenen Produkte
immer genauer an. Und ich dachte dabei immer häufiger
so was wie: das ist gut, das wollen die Leute bestimmt haben, oder ich dachte: das ist schlecht, das wird niemanden
interessieren.«

Peter erinnert sich, wie er bei jeder Werbung innerlich
den Daumen hob oder senkte. Ein geheimes Spiel, das
ihm zunächst dabei half, die Werbeblöcke zwischen alten
amerikanischen Serien zu überstehen, bis er sich auf die
Werbung selbst zu freuen begann, bis er durch die Sender
zappte in der Hoffnung, eine neue Werbung zu entdecken,
um die für sich dekodieren zu können.

»Etwa zur gleichen Zeit – also, nach dem Krankenhaus,
klar –, da begann ich ziemlich viele Süßigkeiten zu essen.
Das hatte ich früher nicht gemacht, das wurde dann aber
wie zu einer Sucht. Ich gab mein ganzes Taschengeld für
Schokolade und Kekse und so aus, Industrieware, und ver-
schlang das, und das tat mir unheimlich gut. Das war wie
ein Trost für die Schmerzen und die Unruhe, die der Unfall hinterlassen hatte. Aber in den Supermärkten fiel mir
nach einer Weile das Sortiment immer genauer auf, weil
ich die Sachen ja aus der Werbung kannte, und ich schaute
mir die dann an, wie die in echt aussahen, die Farbe, die
Verpackung, und ich verfolgte, wie neue Produkte kamen
und blieben oder wieder verschwanden, und ich machte
innerlich Wetten darauf, ob etwas Erfolg haben würde.
Und ich kapierte irgendwann, dass ich immer recht hatte
mit meinen Vorhersagen. Das war so eine sehr private Angelegenheit, mir fiel das lange überhaupt nicht als Sonder-

barkeit auf. Aber es ging mir bald mit der ganzen Welt der Waren so, dass ich merkte, dass Produkte Zyklen haben, dass es Mode gibt und neue Ideen, ich schaute mir Werbungen an oder Zeitschriften oder surfte im Netz, und ich dachte immer: das wird den Leuten gefallen, und dann gefiel es den Leuten, oder: das wird niemand haben wollen, und dann hatte es auch niemand. Und irgendwann – da war ich dann aber schon achtzehn oder so –, da hatte ich das alles dermaßen intus, dass ich manchmal schon vor dem Erscheinen der Sachen wusste, dass die jetzt kommen würden.«

»Wie meinen Sie das?«

»Ich wusste so was wie: Jetzt kommen als Nächstes nur noch total eckige Smartphones. Jetzt kommt Diet-Coke für Männer. Jetzt tragen Frauen wieder Schlaghosen. Jetzt machen die als Nächstes Notebooks aus Glas. Und dann war es in der nächsten Saison so. Und ich dachte umgekehrt oft, wenn Sachen neu erschienen: Was denken die sich dabei, ist doch klar, dass das nichts werden kann.«

Wee hört zu und ist erstaunt. »Ich bin mir nicht sicher, ob ich verstehe, was Sie da beschreiben.«

»Ich habe es ja auch nie verstanden«, sagt Peter und wippt mit den Knien. »Nie genau. Aber ich denke, mit dem Unfall hat sich irgendwas in mir verändert. Ich hatte übrigens ein schweres Schädeltrauma. Aber seither habe ich ein sehr genaues Gefühl dafür, was Menschen wollen, was ihnen gefällt. Ich weiß nicht, woher es kommt, ich weiß nicht, wie das funktioniert, und es brauchte ja auch eine ganze Weile, bis es mir selbst überhaupt als etwas Bemerkenswertes auffiel. Ich redete ja mit niemandem darüber und lebte wirklich total für mich. Es gab nur Harald, mit dem ich redete, beziehungsweise nur Harald fragte ausführlich nach mir. Der war aber oft nicht da und dann irgendwann auch an der Uni. Meine Eltern ließen mich sowieso eher in Ruhe. Und ich wurde dick und war eher allein und wurde in der Schule dann auch geschnitten. Gerade von Christoph. Der war seit dem Unfall irgendwie scheu. Dabei hatte der mich gefunden. Der hat mir das Leben gerettet, muss man sagen.«

Und dass du heute so ausschaust, wie du ausschaust, Freundchen? Wie kommt das? Das will Wee jetzt gerne wissen. Aber Peter beantwortet das im nächsten Moment schon.

»Es gab dann noch einen wichtigen Tag, kurz vor dem Abi, da ging ich mal wieder am Neuen Wall spazieren, das ist so eine Straße für High-End-Boutiquen in Hamburg, und ich schaute in die Schaufenster und sah mein Spiegelbild über einer Puppe liegen, und ich betrachtete mich. Also, ich sah mich so richtig, gefühlt wie zum ersten Mal. Dass ich dick war und lieblos angezogen und ungepflegt wirkte. Ich sah mich und hatte den Gedanken: Das will ja niemand haben. Furchtbarer Moment. Und dann dachte ich: Aber ich weiß ja zugleich ganz genau, was den Leuten gefallen würde. Und dann habe ich aufgehört, Schokolade zu essen. Und Weißbrot. Und so weiter. Sport gemacht, erst immer Laufen, irgendwann Kettlebells, das Übliche. Yoga. Zufrieden bin ich aber ... O Gott. Das ist alles so persönlich! Das ist Ihnen doch sicher unangenehm!«

Wee lacht. Peter hat für einen Augenblick das unangenehme Gefühl: über ihn. Er zieht sich von dem Singapurer innerlich augenblicklich zurück wie eine Schnecke, der man auf die Fühler gelangt hat. Wee sagt: »Vielleicht sollte ich mal ein bisschen von mir erzählen.«

»Ja«, sagt Peter. »Bestimmt.« Ihm schwimmt das Herz wie losgekettet in der Brust umher, sein Hirn dreht sich rastlos im Schädel, er ist sich nicht sicher, ob er überhaupt noch irgendwas ertragen kann gerade. Er hat geredet wie ein Wasserfall und selbstvergessen, jetzt stellt er fest, dass er vollkommen derangiert ist, am liebsten würde er in diesem Moment die Notbremse betätigen und aus dem Zug steigen.

Der arme Kerl.

Wir ersparen uns auch die Details der folgenden, weitestgehend frei erfundenen, zumindest stark verfälschten Geschichten, die Wee Peter nun auftischt über seine eigene Biografie. Kindheit in Singapur als Sohn eines Baulöwen – in Wahrheit Hotelbusiness – Internat in Surrey – in Wahrheit Aiglon in der Schweiz – dann Oxford – wahr – dann Silicon Valley – in Wahrheit davor länger Shanghai, Biotech-Start-up. Die Anekdoten sind ausgeschmückt mit allerlei Quatsch und Übertreibung, Wee genießt das richtig, fährt so hart an der Grenze des Glaubwürdigen, wie er es gerade noch für vertretbar hält, wird, wo es ihm passt, drastisch – »spermaverklebter Donatello-Bildband«, »Jahr als Tänzer in Paris« und so weiter. Alles egal.

Wee ist tatsächlich Mitglied einer alten, noch unter den Briten etablierten Elite in Singapur, unfassbar reich, er hat als Student in England wie selbstverständlich die Sitten der britischen Oberschicht hochgehalten, mit mehr Stil und Verstand als die meisten seiner englischen Studienkameraden, dabei aber durchaus kapieren müssen, dass er für die am Ende immer ein *chink* bleiben würde. Er ist dann auch eher mit dem kontinentalen Adel und Geldadel unter seinen Kommilitonen warm geworden. Er kennt übrigens auch Othmarschen, beziehungsweise Blankenese, da kommt ein alter Freund von ihm her, aber das sagt er Peter natürlich nicht. Ist für uns auch alles nicht so wichtig. Großes, hochgeheimes Geheimnis, das wir an dieser Stelle aber gerne verraten, damit Peter hier nicht allein so ausgezogen und offenbart bleiben muss: Wee ist sehr ernsthaft und vollkommen aussichtslos verliebt in seinen Chef Drew Itautis. Der unterdessen ist, leider schade, lieber Yang, asexuell, und hat noch keine Sekunde verstanden, dass du ihm eigentlich den Hof machst.

Wir spulen jetzt lieber vor zum Spätnachmittag desselben Tages. Peter und Wee haben inzwischen im Kamigakure eingecheckt, einem wunderbaren Ryokan in Takachiho. Wee hat sich dort auf seine Gemächer zurückgezogen, den Geruch der Tatami-Matten eingesogen, eine kleine Benzo geschluckt und ist genussvoll weggedämmert zum *Lied von der Erde*, abends will er mit Peter dem berühmten Maskentanz im Shinto-Schrein von Takachiho beiwohnen, bei dem sich die Tänzer in die Götter selbst verwandeln. Peter unterdessen hat sich für eine Weile in die kochend heiße Outdoor-Badewanne des Etablissements gelegt, dabei den Blick über den kleinen japanischen Garten schweifen lassen, er hat am Vapie genuckelt, das Vogelgezwitscher wie ein Konzert erlebt, den klarhellblauen Himmel über sich aufgespannt gesehen wie einen hohen Schirm aus schimmernder Seide, und beinahe wäre auch er dabei eingeschlafen. Jetzt aber sitzt er, sauber, nach einem Doppio auch wieder einigermaßen erfrischt und nüchtern, umgezogen in weiche waldgrüne Flanellhosen, ein weißes Frottee-Polohemd und einen grauen Strick-Cardigan, auf dem spitzendeckengeschmückten Rücksitz eines kleinen Taxis, das ihn auf gewundenen, dunklen Straßen zur Schlucht von Takachiho fährt. Der Himmel hat sich inzwischen ein wenig zugezogen, durch das halb geöffnete Fenster weht Peter ein frisch-kühler, würziger Frühlingsduft entgegen.

Takachiho: Irgendwo in dieser Gegend soll Amatsuhiko Ho no Ninigi no Mikoto, der Enkel der Sonnengöttin Amaterasu, den man der Einfachheit halber bloß Ninigi nennt, vom Himmel herabgestiegen sein, um sich die Erde untertan zu machen, sprich sie mit Reis zu bepflanzen. Und weil Ninigi, so die Legende, der Urgroßvater von Jimmu war, dem ersten Kaiser von Japan, und weil der japanische Kaiser, der Tenno, gewissermaßen die lebende Verkörperung der japanischen Nation ist, kann die Bedeutung dieses Ortes für das unter der Sonne dampfende, von zarten Orchideen, dunklen Wäldern und leuchtenden Berggipfeln geschmückte Inselreich kaum hoch genug eingeschätzt werden. Es handelt sich bei Takachiho um einen der zentralen Orte der japanischen Spiritualität. Ein stilles, von seinen Besuchern auch sozusagen nur mit Samthandschuhen betretenes Städtchen in einer bergigen, unberührten Naturlandschaft, bestehend aus wenigen Häusern, kaum befahrenen Straßen, aus heißen Quellen und Herbergen, die sich rund um den unter uralten Bäumen gelegenen großen Shinto-Schrein schmiegen, der das Herz des Ortes ausmacht.

Vor dem Fenster von Peters Taxi schießt dichte, leuchtend grüne Vegetation vorbei. Unser Freund schaut und denkt, zum ersten Mal seit mehreren Tagen, in vollkommener Konzentration nur an das Projekt: an *libeo*. »Die Natur«, denkt Peter. »Ruhe, Einkehr, Natur. Es darf eben nicht um Technologie gehen, sondern es muss um den Geist gehen und um den Geist als etwas aus der Natur Geborenes, in ihr Geborgenes. Die Leute sollen beim Anblick der Maschine eher an einen Baum denken oder an eine Flechte als an ein Tablet oder einen Helm. Sie müssen das Gefühl haben, mit *libeo* der eigenen Natur, der natürlichen Natur wieder einen Schritt näherzukommen, statt sich durch die Maschine noch weiter davon zu entfernen. *libeo* muss eine Gestalt, eine Aura verbreiten wie Takachiho, wie dieser Ort selbst, von absolutem Frieden, Unberührtheit, Spiritualität, von Versenkung, vom Höchsten der Menschlichkeit.«

Das Taxi setzt Peter an einem Flüsschen ab, bei einem kleinen Bootsverleih, dessen Steg unter im Wind raschelndem Bambus liegt. In Minibussen herbeigefahrene Touristen steigen an dieser Stelle in Ruderboote und lassen sich durch jene in ganz Japan berühmte, enge Schlucht treiben, die der Fluss Gokase über Jahrtausende in den Basalt gezogen hat. Die Touristen blicken vom Boot aus in das dunkle Wasser unter sich, sie schauen an den glatten Felswänden hoch, hinauf zu der kleinen Brücke, die sich – wie der Rücken eines Tigers – über die Schlucht spannt. Sie genießen den absoluten Frieden des Ortes, den Gesang der Vögel, der herabrieselt wie Laub, sie lauschen dem leisen Rauschen des schmalen Wasserfalls, der aus großer Höhe in das Flussbecken stürzt, sie erheben die Augen zum silbrig gleißenden Himmel, hinter dessen Wolkendecke sich wärmend die Sonne lässt. Alles schwebt irgendwo zwischen Himmel und Erde.

Es ist in gewisser Hinsicht eine sehr ernste, jedenfalls eine absolut meditative Angelegenheit, so eine Bötchenfahrt auf dem Fluss Gokase, und auch Peter hofft, sich gleich tief versenken zu können in den Geist dieses Ortes. Er erinnert die kleine Bootsfahrt mit Harald vor vielen Jahren als einen absoluten Höhepunkt der gemeinsamen Reise damals.

Gerade wird vor Peter der Kahn eines halbglatzigen Japaners vom Bootsvermieter losgebunden, der Kunde schaut Peter wie verzweifelt an, legt sich dann in seinem Boot sogleich auf den Rücken und scheint vorzuhaben, sich von der Strömung ohne jeden eigenen Impuls durch die Schlucht tragen zu lassen. Unterdessen wendet sich der Vermieter Peter zu, die beiden verständigen sich händisch, unter leisen Verbeugungen und zartem Lächeln, dann weist der Vermieter ihm mit höflicher Geste ein Ruderboot, das ganz am Ende des in den stillen Fluss ragenden Holzsteges festgebunden ist. Peter steigt in dieses Boot, friemelt still und konzentriert an dem Knoten des Taus herum, das den Nachen noch hält, ist in Gedanken ganz bei dem Projekt, als vor seinem Auge, auf dem Steg, ein Paar Runningschuhe erscheint und stehen bleibt.

Peter schaut auf und sieht, über sich, scharf gegen den leuchtenden Himmel gezeichnet, einen Ausländer stehen, einen hageren Europäer oder Amerikaner vielleicht. Der Mann trägt bequeme Jeans, eine grüne Outdoorjacke. Sein Gesicht bedeckt ein dichter dunkelbrauner Vollbart, auffällig sind die stechenden, blitzeblauen Augen. Peter kann das Alter dieses Gesichts nicht einschätzen, ob das vor ihm ein junger oder ein längst gestandener Mann ist. Halb lange, strähnige Haare hängen in die Stirn des Fremden herab, auf dem Kopf sitzt eine Wollmütze. Der Mann lächelt mit einer Reihe perlweißer Zähne zu Peter hinunter. »Entschuldigen Sie bitte«, sagt er in breitem Amerikanisch, »es ist mir sehr unangenehm, aber wie es scheint, habe ich überhaupt kein Bargeld bei mir. Wäre es für Sie sehr ärgerlich, wenn ich mich zu Ihnen ins Boot setze? Ich bin extra aus meinem Hotel hierher gewandert, morgen muss ich schon abreisen, das ist meine einzige Gelegenheit, auf den Fluss zu kommen.«

Peter kneift die Augen gegen das blendende Licht zusammen. »Nehmen Sie es mir bitte nicht übel«, sagt Peter, »aber wirklich nur extrem ungern. Ich bin fast nur für diese Bootstour überhaupt nach Takachiho gekommen. Ich möchte sie wirklich eigentlich unbedingt alleine unternehmen.«

»Ich werde Sie nicht stören«, sagt der Fremde, wieder

lächelnd. »Versprochen. Ich werde ganz still sein.« Der Mann kommt Peter auf einmal seltsam vertraut vor, als seien sich die beiden schon mal begegnet, kürzlich sogar erst?

Peter schaut sich um. Es sind keine anderen Touristen zu sehen, die den Amerikaner mitnehmen könnten. Er ärgert sich. Er will den nicht dabei haben.

»Wirklich lieber nicht. Tut mir leid.«

»Würden Sie mir dann vielleicht Geld leihen können? Sind Sie in Takachiho? Dann würde ich es Ihnen dort heute Abend zurückgeben können, Sie gehen doch bestimmt auch zu der Tanzaufführung im Schrein?«

»Natürlich«, sagt Peter, zieht sein Portemonnaie hervor und reicht dem Fremden die paar Kröten für eine Bootsmiete hoch.

»Danke«, sagt der. »Das ist wirklich sehr nett.« Der Mann hockt sich hin und streckt Peter die Hand hin. »Drew.«

Für einen Augenblick bleibt Peter das Herz stehen. Natürlich. Jetzt erkennt er hinter dem Bart das weltberühmte Gesicht. Vor ihm, auf dem Steg, steht Drew Itautis.

So. Und wie sich unschwer denken lässt, legt das Schicksal für Peter jetzt noch ein paar Schippen an Drastik drauf. Und natürlich werden wir auch noch genau erfahren, wie es mit ihm weitergeht.

Aaaber – da ist halt auch noch dieser andere Mann. Der halbglatzige Japaner, der sich vor Peter so eigentümlich erschöpft in sein Boot gelegt hat. Von dem wollen wir davor noch was erzählen, der hat nämlich auch eine ziemlich intensive Begegnung mit dem Schicksal hinter sich, dem wurde in der vergangenen Woche tatsächlich ein Lebenstraum vor die Nase gehalten wie jene sprichwörtliche Wurst, die weggezogen wird, kaum dass man begehrlich die Hand danach ausstreckt. Eine makabre, hartherzige Affäre war das Ganze, und der Japaner, er heißt Yoshi Sasaki, ist deswegen auch noch immer vollkommen fertig. Ob der Drastik des Vorgefallenen ist Herr Sasaki von seinem Chef Kawase sogar für ein paar Tage von seiner Arbeit beurlaubt worden. Sasaki ist dann gleich nach Takachiho gefahren, wo er sich von den Strapazen und dem Schock zumindest ansatzweise zu erholen hofft, bevor er in seine Stellung zurückkehren muss.

Yoshi Sasaki, einundfünfzig Jahre alt, ist Kunsthistoriker. Er arbeitet im *honkan*, dem Hauptgebäude des Nationalmuseums in Tokio, wo sich die Sammlung mit japanischer Kunst befindet. Zu dieser Kollektion zählen auch einige Schwerter, *nihonto* genannt, kurze und lange, breite und schmale, jedenfalls alte, wertvolle Schwerter. Sasakis ausgesprochene Expertise sind spezifisch sogenannte *koto*, Schwerter aus jenem Zeitraum, der nach westlicher Zeitrechnung die Jahre 794 bis 1615 umfasst. In diese lange Spanne fiel auch die Lebenszeit von Okazaki Masamune, eines Meisters, der zwischen dem 13. und dem 14. Jahrhundert lebte und der berühmteste Schwertschmied der japanischen Geschichte sein dürfte. Seine *nihonto* gelten noch heute als die vollkommensten, die in Japan jemals hergestellt worden sind. Es gibt auf der ganzen Welt Afficionados, die für solche Waffen ein Vermögen zu zahlen bereit wären, Masamune-Schwerter werden aber so gut wie nie verkauft. Man muss sich diese Waffen so denken wie Stradivari-Geigen vielleicht, es sind genau katalogisierte Schätze, deren Geschick und wechselnde Besitzerschaft von Historikern auch deswegen so gern aufbewahrt werden, weil sich daran entlang die Weltgeschichte erzählen lässt.

Wir erklären das alles hier bloß so genau, weil ein

Schwert von Okazaki Masamune in der jämmerlichen Affäre um Herrn Sasaki die Hauptrolle spielt.

Vor kaum einer Woche nämlich saß Yoshi Sasaki noch nichts ahnend während der Mittagspause in einem kleinen Lokal im beschaulichen Tokioter Stadtteil Ueno, unweit seiner Arbeitsstelle, verzehrte ein Curry und verfolgte dabei halbherzig ein Baseballspiel zwischen den Hiroshima Carp und den Tokyo Yakult Swallows, das über einen uralten Röhrenfernseher in das Restaurant übertragen wurde, als sein Handy klingelte. Im Display erschien eine Nummer mit der Vorwahl des Museums. »Guten Tag, Herr Sasaki!«, sagte am anderen Ende der Leitung die Stimme einer Sekretärin. »Bitte kommen Sie, so bald es geht, in das Büro von Herrn Direktor Kawase!«

Und so saß Sasaki wenig später schon in einem bequemen Ledersessel im Büro des Museumsdirektors. Er war vielleicht das vierte oder fünfte Mal hier oben. Direktor Kawase und Sasaki waren vor vielen Jahren Kommilitonen gewesen und so was wie gute Bekannte, der Direktor Kawase allerdings war schon damals ein Mann von großem Ehrgeiz gewesen, wohingegen Sasaki lange keine andere Ambition gehabt hatte, als irgendwann die Stelle des *koto*-Experten im Nationalmuseum zu bekommen. Wie immer, wenn Sasaki hier oben saß, schaute er sich verstohlen und doch auch ein wenig neidisch im ausladenden Arbeitsraum des Direktors um, dessen Wände mit wunderbaren Arbeiten aus der Museumskollektion geschmückt waren. Sein Auge blieb an einem Wandschirm hängen, auf dem ein abstrakter kupferroter Fluss unter blühenden Pflaumenbäumchen über einen leuchtend goldenen Hintergrund floss.

»Ist das der echte Korin?«, fragte Sasaki staunend.

Der Direktor Kawase nickte. »Jawohl. Wunderschön,

nicht wahr? Der Schirm ist gerade als Leihgabe zu uns gekommen. Ich habe ihn erst einmal hier raufbringen lassen.
Ich bin beschenkt, ihn jeden Tag betrachten zu dürfen.«

Sasaki verbeugte sich leise vor dem Meisterwerk. »Das
bist du.«

Kawase stellte halbherzig ein paar kleine Fragen nach
dem Befinden von Sasaki und dessen Frau und Tochter,
unterbrach sich dann aber gewissermaßen selbst ungeduldig und sagte: »Lieber Yoshi, bitte verzeih mir, dass
ich dich so eilends hierher bestellt habe, und nimm es mir
bitte auch nicht übel, wenn ich einfach mit der Tür ins
Haus falle. Aber wir haben heute eine sehr erstaunliche
Nachricht bekommen. Jemand behauptet, im Besitz des
Honjo-Masamune zu sein, und bietet dem Museum das
Schwert als Geschenk an.«

Sasaki unterdrückte das Lächeln, das ihm auf die Lippen kommen wollte. »Oh«, sagte er. »Ist das so?«

»Ich weiß«, nickte Kawase ungeduldig, »oder ich ahne,
was du denkst. Aber die Quelle ist durchaus seriös. Der
Besitzer ist offenbar ein französischer Adeliger, der eine
plausible Geschichte erzählen kann darüber, wie er zu dem
Schwert gekommen ist. Er ist mit seinem Schenkungsan-
gebot zunächst an den Louvre herangetreten. Die Experten dort meinen nun, dass es sich tatsächlich um das Original handeln könnte. Sie haben dem Grafen klargemacht,
dass die Waffe, sollte es sich wirklich um das Honjo handeln, unmöglich im Besitz des französischen Staates bleiben kann. Jetzt hat der Louvre uns kontaktiert und darum
gebeten, die Sache mal in Augenschein zu nehmen.«

Kawase hatte sich bei seiner kurzen Rede erhoben und
die Jalousien in seinem Büro heruntergefahren, sodass der
Raum in Zwielicht lag. Er reichte Sasaki eine Holobrille
und setzte sich eine eigene auf. Nach ein paar Sekunden

dämmerte auf dem lackierten Kaffeetisch vor Herrn Sasaki ein gestochen scharfes, dreidimensionales Bild herauf. Darauf zu sehen war eine von Schaft und Scheide befreite gebogene Klinge aus glänzendem Stahl. Kawase bat um den Controller, drehte das Bild, zoomte hinein, bis kleinste Scharten im Stahl zu erkennen waren. Sein Herz, ein phlegmatisches, in sich gekehrtes Organ, begann, ein wenig schneller zu schlagen. Endlich setzte er sich die Brille ab. Der Kaffeetisch war wieder leer. Sasaki starrte weiter auf die schwarz glänzende Oberfläche.

»Was meinst du, Sasaki-*hakase*?« Der Direktor sprach mit dieser Anrede den international anerkannten, ihm in dieser Frage überlegenen Gelehrten Sasaki an.

»Es könnte durchaus das Honjo sein«, brach Sasaki sein Schweigen. »Zumindest passt alles hier Gezeigte zu den Beschreibungen, die mir bekannt sind. Selbstverständlich aber müsste ich mich genauer in die Sache einlesen. Und ich müsste die Klinge natürlich eigentlich in den Händen halten. Die Geschichte scheint mir zu unglaublich. Ich war immer sicher, dass das Schwert eingeschmolzen worden ist oder irgendwo auf dem Grund der Bucht von Tokio verrostet.«

»Wie wir alle. Wenn es sich tatsächlich um das Honjo handeln sollte, wäre der Fund mit Sicherheit die größte Sensation unser beider Karrieren. Ich möchte dich daher in der Tat darum bitten, nach Paris zu reisen, und zwar möglichst sofort.«

»Paris?«, fragte Sasaki erschrocken. »Ich war noch nie im Ausland.«

»Wie ist dein Englisch? Mit Englisch kommt man ganz gut durch.«

»Ich lese die Sprache weit besser, als ich sie sprechen kann.«

»Es wird reichen. Mach dir keine Sorgen.« Kawase hatte inzwischen zwei Gläser mit Whisky gefüllt und stellte nun eines vor Sasaki. »Ich beneide dich! So ein spannender Auftrag. Vielleicht ein großer Fund! So etwas habe ich mir immer für mich selbst gewünscht.« Der Direktor trug sein Glas im Raum spazieren. Er fiel dabei in einen Ton, der den hierarchischen Abstand zwischen den beiden Männern wieder deutlicher machte. »Du solltest keine großen Erwartungen an den Aufenthalt selbst haben. Die viel gerühmte Schönheit der Stadt Paris entspricht nicht ihrem wirklichen Aussehen. Tatsächlich kommt es bei unseren Landsleuten in Frankreich angeblich sogar manchmal zum sogenannten ›Paris-Syndrom‹, einem etwas lächerlichen Nervenleiden, das aus der Dissonanz zwischen den viel zu hoch gesteckten Erwartungen und der schmuddeligen Realität der Stadt entsteht. Die Syndromierten leiden wohl unter Schwächeanfällen, Panikattacken und dergleichen. Persönlich kann ich Paris kaum ausstehen. Überall Schmutz, Abzocke, größte Rücksichtslosigkeit, selbst die Küche ist deutlich überschätzt. Fahr also hin, betrachte das Schwert, dann meldest du dich wieder und wir holen dich schnell heim. Und man weiß ja nie. Vielleicht kommst du sogar mit dem Honjo im Gepäck zurück. Kampai!«

Am folgenden Morgen machte sich Herr Sasaki auf den Weg nach Paris. Seine Frau Mitsuko brachte ihn zum Flieger. Das Ehepaar Sasaki hatte seit seiner Hochzeit noch keine einzige Nacht getrennt verbracht. Frau Sasaki war aufgeregt. »Wenn dein Vater das noch hätte erleben dürfen«, flüsterte sie beim Abschied. »Ich bin mir nicht sicher, ob das etwas geändert hätte für ihn«, antwortete Sasaki irritiert. An den Vater hatte er wegen des Schwerts seltsamerweise noch überhaupt nicht denken müssen. Jetzt aber, während des mühsamen Ganges durch die Sicherheitskontrollen, sah er den Alten wieder lebhaft vor sich. Schmerz und Zorn, Sehnsucht, Trauer und Scham regten sich in Sasaki.

Heihachi Sasaki war der zehnte *sensei* einer ununterbrochenen Dynastie von landesweit anerkannten Meistern im Kendo, dem japanischen Schwertkampf, gewesen. Er hatte in seiner Tokioter Schule jahrelang auch traditionelle Formen praktiziert, die offiziell verboten waren, weil dabei mit scharfen Klingen hantiert wurde. Auf einer Anrichte bei den Sasakis zu Hause hatten sich ein paar durchaus wertvolle *nihonto* befunden, die der Familie über die Jahrhunderte von adeligen Schülern geschenkt worden waren. Die Schwertmeister-Familie hatte diese zeitweilig illegalen Waffen vor den amerikanischen Besatzern versteckt halten müssen.

Den kleinen Yoshi Sasaki nun faszinierten diese Waffen durchaus, er zeigte als Knabe allerdings keinerlei Begabung im Umgang mit dem Schwert. Er war offensichtlich ohne jedes Talent und ohne jede Neigung geboren. Die Handhabe der Waffen bereitete ihm keine Freude. Für seinen Vater war Yoshi dementsprechend eine furchtbare Enttäuschung, gar eine Schande. Die Versuche des Sohnes, die Familientradition durch Gelehrsamkeit in der Geschichte der Schwertschmiedekunst in andere Formen zu lenken, fanden beim Vater, der die Akademie als weibische Domäne betrachtete, niemals Anerkennung. Seit dem Tod des Vaters, der mit dem Sohn unversöhnt gestorben war, fragte sich Yoshi Sasaki zunehmend bitter, ob seine vergeblichen Versuche, die Liebe des Vaters für sich zu gewinnen, ihn nicht womöglich auf ganz falsche Bahnen gelenkt hatten in diesem Leben, ob sein Interesse für Schwerter nicht eigentlich bloß eine drastisch verzwergte Form einer viel größeren Leidenschaft für Geschichte und Kunstgeschichte, die

Geisteswissenschaften, vielleicht gar die Literatur, die Kunst selbst dargestellt hatte, der nachzugehen er sich wegen des Vaters nie getraut hatte.

Nun aber saß er im Flieger, eingezwängt am Fenster in der letzten Reihe der Economy, und blätterte durch die Literatur zum Honjo-Masamune, die er auf die Reise mitgenommen hatte. Er gestand sich, dass er aufgeregt war. Vielleicht würde sein Metier am Ende doch noch einen Beitrag leisten zum Renommee der Familie. »Identifiziert von Yoshi Sasaki«, so würde es in den Annalen, vielleicht sogar auf der Plakette im Museum stehen.

Das Honjo-Masamune war tatsächlich eine Legende. Noch fast jedes Mal, wenn Sasaki irgendwo von seiner Arbeit erzählte, wurde er auf dieses Schwert angesprochen. Die meisten Japaner kannten sich zwar kaum mit *nihonto* aus, den Namen dieses Schwertes aber wusste eigentlich jedes Kind, es kam in vielen Manga-Comics vor. Auch die Geschichten über den Schwertschmied Masamune waren sprichwörtlich Legende. Sasaki hatte als Knabe besonders die Anekdote geliebt, nach der Masamune und ein anderer Schwertschmied ihre Waffen einmal im Wettbewerb in einen kleinen Bergbach gehalten hatten. Die Klinge des Konkurrenten schnitt mühelos durch die Blätter und Fische, die von der Strömung angetrieben wurden, Masamunes Schwert hingegen durchtrennte lediglich Blätter. Der Konkurrent wähnte sich bereits als Sieger in dem Wettbewerb, als ein vorbeiziehender Mönch, der die Szene beobachtet hatte, an die beiden herantrat und erklärte, Masamunes Schwert sei von solch edler Reinheit, dass es unschuldigen Wesen nichts zuleide tun würde – die Klinge des Konkurrenten hingegen sei blutrünstig.

Das Honjo-Masamune nun war Masamunes mit Abstand berühmteste Schöpfung. Das Schwert war benannt nach Shigenaga Honjo, einem Ritter, der es zweihundert Jahre nach seiner Fertigstellung als Trophäe aus einer Schlacht heimbringen konnte, einem erschlagenen Feind abgenommen, welcher Honjo mit derselben Waffe zuvor immerhin noch den Helm gespalten hatte. Das Schwert wurde während des Tokugawa-Shogunats, jener über zweihundert Jahre während Friedenszeit, in der die japanische Kultur ihre allerraffiniertesten Blüten trieb, berühmt als die vollkommenste Klinge in ganz Japan. Die Tokugawa-Shogune, die in seinen Besitz gelangt waren, vererbten die Waffe jeweils an ihre Nachfolger. Es wurde gewissermaßen das Emblem der größten Macht im Inselreich. Es war ein unvergleichlicher Schatz.

Nach dem Ende des Zweiten Weltkrieges gab der letzte Erbe der Waffe, Fürst Iemase Tokugawa, das Schwert wie geheißen bei den amerikanischen Besatzern ab. Der Sergeant der Army, dem er die Waffe überreichte, hatte angeblich Coldy Bimore geheißen, wobei schon über diesen eigenartigen Namen, der ein Missverstehen seitens Iemase Tokugawa nahelegte, größter akademischer Zweifel herrschte. In jedem Fall wurde das Honjo-Masamune, das berühmteste Schwert von ganz Japan, hernach nie wieder gesehen. Ob es, wie viele andere Waffen, die den Amerikanern übergeben worden waren, vernichtet wurde oder ob es, wie andere vermuteten, mit Coldy Bimore nach Amerika gelangte, wusste kein Mensch.

Doch nun hieß es, das Schwert sei wieder aufgetaucht und in Paris.

Sasaki studierte auf seinem Sitz eingehend die überlieferten Beschreibungen und Zeichnungen der Klinge. Die Waffe, fand er einmal mehr, wirkte in der Tat wie das platonische Ideal eines Masamune-Schwerts. Sasaki hatte im Zuge seiner Laufbahn schon viele Arbeiten des Meisters in den Händen gehalten, jedes Mal mit dem eigenartigen Gefühl, etwas Lebendiges zu berühren, etwas wie einen geballten Muskel, eine gespannte Sehne vielleicht. Er bildete sich ein, schon am *hamon*, der gewellten Härtezone entlang der Klinge, erkennen zu können, ob ein Schwert aus der Hand des Meisters stammte oder nicht.

Sein Flieger setzte nachmittags in Paris auf. Der Gelehrte, der nur Handgepäck bei sich hatte, verließ die Maschine gleichermaßen müde wie überdreht. Auf dem Weg ins Terminal bemerkte er sogleich den fremden Geruch der Luft, die Andersartigkeit des Lichts. Das Gewusel im Flughafen fand er hochinteressant. In der Q-Zone beobachtete er fasziniert die unterschiedlichen Haltungen, Gebärden, Umgangsformen, mit denen die Leute das Fiebermessen und den *swipe* über sich ergehen ließen, all die Hautfarben, die unterschiedlichsten Trachten, Menschen aus aller Herren Länder, so sein Eindruck, waren hier unterwegs. Ich bin in der Stadt von Gauguin, Cézanne, Picasso, dachte Sasaki erregt, und irgendwo hier, fiel ihm auch ein, hängt doch auch die »Dame mit dem Einhorn«, über die ich mal eine Hausarbeit in europäischer Kunstgeschichte geschrieben habe, vielleicht schaffe ich es sogar, mir das Original anzusehen.

Er fand den Weg zum Taxistand und stieg geistesabwesend – oder eben vom Schicksal gelenkt gelenkt – in den ersten Wagen, dessen Tür sich ihm öffnete. Sein Köfferchen legte er neben sich auf die Rückbank, bevor er den Blick zum Fahrer wendete und erschrak. Der Mann, der da vor ihm im Fahrersitz hockte, machte einen ausgesprochen unangenehmen Eindruck. Er war offenbar einäugig, trug jedenfalls eine Augenklappe. Sein pechschwarzes Haar war raspelkurz geschoren, sodass sich darunter, auf dem fettig glänzenden Schädel, ein paar weißliche Narben sehen ließen, die Sasaki unwillkürlich an Maden erinnerten. Auffällig war der eigenartig lippenlose Mund, am eindrücklichsten jedoch die Leibesgröße: Der Fahrer war ausgesprochen klein, ja winzig. Er saß, stellte Sasaki fest, auf einem Sofakissen, um überhaupt über das Lenkrad blicken zu können.

»Bonjour, *mon ami*!«, rief das Männlein, das sich zu ihm umgedreht hatte, mit hohem Fistelstimmchen. »My name is Oleg! Where can I take you on this beautiful day?«

»Hotel Vincent, please«, erwiderte Sasaki auswendig gelernt. »8th Arrondissement. Thank you.«

Das Taxi fuhr ruckartig an und gelangte schon bald auf eine Autobahn. Der Wagen fuhr, schien Sasaki, sehr schnell, ständig Überholspur. Der Fahrer hatte einen halb gerauchten Zigarillostummel aus einem Aschenbecher neben dem Schaltknüppel gefischt und entzündete den, ohne zu fragen. Ein wilder, krautiger Geruch machte sich im Taxi breit. Das Männlein hantierte an der Stereoanlage herum. Gleich drang eine eigenartige Fiedelmusik aus den Lautsprechern. »Musik aus meiner Heimat!«, rief das Männlein gut gelaunt nach hinten. Sasaki hatte solche Töne noch nie gehört.

Der Fahrer warf Sasaki durch den Rückspiegel immer wieder neugierige Blicke zu und begann endlich auch eine Unterhaltung. Beide Männer hatten einen schweren Akzent in ihrem Englisch, und ihre Unterhaltung blieb grammatisch nicht immer einwandfrei. Wir übersetzen und korrigieren das hier aber in den Wortlaut, zumal der Austausch zwischen den beiden trotz der sprachlichen Barrieren seltsam reibungslos funktionierte.

»Was führt Sie nach Paris?«, fragte also das Männlein.

»Ich bin Kunsthistoriker«, antwortete Sasaki. Er musste seine Stimme erheben, um die Musik zu übertönen.

»Kunsthistoriker!« Das Männlein zog anerkennend die Brauen hoch. »Was Sie nicht sagen! Wollen Sie in den Louvre?«

Sasaki war amüsiert. »In der Tat«, sagte der Gelehrte lächelnd. »Ich will mir dort morgen ein Schwert angucken.«

»Ein Schwert? Ein Bild von einem Schwert oder ein richtiges Schwert?«

»Ein richtiges. Ein japanisches Schwert. Es ist sehr berühmt. Ich soll herausfinden, ob es echt ist oder eine Fälschung.«

Oleg betrachtete Sasaki eindringlich durch den Rückspiegel. »Das ist ja die verrückteste Geschichte, die ich je gehört habe«, sagte er dann.

»Wieso?«

»Das ist doch einfach verrückt. Aus Japan nach Paris für ein Schwert, das im Louvre liegt. Total irre. Was die Menschen für Sachen machen.«

Sasaki wusste nicht, was er dazu sagen sollte.

»Das ist also irgendwie ein sehr besonderes Schwert?«, fragte Oleg.

Für einen Augenblick überlegte Sasaki, ob er die Geschichte von dem Bergbach und den reinen Klingen erzählen sollte. »In Japan gilt es als Schatz«, sagte er stattdessen.

»Ohoho, ein Schatz!«, rief das Männlein nun und verfiel in ein meckerndes Lachen. »Ein japanischer Schatz hier, ausgerechnet in Paris! Das ist zu gut. Ein Japaner im Louvre. Ja ja.« Oleg paffte angeregt an seinem Zigarillo. »Ist das Schwert wertvoll?«

»Es ist unbezahlbar«, sagte Sasaki.

»Dann«, sagte das Männlein bestimmt, »werde ich Ihr Fahrer sein hier! Bei einer Schatzsuche muss Oleg dabei sein. Ich bringe Sie überall hin. Sie kriegen einen Freundschaftspreis.«

Sasaki machte ein etwas ratloses Gesicht. »Ich wollte eigentlich mit der Metro fahren«, sagte er.

»Nein nein, die Metro, hier in Paris, für einen Mann wie Sie, wissen Sie überhaupt, was für Gesocks da mitfährt? Ausgeschlossen«, sagte Oleg. »Da hinten sehen Sie übrigens den Eiffelturm.« Dann drehte er die Musik noch lauter.

Bald darauf fuhr das Taxi von der Autobahn ab. Nun ging es durch immer engere Straßen. Die Häuser waren hoch und lehnten sich vor, sie waren mit einem dünnen, abblätternden Putz bezogen. Die Menschen auf den Straßen schienen Sasaki keine Franzosen zu sein. Er sah viele verschleierte Frauen und arabische Schriftzüge auf den Geschäften. Frankreich, wie viele europäische Staaten ein Einwandererland, erinnerte Sasaki. Überall, fiel ihm auf, lag Müll herum. Oleg telefonierte unterdessen angeregt auf Französisch, bis er plötzlich vor einem Haus hielt, das Sasaki noch schäbiger schien als alle umliegenden. Auf einem verblichenen Leuchtschild daran stand *Au Clochard Méchant*.

»Hier, Ihr Hotel«, sagte Oleg, während er Sasaki die Türe aufmachte.

Sasaki stieg aus dem Taxi und rieb sich die brennenden Augen. »Mein Hotel heißt aber anders«, sagte er.

»Das *Vincent* ist eine stadtbekannte Touristenfalle, ein widerliches Loch«, sagte Oleg und nahm Sasaki sein Köfferchen aus der Hand. »Einen Schatzsucher und guten Freund wie Sie kann ich dort unmöglich absteigen lassen. Das *Clochard Méchant* wird von einer Freundin betrieben, es ist das erste Haus am Platze, wenn Sie mich fragen. Ich habe schon alles für Sie arrangiert gerade am Telefon. Ihr Zimmer hier ist gebucht, und im *Vincent* wissen die auch schon Bescheid, dass Sie nicht kommen werden. Sie können sich auf Ihren Oleg verlassen, teurer Freund.«

Sasaki wurde für einen Moment ärgerlich. Er war müde und wollte jetzt nicht mehr solche Scherereien mit irgendwelchen Taxifahrern haben. Im nächsten Moment aber dachte er, dass er genau aus diesem Grund kein Theater machen würde. Er war hinüber von seiner Reise und musste auch an Kawases Warnung denken: So ist also Paris, dachte er, ich bin hier nun mal in der Fremde, am besten wohl, man macht mit und regt sich nicht zu sehr auf. *When in Rome.* Irgendwo ist das ja sogar ganz lustig oder zumindest ein kleines Abenteuer. Er lief Oleg, der das Köfferchen nur unter großer Anstrengung zu tragen in der Lage schien, hinterher.

»Wann ist morgen Ihr Termin im Louvre?«, fragte Oleg vor dem Hotel.

»Um neun«, sagte Sasaki.

»Ich hole Sie um acht hier ab. Seien Sie pünktlich, der Verkehr ist mörderisch.« Damit nickte das Männlein Sasaki kurz zu und fuhr in seinem Taxi davon.

Sasaki stieß die Tür zum *Clochard Méchant* auf. Ihm schlug ein dumpfer Geruch entgegen, als öffne er einen kleinen, fensterlosen Raum, in dem schon lange viele Menschen sitzen. Tatsächlich aber hockte in der Lobby nur eine einzige Frau, die Rezeptionistin. Sie wirkte noch sehr jung, wie ein Mädchen fast, und war ungeheuer fett. So eine dicke Frau habe ich, dachte Sasaki, noch nie in meinem Leben gesehen. Die Rezeptionistin hatte krause, gelbliche Locken, die wirr von ihrem Kopf abstanden. Ihre Stirn war sehr niedrig. Sie erinnerte Sasaki an eine bleiche Version von Akebono, dem pazifischstämmigen Sumoringer, der für eine Weile der unangefochtene Champion in Japan gewesen war.

»Ah, Olegs Japaner«, sagte die Frau mürrisch und mit einer Stimme, die Sasaki die eines Mannes zu sein schien.

»Füllen Sie die Form aus.« Sasaki trug die verlangten Informationen in das ihm herübergereichte Dokument ein, gab es zurück und erhielt einen Schlüssel: »Zimmer 13«, sagte die Frau. »Die Treppe hoch und links.«

Sasaki erklomm die schmale Stiege und gelangte in ein winziges Zimmer, dessen einziges Fenster auf einen Schacht ging, durch den niemals Licht fiel. Er stellte seinen Koffer ab und setzte sich erschöpft auf das Bett, auf dem er sofort tief einsank. Auf dem Kissen befand sich, sah er, ein weißlicher Fleck. Sasaki erhob sich und ging in das kleine Badezimmer. Das Licht funktionierte nicht. Das Bad roch scharf nach Urin. Aus dem Nebenzimmer drangen Geräusche durch die Wand, ein Mann schien agitiert zu telefonieren. Immer wieder unterbrach er sein Schimpfen, um ausgedehnt und bellend zu husten. »Hier kann ich nicht bleiben«, wusste Sasaki. »Unmöglich.« Sein Magen knurrte. Er beschloss, irgendwo etwas zu essen, um sich danach auf die Suche nach einer anderen Unterkunft zu machen.

In der Nähe des Hotels fand er einen orientalischen Imbiss. Er bestellte ein Sandwich, nahm sich ein Bier aus dem Kühlschrank und setzte sich an einen schmierigen Tisch. Das Brot, das er bekam, sah aus wie aus Knete. Sasaki entdeckte als Belag ein paar welke Tomaten und Remoulade sowie zwei platt gedrückte, vertrocknete Falafelbällchen. Er verzehrte diese Mahlzeit mühsam, das Brot verwandelte sich in seinem Mund in einen Kleister, der allen Speichel einzusaugen schien, um trotzdem so trocken zu bleiben, dass Sasaki ihn nur mit einem Schluck Bier herunterspülen konnte.

Als der Gelehrte den Imbiss verließ, landete eine Taube vor ihm auf dem Trottoir. Dem Tier lief Blut aus dem Schnabel. Es betrachtete Sasaki bedeutungsschwanger

durch sein schwarzes Auge, legte sich vor ihm auf den Asphalt und verendete.

Der Japaner war schockiert. Er hatte sich auf etwas gefasst gemacht hier in Paris, aber diese Stadt war ja wirklich, dachte er, einfach nur furchtbar. Er ging zurück zum
Hotel. Die dicke Rezeptionistin war verschwunden. Sasaki
stieg zu seinem Zimmer hinauf und setzte sich wieder auf
sein Bett. Ihm war übel, er fühlte sich elend und allein, er
war unglaublich müde. Er wollte seine Frau anrufen, aber
sein Handy hatte kein Netz. Herr Sasaki öffnete seinen
Koffer, zog seine Zahnbürste hervor, putzte sich die Zähne,
dabei darauf bedacht, das Waschbecken nicht zu berühren.
Er kehrte auf das Bett zurück, rollte sich darauf in seinen
Kleidern zusammen und schlief ein.

Er erwachte mitten in der Nacht und musste rennen,
um es rechtzeitig zum Klo zu schaffen, er hatte entsetzlichen Durchfall. Aus dem Nebenzimmer wummerte es
gegen die Wand, der Nachbar brüllte irgendwas und brach
in ein scheußliches Gelächter aus, das in einem abermal-
igen Hustenanfall endete. Sasaki kehrte auf sein Bett zurück, konnte aber nicht mehr einschlafen.

Um sieben Uhr früh kletterte er, das Köfferchen in der
Hand, die Stiegen hinunter. Er hatte sich frisch gemacht,
so gut das in dem Bad ging, das Hemd gewechselt und
einen Schlips umgebunden, er fühlte sich wie gerädert. Es
galt jetzt, irgendwie zum Louvre zu finden und dort auf
den Termin zu warten. Im *Clochard Méchant* hielt Sasaki
es keine Sekunde länger aus.

Hinter der Rezeption saß die dicke Frau. Sie trug ein
durchsichtiges Nachthemd und schien auf ihren Holos
einen Porno zu schauen, zumindest legte das die Tonspur
nahe, die durch ihre Kopfhörer bis zu Sasaki drang.

»Sie können nicht so einfach auschecken. Sie haben hier

für drei Nächte unterschrieben«, sagte die Dicke. »Entweder Sie zahlen jetzt die gesamten 500 Euro für die drei Übernachtungen, oder Sie bleiben.« Sasaki zog die Kreditkarte hervor. »M-m«, machte die Dicke. »*Cash only.*« Sie zeigte dicken Fingers auf ein Schild auf der Rezeption, das eine durchgestrichene Kreditkarte zeigte. Sasaki erklärte verärgert, dann werde er irgendwo Geld besorgen. Die Frau befahl, dass er seinen Koffer als Pfand im Hotel lassen müsse.

»Was für ein Albtraum«, dachte Sasaki, als er die Tür des *Clochard Méchant* öffnete, um auf die Straße hinauszutreten und sich nach einem Geldautomaten umzusehen. Es dämmerte gerade erst. Vor dem Hotel stand ein Taxi. Sasaki hatte kaum Zeit, es als Olegs Wagen zu identifizieren, als das Männlein schon herausgesprungen war. Auch die Beifahrertür öffnete sich. Ein riesenhafter, schrankbreiter Mann mit quadratischem Schädel und schief aus dem Mund stehenden Zähnen erhob sich aus dem Beifahrersitz und baute sich vor Sasaki auf, dass ein Schatten über den Japaner fiel.

»Sie sind aber pünktlich!«, rief Oleg fröhlich und hielt Sasaki die Fahrgasttüre auf. »Ein Glück, dass ich auch so rechtzeitig hier bin, sonst hätten Sie ja lang auf mich warten müssen. Das hier ist Iwan, mein Bruder. Er ist schwachsinnig, aber er tut nichts.« Iwan schob Sasaki auf die Rückbank und setzte sich neben ihn. Der Gelehrte wusste nicht, wie ihm geschah.

Im Auto lief abermals die schreckliche Fiedelmusik. Als Oleg sich eines seiner Zigarillos anstecken wollte, griff der riesige Iwan von hinten nach dem brennenden Stängel und zermalmte ihn in seiner Pranke. »*Non*«, sagte Iwan. Oleg begann in einer fremden Sprache zu schimpfen.

Das Taxi fuhr über breitere Straßen. Bald sah die Stadt,

die vor Sasakis Fenster vorbeizog, eigentlich sehr schön aus, mehr so, wie er sich Paris vorgestellt hatte, prächtig geradezu. Endlich ging die Fahrt auch an einem breiten Fluss entlang, bestimmt war dies, dachte Sasaki, die Seine, und er sah gleich darauf das Baugerüst von Notre-Dame in den gelbgrauen Himmel ragen. Menschen gingen am Fluss spazieren, Boote tuckerten auf dem Wasser, da waren am Ufer diese Bücherstände aufgebaut, die Sasaki aus Filmen kannte, und dann sah er auf der anderen Flussseite endlich auch den Louvre und die Tuilerien und Peis berühmte Glaspyramide.

Der Gelehrte war erleichtert. Er hatte sich heimlich gefragt, ob dieser Oleg ihn überhaupt zum Museum bringen würde. »Hier sind wir«, sagte Oleg, nachdem das Taxi vor dem Museum angehalten hatte. »Der ruhmreiche Louvre. Irgendwo da drin ist hoffentlich Ihr Schatz. Ich warte dann hier auf Sie. Iwan begleitet Sie zum Eingang, okay? Er muss sich ein bisschen bewegen.«

Sasaki schaute auf seine Uhr. »Es ist erst Viertel vor acht. Wir sind viel zu früh.«

Oleg schaute ihn durch den Spiegel an. »Dann kaufen Sie sich halt ein Croissant oder so was.«

Sasaki lief zu einer Bäckerei abseits der Tuilerien. Iwan folgte ihm, ein wandelnder Berg. Sasaki hatte langsam das Gefühl, dass er mit diesen eigenartigen Brüdern in ernsthafte Schwierigkeiten geraten sein könnte. Man ließ ihn ja nicht mehr in Ruhe. Vielleicht, dachte er, muss man die Polizei rufen?

In der Bäckerei bestellte Sasaki ein Croissant und einen Kaffee. »*Non!*«, sagte hinter ihm Iwan und zeigte auf sich selbst. Er schien nur dieses eine Wort zu besitzen. Sasaki bestellte noch ein Croissant und noch einen Kaffee. Iwan schob sein Croissant in Gänze in seinen Schlund und kippte den brühend heißen Kaffee in einem Schluck hinterher. Sasaki versuchte, sich auf seinen Auftrag zu besinnen.

Um Punkt neun Uhr betrat er die Pei-Pyramide. Iwan war neben dem Eingang in eine wartende Hockhaltung gegangen. Eine Dame am Empfang erklärte Sasaki, dass Monsieur Karol, sein Kontakt, gleich hier sein würde. Bald steuerte wirklich ein adretter junger Mann auf Sasaki zu. »Verehrter Sasaki-hakase«, sagte Karol in sehr brauchbarem Japanisch. »Es ist mir eine Ehre, Sie kennenzulernen. Ich habe alle Ihre Arbeiten gelesen. Danke, dass Sie den weiten Weg auf sich genommen haben.« Beinahe trat Sasaki bei diesen Umgangsformen das Wasser in die Augen. Zivilisation!

Karol führte Sasaki in das Museum hinein, die beiden gingen einen der berühmten langen Gänge hinunter, ein bedeutendes Gemälde hing neben dem anderen, Sasaki konnte kaum einen Blick auf die Arbeiten werfen, bevor Karol eine Seitentür aufsperrte, die auf einen Hof mit parkenden Autos führte. Er öffnete eines der Autos und bedeutete Sasaki, sich auf den Beifahrersitz zu setzen. »Das Schwert ist nicht mehr im Museum, sondern zurück beim Grafen Pécot. Er wohnt um die Ecke. Wir fahren in sein Haus, um die Waffe dort zu begutachten.«

Auf diese Weise, dachte Sasaki sofort, bin ich ja auch diesen furchtbaren Oleg und seinen barbarischen Bruder Iwan los. Dankbar sank er in den Ledersitz des sauberen Dienstwagens und ließ sich von Karol, der ein ausgezeichneter Chauffeur war, aus dem Museum kutschieren. Als der Wagen an dem Platz mit der Pyramide vorbeikam, sah Sasaki weit hinten, neben dem Eingang, noch immer den hockenden Iwan, der nun auch und wie alarmiert in Sasakis Augen zurückzublicken schien und sich dabei erhob. Sasaki erstarrte vor Schreck, beruhigte sich aber: Es war unmöglich, dass der Riese ihn im Auto identifiziert hatte.

»Wie war Ihre erste Nacht in Paris?«, fragte Karol.

»Ich habe leider nicht so viel geschlafen«, antwortete Sasaki zurückhaltend.

»Das tut mir leid. Der Jetlag macht mir auch jedes Mal zu schaffen. Erlauben Sie mir, auf der Fahrt ein wenig zu erzählen über die Provenienz des *nihonto*, das sich im Besitz des Grafen befindet.«

Karol berichtete, dass der Vater des alten Grafen Alphonse Pécot, Socrate, in der Nachkriegszeit ein sehr offenes Haus in Paris geführt hätte, in dem bisweilen große Spielnächte stattfanden, Karten, vor allem Baccara. Ende der Vierzigerjahre sei an einem solchen Abend ein Amerikaner bei den Pécots aufgetaucht, hätte schnell große Summen verspielt und am Ende einer ausgesprochen verlustreichen Nacht um ein letztes Spiel gebeten, um die Chance, das Haus finanziell nicht vollkommen ruiniert verlassen zu müssen. Socrate Pécot, ein Sportsmann und *homme de liberté*, hätte den letzten Einsatz des Amerikaners großzügig angenommen: ein altes, durchaus eindrucksvolles japanisches Schwert, von dem der Amerikaner behauptete, er habe es selbst erst vor ein paar Tagen einem durchreisenden Army-Sergeanten abgenommen beim Poker, es handele sich um eine große Kostbarkeit aus dem japanischen Staatsschatz. Auch dieses letzte Spiel hätte der Amerikaner verloren und sich, wie die Familie Pécot am Folgetag erfahren musste, im Morgengrauen in die Seine geworfen. Das Schwert befände sich seither im Besitz des Grafenhauses.

Mittlerweile sei Alphonse Pécot, der Sohn von Socrate, selbst schon ein alter Mann und, *entre nous*, schwerst krank, er säße gewissermaßen schon auf gepackten Koffern Richtung Schweiz, um sich dort bei *Dignitas* einschläfern zu lassen. Da er keine Erben hätte, vermache Alphonse alles, was in seinem Besitz von Wert sein könnte, an den französischen Staat, für den er tief patriotische Gefühle hege. So also sei das Schwert in den Louvre gelangt und in seine, Karols, Hände. »Diese ganze Herkunftsgeschichte lässt doch immerhin die Möglichkeit zu, dass es sich wirklich um das Honjo-Masamune handelt, meinen Sie nicht? Vielleicht war der Sergeant, dem der Amerikaner das Schwert abnahm, ja wirklich Bimore? Das Schwert scheint mir echt zu sein, aber wir beide wissen, wie geschickt die Fälschungen sein können. Ich bin sehr froh, dass Sie die Klinge persönlich in Augenschein nehmen können.« Karol parkte das Auto bereits vor einem großzügigen *hotel particulier* im vierten Arrondissement, unweit des Museums.

Die Tür des sehr großen Hauses wurde von einem grauen Herrn in altmodischen Kleidern geöffnet. Sasaki verbeugte sich tief und streckte dem Mann die Hand entgegen, dieser ignorierte sie ohne Wimpernzucken. »Ah, Monsieur Karol und der Japaner. Erlaucht hat gebeten, Sie gleich in die Bibliothek zu führen, und bittet, entschuldigt zu werden, gerade ist das Streichquartett im Musikzimmer.«

Die beiden Experten folgten dem Diener durch das Vestibül über ein bernsteinfarbenes Treppenhaus in eine gigantische, schattige Bibliothek, deren barocke Regale sich bis zur hohen Decke zogen und fast ausschließlich mit Folianten bestückt zu sein schienen. »Ein Vermögen«, flüsterte Karol dem Japaner bedeutsam zu. »Die Nationalbibliotheksexperten waren schon da, hier stehen offenbar unter anderem ein paar verloren geglaubte Jaggard-Originale. Shakespeare-Erstausgaben!«

Sasaki hörte nicht zu. Sein Blick war längst auf einen riesigen lederbezogenen Tisch gefallen, auf dem ein Schwertständer stand. Sasaki wusste sofort, dass das Schwert, das auf diesem Ständer lag, das echte Honjo-Masamune war, dermaßen stark ergriff ihn schon aus dieser Entfernung die Aura der Waffe. Gemeinsam mit Karol trat er näher an den Tisch heran, und nach aufmunterndem Zunicken seitens des Franzosen hob Sasaki das Schwert ehrfürchtig vom Ständer.

Alles stimmte. Wieder das Gefühl, etwas Lebendiges in den Händen zu halten. Die wundervoll lackierte schwarze Scheide des Schwerts, exakt dieselbe Technik wie beim Fu-do-Masamune. Die lilafarbene Kordel, der Griff aus Horn, umflochten mit indigoblau gefärbtem Hirschleder im *ma-kikake*-Stil. Zitternd zog Sasaki die singende Klinge aus der Scheide. Das *hamon* glänzte im schwachen Licht der Biblio-thek wie Öl, das über der Klinge ausgegossen war. An ein paar Stellen zeigte die Schneide feinste Risse – diese waren, so hieß es, entstanden, als die Waffe den Helm des Ritters Honjo gespalten hatte. Sasaki schloss die Augen und fühlte, wie das Schwert in vollkommen austarierter Gewichtung in seinen Händen ruhte. Nach einigen Minuten schob er es zurück in die Scheide und legte es auf den Ständer zu-rück. Er verbeugte sich vor der Waffe und sagte dann leise, halb zu Karol gewandt: »Ich teile Ihre Auffassung. Es han-delt sich in der Tat um das Honjo-Masamune.«

Karol strahlte. »Eine Sensation!«, sagte er. »Eine Sen-sation!« Er schüttelte Sasaki überschwänglich die Hand.

In diesem Moment ging die Tür zur Bibliothek auf. Eine Gestalt fuhr langsam auf einem elektrischen Rollstuhl he-rein. Im Dämmerlicht erkannte Sasaki einen Greis, dessen Gesicht über und über von nass glänzenden Pusteln befal-len zu sein schien. Der Mann war so entstellt, dass Sasaki ihn kaum anzuschauen vermochte. Karol verbeugte sich, Sasaki tat es ihm gleich. »Erlaucht«, sagte Karol auf Eng-lisch, »dies ist der japanische Gelehrte Yoshi Sasaki. Er ist aus Tokio angereist, um das Schwert zu begutachten, und bestätigt meine Auffassung, dass es sich um das verlorene Original aus dem Schatz der Tokugawa-Shogune handelt.«

»*Je suis content*«, brachte der Graf in einer Stimme hervor, die mit jeder Silbe weiter auseinanderzubröckeln schien. »Bitte nehmen Sie es gleich mit. Das ständige Läuten an der Tür bringt mich um den Verstand.«

Der letzte Satz wurde unterbrochen durch ein Läuten an der Tür. Der Diener entfernte sich. Der Graf lächelte Sasaki müde an, seine Zähne glänzten rostrot, wie blutig. Sasaki verbeugte sich abermals tief, um den Anblick nicht ertragen zu müssen. Karol hob das Schwert aus seinem Ständer und reichte es vorsichtig Sasaki. Der Graf machte eine schwache Geste, die den beiden den Weg zum Ausgang bedeuten sollte.

Im Treppenhaus drangen Stimmen zu Sasaki und Karol herauf. Zu seinem Entsetzen erkannte Sasaki Olegs hohe Fistelstimme. Das Männlein stand auf dem Marmorboden am Fuß der Treppe. Neben ihm: Iwan. Beide hoben gleichzeitig den Blick zu Sasaki. Oleg lächelte maliziös, Iwan rief wütend: »*Non!*«, schob den Diener beiseite und sprang, erstaunlich flink, die Treppe hinauf, um den japanischen Gelehrten am Kragen – am Kragen! – zu packen und samt dem Schwert die Treppe hinunterzuzerren und hinaus auf die Straße. Hinter sich hörte Sasaki noch die erstaunten Protestrufe von Karol und dem Diener, im nächsten Moment fand er sich abermals auf die Rückbank von Olegs stinkendem Taxi geworfen. Das Schwert hielt Sasaki fest gepackt.

»Mein teurer Freund!«, rief Oleg vom Fahrersitz, während er mit quietschenden Reifen losfuhr und den heranrennenden Karol in einer Abgaswolke verschwinden ließ, »was machen Sie bloß für Sachen! Wir mussten im Museum unter Aufbietung aller diplomatischer Kunst herausbekommen, wohin Sie so heimlich verschwunden sind! Fast muss man denken, Oleg und sein schwachsinniger Bruder Iwan seien Ihnen keinen weiteren Gedanken wert gewesen. Dabei haben Sie noch Schulden bei uns!« Das Männlein schüttelte enttäuscht den Kopf. »Wie mir scheint, hatten Sie aber Erfolg! Gewiss ist dies Ihr geliebtes Schwert? Der Schatz? Dann können Sie ja jetzt abreisen. Endlich, fort mit Ihnen. Ich habe kaum Lust mehr auf Sie. Wir holen jetzt Ihren Koffer im *Clochard Méchant*, dann bringe ich Sie gleich zum Flughafen. So eine Unverschämtheit. Ich bin enttäuscht. Hättest du das für möglich gehalten, Iwan? Von einem Japaner in Paris?«

»*Non!*«, grunzte der Berg neben Sasaki.

Der Gelehrte wusste nicht, wie ihm geschah. Er fühlte sich panisch. Das war doch eine Entführung, was hier vorfiel, oder nicht! Und was war mit den Formalitäten im Louvre? Er konnte jetzt doch nicht einfach zum Flughafen! Für einen Augenblick erwog er, das Schwert zu ziehen und Oleg zum Anhalten zu zwingen. Dann dachte er, er könnte vielleicht an einer Kreuzung aus dem Wagen springen, aber Iwan schüttelte, als er Sasakis Blick zum Türgriff gehen sah, sehr bestimmt den Kopf: »*Non!*« Oleg stellte wieder seine grausame Fiedelmusik an, auf voller Lautstärke. Irgendwann hielt das Taxi tatsächlich vor dem elenden Hotel.

»Holen Sie Ihren Koffer«, befahl Oleg. Das Männlein schien ernsthaft gekränkt zu sein. Sasaki stieg aus, das Schwert noch immer in den Händen. Was wollte dieser Oleg von ihm? Würde er ihn nun wirklich zum Flughafen fahren, oder hatte er vor, das Schwert zu stehlen? Ein Dämon, ein Teufel, dachte Sasaki. An der Rezeption saß die dicke Frau. Sasakis Koffer stand neben ihrem Tresen, offensichtlich gewaltsam aufgebrochen und mit einem

Stück Wäscheleine wieder lieblos zusammengebunden. Beim Anblick Sasakis streckte die Rezeptionistin die Hand aus und verlangte nach den fehlenden 500 Euro.

»Ich habe sie nicht«, hörte Sasaki sich wie im Traum sagen. Er hatte das vollkommen vergessen.

»Dann müssen Sie das Geld holen gehen«, sagte die Rezeptionistin. »Aber lassen Sie etwas zum Pfand hier. Der Koffer ist ja vollkommen wertlos.« Ihre Äuglein richteten sich auf das Schwert, das Sasaki festgekrallt hielt. »Das da. Das Ding da. Das sieht schön aus.«

»Unmöglich«, ächzte Sasaki. »Unter gar keinen Umständen.«

»Oleg!«, bellte die Frau. Oleg und Iwan betraten augenblicklich die muffige Lobby. Es begann eine agitierte Diskussion *en français*. Oleg schien immer wieder Verständnis heischend auf Sasaki zu weisen, er schüttelte den Kopf, die Frau hielt wütend dagegen, irgendwann zuckte Oleg ergeben mit den Schultern, wie in Niederlage, und bedeutete Iwan mit schwacher Geste, an Sasaki heranzutreten. Der Riese baute sich vor dem Gelehrten auf und entwand ihm nach kurzem, lächerlichem Kampf das Schwert.

Die Rezeptionistin verlangte nach der Waffe.

»*Non!*«, sagte Iwan bestimmt und hielt das Schwert so fest gepackt, dass Sasaki schon um den Lack der Scheide fürchtete.

»Ich habe die Dame nicht von Ihrer Ehrlichkeit überzeugen können, Monsieur, wiewohl ich es gegen meine innere Überzeugung doch immerhin versucht habe«, sagte Oleg zu Sasaki. »Gehen Sie zum Geldautomaten an der Ecke. Zur Tür raus und rechts, keine hundert Meter. Iwan passt so lange gut auf Ihren Schatz auf.« Iwan schob Sasaki zur Tür. Der Gelehrte taumelte aufgelöst die Straße hinunter. Alles schien in Chaos zu entgleiten. Wider Erwarten funktionierte der Geldautomat an der Ecke immerhin. Sasaki hob vorsichtshalber gleich 2000 Euro ab. Während er auf sein Geld wartete, sah er einen Obdachlosen die Straße hinunterkommen. Der Mann schrie im Delirium seinen Hund an. Plötzlich packte er das Tier, hob es hoch über seinen Kopf und ließ es auf die Spitzen eines eisernen Zaunes herabsausen, der vor einer Kirchenruine am Straßenrand stand. Das Tier, unschuldig durchbohrt wie von einem Schwert des Masamune-Rivalen, heulte entsetzlich auf, purpurnes Blut schoss aus dem Maul. Sasaki schrie vor Entsetzen, griff nach seinem Geld und rannte zum Hotel zurück. Es ist doch helllichter Tag, dachte er unsinnig.

In der Lobby standen Oleg, Iwan und die Rezeptionistin. Iwan hielt noch immer das Schwert in der Pranke. Sasaki überreichte zitternd das Geld, dann schleppte Oleg Sasakis Koffer ins Auto. »Zum Flughafen jetzt«, sagte Oleg, nachdem alle im Wagen Platz genommen hatten, »fort mit diesem Ausländer.« Das Auto brauste los. Sasaki wusste nicht, ob er hoffen durfte.

Tatsächlich fuhr das Taxi aber zum Flughafen. Vor dem Terminal stiegen die drei Männer aus dem Wagen. Sasaki, der nun doch ein leise schlechtes Gewissen hatte wegen seines Misstrauens und seines, nun ja, Betrugsversuchs an Oleg vorhin im Louvre, hielt seinen Koffer in der Hand und streckte die Hand bittend nach dem Schwert in Iwans Hand aus. Oleg stellte sich vor den Bruder. »Noch nicht. Sagen Sie erst: Was waren Ihnen meine Dienste denn wert? Habe ich Ihnen hier etwa nicht wunderbar gedient?« Sasaki zog die 1500 Euro aus dem Portemonnaie, die ihm noch blieben, und reichte sie wortlos Oleg, den Blick verzweifelt auf das Schwert richtend. Das Männlein zählte geduldig. »Das ist okay«, sagte es endlich zu Iwan. »Gib ihm sein Schwert.«

Abermals streckte Sasaki flehentlich die Hand nach dem Schwert in der Pranke des Riesen aus.

Iwan aber schüttelte den Kopf. »*Non*«, sagte er bestimmt.

»Iwaan«, mahnte das Männlein Oleg.

»*Non!*«, sagte Iwan abermals.

»Das Schwert gehört nicht dir. Das ist das Schwert von *Monsieur*«, sagte Oleg. »*S'il te plait.*«

»*Non!*« Iwan setzte sich nun mit dem Honjo-Masamune in der Hand auf die Rückbank, trotzig wie ein kleines Kind. Oleg lief um das Auto und öffnete die Fahrertür. »Da kann ich«, sagte er, sich zu Sasaki umwendend, der mit weichen Knien auf dem Trottoir vor dem Terminal stand, »leider nichts machen. Sie sehen ja selbst: er will nicht. Und er ist viel stärker als ich. Vielleicht wird Ihnen das am Ende ja auch eine Lehre sein. So geht man nicht mit Menschen um, die einem freundschaftlich begegnen.« Und dann erklomm Oleg geschwind wie ein Äffchen den Fahrersitz, schlug die Tür hinter sich zu, und sein Taxi fuhr laut fiedelnd davon.

Sasaki aber sank ohnmächtig zu Boden.

Seht also: Da liegt, einige Tage, viele schreckliche Telefonate, Polizeibesuche und Botschaftsaufenthalte in Paris später der Schwertgelehrte Yoshi Sasaki in seinem Boot auf dem Flüsschen Gokase, liegt da genau in der gleichen Pose, in der er in seiner Ohnmacht vor dem Flughafen in Paris zusammensank. Ein schmaler, halbglatziger Mann, verheiratet, der ungeliebte Sohn eines lieblosen Vaters, Zeuge des kurzzeitigen Auftauchens von Japans berühmtestem Schwert, und kaum jemand weiß von der Geschichte, und niemand sieht sie ihm an, und doch ist auch er nur einer von uns, unter uns.

6

DER MANN ITAUTIS /
REISE NACH TUMA

»Alotau!« Peter, Sandalen, Bügelfaltenshorts, Polohemd und Sonnenbrille, ist am Handy, steht auf einem Bootssteg in der Milne Bay, einer tropischen Bucht, gerade geht hinter ihm bilderbuchmäßig die Sonne unter. Er telefoniert mit seinem Bruder, mit Harald. Es knackt und rauscht in der Leitung. Die beiden verstehen einander kaum.

»A-lo-tau!«, ruft Peter wieder. »Papua-Neuguinea!«

»Du kommst echt rum«, sagt Harald. »Schön?«

»Geht so, glaube ich. Hafenstadt, ich habe kaum etwas gesehen. Wir sind nur zum Tanken hier. Aber die Passage war unglaublich. Urwaldinselchen und Fischer auf Einbäumen. Erinnert mich an unsere Reise in Mosambik. Das war doch die schönste Reise überhaupt, oder?«

»Und du passt auf dich auf, Brüderchen?«

»Klar.« Schweigen am anderen Ende. »Bist du noch da?«

»Ich mache mir schon ein bisschen Sorgen um dich, Piet«, sagt Harald. »Ich höre kaum was von dir, du bist ständig irgendwo anders, und ich hab natürlich keine Ahnung, warum.«

»Das ist der Auftrag, das ist halt riesig, ich muss die ganze Zeit reisen. Ich darf nur wirklich, wirklich nicht mehr erzählen am Telefon. Macht aber alles Spaß. Mach dir keine Sorgen! Ich glaube, ich hab außerdem jemanden kennengelernt.«

»Eine Frau?«

»Ja! Anne heißt sie. Eine Deutsche!«

»Hallo?«

Die Leitung bricht zusammen, Besetztzeichen, Gespräch beendet. Für einen Augenblick schaut Peter ratlos auf sein Handy, dann macht er zwei Fotos, eins vom Hafen, mit den eng aneinanderliegenden rostigen Dieselkuttern und den bewaldeten Hügeln dahinter im brütenden Abendrot, und dann noch eins vom Meer, mit der verglimmenden Sonne, versteckt hinter ein paar blutigen Riesenwolken am Horizont. Rechts im Bild zu sehen auch das Schiff von Itautis, die *Gorgon*, schwarz, brutal und futuristisch auf dem glitzernden Wasser. Peter schickt die Bilder an Harald, zögert einen Moment, schickt sie dann auch an Anne, »Grüße aus Alotau«, schreibt er dazu. Ein paar Sekunden später will er die Nachricht dringend wieder löschen, »Grüße«, denkt er, wie klingt das denn bitte, wie in einer SMS vom Bankberater, aber wenn er die Nachricht löscht, sieht Anne, dass er eine Nachricht geschickt und gelöscht hat, das geht auch nicht, das ist noch schlimmer. Peter erkennt an den Häkchen unter der Nachricht, dass Anne die Bilder schon bekommen und betrachtet hat, jetzt schreibt sie was: »Schön!« Peter weiß nicht, was er darauf antworten soll. »Ja!«, schreibt er endlich, dann: »Wo bist du?« Anne geht offline.

Peter fühlt sich sofort blöd, offenbar war seine Frage

falsch, hölzern, distanzlos. Er schiebt das Handy in die Tasche zurück und bekämpft den Impuls, in seinen Kleidern ins Wasser zu springen. Aus dem Gebäude der Hafenleitung und über den Steg kommt ihm Sam entgegen, der braun gebrannte junge Modelkapitän der *Gorgon*, dieser hochtechnologisierten Superjacht, auf der Peter seit ein paar Tagen im Pazifik unterwegs ist, mit Drew, wie er den Chef schon nennen darf, Wee, Bouvet und ein paar von den Cracks aus dem *libeo*-Team. Die Fahrt ging in Miyazaki los und soll nach Cairns führen, nach Australien.

»Picobello alles«, sagt Sam, »wir können wieder los«, und macht dazu die Daumen-hoch-Geste. Peter folgt ihm zu dem Beiboot, das sie für ihren kleinen Landgang benutzt haben, sie machen los und fahren unter dem Dröhnen des Außenborders schweigsam zurück zur *Gorgon*. Peter verliert sich und alle Gedanken dabei sogar für ein paar glückliche Augenblicke, indem er ins Wasser schaut und den Fokus verschwimmen lässt zwischen dem Blitzen des Lichts auf der leise gekräuselten Oberfläche, dem weißen Sand im verdunkelnden Türkisblau darunter und den glutroten Reflexionen der Dämmerung irgendwo dazwischen. Das Boot landet am Heck der *Gorgon*, ein Crewmitglied übernimmt das Vertäuen, Peter erwacht und steigt über das Fallreep auf das Außendeck.

Die *Gorgon* ist ein fast 80 Meter langes, also ein wirklich sehr großes Schiff, der Rumpf komplett aus schwarz eloxiertem Aluminium, die Decks aus geöltem Teak, die riesigen Fenster der 14 crèmefarbenen Gastkajüten sind gepanzert. Diverse Jacht- und Luxusmagazine haben schon darum gebeten, dieses irre Schiff ihren Lesern zeigen zu dürfen. Sie durften aber nicht. 35 Knoten Spitzengeschwindigkeit, 20 Mann stark die Crew, 120 Millionen Dollar hat das Boot etwa gekostet, das weiß man, das ist öffentlich bekannt. Dass das Herz der *Gorgon* aber nicht etwa das Sonnendeck mit Helikopterlandeplatz oder der geräumige Speisesaal sind, sondern ein im Unterdeck befindliches, voll ausgestattetes biotechnologisches Labor, in dem das Team von *libeo* in der relativen Gesetzlosigkeit internationaler Hoheitsgewässer an Sachen arbeiten kann, die am Festland möglicherweise illegal wären, das ist bislang noch an keine Öffentlichkeit gedrungen. Dafür genau aber hat Itautis die *Gorgon* bauen lassen, und deswegen ist ein *libeo*-Team an Bord. Um zu experimentieren und, so der Peter gegenüber nur angedeutete Plan, gegen Ende der Fahrt einen Prototypen für ihn zur Verfügung zu haben.

Unser Freund zieht sich in seine Kajüte zurück, Teppich, weißer Bettbezug, Flachbildfernseher, ein gar nicht so kleiner Balkon, auf den setzt sich Peter, lässt den Blick über den Hafen schweifen, dessen Lichter in der schnell um sich greifenden Dunkelheit zu blinken beginnen. Er wartet auf den Gong, der zum stets von allen gemeinsam eingenommenen Abendessen ruft.

Wie geht es ihm denn eigentlich? Höchstens so einigermaßen, muss man sagen. Wenn Peter ganz ehrlich ist mit sich selbst, und gerade ist er das, dann muss er bekennen, dass der Höhenrausch der letzten Zeit ziemlich geschwind verflogen ist. Die äußere Rastlosigkeit ist seit dem Anbordgehen auf der *Gorgon* einer Klaustrophobie gewichen, einer wachsenden inneren Unruhe, einem blöden Dringlichkeitsgefühl, das sich auf nichts Konkretes richten will und dennoch ständig sagt: Du, Peter, stiehlst dem lieben Gott die Zeit, du bist zu langsam, du machst das alles irgendwie falsch.

Vorwürfe also von sich selbst gegen sich selbst, nicht ungewöhnlich für Peter, aber weswegen denn eigentlich ausgerechnet jetzt? Läuft es denn nicht eigentlich alles ganz prima für ihn, sind nicht die großen Träume im Begriff, wahr zu werden?

Peter sitzt auf dem Balkon, raucht nüchtern, gegen jede Gewohnheit, eine Zigarette und versucht sich klar zu werden darüber, woher die anstrengenden, eine Depression ankündigenden Gefühle eigentlich kommen. Gemeinsam mit dem Coach hat Peter schon vor langer Zeit herausgefunden, dass Verstimmungen bei ihm etwas zu tun haben mit seinem großen Ehrgeiz beziehungsweise den damit einhergehenden Unzulänglichkeitsgefühlen. Mit Aspekten also, die der Coach für sich in seiner privaten Peter-Akte vorsichtig im großen Reich des Narzissmus verortet hat, dieser aktuell verbreiteten Wald-und-Wiesen-Störung der Persönlichkeit also, deren Treibstoff bekanntermaßen echte oder imaginierte Scheren zwischen Selbst- und Außenwahrnehmung sind.

Peter ist, findet der Coach, in vielerlei Hinsicht nachgerade wie aus dem Lehrbuch: Der ständige Selbstvergleich mit anderen etwa, das ist ein Klassiker, oder das Schwanken zwischen Selbstüberschätzung (»Genie!«) und Selbstunterschätzung (»Freak!«), die dementsprechend mal viel zu hoch, mal absurd niedrig gesetzten Erwartungen an sich selbst. Sowieso alles selbst, selbst, selbst, ein selbst erschöpftes Selbst, ein Dasein im Spiegellabyrinth. Typisch auch die von Lob und Kritik, von Zustimmung und Ablehnung so direkt abhängige Gefühlslage bei Peter, die Abwesenheit der dicken Haut. Peters eigenartige Gabe, den Markt bedienen zu können, bereitet dem Coach unterdessen ein paar Schwierigkeiten, in irgendeiner Weise hat der Patient/Kunde nämlich doch eine narzissmusuntypische, sehr ausgeprägte Empathiefähigkeit. Peter, findet der Coach, ist nicht unkompliziert. Spannend für diesen Doktor, anstrengend für unseren Freund.

Auf seinem Balkon probiert der gerade die mit dem Coach eingeübten Selbstanalysetools durch. Was sind meine Baustellen, fragt er sich, was ist da gefühlt, was von dem Gefühlten lässt sich konkretisieren?

Da ist, fällt ihm sofort ein, zum einen *libeo*.

Hier tritt Peter gefühlt auf der Stelle, seit er auf der *Gorgon* ist. Er hockt in seiner Kabine, macht auf dem Teppichboden wie besessen Sport und Dehnungsübungen, trinkt nach dem Dinner vielleicht mal einen Cocktail mit Wee und Bouvet, fühlt sich ansonsten aber, schlimmes Gefühl für ihn, außen vor, nicht als Teil der Familie, kontaktlos mit der Besatzung. Normalerweise ist Peter immer allein unterwegs, hier begegnet er auf den Gängen, auf den Decks ständig anderen Leuten, die theoretisch »Kollegen« sind, er hat denen aber nichts zu sagen und die ihm auch nicht, und der Small Talk geht ihm, wie immer, nur mürbest von den Lippen. Ihm ist es oft sehr fad, er sitzt stundenlang auf der Brücke und sieht dem Kapitän und seiner Mannschaft beim Arbeiten zu. Weiter an seinem Entwurf arbeiten kann Peter nicht, weil er über die technischen Bedingungen der Maschine zu wenig im Bilde ist und Feedback bräuchte.

Itautis, zu dem Peter sich furchtbar hingezogen fühlt, sieht er so gut wie gar nicht, nur beim Dinner, wo der Unternehmer in gelehrten Gesprächen mit seinen Wissenschaftlern versinkt, bei denen Peter kein Wort versteht, während alle anderen, auch Wee und Bouvet, sehr interessiert und angeregt zuhören und beitragen können, dankbar für jede Sekunde, in der die warme Sonne von Itautis' Aufmerksamkeit auf sie fällt – allerdings auch voller Angst, das merkt Peter nicht, davor, sich zu blamieren, was Dummes zu sagen, was falsch verstanden zu haben, den Chef zu langweilen oder zu ärgern. Peter weiß nicht mehr so wirklich, warum er mit an Bord ist, einmal nur war er für mehrere Stunden unten im Labor, wo man an seinem Schädel Elektroden angebracht, ihn ausführlich biometrisch untersucht hat, seinen Körper auf alles Mögliche durchgecheckt, ihm Testfragen für die Maschine gestellt hat. Seither ist Peter, so fühlt er das, ein von Itautis bestenfalls geduldeter Gast an Bord. Er hat das Gefühl, dass der Chef ihn in Cairns höflich verabschieden wird: Danke, dass du dabei warst, Peter, hier ist diese Reise für dich zu Ende, das passt zwischen dir und uns, also dem Freak und den Genies, leider doch nicht so gut wie erhofft, eher hast du uns ein bisschen enttäuscht, und auf einen Entwurf deinerseits verzichten wir daher dann auch dankend, schade schade.

Bei der Bötchenfahrt auf dem Fluss Gokase, wo Peter eine Viertelstunde Privataudienz mit Itautis gehabt hatte, war sein Eindruck von der eigenen Lage noch sehr anders ausgefallen. Da hatte Itautis ihm nämlich kurz erklärt, wie großartig er sich über seine Mitarbeit freue, dann kenntnisreich, ja Passagen zitierend von dem Peter-Porträt in der *Douche* geschwärmt und von der *Douche* insgesamt, die, Honig um Peters Bart, ihn selbst, den drögen Mainstream-Charakter Drew Itautis, natürlich noch kein einziges Mal für ein Porträt angefragt hätte; und dann hatte Itautis Peter noch ein paar Fragen gestellt zu Takachiho, warum er denn hierher habe kommen wollen, ach, Inspiration für das Projekt, interessant, interessant, *libeo* würde Peter das Produkt nennen wollen, hm, vielleicht müsse er mal nachklingen lassen in sich, und Peter plapperte von dem, was ihm auf der Taxifahrt eingefallen war, von Geist und Natur, mahnte Itautis mutig zur Vorsicht vor der Androidenästhetik, und Itautis hatte still, ultrafokussiert zugehört und am selbstbestimmten Ende der Bootsfahrt – der Unternehmer hatte gerudert – nur kurz gesagt: Sehr gut. Um dann in einer wartenden Limousine zu verschwinden und die abendliche Tanzvorführung doch sausen zu lassen. Itautis war, so erklärte Wee Peter vor dem Tempel, aus dem bereits das Dröhnen tiefer Trommeln zu vernehmen war, direkt auf die *Gorgon* weitergereist.

Seit Takachiho aber Funkstille zwischen Itautis und Peter. Und auch Wee und Bouvet machen mit Peter beim Drink eher kurzen Prozess, reden kaum mehr über *libeo*, mehr miteinander, über Itautis, und schielen dabei über Peters Schulter hinweg auch ständig zurück zur Wissenschaftlergruppe und zu diesem ihrem Gott, in dessen Nähe sie, genau wie Peter, unbedingt sein zu wollen scheinen.

Es ist also alles nicht mehr so schön für ihn, da oben auf seinem Balkon über der Südsee.

Der Coach hat ihm aber ein bisschen was beigebracht zum Glück. In Stimmungslagen wie der jetzigen soll Peter versuchen, deren Anlass zu erfassen – »Was beunruhigt Sie denn in solchen Momenten genau?« –, und dann soll er versuchen herauszufinden, wie gerechtfertigt die Sorgen und Ängste eigentlich konkret sind, einen Abgleich unternehmen mit der Wirklichkeit also, notfalls sogar durch die Beschaffung weiterführender Informationen. Unter Aufbringung größter Selbstüberwindung, denn wer ist er schon, so was Freches zu fragen, schickt Peter daher eine SMS an Wee: Ob er wohl, bevor man in Cairns lande, bitte noch einmal mit Drew persönlich sprechen könnte über den weiteren Fahrplan des gemeinsam Projekts, ein paar Minuten nur? Das wäre wirklich *awesome*.

Sofort fühlt Peter sich eins besser. Da ist etwas ein bisschen geordneter, er hat was unternommen, der Ball ist nicht mehr in seiner Hälfte. Seine Gedanken gehen nun, unweigerlich, zu Anne, dem anderen Thema, das ihn ständig beschäftigt. Anne, das sieht er, ist in der Zwischenzeit online gewesen, auf seine Frage nach ihrem Aufenthaltsort hat sie aber nicht geantwortet. Er fühlt sich gequält, er hört fast nichts mehr von ihr. Warum schreibt sie nicht irgendwas? Ist das Taktik, oder Genervtheit? In dieser Sache mit Anne kann er, das weiß Peter schmerzlich, überhaupt nichts tun gerade, nur hoffen und warten irgendwie oder, vielleicht besser noch, versuchen, die Sache zu vergessen. Es ist zuletzt einfach zu blöd gelaufen mit ihr.

Der erste Abend war natürlich wundervoll. Peter ist mit Anne nach dem JBS betrunken durch die Straßen von Tokio gelaufen, ziemlich schweigsam anfangs, ergriffen beinahe, Annes Hand in der seinen, die beiden haben dann doch weitergeredet, aber nicht mehr über *libeo* und einander, eher in zunehmender Begeisterung über das, was sie so sahen in diesem tollen Stadtteil Shibuya. Sie sind gemeinsam in den Höllenlärm der Pachinko-Hallen getaucht, haben in einer Computerspielhalle Prügelspiele gespielt und sind gegeneinander virtuelles Motorradrennen gefahren, haben auch lustige Modelfotos gemacht in einem dieser mit allen Photoshop-Skillz gewaschenen, voll automatisierten Minifotostudios, die in den Spielhallen herumstehen und in denen sich japanische Teenagerpaare und Freundinnen gern zusammen ablichten lassen, zur Erinnerung an irgendein gemeinsames Outing. Das ausgedruckte Ergebnis der Session – Anne und er mit Porzellanhaut, riesigen Bambiaugen und zartrosa gefärbten Lippen, alles mangastyle überzeichnet – hat Anne Peter geschenkt. Die Fotos trägt er seither im Portemonnaie, zieht sie immer wieder hervor, schaut sie sich wieder und wieder an, genau wie Annes Profilbild in der Messenger-App. Wie unfassbar unglaublich schön sie ist. Peter fühlt die Sehnsucht nach ihr wie einen kleinen Säureball in der Magengrube.

Der Spaziergang in Tokio endete in einer legendären Suppenküche, die Peter in Shibuya schon oft besucht hatte, der Koch, Spiderman genannt, weil er stets nur ein Netzunterhemd über dem fetten Oberkörper trug, war berühmt für seine mit der japanischen Zitrusfrucht Yuzu zubereitete orangig-salzige Brühe. Zusammen mit den fantastischen Udon-Nudeln, die er machte, war diese Speise eine Art präventiver Zaubertrank gegen jeden Kater, sie machte augenblicklich warm, zufrieden, müde. Peter lief mit Anne danach zu ihrem Hotel, vor dem Hotel umarmten sich die beiden, Peter drückte sie, Anne drückte zurück, ihr Geruch umhüllte ihn, dann, in der Lösung der Umarmung, küsste Peter sie erst scheu auf die Wange, und dann doch auch noch, blind suchend und mit jagendem Puls, auf den Mund, den sie ihm nach kurzer, heftiger Erwiderung plötzlich entzog, den Blick nach unten abwendend, ihn sachte, aber bestimmt von sich schiebend, und im Fortgehen drehte sie sich doch nach ihm um und sagte: Gute Nacht und bis morgen, bitte? Und lachte, auf Peters »Unbedingt!« hin, ihr schönes Lachen.

Am Folgetag hatte Peter die Reise nach Takachiho mit Wee und Bouvet besprochen, um Anne nachmittags dann zu einem Spaziergang durch die kaiserlichen Gärten zu treffen. Dabei war das Gespräch in keinen rechten Fluss gekommen, das Schweigen zwischen ihnen war nicht leicht, sondern ein bisschen fordernd gewesen, er hatte irgendwann, nur mit halbem Mut, wieder ihre Hand genommen, was sie eher zu dulden denn zu mögen schien, und sie entzog sie ihm auch bald wieder. Ein Kuss war kaum infrage gekommen, zum Abschied – er hatte ihr angekündigt, nun für zwei, drei Tage fort zu müssen zu Recherchezwecken – hatte sie ernst gewirkt und seltsam zweifelnd und nur gesagt: Okay, ich bleibe noch ein bisschen hier, melde dich, wenn du wieder da bist. Und ihm dann doch selbst einen kurzen, knappen Kuss auf die Lippen gedrückt, um danach davonzueilen, mit gesenktem Kopf, wie enttäuscht oder traurig.

Peter ist dann aber eben nicht mehr nach Tokio zurückgekehrt, sondern er musste sich von Takachiho aus leider direkt an Bord der *Gorgon* begeben in Miyazaki. Und auch wenn Anne sich Entschuldigungen seinerseits gewissermaßen verboten hatte – das sei doch absolut verständlich, kein Problem, Dienst eben, noch dazu das irre Projekt, sie hingegen sei im Urlaub, man bleibe in Kontakt, oder? –, stürzte dieses Nichtwiedersehen Peter in eine gewisse Verzweiflung, denn seither ist ja wirklich ganz unklar, ob und wo und wann er sie das nächste Mal treffen darf, und er wird das Gefühl nicht los, dass Anne im Grunde doch keine Lust hat auf Romantik mit ihm, dass sie die Küsse bereut oder nicht ganz versteht, wie es zu denen kommen konnte, dass sie also einfach nicht überzeugt ist, und er kann sie darin natürlich nur zu gut verstehen und ist doch einfach verknallt in sie.

Peter also kämpft mit sich. Ein Teil von ihm will aufgeben, sich auf den Rücken legen und Anne ziehen lassen, sie ist zu großartig, zu schön, zu klug, zu fein, zu gut für ihn, und sie hat das längst selbst festgestellt, und er weiß das genau, und das ist sowieso das Fatalste für jede Liebesgeschichte: der nicht von sich selbst überzeugte Anwärter. Peter meint, dass die Niederlage so gut wie gewiss ist.

Und ein anderer Teil von ihm denkt an Harald, der um seine eigene Frau über mehrere Jahre geworben hat. Die Pointe an der Liebe, so was hat Harald mal gesagt, ist doch, dass man ohne Rüstung nach ihr suchen muss. Wenn man Glück hat, kommt man einander ganz nahe, und wenn man Pech hat, wird man vom Schwert des anderen durchbohrt. Aber gerüstet in die Liebe gehen, das geht nicht.

Soll Peter die Rüstung also ablegen? Aber wie geht das wohl? Soll er Anne schreiben: Ich muss dich wiedersehen, ich bin verknallt in dich? Das weiß die doch sowieso, und das nervt unbedingt. Aber »cool« sein, den Wartenden spielen, den zu Erobernden, das funktioniert genauso wenig. Peter zündet sich noch eine Zigarette an und fühlt sich schrecklich rastlos.

Es klopft an seine Kabinentür.

Er lässt die Kippe auf dem Aschenbecher liegen, macht auf, vor ihm steht, bärtig, ungepflegt, in Badeshorts, ausgewaschenem T-Shirt und Flipflops, Drew Itautis. »Hey man«, sagt er, die Hände in den Hosentaschen, ein freundliches, offenes Lächeln im Gesicht. »Yang meinte, du wolltest mich mal sprechen?« Hinter Itautis erscheint ein Steward mit einem weiß gedeckten Teewagen. »Ich dachte«, sagt Itautis, »vielleicht essen wir einfach mal zu zweit auf deinem Balkon zu Abend und sprechen ein bisschen?«

Peter bringt kein Wort raus, macht bloß die Türe weiter auf, lässt Itautis und den Steward hinein, zum Glück ist seine Kabine wie immer sehr ordentlich aufgeräumt. Itautis tritt gleich auf den Balkon hinaus, schaut auf den Hafen, dann beugt er sich plötzlich über das Geländer. »Ahoy there!«, ruft er in die Dunkelheit hinunter. Peter, der sich nun neben ihn stellt, sieht im gelben Licht, das vom Schiff auf das Wasser fällt, ein winziges Segelkanu dicht an der *Gorgon* entlang treiben, eine kleine, schmale Gestalt sitzt darin, sie winkt einmal kurz, seltsam roboterhaft zu Itautis und Peter hinauf, dann ist sie schon vorbei und verschwindet im Dunkel. »Hast du gesehen?«, sagt Itautis. »Ein kleines Mädchen, ganz allein. Wahnsinn, die war doch höchstens zehn Jahre alt!« Peter nimmt den Aschenbecher vom Tisch, damit der Steward decken kann. »Du rauchst?«, fragt Itautis.

»Eigentlich nie«, sagt Peter. »Ich hatte heute auf einmal Lust.«

»Hast du auch Weed zufällig?«

Peter zögert einen Augenblick. »Ja, tatsächlich zufällig schon ein bisschen«, sagt er dann.

»O Mann! Ich will doch schon seit Ewigkeiten so gerne mal wieder einen Joint rauchen, und ich komme nie dazu! Würdest du mir einen drehen? Hast du Lust?«

Peter eilt zu seinem Nachttischchen und nimmt, nach kurzem Überlegen, das Beutelchen mit *Eyes Wide Shut* heraus, dem Hochkonzentrationsgras.

»Das habe ich aus Los Angeles mitgebracht.«

»Gutes Zeug?«

»Sehr. Macht angeregt, wach, fokussiert.«

»Klingt doch großartig.«

Peter setzt sich an den Schreibtisch in seiner Kabine und dreht einen Joint.

»Wollen wir ein bisschen Musik hören beim Rauchen?«, fragt Itautis ihn. »Ich höre so gern Musik, wenn ich kiffe.«

»Klar«, sagt Peter aufgeregt und erfreut. Er fürchtet sich zwar ein bisschen davor, Itautis gleich stoned gegenüberzusitzen, und ein leises Paranoiaklingeln ist auch nicht zu verleugnen – will Itautis ihm irgendwas sagen damit, dass er seine beiden liebsten Geheimnisse so direkt hintereinander nennt? –, aber mannmannmann, er wird jetzt gleich kiffen mit *Drew Itautis*, und der ist mal wieder so unheimlich nett und einnehmend und normal. »Was willst du hören?«, fragt Peter.

»Was du willst«, sagt Itautis. »Ich kenne mich mit Musik überhaupt nicht aus. Ich hör auch nie welche, aber wenn ich kiffe, verstehe ich Musik ein bisschen.«

O Gott. Peter scrollt rasend durch die Playlist in seinem längst mit der Zimmeranlage verbundenen Handy und entdeckt unter den gespeicherten Alben die alte Frank-Ocean-Platte *Blonde*, die nach Einbruch der Dunkelheit eigentlich immer geht. Er drückt schnell, bevor er zu grübelig wird, auf Play, und der wogende Bass der ersten Nummer vermischt sich dem leisen Plätschern, dem vom Ufer bis zu ihnen herüberwehenden Zirpen der Zikaden. Alles richtig gemacht, denkt Peter. »*These bitches all want Nikes*«, singt Ocean. »*They lookin' for a check. I tell them it ain't likely.*«

»Gefällt mir«, sagt Itautis. Der Steward schiebt den Wagen aus dem Zimmer. Auf dem Tischchen stehen jetzt ein paar Flaschen Bier, eine Karaffe Wasser, zwei Teller unter silbernen Warmhaltedeckeln. Es brennt ein Windlicht. »Ein Date«, sagt Itautis beim Anblick dieser Tafel lachend. »Sehr romantisch.« Peter ist schon fertig mit dem Joint und hat kurz Angst, dass Itautis merkt, wie schnell und mühelos und perfekt er drehen kann, aber Itautis schaut nur gespannt auf die schöne Tüte, die Peter ihm reicht.

»Ich hab das erst zwei- oder dreimal gemacht«, sagt Itautis. »Ich fand es aber immer sehr angenehm.« Auf dem Balkon steckt er den Joint in den Mund, Peter reicht ihm das Feuerzeug. »*You showed me love, Glory from above; Good Glory, dear, It's all downhill from here*«, singt Ocean, und als Peter den Joint gereicht bekommt, fühlt er sich fast überwältigt von dem Moment und seinem Versprechen. Die beiden Männer rauchen schweigend auf dem Balkon, da über der Milne Bay in Papua-Neuguinea. »*It's hell on earth, and the city's on fire, inhale, in hell there's heaven*«.

»Die Musik ist richtig toll«, sagt Itautis.

»Ja, wirklich, irre gut«, sagt Peter, zum x-ten Mal auch entzückt von dieser Platte.

Itautis wirft den aufgerauchten Joint ins Wasser. »Willst du das jetzt aber mal ausmachen«, sagt er. »Ich kann mich gar nicht auf irgendwas anderes konzentrieren, wenn das läuft. Das ist ja abgefahren. Puh.« Peter springt in die Kabine und hält die Musik an. »*Smoke!*«, sagt Ocean gerade noch. Plötzlich Ruhe, das Plätschern, die Zikaden. Peter tritt mit klopfendem Herzen zurück auf den Balkon.

»Danke, dass du dir Zeit nimmst für mich«, sagt er mühsam zu Itautis.

»Ja, klar«, sagt der. »Auch ein Bier?«

»Unbedingt«, sagt Peter.

Die beiden stoßen an. Sie bleiben nebeneinander stehen, schauen auf das dunkle Wasser hinunter, das ist, denkt Peter, auch einfacher so als im Gegenüber.

»Worüber wolltest du dich denn unterhalten mit mir?«, fragt Itautis.

Peter zögert. Was will er eigentlich genau wissen von dem Chef? Wollte er nicht vielleicht einfach mal wieder ein bisschen in der Nähe sein von Itautis, dessen Augen auf sich ruhen fühlen? Wissen, dass er gemocht wird? »Ich wollte dich eigentlich fragen, wie es jetzt für mich mit dem Projekt weitergehen soll. Also, was du dir für mich vorstellst«, sagt er.

Itautis schaut ihn erstaunt an. »Hatten wir das nicht eigentlich schon besprochen?«

»Na ja, so ein bisschen.«

Für einen Moment wirkt Itautis genervt. »Also«, sagt er dann, »wir arbeiten gerade an deinem Prototyp, eigentlich die ganze Zeit. Der dürfte morgen so weit sein, dann kriegst du den. Es wird die erste kabellose, portable Version sein, das ist es, was uns derzeit so beschäftigt, das hinzukriegen. Es geht um Bandbreiten. Aber egal, wir packen das jedenfalls, denke ich, heute Nacht noch. Und dann lassen wir dich damit dein Ding machen, für ein paar Tage oder so. Wee und Bouvet passen dabei auf dich auf. Wir können dich leider nicht vollkommen alleine lassen damit, das verstehst du sicher.« Itautis lacht. »Es tut mir leid, dass wir dich hier in letzter Zeit so außen vor lassen, wir sind einfach super, super busy. Ich habe mir schon gedacht, dass das für dich ein bisschen langweilig ist gerade. Tut mir leid.«

Peter fühlt eine immense Last von seinen Schultern fallen. Er ist also noch dabei, ja, Itautis denkt sogar wohlwollend, fürsorglich über Peters Anwesenheit und Lage an Bord nach.

»Kein Problem!«, sagt Peter denn auch überschwänglich, »wirklich, überhaupt kein Problem. Ich war nur so ein bisschen unsicher.«

Schweigen.

Itautis schaut Peter an. »Was denkst du eigentlich über das Projekt?«, fragt er.

»Oh«, sagt Peter. »Ich weiß gar nicht. Eine Riesensache natürlich.«

»Meinst du?«, fragt Itautis. »Vielleicht.« Der Unternehmer richtet den Blick zu den vielen Sternen und seufzt. »Willst du wissen, was ich über die Maschine denke? Über *libeo*, wie du sie nennen willst?«

»Unbedingt«, sagt Peter. »Das würde mir sehr helfen.«

Itautis nimmt einen Schluck aus seiner Bierflasche. »Wenn ich dir jetzt ein philosophisches Zitat aufsage«, sagt er, »dann darfst du das nicht falsch verstehen. Ich bin kein sonderlich gebildeter oder belesener Mensch. Als Kind habe ich sehr, sehr viel gelesen. Ich dachte, irgendwann werde ich Philosoph. Ich sah mich schon vor einer mannshohen Bücherwand irgendwo in Oxford. Aber dann entdeckte ich die Computer und das Programmieren, und damit ging es dann so schnell so tief, dass ich nicht von mir behaupten kann, in den letzten zwanzig Jahren noch viele

Bücher studiert zu haben. Meine höhere Bildung ist, wenn du so willst, Kinderbildung. Das ist so scheußlich am Valley. Wir sind alle so gefangen in unseren Projekten, dass wir eigentlich wie die Barbaren leben. Ich bin steinreich und lebe ohne jede Kultiviertheit. Wie ein Penner. Ein Penner mit einer Jacht.« Itautis schüttelt den Kopf. »Also, es gibt aber jedenfalls ein Zitat von Nietzsche, aus dem ›Zarathustra‹, das habe ich als Kind auswendig gelernt. Es war für mich ungeheuer bedeutsam. Meine Eltern, musst du wissen, sind Katholiken. Aus Litauen. Wir sind allerdings nicht oft in die Kirche gegangen, Gott war keine Priorität bei uns, und ich habe ziemlich früh, wahrscheinlich mit acht oder so, an ihn zu glauben aufgehört. Ich kann mir die Welt bis heute nur kausal denken, und in einer rein kausalen Welt ist für irgendwelche Geister, Götter, nichtmateriellen, radikal freien Entitäten kein Platz. Das alles aber hatte für mich lange keine sonderliche Bedeutung, verstehst du? Es war mir gewissermaßen egal. Und dann kam Nietzsche.« Itautis sagt jetzt das Zitat auf, und zwar *auf Deutsch*, mit schwerem amerikanischem Akzent durchaus, aber ansonsten fehlerfrei:

»Wer gab uns den Schwamm, um den ganzen Horizont wegzuwischen? Was taten wir, als wir diese Erde von ihrer Sonne losketteten? Wohin bewegt sie sich nun? Wohin bewegen wir uns? Fort von allen Sonnen? Stürzen wir nicht fortwährend? Irren wir nicht wie durch ein unendliches Nichts? Haucht uns nicht der leere Raum an? Ist es nicht kälter geworden? Kommt nicht immerfort die Nacht und mehr Nacht?«

Peter hört atemlos zu, total bekifft und reingesogen in Itautis' Monolog.

»Verstehst du?«, fragt Itautis.

»Ich glaube«, sagt Peter.

»Nietzsches Punkt ist«, sagt Itautis, »dass mit dem Tod

Gottes auch alle Orientierung verloren ist. Alles Oben und Unten. Alle Ordnung. Jede Ordnung. Die komplette Ordnung. Keine Ordnung mehr. Alles, worauf unsere Kultur und Zivilisation fußt, übrigens bis heute, alle Moral, alles, was ihr auf Deutsch *Gut und Böse* nennt, beruht letztlich auf der falschen Idee einer Transzendenz.« Itautis schaut Peter durchdringend an. »Ich weiß nicht, ob dir das etwas sagt. Aber dieser Gedanke hat mich als Kind bis ins Mark erschüttert. Es gibt keine *Bedeutung*. Es gibt, wie Nietzsche eben sagt, keinen Horizont, keine Gravitation mehr, wir driften haltlos und sinnlos durch das All. Wir dürfen alles, denn es ist alles egal, gleichgültig. Wir dürfen alles, und wir müssen auch alles nur aus uns selbst heraus, allein. Wir sind mutterseelenallein. Niemand schaut uns zu. Wir sind absurd. Absurd.«

Peter fühlt die Sterne allmählich kalt und weit über sich stehen. Er hört das Singen der Zikaden, das Rauschen der Wellen als etwas seltsam Nichtiges, wie eine flüsternd insistierende Sprache, die ihren Sinn verloren hat. Ihm wird eher klamm zumute. Er sitzt wieder unter Mutters Klavier, er denkt wieder an den Tod, an das bevorstehende Nichts. Das ist Downerdenken, wie er es in der Regel weit von sich schiebt und bekifft sowieso. Jetzt, auf diesem Trip und geäußert von Itautis, dem intelligentesten Menschen der Welt, erscheint ihm das Gesagte aber furchtbar klar und zwingend, ein nihilistischer Korridor ohne Ausweg, den der Unternehmer ihn mühelos hinuntertreibt. Alles ist sinnlos und traurig und endet in Auslöschung. Peter würde gerne das Thema wechseln, das geht aber gerade auf keinen Fall.

»Das alles wäre«, sagt Itautis, als könnte er Peters Gedanken lesen, »vielleicht noch ganz erträglich, wenn es den Tod nicht gäbe. Dann müsste man nicht auch noch solche Angst haben vor dem kommenden Nichts. Den Tod gibt es aber. Und anders als meine Kollegen im Valley bin ich der Auffassung, dass das Nichtsein unvermeidlich ist. Dieser ganze Kosmos ist am Ende in furchtbar banaler Weise binär. Es gibt die Eins und die Null, An und Aus, Tag und Nacht, Licht und Dunkel, Leben und Tod, Sein und Nichtsein. Mag sein, dass es in der Quantenwelt ein wenig anders ausschaut, das betrifft unser existenzielles Dasein aber nicht. Es wartet am Ende von allem die Stasis, alle Gestirne werden verlöschen, es wird eine kalte, endlose Reglosigkeit eintreten, unvermeidlich. Alles Leben, alle Bewegung wird erlöschen.«

(Einmal hat Peter diesen Satz gelesen: »Dass ich dereinst, an dem Ausgang der grimmigen Einsicht, Jubel und Ruhm aufsinge zustimmenden Engeln« – Fetzen davon wehen ihm durch den Kopf an dieser Stelle, dann sind sie wieder fort.)

»Selbst wenn«, rattert Itautis weiter, »wir unsere Organismen also derart manipulieren könnten, dass sie nicht mehr altern müssten, wären wir ja noch immer nicht gefeit vor dem Kosmos, oder unmittelbarer vor Unfällen, herabfallenden Dachziegeln, der Zerstörung des Planeten, die übrigens, du weißt das ja auch, sehr weit vorangeschritten ist und alles, was wir so tun, im Zweifelsfalle ohnehin schon morgen vollkommen lächerlich erscheinen lässt.« Itautis reibt sich die Augen. »Was wir am meisten lieben – unser Dasein –, zerrinnt uns unweigerlich, unaufhaltsam, mit jedem einzelnen vorbeifliegenden Moment zwischen den Fingern. Was uns am allerfürchterlichsten ängstigt, unser gänzliches Verschwinden, muss am allersichersten eintreten. Alle Versuche, einen Sinn zu konstruieren, sind letztlich das verzweifelte Brüllen eines Kalbs im Dunkel. Das Dasein ist in diesem Sinne eine kaum erträgliche grausame Farce, ein unfassbar makaberer Witz, über den nur Gott lacht, also niemand. In der Tat besteht die Würde des Menschen allerhöchstens darin, dass er diesen Witz irgendwie auszuhalten vermag.«

Peter möchte sich jetzt ganz gerne auf seinem Bett zusammenrollen. Diese Gedanken sind ihm nicht grundsätzlich fremd, er formuliert sie für sich aber nie dermaßen zu Ende, er belässt sie, aus Angst, in ihnen verloren zu gehen, vorsichtig im Reich der Ahnung. Und Peter ist, das muss man auch noch sagen, der Idee der Transzendenz eigentlich nicht vollkommen abgeneigt. Er hat das für sich zwar nie ganz auseinanderklamüsert, aber irgendwie, so leuchtet es immer mal wieder in ihm auf, könnte Gott doch existieren, irgendwie, so fühlte er bisweilen, war da immer, hinter allem, noch etwas anderes für ihn. Aber vielleicht, so denkt er jetzt, nur, weil ich das gerne so hätte, weil ich sonst nämlich einfach verrückt werden würde.

»Ich beneide bisweilen die Tiere«, sagt Itautis. »*Animal grace*, sagen wir auf Englisch. Der Segen des Nichtbewusstseins, Dasein ohne Ahnung des Endes. Einklang. Das Absurde ist halt, dass wir Menschen, Sternenstaub, bewusst geworden sind. Freilich ohne je darum gebeten zu haben. Ein sogenanntes Geschenk der Evolution. Der Kern der Spezies, in die du und ich geboren worden sind. Wir sind ein Spiegel des Nichts. Wir mussten die Idee von Gott erfinden, um mit dieser fürchterlichen, vergifteten Gabe irgendwie weiterleben zu können, und an dieser obszönen Idee von Gott aber haftet eben noch so viel mehr, das ganze Oben und Unten.« Itautis beginnt plötzlich zu lachen. »Du fragst dich vielleicht, was das alles mit der Maschine, mit *libeo* zu tun hat?«

Peter ist dankbar, dass der Unternehmer doch irgendwo hinwollte mit diesen ganzen Gedanken, er hofft, dass es vielleicht einen Ausweg, irgendeine Pointe, einen Trost geben wird. »Schon«, sagt er.

»Ich habe«, sagt Itautis, »Angst vor der Auslöschung, ich will nicht ausgelöscht werden. Ich *werde* zwar ausgelöscht werden, aber ich *will* das nicht. Ich glaube, der einzige Weg für mich, in irgendeiner Weise nüchtern weiterzuleben, das Bewusstsein meiner Endlichkeit zu ertragen, ist der Weg nach vorne. Also eben nicht fort vom Bewusstsein, von der Intelligenz, der Rationalität, diesem *tool*, das penetriert, das, Verzeihung, eine unangenehme Vorstellung, fickt, dass immer weiterficken will – verstehst du das, das ist wie so ein Presslufthammer, das Denken, immer rein, auseinandersprengen, eine Dauererektion, die zerlegen will und zerlegt. Aber davon können wir nicht weg, das *sind* wir, Entkommen davon gibt es nur durch Feigheit, durch Leugnung des Objektiven oder den Suizid, und offenbar gibt es wirklich Leute, die sich aus lauter qualvoller Angst vor dem Sterbenmüssen schließlich das Leben nehmen. Aus Angst vor dem Nichts werfen sie sich hinein. Puh, kannst du mir noch folgen? Diese Art von Selbstmord leuchtet mir einerseits ein und ist für mich andererseits unmöglich, weil ich eben sein will und nicht nichtsein. Das Wissen um die Nichtigkeit entspricht sozusagen nicht meinem Charakter, meiner Anlage. Ich bin nicht depressiv, Peter, ich bin eigentlich, wie sagt ihr das auf Deutsch so schön, *heiter* veranlagt. Also muss ich, müssen wir, denke ich, tiefer hinein in das Denken, in das Bewusstsein, denn wer weiß, am Ende wartet in irgendeiner Weise doch eine gottlose Erlösung, so unvorstellbar das sein mag. Irgendeine Erlösung, die wir uns jetzt, in unserem gegenwärtigen Sein, noch gar nicht denken können, sie nicht fassen können. Irgendeine Volte, eine Erkenntnis, ein Sprung hinüber in ein neues Bild von uns und der Welt. Vielleicht so etwas wie Intelligenz ohne Bewusstsein, keine Ahnung. Verstehst du das?«

»Es geht nicht zurück, also muss man vorwärts gehen«, fasst Peter zusammen, dem das alles nur diffus einleuchtet, aber immerhin, irgendwie muss man sich, so der intelligenteste Mensch der Welt ja offenbar, nicht einfach nur hinlegen und verzweifeln, es geht irgendwie doch weiter.

»Richtig. Das Prinzip Hoffnung. Hast du eine Zigarette für mich?«

Peter gibt Itautis eine und zündet sich auch selbst wieder eine an.

»Ich habe«, sagt Itautis nun, »natürlich nicht die Zeit, um darauf zu warten, dass die Evolution diese Weiterentwicklung vornimmt. Und die Spezies hat diese Zeit auch nicht mehr. Wir haben nicht mehr so viel Zeit auf diesem Planeten. Also muss man beschleunigen. Und da gibt es zwei Baustellen. Die anorganischen und die organischen Denkräume. Computer und Gehirne. AI und *kortex*. In beiden Bereichen muss dringend viel geschehen, und beide Bereiche müssen, nach Möglichkeit, auch synchronisiert, zusammengeschlossen werden. AI muss *kortex* füttern und umgekehrt. Weißt du eigentlich, warum ich nicht die ganze Zeit mit dem *kortex*-Team unterwegs bin?«

Peter hat darüber noch keine Sekunde nachgedacht. Er hat keine Ahnung von Itautis' Privatleben, möglichen weiteren Leidenschaften, anderen Projekten. »Wahrscheinlich bist du bei *joule*?«, fragt er.

»Bei *joule* kann ich keinen Beitrag mehr leisten«, sagt Itautis. »Das schnurrt von selbst so weiter und bringt eigentlich inzwischen nur noch Geld. Geld ist wichtig, als Schmiermittel, aber als Selbstzweck ist es natürlich total uninteressant. Ich kann nicht weiter bei *joule* in irgendwelchen Finanzierungsrunden sitzen für Apps, die Lkw-Beladung optimieren oder so. Keine Zeit mehr. Nein, es gibt, das bleibt aber wie sowieso alles hier unter uns, noch *organon*, ein AI-Projekt, bei dem wir versuchen wollen, die Membran zwischen künstlicher Intelligenz und Gehirn durchlässiger zu machen. Also die Ergebnisse der AI menschlicher zu machen, der AI die Kälte zu nehmen, und umgekehrt, das Denken des Gehirns der Maschine verständlich erscheinen zu lassen. Also das menschliche Denken anzuschließen an einen weiteren, externen Prozessor, wenn du so willst.«

»Oh«, sagt Peter, der sich darunter nun endgültig nichts vorstellen kann. Er denkt sich riesige tiefgekühlte Computer und Programmierer in fensterlosen Räumen vor gigantischen Screens und einen Kopf, der einen USB-Ausgang hat.

»Ich möchte so eine Art Tandem konstruieren aus *kortex* und *organon*. Das ist die Idee. Ich möchte versuchen, zu meinen Lebzeiten noch einen wirklichen Push zu ermöglichen in den *outer space* der Intelligenz.«

Peter hat einen Gedanken. »Aber warum brauchst du dafür ein Produkt wie *libeo*? Also, Massenware? Reicht es für dein Projekt nicht, wenn einfach nur ein paar, also die allerschlauesten Leute so einen Booster kriegen?«

Itautis lächelt. »Wer sind die allerschlauesten Leute, Peter?«

»Professoren oder so?«

»Bin ich Professor? Bist du einer? So weit ich weiß, haben wir beide keinen Uniabschluss. Ich habe ja noch nicht einmal die Highschool beendet.« Peter ist natürlich unglaublich gebauchpinselt gerade. »Die Wahrheit ist«, fährt Itautis fort, »wir wissen überhaupt nicht, *was* Intelligenz genau sein soll oder wo auf dem Planeten sie gerade sitzt oder wie sie sich, außerhalb der vorgegebenen Laufbahnen, so manifestiert. Ich war kürzlich am MIT für einen kleinen Vortrag, da saß, in der ersten Reihe, ein zwölfjähriges Mädchen aus Botswana, die am MIT Ingenieurwissenschaften studiert. Wenn die nun nicht im schönen Botswana, sondern meinetwegen in Jemen geboren wird und nie am MIT anlangt, wie finden wir die dann? Die Wahrheit ist, erstens: Wir müssen so breit wie möglich streuen, so viele Leute wie möglich mitnehmen, immer in der Hoffnung auf Feedback-Loops, auf Bootstrapping – dass uns die *libeo*-Träger also dabei helfen, *libeo* noch besser zu machen, und *organon*, dass sich das alles gegenseitig immer schneller katalysiert. Ich stelle mir vor, dass wir am Ende alle über *libeo* vernetzt sind untereinander und mit *organon* und sozusagen gemeinsam denken, und dann kommen die Ideen des Mädchens aus Jemen über den Äther zu uns allen. Die Wahrheit ist aber auch, zweitens: Die Maschine ist zur Zeit noch so teuer zu entwickeln, so kompliziert in der Konstruktion, dass sie auf absehbare Zeit sowieso nicht in sonderlicher Stückzahl über den Tresen gehen wird. Wir wollen *libeo* in den kommenden fünf Jahren überhaupt nicht verkaufen, sondern verschenken. An Leute, die wir für gut halten, an Stipendiaten, wenn du so willst.«

»Aber«, fragt Peter, »wofür braucht ihr dann mich?«

»Ah«, sagt Itautis. »Das müsstest du doch nun wirklich vor allen anderen Menschen wissen. Oder du bist vielleicht doch viel schlechter auf diesen Job vorbereitet, als ich gedacht hätte.«

Kleine Schelle für Peter. Itautis schweigt auch eine strenge Sekunde lang, bevor er fortfährt.

»Was noch in jedem besseren Porträt über mich und *joule* zu lesen steht, Peter, ist, dass ich als Unternehmer im Grunde nur ein einziges unumstößliches Paradigma habe.

Bei allen Produkten, allen Interfaces, die wir bislang entwickelt haben. Es heißt *User Experience*, Peter. Alle Eigenschaften eines Produktes können perfekt stimmig sein, aber wenn es beim Konsumenten kein Vergnügen auslöst, interessiert es mich nicht. Es geht immer um Bindung, es geht immer um Image, es geht immer um Erfahrung. Die Menschen müssen darüber sprechen wollen, es muss sie beschäftigen, so wie eine neue Liebe einen beschäftigt. Es muss das sein, wovon sie jedem auf der Party erzählen wollen. Und wie die Maschine ausschaut, kann daher von Anfang an nicht egal sein. Selbst wenn nur einer von hunderttausend sie tragen wird, muss der oder die doch mit Freuden dazu bereit sein, sich damit blicken zu lassen, mit Stolz und Überzeugung. In Sitzungen, im Office hocken damit, in irgendeiner Weise öffentlich agieren, und er darf damit nicht wie ein Idiot aussehen, sondern muss aussehen wie ein Erwählter, ein Glückspilz, wie ein Neuer Mensch, ein Privilegierter, ein, ja, ein Prophet. Die Maschine muss von Anfang an absolut begehrenswert erscheinen, jeder muss sich so etwas dringlich wünschen. Sie muss wie ein Ticket wirken in ein besseres Leben. Und das Ding, das wir jetzt haben, sieht leider eher aus wie einer dieser Helme, die man Pavianen in Labors aufsetzt. *libeo* muss ein *instant classic* werden. Die erste Generation wird alle folgenden prägen.«

Peter begreift zum ersten Mal, dass Itautis eben nicht bloß Wissenschaftler und Philosoph ist, sondern auch Unternehmer, Verkäufer, dass Itautis sich also auch mit Marketing auskennt und etwas von Narrativen versteht.

»Du bist«, sagt Itautis nun, »immens wichtig für uns, verstehst du das? Immens. Weil du vielleicht besser als jeder andere Mensch begreifst, was Begehren auslöst, weil du in irgendeiner Weise direkten Zugang zum Begehren der Menschen zu haben scheinst. Deswegen kriegst du einen Prototyp, deswegen bist du an Bord. Wir setzen große Hoffnungen in dich. Wir brauchen deinen Kopf.««

Unser Freund Peter ist erschüttert und zugleich fühlt er sich wie erlöst. Endlich erkennt ihn einer. Endlich sieht ihn jemand. Und jetzt soll er deswegen also mitarbeiten an der Übermenschheit. So schaut es ja wohl aus.

»Sollen wir mal was essen?«, schlägt Itautis vor. »Tut mir leid, dass ich so lange gesprochen habe. Und ich hoffe, ich habe dich nicht erschreckt.«

Peter schüttelt nachdrücklich den Kopf, eine zappendustere Meditation, gefolgt von dem leuchtenden Gefühl, dass das eigene Talent zum ersten Mal im Leben überhaupt mal ernsthaft gewürdigt wird von ausgerechnet diesem Mann, warum nicht, ist doch kein Problem für ihn. Er setzt sich zu Itautis an den Tisch.

»Würdest du mir«, fragt der Chef, während er den Warmhaltedeckel von seinem veganen Burger hebt, »ein bisschen was verraten, wie du dir die Maschine bislang vorstellst? Ich weiß, du musst das Ding auch mal getestet haben, ein Gefühl dafür entwickeln, aber: Stand jetzt?«

»Dazu«, sagt Peter, »müsste ich natürlich mehr darüber wissen, was technisch denkbar wäre.«

»Der Clou an *libeo* ist«, sagt Itautis, »dass die ganze Rechentechnik ausgelagert ist. Die sitzt in der Cloud. Auf dem Kopf hat man neben der Batterie ausschließlich die Sensoren und die Impulsgeber, der Kern der Technologie, außerdem ein sehr potentes Modul zum Senden und Empfangen der Signale. Wir haben das alles wirklich klein hingekriegt, und wir können auch eine gewisse neuronale Tiefe lesen und stimulieren, die Elemente müssen also nicht unmittelbar auf der Stelle sitzen, die angesteuert werden soll. Du kannst dir deswegen im Grunde alles Mögliche vorstellen, aber auf dem Kopf oder in dessen unmittelbarer Nähe sitzen muss es schon.«

»Wäre eine offene Struktur denkbar? Also etwas, das nur Teile des Kopfes bedeckt? Und könnte man asymmetrisch arbeiten?«

»Ich denke schon«, sagt Itautis. »Ja.«

Peter zieht sein Handy hervor und öffnet für Itautis eine Galerie mit Bildern, die ihn inspirieren derzeit. Das erste Bild zeigt, in Nahaufnahme, den Kopf und das Geweih eines Hirschkäfers. »Wie findest du die Farben? Die Kurven der Hörner? Oder hier: Das ist die Oberfläche des Panzers eines Waldmistkäfers. Diese Textur, der Farbverlauf, wie findest du das?«

Itautis schaut Peter durchdringend an. »Du machst das gerade schon, oder?«

»Was?«

»Du machst gerade schon diesen komischen Zauber, deinen Move halt, wo du irgendwie spürst, was die Leute wollen. Da bist du schon drin, in diesem Modus, du entwirfst längst.«

»Ich glaube«, sagt Peter lächelnd, »ich bin eigentlich immer in diesem Modus. Ich kann den gar nicht bewusst anstellen oder abstellen. Aber ja. Ich hatte dir schon in Takachiho gesagt, dass es nicht gegen, sondern mit der Natur laufen sollte. Erdnahe, wenn du so willst.«

»Mein Rat wäre«, sagt Itautis, »dass du mit der Konkretion wirklich noch wartest, bis du die Maschine auf dem Kopf hast. Am besten sogar noch, du designst, während du sie trägst. Das wäre für uns natürlich auch total interessant zu erfahren von dir: wie sich die Maschine auf Kreativität und Intuition auswirkt.«

»Macht Sinn.«

»Ich mag«, sagt Itautis nach kurzem Schweigen, »übrigens deinen Hirschkäfer da. Ich weiß noch nicht, wo du hinwillst damit, aber an sich sehen die Viecher natürlich *awesome* aus.«

Peter freut sich. »Sag mal«, fällt ihm dann ein, »ich weiß, ich kriege ja morgen schon so einen Helm. Aber – hast du *libeo* eigentlich schon selbst ausprobiert?«

»Natürlich.«

»Und? Wie ist das so?«

Itautis lächelt. »Man bemerkt es kaum. Eigentlich gar nicht. Man stellt nur irgendwann fest, dass man bessere Ergebnisse produziert, sagen wir es so. Dass man länger am Stück bei der Sache bleiben kann, dass einem Probleme lösbarer erscheinen, dass man weniger rumeiert innerlich. Man fühlt sich geistig leichtfüßiger, präziser – fitter, wenn du so willst. Als hätte man Gewicht verloren, als sei man gelenkiger. Meine Erfahrung ist: man stellt sich interessantere Fragen und findet interessantere Antworten. Man wird hellhöriger. Und die Zweifel an sich selbst werden geringer. Mehr Selbstvertrauen. Man wird intelligenter, wobei ich nicht genau weiß, was Intelligenz sein soll, wie gesagt – ist das bloß die Fähigkeit, ein Problem zu identifizieren und dafür adäquate Lösungen zu finden, oder ist das nicht etwas viel Komplexeres, ist das nicht, zum Beispiel, eben auch Kreativität, also die Fähigkeit, etwas zu sehen, das noch unsichtbar ist, oder ist Intelligenz nicht auch Empathie? Ist Intelligenz nicht eigentlich ein nagender Zweifel, ein Bewusstsein der totalen Kontingenz, der bloßen Gedachtheit, also alles Gedachten? Ich kann dir auch noch nicht genau sagen, in welchen dieser Bereiche *libeo* wirklich funktioniert, und wir wissen auch noch nicht, was passiert, wenn man die Potenz der Maschine weiter hochfährt. Wir können das zwar schon, sogar um Vielfaches, aber die Auflösung der Ablesung und der Stimulation wird dann gewissermaßen grobkörniger, weniger präzise, das erscheint uns ein bisschen waghalsig, das schon an Menschen auszuprobieren. Mit dem Gehirn«, und Itautis lacht jetzt, »spielt man ja am besten nicht herum.«

»Ist das ein bisschen wie Ritalin also?«, will Peter wissen, der diese Substanz noch nie ausprobiert hat.

»Ritalin«, hebt Itautis mit abfälligem Gesichtsausdruck an, und dann kommt eine längere, kritische, neurowissenschaftliche Abhandlung, bei der Peter dem Unternehmer bald nicht mehr folgen kann, und daher verlassen auch wir die beiden Herren an dieser Stelle wieder für eine Weile.

Peter, so viel bloß noch zu dieser Szene, sitzt da mit einem Mann auf dem Balkon, der leider gar nicht so nett ist, wie er wirkt. Wir ahnen das ja längst, Peter aber ist wie blind. Nun hat Itautis in dem Gespräch mit Peter zwar nicht *nur* geflunkert, er hat allerdings auch nicht besonders klar ausformuliert, wie ernst es ihm mit dem Nietzsche-Zitat letztlich ist. Und zwar eben nicht bloß hinsichtlich der Frage nach dem Sinn der menschlichen Existenz, sondern auch hinsichtlich der Frage nach jenem intransparenten, irrationalen Gewirr aus Maximen und Gefühl, das man landläufig als Moral bezeichnet. Itautis kennt nämlich keine mehr. Oder jedenfalls keine, die ihn an irgendwen binden würde außerhalb seiner selbst. Die Welt ist ihm ein *free for all*, er selbst ein *man on a mission*, und was da auf dieser Mission so links und rechts an Kollateralschäden anfällt, ringt ihm höchstens ein leises Bedauern ab. Solches Gefühl aber – Bedauern – hat für Itautis eben keinen metaphysischen Unterbau mehr, es ist, aus seiner Warte, eher ein evolutionär eingebläuter Atavismus, ein in manchen Situationen sinnvoller, in seinem speziellen Fall aber lässlicher Hemmschuh. Mit der Nächstenliebe also, Peter, lieber Freund, nimmt es dieser Mann nicht so genau, wie man es dir wünschen möchte. Du bist vielmehr in großer Gefahr, und bald schon geht es – wenn du nur wüsstest! – rund.

Bis dahin aber mal wieder: die Atempause. Die andere kleine Geschichte, wie es längst gute Sitte ist. Dieses Mädchen im Segelkanu also, zu dem Itautis vorhin hinuntergerufen hat, wieso war die da eigentlich so mutterseelenallein im Dunkeln unterwegs? Und ist nicht bemerkenswert, dass sie eine magische Fracht von ihrer Heimatinsel Kiriwina mit sich an Bord hat? Wer ist dieses Kind?

Nauriwali heißt es, zu Deutsch »die Krabbe«.

Ein paar Wochen, bevor sie Peter und Itautis begegnete, saß Nauriwali noch mit ihren Geschwistern unter dem Frangipani-Baum vor der elterlichen Hütte. Die Kinder hatten einen kleinen Nektarvogel gefangen und den Fuß des Tierchens mit Bindfaden an einen Stock gebunden. Immer wieder stieg der leuchtend gelbe Vogel flatternd empor im Versuch, in den wolkenbedeckten Himmel zu entkommen, wieder und wieder hinderte die Fessel ihn daran.

Nauriwali hatte den Stock am längsten in der Hand gehalten und den hilflosen kleinen Zug, den das festgebundene Tier darauf ausübte, wie einen schwachen Strom durch ihre Finger tanzen gespürt. Jetzt bemerkte sie, dass der Vogel sich immer häufiger und zunehmend mickrig auf dem Holz niederließ, um die Kinder zitternd und ratlos zu betrachten. »Er kann nicht mehr. Wir lassen ihn jetzt frei«, bestimmte das Mädchen und nahm die Kreatur in die Hand, um die Fessel zu lösen, als es die Mutter rufen hörte. »Naaauri!«

Nauriwali übergab den Stock an ihren kleinen Bruder und befahl ihm, den Vogel loszumachen. Sie lief über das harte Gras, das um die Hütten der kleinen Siedlung wuchs, zur Feuerstelle, an der ihre Mutter Bomlabwaga gerade das Abendessen kochte, und der Geruch des Regens, der in der schwülen Luft lag, vermischte sich mit dem bitteren Qualm, der dem Mädchen vom feuchten Feuerholz entgegenwehte. Bei der Mutter am Feuer saß auch Nauriwalis Großvater John. Nauriwali ließ sich in dessen Schoß nieder und sog den vertrauten Duft von trockenem Schweiß und Tabak ein, der von seiner Haut ausging.

»Du brauchst dich gar nicht zu setzen, Mädchen«, sagte ihre Mutter. Bomlabwaga hatte gerade einige Tarowurzeln geschält und in das Wasser gegeben, das im großen Topf auf dem Feuer brodelte. Später würde sie das Taro pürieren und in Kokosfett zu glänzenden, süßlichen Pfannkuchen braten. »Du musst ein bisschen mithelfen jetzt. Mugola ist mit deinem Vater nach Okasikari.«

»Um Camillus mal wieder tief in die Augen zu schauen?« Nauriwalis ältere Schwester Mugola war verlobt. In ein paar Tagen sollte sie Camillus aus Okasikari heiraten. Seit Wochen bereitete die Familie das Fest vor, zu dem Hunderte von Gästen aus den umliegenden Dörfern erwartet wurden.

»Papa und Mugola kaufen im Laden gerade Thunfisch«, sagte Bomlabwaga zufrieden.

»Thunfisch? Wirklich?«

»Der Anthropologe hat mir ein bisschen Geld gegeben«, sagte John.

»Für deine Geschichten«, neckte Bomlabwaga ihren Vater. »Wer hätte gedacht, dass dein ewiges Sitzen, Betelnusskauen und Klönen eines Tages sogar bezahlt werden würde?«

»Tonoguwa« – so nannte man auf der Insel den spanischen Anthropologen, der seit etwa einem halben Jahr in einer Hütte im Nachbardorf lebte und nur gekommen zu sein schien, um sich den ganzen Tag mit den Menschen über egal was zu unterhalten –, »Tonoguwa schätzt halt, dass ich mich mit unserer Insel auskenne.«

»Aber du hast ihm nicht von Tuma erzählt, oder, Großvater? Du wolltest mich rufen, wenn ihr über Tuma redet!«

»Du warst doch sogar dabei, als ich ihm davon erzählt habe. Willst du die Geschichte etwa schon wieder hören? Was gefällt dir denn so daran?«

»Alles! Ich mag, dass wir die Insel sehen können vom Strand aus und dass dort die Ahnen leben, dass wir die Ahnen aber nicht sehen können, wenn wir nach Tuma reisen. Das begreife ich irgendwie nicht. Ich mag, wie deine Mutter fast gestorben ist und ihre Seele schon nach Tuma gewandert war. Wie die Schwestern sie dann mit Medizin doch wieder in unsere Welt zurückgeholt haben. Dass sie dann nachts immer wieder nach Tuma zurückgereist ist im Traum und die Ahnen gesehen hat, sodass die Leute sogar von den Nachbarinseln zu euch gekommen sind, um Urgroßmutter nach den Toten zu befragen. Ich wünschte, sie hätte mir mal von Tuma erzählt. Von den Ahnen.«

»Und den Babys.«

»Ja! Sie hat die Leiber der Babys in der Brandung tanzen gesehen! Bevor die durch das Meer in die Bäuche der Frauen wandern. Glaubst du, dass Urgroßmutter auch mich im Wasser gesehen hat?«

»Bestimmt, Nauri. Ihre Seele war ja schon ganz nach Tuma gezogen, als du auf die Welt kamst. Bestimmt hat sie dich ausgesucht für Bomla. Oder für mich!« Der Alte lacht.

»Also du hast die Geschichte Tono noch mal erzählt?«

»Ich habe Tonoguwa nicht von Tuma erzählt, sondern

ich habe ihm erklärt, warum sein Schwein krank ist«, sagte John und zwickte die Enkeltochter sanft in die Nase.

»Sein Schwein ist krank?« Bomlabwaga furchte besorgt die Stirn. »Und wenn es vor der Hochzeit eingeht?«

»Nachher kommt Jenson aus Kaisiga«, sagte John. »Er hat einen sehr guten Zauber. Ich habe ihm ein paar Betelnüsse versprochen.«

»Der Taugenichts. Ein Abendessen will er auch haben, nehme ich an«, seufzte Bomlabwaga.

»Bestimmt.«

»Das findest du lustig?«

»Na, ich habe doch immerhin den Thunfisch besorgt, oder nicht? Da werde ich ja wohl jemanden einladen dürfen. Zumal er dem Schwein helfen wird.«

»Warum ist Tonos Schwein denn krank, Großvater?«

»Ah«, sagte John und machte ein ernstes Gesicht. »Das ist sehr interessant, Nauri. Denn wo hat Tono sein Schwein noch mal gekauft, hm?«

»Auf Kaileuna.«

»Und wer wohnt auf Kaileuna?«

»Die Yoyowa!«, fiel es Nauriwali ein.

»Und was meinst du, wie finden es diese fliegenden Hexen wohl, wenn einer ein Schwein von ihrer Insel holt?«

»Nicht gut!«, sagte Nauriwali. »Dann können sie es ja nicht mehr selbst essen.« Sie grübelte einen Moment. »Dann haben also die Yoyowa das Schwein verzaubert? Damit wir es nicht essen können? Aus Neid?«

»So ist es.«

»Aber kann man denn überhaupt ein Schwein mitnehmen von Kaileuna, ohne dass die Hexen das merken?«

»Ah, das wüsstest du wohl gerne! Aber wieso sollte ich dir so einen Zauber einfach verraten, hm?«

»Weil ich dein Liebling bin.«

»Und das weißt du so genau, ja?«

»Bitte, Großvater!«

»Komm schon, Papa.« Auch Bomlabwaga hatte für einen Moment aufgehört mit der Küchenarbeit, um Johns Geschichte zu lauschen.

»Ach, ausgerechnet du«, sagte John. »Du lachst doch immer nur.«

»Ist auch alles Aberglauben.«

»Tono hat zwanzig Jahre lang studiert und will immer alles genau wissen und aufschreiben, was ich gelernt habe. Er ist froh, dass Jenson kommt. Und du willst nach vier Jahren Schule wissen, dass das alles Aberglaube ist.«

»Ja, das ist Teufelszeug, das haben uns die Schwestern erklärt. Das ist Unsinn.«

»Und der Buagao ist auch Unsinn, ja?«

»Der ganz besonders.«

»Psst«, machte Nauriwali. »Nicht so laut! Vielleicht hört er uns.«

»Sehr richtig, Nauri.«

»Sonst kommt er noch mit seinem schnellen Stock«, sagte das Mädchen mit großen Augen. »Und legt sich unter meine Hütte und flüstert, wenn ich schlafe!«

Bomlabwaga schaute ihren Vater böse an. »Siehst du, du machst ihr doch nur Angst mit deinen alten Märchen. Wie mir damals.«

John kraulte durch Nauriwalis dichte Locken. »Der kommt nicht zu dir. In unserem Frangipani wohnt ein Geist, der es dem Buagao unmöglich macht, unser Dorf zu betreten.«

»Also was ist denn jetzt mit dem Schwein, Großvater? Was muss man machen, damit die Hexen es nicht verzaubern?«

»Also«, sagte John und beugte sich vor, um seiner Enkeltochter den geheimen Zauber ins Ohr zu flüstern. »Du musst Ingwer nehmen! Ein großes Stück. Und das im Mund zerkauen und dem Schwein den Ingwer ins Gesicht spucken. Dann wird es für die Hexen unsichtbar.«

Bomlabwaga, die gelauscht hatte, schnalzte genervt mit der Zunge. »Ingwer!«, sagte sie. »Nauri, aufstehen jetzt. Geh in den Garten und hol mir ein paar Zweige Aibika. Und nimm nicht wieder die tiefen! Die hohen sind besser.«

»Weiß ich doch«, sagte das Mädchen und erhob sich seufzend aus dem Schoß des Großvaters. Nauri lief zwischen den Hütten auf einen Trampelpfad, der durch dichtes Gebüsch zum Garten des Vaters führte, darauf bedacht, sich nicht an den scharfkantigen Korallen zu schneiden, die hier und da aus der Erde ragten. Das Kind haschte vergeblich nach einer Eidechse, die sich auf dem warmen Pfad niedergelassen hatte, und sang leise ein Lied, das ihr der Anthropologe beigebracht hatte: »*Cú, cú, cantaba la rana; Cú, cú, debajo del agua; Cú, cú, pasó un caballero; Cú, cú, de capa y sombrero ...*«

Im Garten stellte sich Nauri auf die Zehenspitzen, um ein paar hohe Zweige mit den dunkelgrünen, wachsglatten Aibika-Blättern abzuernten, aus denen die Mutter die Füllung für die Pfannkuchen machen würde. Auf dem Weg zurück trug sie die Zweige vorsichtig über dem Kopf. Als Nauriwali die Feuerstelle wieder erreichte, kehrten gerade auch Mugola und der Vater, Bau, aus Okasikari zurück. Bau, der sonst so gern lachte, machte, fand Nauri, ein sehr ernstes Gesicht.

»Was ist denn los?«, fragte auch Bomlabwaga, als ihr Mann sich brütend neben ihr niedergelassen und ihr die zwei Dosen Thunfischfilet wortlos in die Hand gedrückt hatte.

Bau schüttelte den Kopf und sagte nichts. Auch Mugola, die seit Wochen aufgeregt und albern war, schwieg und schaute ängstlich aus.

»Bau, was stimmt denn nicht?«, fragte nun der alte John.

»Ich habe in Okasikari etwas sehr Beunruhigendes gehört«, sagte der Vater endlich und schaute seinen Schwiegervater durchdringend an. »Ich mache mir große Sorgen deswegen.«

Nauri griff nach der Hand ihres Großvaters. »Was denn, Papa?«, fragte sie.

Der Vater ignorierte sie. »Am Laden waren auch Leute aus Tawema.«

»Oh«, sagte Bomlabwaga. »Wie geht es denn diesem armen kranken Jungen, wie hieß er noch?«

»Togu«, fiel es Nauri ein, die mit ihm noch vor einer Woche auf dem großen Fußballfeld bei der Hauptstraße Fangen gespielt hatte, als der Junge sich irgendwann auf die Erde setzte und meinte, der Kopf tue ihm weh.

»Der Junge ist gestern Abend gestorben«, sagte Bau.

»O nein«, sagte Bomlabwaga und hielt sich die Hand vor den Mund.

»Ja. Meningitis, haben die von der Station gesagt.«

Der alte John schüttelte den Kopf und blickte finster zu Boden. »Da war der Buagau im Spiel«, sagte er leise. Nauri drückte seine Hand noch fester. »So jung stirbt man nicht einfach an Meningitis.«

Bau schaute den alten Mann ärgerlich an. »Buagau ... Mann, John. Ich bin noch nicht fertig. Verstehst du denn · nicht? Du kriegst schon deinen Buagau.«

»Wie meinst du das?«, fragte John.

»Du weißt besser als ich, dass die in Tawema nicht gut auf dich zu sprechen sind wegen der Hochzeit.«

»Ach«, sagte John und winkte verächtlich ab. »Diese Schmarotzer. Sie geben nichts und wollen immer nur nehmen. Sie haben uns nicht eingeladen zu ihrem Fest und wollen jetzt aber von uns eingeladen werden. Warum?«

»Camillus hat Familie da«, sagte Mugola nun vorwurfsvoll. »Und du hast sie als Geizkragen beschimpft letztes Mal.«

»John«, sagte Bau nun ernst. »Einer von den Leuten aus Tawema – der Typ, mit dem du Streit gehabt hast –, der ist ein Onkel von diesem toten Jungen. Und der sagt, er hätte letzte Nacht von dir geträumt. Er sagt, du seist ein Buagau. Dass du den Jungen verzaubert und getötet hast.«

»Aber Großvater ist doch kein Buagau!«, rief Nauri erschrocken.

»Das ist schlimm«, sagte Bomlabwaga. »Das ist sehr schlimm, Papa! Das kommt davon, dass du immer so angibst mit deinem Wissen! Und mit dem Anthropologen! Und dem Kula! Du machst die Leute eifersüchtig und misstrauisch! Das habe ich dir so oft schon gesagt! Und jetzt ...«

»Bomla!«, sagte Bau. »Beruhige dich!«

»Mich beruhigen! Du weißt genau, dass ich recht habe, warum sonst bist du denn selbst so besorgt? Was machen wir denn jetzt? Was ist, wenn die kommen?«

John legte seiner Tochter beschwichtigend die Hand auf die Schulter. »Mach dir keine Sorgen. Ich gehe morgen nach Tawema und rede mit denen. Meinetwegen biete ich Hilfe bei der Beerdigung an. Ich kenne ein paar gute Sprüche, das wissen die ja auch. Und wenn es sein muss, sollen sie halt auch zur Hochzeit kommen.«

»Willst du nicht gleich gehen? Bitte, Papa.«

»Nach Tawema? Nein, das muss bis morgen warten. Wir müssen Tonoguwa helfen. Gleich kommt Jenson, danach ist es dunkel, dann ziemt es sich nicht mehr, nach Tawema zu gehen.«

»Und wenn ich mit dir gehe, Großvater!«

John streichelt der Enkeltochter durch die Haare. »Morgen, Nauri.«

Bau schnalzte mit der Zunge. Er schüttelte den Kopf. Hinter ihrem Vater sah Nauri die Geschwister zur Feuerstelle kommen. Vorneweg ging der kleine Bruder, er schaute trotzig aus. Er hielt den Stock in der Hand und zog am Bindfaden den toten Vogel über die Erde.

Später stand Nauri mit ihren Geschwistern zwischen Bau, John, Jenson und dem Anthropologen vor dem Gehege, in dem das kranke Schwein lag. Das Tier rührte sich nicht, bisweilen nur lief ein Zittern über die Flanken. Der Anthropologe stieg über den Zaun und setzte dem Tier ein paar gekochte Jamswurzeln vor. Das Schwein öffnete ein müdes Auge, sprang beim Anblick der Speise wie angestochen auf und zertrampelte die Nahrung im Dreck, bevor es sich erschöpft wieder auf die Erde legte. »Seht ihr«, sagte der Anthropologe.

»Yoyowa, Tonoguwa«, sagte John und spuckte Betelnusssaft auf die Erde. »Das kommt davon, dass du nicht aufgepasst hast.«

Der Anthropologe zuckte mit den Schultern.

Jenson riss ein Blatt vom Bananenbaum, der neben der Hütte des Anthropologen wuchs, und flüsterte seinen Zauber hinein, darauf bedacht, dass niemand ihn hören oder von seinen Lippen lesen konnte. Er trat an das Tier heran und wischte mit dem Blatt über dessen Kopf. Das Schwein quiekte und erhob sich zögerlich. »Stell jetzt noch mal was zu essen rein, Tonoguwa«, sagte Jenson. Der Anthropologe brachte abermals Jams. Das Schwein trottete darauf zu, schnüffelte, fraß.

»Wunderbar«, sagte John zufrieden. »Danke, Jenson.«

Es dunkelte bereits, als alle beim Abendessen in der Gemeinschaftshütte saßen. Ein leiser Regen fiel auf das Dach aus Palmenblättern, bisweilen rollte aus der Ferne Donner über die Insel. Es ging kein Wind. Noch immer war es sehr heiß. Niemand sprach. Die Erwachsenen, spürte Nauri, waren besorgt wegen der Geschichte aus Tawema.

»Hast du«, fragte sie in das Schweigen den Großvater, »Tonoguwa eigentlich schon mal dein Mwali gezeigt?«

Der Anthropologe merkte auf. »Du hast ein Mwali, John?«

»Zwei Mwalis und zwei Soulawa«, sagte der Alte stolz. »Und ein Mwali ist auch gerade bei mir, ja.«

»Das hast du mir nie gesagt.«

»Du hast ja auch nicht gefragt«, sagte John.

»Siehst du, Mama«, sagte Nauriwali. »Großvater gibt überhaupt nicht an mit dem Kula!«

»Wie lange ist das Mwali schon bei dir?«, fragte der Anthropologe.

»Schon fast zwei Jahre. In der letzten Kula-Saison ist mein Partner aus Fergusson aber nicht erschienen, um es abzuholen, ich weiß nicht genau, warum. In ein paar Monaten will ich es selbst hinüberbringen.«

»Wie willst du denn hinkommen?«

»Ich habe ein Waga in Vakuta.«

»Wirklich? Ein altes?« Der Anthropologe schien aufgeregt.

»Dieses Kanu hatte schon der Urgroßvater meines Vaters. Malinowski hat es gesehen. Es ist ein sehr gutes Kanu. Sehr mächtig. Ein sehr mächtiger Schnitzer hat den Bug gestaltet. Es gab noch nie ein Unglück mit dem Boot. Es ist sehr stark.«

»Ich kann es dir zeigen, Tono! Ich bin schon oft darauf gefahren mit Großvater!«

»Kann ich dich begleiten, wenn du nach Fergusson reist?«, fragte der Anthropologe den Alten. »Ich habe immer schon davon geträumt, bei einer solchen Reise dabei zu sein.«

»Natürlich, es wäre mir eine Ehre. Bau, Jenson, du und ich wären eine sehr würdige Partie.«

»Und zeigst du mir dein Mwali?«

»Ich hole es!«, rief Nauriwali, sprang auf, lief durch den warmen Regen zur Pfahlhütte des Großvaters, in der es trocken und dunkel war. Sie griff sicher nach dem Armband aus Schneckenpanzer, das an einer Schnur von einem Nagel hing, und trug es vorsichtig zurück zum Anthropologen.

»Es ist *yoiya*«, sagte John stolz.

»Was bedeutet das noch einmal?«

»Wir haben neun Ränge für Mwali und Soulawa. Die wertvollsten Mwali sind *yoiya*. Wenn man für diese Mwali zu schwach ist, stirbt man. Man muss stark sein. Das dazugehörige Soulawa nennen wir *bagi*. Ich werde es irgendwann dem Partner auf Fergusson bringen. Es reist in der entgegengesetzten Richtung im Ring. Vielleicht ist es schon auf Dobu gerade.«

Der Anthropologe musterte aufmerksam das weiße Schmuckstück in seiner Hand. »Du weißt«, sagte er zu John, »dass wir Anthropologen uns seit über einem Jahrhundert mit dem Kula-Ring beschäftigen, oder?«

»Warum?«, fragte Nauriwali.

»Wir wollen verstehen, was er bedeutet.«

»Aber das ist doch einfach«, sagte John. »Geschichten. An jedem Mwali, an jedem Soulawa haften die Geschichten und Sprüche der Männer, durch dessen Hände es gewandert ist. Dieses Mwali hier ist schon Dutzende von Malen durch den Ring gewandert. Es war auf Rossell, Misima, Tagula, auf Woodlark, sehr weit. Es trägt mir die Geschichten all dieser Inseln zu. Ich weiß sehr viel wegen dieses Armbands. Sehr viel, über die Gegenwart und die Vergangenheit, über hier wie dort jenseits des Meeres.«

»Nicht so laut, John«, sagte Bau ärgerlich. »Das ist genau die Art von Rede, die uns Schwierigkeiten bringt.«

Der Anthropologe, der nicht wusste, wovon Bau sprach, sagte zu John: »Das Armband bedeutet Geschichten, klar. Aber es bedeutet auch Begegnung mit den Nachbarinseln, Austausch, Frieden, den Tausch von Blut. Das glauben wir jedenfalls. Es ist eine Art Buch und eine Art Vertrag.«

»Vielleicht«, sagte John. »Aber diese Fragen sind nicht so wichtig. Es ist der alte Weg.«

»Das Armband gehört niemandem, es ist eine Gabe, die immer weitergegeben werden muss.«

»Ja. Das könnte man so sagen. Wenn man ein Mwali zu lange behält, wird es giftig.«

»Was ist zu lange?«

»In der Regel sagt man, ein Jahr ist genug, danach wird es zu lang. Aber es kommt auf das Mwali und den Mann an.«

»Darf ich das Mwali eines Tages von dir erben, Großvater?«, fragte Nauri.

Die Erwachsenen lachten. »Das ist Männersache, Nauri«, sagte John. »Aber du darfst es heute Nacht behalten, wenn du magst.« Der Alte zwinkerte dem Mädchen zu.

In der Nacht fiel weiter Regen. Nauri lag wach zwischen ihren Geschwistern in der Hütte der Kinder. Ihr war sehr heiß. Der kleine Bruder sprach unruhig im Schlaf. Das Mädchen drehte im Dunkeln das Armband in ihren Händen. Ein wenig ängstigte es sie, dieses mächtige Ding zwischen ihren Fingern zu spüren. Mehrere Männer, hatte ihr der Großvater erzählt, waren um seinetwillen schon getötet worden. Was, wenn der Buagau es haben wollte? Großvater hatte den schützenden Geist im Frangipani-Baum schon gesehen, das hatte er ihr geschworen. Hier war sie sicher. Trotzdem gruselte sich das Mädchen beim Gedanken daran, wie der böse Zauberer nachts über die Pfade der Insel schlich, in übernatürlicher Geschwindigkeit wegen der Magie seines Stocks. Sie stellte sich vor, wie er sich unter die Hütte des kleinen Togu gelegt und seinen tödlichen Zauber in dessen Ohren geflüstert hatte.

Irgendwann meinte Nauriwali, auf der Schwelle der Türe ein Flattern wahrzunehmen wie von einem Vogel. Sie setzte sich auf und sah nun, dass etwas gelblich flackerte auf dem Bambusholz des Eingangs. Es war die Seele des Nektarvogels, die von Tuma zurückgekehrt war, um sich zu beklagen. Das Mädchen rieb sich erstaunt die Augen, dann begriff Nauri, dass irgendwo in der Nähe ein Feuer brannte. Im nächsten Moment hörte sie über den Regen Rufe, dann Schreie, Männer, Frauen.

Nauri rannte zur Hütte des Großvaters, die lichterloh in Flammen stand. Gegen das brüllende Orange und den mit Dampf sich vermischenden, aufsteigenden Qualm sah sie tanzende Silhouetten, Fackeln und Speere in der Hand, und am Rande der Helligkeit im Schein des Feuers sah sie ihre Mutter, schreiend, festgehalten von ihrem Vater. Auch Nauri schrie jetzt. Aus der brennenden Hütte stolperte hustend, die Arme sinnlos vor das Gesicht haltend, John, Nauris Großvater, Rauch stieg von seinem grauen Afro auf.

Eine der tanzenden Gestalten sprang vor und rammte einen Speer in die Hüfte des Alten, zwei andere folgten und taten das Gleiche, dann packten sie den zusammengesunkenen kleinen Körper, warfen ihn in die brennende Hütte und flohen in die Dunkelheit.

Nauri rannte auf die Hütte zu und drehte ab, eine Hitze wie von tausend Sonnen ging von dem brennenden Holz aus, Funken stoben ihr entgegen. Dann war ihre Mutter bei ihr, legte die Arme um sie, schrie und weinte, ihre Tränen nässten Nauris Rücken. Bau rannte kopflos um das Feuer herum, als suchte er nach einer Lücke, durch die er unversehrt in die Flammen springen könnte. Hinter sich hörte Nauri das Schluchzen der kleinen Geschwister, die Klageschreie von Mugola.

Die Sonne kletterte über den Horizont, als Nauri in Vakuta anlangte und durch die engen Gassen des im Dreck versinkenden Fischerdorfes schlich. Am Strand bat sie die Kinder, die in der schimmernden Dünung standen und mit langen Schnüren angelten, ihr zu helfen, und gemeinsam schoben sie flüsternd Johns Waga aus dem Schatten der Palmen ins Wasser. Nauri kletterte hinein, zog mit aller Kraft an einem klammen Tau das Segel in die Höhe, und bevor das Kind überhaupt so richtig begriff, was geschah, fuhr ein auffrischender Wind hinein, und der verzauberte Bug begann rauschend durch die Wellen zu schneiden.

Und Nauri segelte davon, dem Horizont entgegen, und sie rieb sich mit dem Rücken der Hand das Salz der Tränen von den Wangen und hielt in der anderen Hand fest das Ruder, und um ihren Hals baumelte das Mwali, das sie nach Fergusson bringen würde oder weiter noch, so weit sie irgend kommen konnte, für ihren Großvater, dessen Seele nun auf Tuma war.

Einige Jahre später kann man Nauri mit ihrem Vater Bau in New York wiedersehen. Nauriwali ist fünfzehn Jahre alt. Der Anthropologe, der inzwischen für das Klimabüro der UN arbeitet als Experte für die Südsee, führt sie und ihren Vater durch diese große Stadt, durch den Central Park, dessen Wälder sich vom Großbrand vor ein paar Jahren langsam erholen, und dann steigen die drei in ein Taxi und fahren zu dem Turm der Vereinten Nationen, wo der Anthropologe und die beiden Insulaner einen Vortrag halten werden über die versinkende Kultur von Kiriwina. Und seht also, da steht sie, vor den Augen der Welt, das fünfzehnjährige breitschultrige Mädchen Nauriwali mit dem Afro und Blumen im Haar und mit dieser seltsamen Haltlosigkeit in den Augen, und erzählt von ihrem Großvater, der ihre Welt verzaubern konnte. Einmal war Nauri für Wochen alleine unterwegs und verlor dabei ihre Einfachheit, und kaum einer kennt diese Geschichte, und niemand sieht sie ihr an, und doch ist auch Nauriwali nur eine von uns, unter uns.

7

OSHO BOOMIN'/
ERZENGEL

Peter Siebert zufolge wurde der beste Cocktail der Weltgeschichte gerade erst kürzlich entdeckt – und zwar von
ihm selbst höchstpersönlich. Die Mischung hat bloß zwei
Zutaten: »Osho« und *libeo*. Von deren Kombination aber
kriegt unser Freund nicht genug, sie kippt ihn aus den Lat-
schen, sie wirft ihn aus der Bahn. Man dampfe also dieses
beängstigend potente Gras – »*Osho freezes time*«, so sprach
ja der Dealer im »Maréchal Pétard«, und in der Tat, ein
Zug aus dem Vapie nur, schon dehnt sich der Augenblick
zur Ewigkeit –, man dampfe also dieses Gras und setze sich
sodann den unförmigen, an ein metallenes Nudelsieb ge-
mahnenden Gedankenhelm des Unternehmens *kortex* auf,
und es dämmert ein seltsam gläserner, kalter Rausch herauf, an dessen Ende man erschöpft, aber voller neuer, fan-
tastischer Ideen erwacht.

Seit drei Tagen also hockt Peter eigentlich nur noch
mit dem Helm auf dem Kopf auf seinem Zimmer, dampft
Osho und designt. Er zeichnet einen Entwurf nach dem

anderen – Hirschkäferkurven, Skarabäusfarben, Borkenmäander, Geweihe und Blätterwerk schmiegen sich an die Schläfen schmaler Schädel, die Kinder der Zukunft werden aussehen wie Kreuzungen aus Puck und Roy Batty, arboreale Cyborgs. Daneben entwirft Peter in immer obsessiverem Detail eine aberwitzig gute Marketingstrategie, deren zentraler Gedanke ebenfalls ein Aufgehen des Menschen in der ihn umgebenden Flora und Fauna, eine endlich ernsthaft angegangene Heimkehr des fertig aufgerüsteten Homo sapiens in den Schoß seiner Mutter Natur ist.

Peters Verstand ist ein Muskel geworden, den er bis zum Moment der Erschöpfung in allergrößter Anspannung halten kann, plötzlich dann erschlafft er, Peter entgleitet die gedankliche Kontrolle, als purzele der Geist von seinem Klettergerüst. Er nimmt den Helm ab, vollkommen erschöpft, schweißgebadet, und taumelt aus seiner Kammer sozusagen gleich hinein ins noch frühlingskalte Meer, also, er schleicht aus seinem Bungalow weggetreten über das Hotelgelände, schleppt sich durch die Lobby und fährt im alten Fahrstuhl an der Klippe herab zum Steg. Endlich Kopfsprung, gurgelnde Flut, kühlende Anderswelt. Auftauchen, Einsatz der Nüchternheit.

Emilio, ein bildhübscher Hotelpage, geht dem aus den Fluten steigenden Peter entgegen, reicht ein gigantisches, flauschiges, dottergelb-schneeweiß gestreiftes Handtuch. Etwas gelöster schon geht Peter zurück zum Zimmer, es glimmen unterwegs ein paar trübe Gedanken an Anne auf, die sich weiter nicht bei ihm meldet. Ablenkung dann aber durch diese Umgebung: duftende Feigenbäume und die Oleanderhecken, in denen Vögelchen zwitschern, das Abendrot auf den warmen Pinienhängen, und vom Tennisplatz weht das Ploppen der Bälle ans Ohr, dieses emblematische Geräusch sorglosen Wohlstands. *At ease, soldier, at ease.*

Also: Mit dem brandneuen Spezialhelm im Gepäck ist das Dreierteam Wee, Bouvet und Peter vor ein paar Tagen aus dem entsetzlichen Cairns – Wee: »Die zweitlangweiligste Stadt der Welt!« – »Zweitlangweiligste?« – »Wäre es die Langweiligste, wäre es ja schon wieder interessant!« –, aus dem entsetzlichen Cairns also ist das Team gleich nach Rom geflogen, um von dort umgehend an die toskanische Küste weiterzureisen. Dieses Ziel war Wees Idee, und dieser warf nach der Landung, beim Gang über den Tarmac, Kusshände in die Luft: »Oh God bless olde Europe! There's nothing like it, don't you agree, darlings. Now off to the Maremma, *ma su-bi-to,* not one second longer can I stand this perpetual ugliness!«

Wee war da, muss man sagen, gerade auch besonders froh und erleichtert, weit von Itautis fortgekommen zu sein. Bei seinen letzten Begegnungen mit dem Chef auf der *Gorgon* hatte er neben dem üblichen bösen Liebeskummer, dem bekannten Schmerz der Zurückweisung noch etwas anderes gespürt, ein neues, ekelhaftes Gefühl: Angst, Beklemmung, Paranoia. Eine neue Kälte.

Die drei Reisenden befinden sich in dem berühmten Hotel *Il Pellicano.* Nach Wees gut begründeter Überzeugung gibt es kaum eine elegantere Pension auf der Welt als diese umwaldete kleine Ansammlung von Häuschen und Bungalows mit Blick über eine stille, blitzeblaue Privatbucht. Das Unternehmen *kortex* hat hier für Wee, Bouvet und Peter ein Drei-Zimmer-Bungalow mit kleinem Privatgärtchen gemietet. Während Peter schuftet und Wee an der Poolbar besoffski Tschechow-Erzählungen schlürft, steht die Anwältin Bouvet jeden Tag um sechs in der Frühe auf, macht ein fürchterliches, zweieinhalbstündiges

Workout und liegt danach den lieben langen Tag im Gärtchen auf einer Sonnenliege, splitternackt. Peter, der beim Anblick ihres komplett enthaarten, kupferglänzenden, aus Muskeln, Sehnen und festem Fleisch gedrechselten Leibes eine angstvolle Erregung nicht verleugnen kann, kommt stets mit betont gesenktem Kopf an ihr vorbei aus dem Bungalow, Bouvet verfolgt ihn mit herausfordernden Blicken, entspannt gar unmerklich die Gesäßmuskulatur, wodurch die Öffnung ihrer Beine ein kleinstwenig größer wird und den Schritt ins Anzügliche tut.

Ist das Spott oder Einladung? Die Anwältin weiß selbst nicht so recht.

Clementine Bouvet ist, um das noch einmal ganz klarzumachen, keineswegs so etwas wie eine Söldnerin oder, Himmel, ein besserer Bodyguard. Sie ist vielmehr eine der engsten Vertrauten von Drew Itautis, die beiden kennen sich seit Jahren, Itautis schätzt ihr Urteil, ihre Intelligenz und Loyalität über alle Maßen. Sie zählt zu seinem innersten Zirkel, als Sicherheitschefin weiß sie mehr über die Struktur seiner Projekte als die allermeisten Menschen. Das Profil ihres Jobs hat Bouvet unterdessen eigentlich selbst erfunden, sie hatte Itautis mal auf einem Panel in Harvard sprechen gehört über die Idee einer mit AI vernetzten Menschheit und sofort beschlossen, dass sie ihre teuren Künste in den Dienst dieses offensichtlich herausragenden Mannes stellen würde, dessen Kompromisslosigkeit sich in seltsamer Weise vertraut anfühlte. Sie selbst sprach Itautis nach dessen Vortrag also an, erklärte kurz ihre Fähigkeiten – »Sechzehn bestätigte Tötungen als Marine, zwei davon im Nahkampf. In sechs Wochen kriege ich meinen M. A. in Kriegssoziologie von der Universität Harvard. Ich verstehe was von Computern. Ich möchte Ihre *security* machen« –, und auch der Unternehmer erkannte in ihrer schnurgeraden Zielstrebigkeit sogleich die verschwisterte Seele.

Bouvet ist dem Chef inzwischen so bedingungslos ergeben wie der Hund dem Herrn, ohne zu zögern würde sie sich in eine Feuergrube werfen für ihn. Sie hat für sich beschlossen, dass sie ihrem Dasein keinen höheren Sinn geben kann, als Drew Itautis bei der Avancierung von dessen Zielen zu helfen. Sie ist außerdem der berechtigten Auffassung, dass sie in der ihr eigenen Sprache, in der Welt der Spionage, Gewalt und kontrollierten Aggression also, kaum minder begabt unterwegs ist als der Chef in der seinen, sie fühlt sich in gewisser Weise ebenbürtig.

Seit Tagen nun befindet sich Bouvet in zunehmend unerträglicher Lauerstellung, sie ist wie eine Sprungfeder auf das Äußerste gespannt, sie will verschlingen. Fünf Tage aber noch. So lange soll der Deutsche noch möglichst ungestört an der Maschine hängen, so lange soll der Schein noch gewahrt werden. Das hat ihr Itautis auf der *Gorgon* so befohlen. Erst danach darf Bouvet die »Sicherheitslücken schließen«, wie Itautis das ohne jede Ironie ausdrückte.

Die Ereignisse zwingen Bouvet allerdings schon am Abend dieses dritten Tages zum Handeln. Es wird damit auch für uns endlich alles klarer werden. Das triste Epos, das wir hier insgesamt zu erzählen versucht haben, kommt allmählich zu seinem Ende.

Auslöser ist eine von allen unerwartete Nachricht auf Peters Handy. Dort meldet sich doch und gegen die allgemeine Erwartung, unter neuer Nummer: Anne. »Peter, wo bist du?«, schreibt sie. »Ich muss dich sehen.« Peter, gerade von seinem Erfrischungsbad im Meer zurückgekehrt und im Begriff, unter die Dusche zu steigen, sieht das Aufleuchten des auf dem Tisch liegenden Geräts aus dem Augenwinkel und tritt, weil heimlich ja doch in jeder Sekunde auf eine Nachricht von Anne hoffend, gleich heran. Völlig aus dem Häuschen, will er sofort antworten, tippt schon los – dann besinnt er sich, legt das Handy zurück, geht ins Bad.

Was will Anne jetzt von ihm? Was bedeutet diese Nachricht, was soll er schreiben? Wann? Nach dem Abendessen, denkt Peter, während das Wasser heiß an ihm herabrinnt, wird er eine Extraschicht mit *libeo* und Osho einlegen und über dieses Problem nachdenken. Er traut sich schon gar nicht mehr, irgendwas ohne diese beiden Krücken zu beschließen. Was ein heraufdämmerndes Substanzproblem nahelegt, Peter.

Geduscht, parfümiert und gesalbt, gekleidet in Leinenslacks, ein rostrotes Seidenhemd und einen Kaschmirblazer, spaziert Peter wenig später zum Abendessen im *Grill* genannten Poolrestaurant des Hotels. Dort am üblichen Tisch warten schon Bouvet im winzigkleinen Schwarzen sowie der ohnehin jeden Abend im Smoking auflaufende, schon ziemlich betrunkene Wee. Peter hat keine Lust auf diese Begegnung, er ist ungeduldig, er will zurück auf sein Zimmer, zum Gras, zum Helm und zum Handy, aber das Ritual des gemeinsamen Abendessens ist von der *Gorgon* übrig geblieben, da kann er nicht fernbleiben, und in wenigen Augenblicken wird seine Aufmerksamkeit, wie wir verstehen werden, schon ganz von selbst vollkommen hier am Tisch sein.

Dieses Restaurant ist übrigens ein wirklich außerordentlich angenehmes Setting für den anstehenden ersten Showdown. Eine laue Frühsommernacht, vielsprachiges Gemurmel, bisweilen helles Frauenlachen über der Cocktailmusik. Die sehr mondänen, teilweise weltberühmten Gäste des *Grill* sitzen bei Kerzenschein auf der ausgedehnten Terrasse des Restaurants, blicken, wenn sie mögen, auf den nächtlich leuchtenden Pool, die Schattenrisse der Baumwipfel, das bewegte Meer, in dem als gewiegtes Silberspiel der Mond badet. Die Kellner gleiten wie auf gut geölten Schienen lautlos zwischen den Tischen umher und tragen ausgezeichnetes Essen und leichten, belebenden Wein herbei.

Auch Antonella, die junge Dame, die sich stets um den Tisch der drei *kortex*-Leute kümmert, steht schon wieder wie herbeigezaubert hinter Peter, als der sich setzt, rückt den Stuhl für ihn zurecht und fragt sogleich: »Negroni as per usual, Sir?« »Absolutely«, sagt Peter und sucht dann tapfer Blickkontakt mit Wee und Bouvet, die bislang offenbar schweigend gemeinsam an dem Tisch saßen.

»*Perfectly chique*, wie immer, lieber Peter«, sagt Wee mit kaltem Lächeln, nachdem seine Augen einmal an Peter auf und ab gewandert sind. »Jeden Abend zaubern Sie eine neue, liebevolle Kombination aus Ihrem Köfferchen hervor. Rührend.« Der Singapurer zieht an seiner Zigarette und schaut mürrisch im Restaurant umher. »Haben Sie das gesehen übrigens, da hinten, diese zwei alten Amerikaner mit ihrem erwachsenen Sohn? Ich kenne die, die sind auch Stammgäste. Der Sohn ist offensichtlich kürzlich durch einen Unfall zum Kretin geworden. Vergangenes Jahr war der noch ganz normal, ein banaler Banker aus Genf, und jetzt läuft ihm hier bisweilen tatsächlich der Speichel aus dem Mund. Dieser Anblick und dieses Schicksal, das ist doch wirklich sehr unangenehm, finde ich. Man möchte doch meinen, dass solche Gestalten von der Hotelführung ferngehalten werden.«

Bouvet verzieht keine Miene. »Solche Gedanken spricht man nicht aus«, sagt sie. »So eindrucksvoll ekelhaft sie auch sein mögen.«

Peter versteckt sich zunächst hinter dem Negroni, der ihm gerade auf einem Silbertablett gereicht worden ist.

Dass die Stimmung in der kleinen Reisegruppe nicht gerade gelöst ist, hat er zum ersten Mal im Flieger nach Rom bemerkt, als Bouvet sich dem üblichen Champagnersegen durch Wee mit Eiseskälte entzog: »Erst mal keine depressive Selbstmedikation mehr für mich, aber vielen Dank mal wieder für den Einfallsreichtum, Yang.« Peter weiß nicht genau, was los ist. Bouvet und Wee kommen ihm seit dem Schiff reizbar und scharf vor. Mittlerweile ist sich Peter seines Auftrags allerdings immerhin gewiss genug und auch so vollkommen in den vertieft, dass ihn die Vibrations von den anderen beiden nicht mehr allzu sehr interessieren. Er versucht stattdessen sogar halbwegs souverän, für gesittete Konversation zu sorgen an dem Tisch.

»Ich finde das ja gerade so toll an diesem Hotel, dass das Management so absolut unsichtbar ist«, sagt er. »Es ist für alles gesorgt, und zugleich hat man doch immer das Gefühl, dass hier niemand arbeitet. Die Security zum Beispiel: Man sieht wirklich nie, wie die Anlage gesichert wird, abgesehen vom Eingangstor, meine ich. Aber bestimmt ist das hier doch sehr ordentlich kontrolliert.«

»Waren Sie schon einmal in Israel, Peter?«, fragt ihn Bouvet, an ihrem Lemon Soda nippend.

»Ja, ein paarmal sogar.«

»Wenn die Soldaten da in Jerusalem mit den Maschinengewehren rumstehen, fühlen Sie sich dann sicher?«

»Das macht ja eher Angst.«

»Sehen Sie. Und als wir auf der *Gorgon* waren oder Sie den Chef in Takachiho getroffen haben, gab es da irgendwelche Sicherheitsleute oder gar Waffen um Drew Itautis herum, immerhin einen der reichsten und einflussreichsten Menschen der Welt?«

»Nein.«

»Und hatten Sie da Angst?«

»Nie.«

»Und wenn Sie um Itautis oder auch hier gerade überhaupt nichts von der Security zu sehen oder zu spüren bekommen«, sagt Bouvet, »was meinen Sie, was das bedeutet, die Lage betreffend?«

»Alles unter Kontrolle.«

»Das ist korrekt, Peter.« Bouvet funkelt ihn an und berührt mit ihrem Fuß unter dem Tisch jetzt auch sehr absichtsvoll Peters Schienbein. Peter zieht sofort, ein bisschen zu schnell zurück, die Anwältin lächelt zufrieden. »Und wenn Sie das jetzt mal ein bisschen im Kopf herumwandern lassen: Die Situation ist unter vollkommener Kontrolle. Wie finden Sie das?«

»Wie war das noch mit den ekelhaften Gedanken, Clementine?«, fragt Wee gereizt. Bouvet würdigt ihn keines Blickes. Peter unterdessen findet die Sache, einen mühelosen dialektischen Purzelbaum später, natürlich sehr unangenehm. Totale, unsichtbare Kontrolle. Wie? Woher, wodurch?

»Sehen Sie«, sagt Bouvet. »Hier passiert hinter den Kulissen natürlich viel mehr, als Sie mitkriegen. Sie haben keine Ahnung, wie dicht auch unser Sicherheitsnetz gewoben ist und wie weit unsere Gegner trotzdem kommen, wie unfassbar gnadenlos es in unserer Welt ständig zugeht. Kleine Kostprobe gefällig?«

Peter zuckt mit den Schultern. Eigentlich, denkt er, lieber nicht.

»Sie sollten das wissen. Sie sind ja jetzt Teil des Teams«, sagt Bouvet und unterdrückt ein Lachen, bevor sie aus der Bottega-Clutch ihr Handy zieht. »Schauen Sie mal, hier. Das ist heute auf meinem Schreibtisch gelandet. Stellen Sie sich vor, trotz aller Geheimhaltung sind Details unseres gemeinsamen Projekts irgendwie durchgesickert. Dass es lange Gerüchte gab: klar. Aber schauen Sie mal, dieser Kerl hier.«

Bouvet zeigt Peter auf ihrem Handy ein Foto von einem hageren, kahlköpfigen Mann in Kapuzenpullover, das Gesicht verschwindet hinter einer großen Sonnenbrille. Die Aufnahme schaut aus, als sei sie aus großer Distanz gemacht worden, heimlich.

»Das ist Francis Peele, ein sogenannter ›Hacker‹. Gott, wie ich diesen Ausdruck hasse. Mit solchen Leuten muss sich unsere Security rumschlagen, und als Drews *consigliere* muss ich das leider auch. Der Typ sieht nicht gerade eindrucksvoll aus, oder? Aber der baut gerade eine sehr ambitionierte Leak-Plattform für Technologie auf. Dieser Mann ist ein waschechter Anarchist, müssen Sie verstehen, also im Sinne von: alle Macht soll dezentralisiert werden. Der will, dass die Patente aus der Welt verschwinden, dass alle Technologien allen Menschen jederzeit zugänglich sind. Eine alte Hackerfantasie, ziemlicher Kitsch, wenn Sie mich fragen, aber wie auch immer: Dieser Peele will eine Open-Source-Welt. Er glaubt, dass die Menschheit sonst auseinanderdriftet in die Aufgerüsteten und die Primitiven. Es gibt schon lange so eine Gemeinde von Do-it-yourself-Cyborgs, irgendwelche Amateure, die sich selbst Implantate reinhauen und dann mit Sepsis auf der Intensivstation landen. Aus diesem Dunstkreis kommt dieser Typ, allerdings wesentlich klüger als die meisten seiner beknackten Kollegen. Und Peele hat also offenbar Wind bekommen davon, dass *kortex* Prototypen bastelt, und er will an unsere Software und unsere Hardware ran, damit alle Menschheit die Technologie klonen kann, und er stellt sich wirklich nicht dumm an.«

Wee und Peter schweigen. Als Antonella an den Tisch herantritt, die Menüs in der Hand, ihr Sprüchlein aufsagen will, »So, this evening we would like to propose ...«, fährt Wee sie allerdings plötzlich an: »Will you fuck off, please? For goodness sake! Can't you see we are talking here?«

»*Jesus*«, sagt Bouvet. »Warum so schlecht gelaunt, Yang? *So sorry*, Antonella. Geben Sie uns noch eine Minute bitte.« Die Kellnerin verschwindet mit hochrotem Kopf.

»Also dieser Peele ist, wie gesagt, genuin klug. War an der School of African and Oriental Studies in London immer Klassenbester, ist dann aber aus dem BA in Internationalen Beziehungen raus und im Internet verschwunden. Er fungiert da unter dem Namen Amaguq. Mit q am Ende. Benannt nach so einem indianischen *trickster*-Gott. Will sagen: das ist ein unfassbarer Nerd.«

»Hm!«, macht Wee und lehnt sich herüber, um das Foto halbherzig zu betrachten. »Aha!«

Peter versteht noch nicht ganz, inwiefern all das für ihn so relevant sein soll. Es klingt nach Agententhriller, aber die ganze *corporate*-Welt von Itautis ist ihm derzeit eigentlich egal. Er denkt monomanisch an seinen eigenen Auftrag, oder in diesem Augenblick stereomanisch halt auch noch an Anne. »Okay ...«, sagt Peter also. »Und den hat die Security von *kortex* jetzt aber irgendwie gefunden?«

»Ja, und leider muss man sagen: eher durch Zufall.«

»Wissen wir denn«, will Wee wissen, »wie der von dem Projekt überhaupt erfahren konnte?«

»Na ja. Wir haben ein Leck, Yang. Traurig, aber leider wahr. Irgendwer von *kortex* hat diesem Amaguq was erzählt, warum auch immer.«

»Und weiß der was Wichtiges?«

»Keine Ahnung. Vermutlich nicht so viel. Die entscheidenden Details befinden sich ja sowieso nur in Drews Gehirn. Wir können insgesamt beruhigt sein. Aber dieser

Peele oder Amaguq oder wie auch immer, der will, wie diverse andere Parteien auch, halt sehr gerne mal den Helm in der Hand halten, der auf Ihrem Zimmer liegt, Peter, oder eine Kopie der Software haben, die auf Ihrem Handy gespeichert ist, oder Einblick gewinnen in die Daten, die in unserer Cloud sind. Sie können sich vorstellen, Peter, wie wertvoll diese Daten potenziell sein könnten.«

Da hat Peter, ehrlich gesagt, noch nicht so wirklich drüber nachgedacht bislang: Daten. Wert. Unternehmen.

Bouvet unterdessen amüsiert sich gerade königinnenlich. Sie hat Wee aus dem Augenwinkel wunderbar verfolgen können, es geht dem Kollegen, wie sie genau registriert, eher schlecht jetzt. Ist ja aber auch grausam von ihr, dem armen Mann ausgerechnet in der Öffentlichkeit des *Grill* nahezulegen, dass er aufgeflogen ist. Man muss zusehen, denkt Bouvet gerade, dass der kleine Arsch jetzt nicht noch durchzubrennen versucht.

»Aber *warum*«, hat Itautis auf der *Gorgon* von ihr mit unverhohlener Enttäuschung wissen wollen, als sie mit den Informationen über die Amaguq-Wee-Connection zu ihm kam, »warum macht Yang das? Ich meine, wenn er an die Konkurrenz herangetreten wäre, wenn er sich irgendwie verkauft hätte … schlimm genug. Aber diesem blöden Open-Source-Trottel umsonst die Sachen stecken, warum? Glaubt der etwa daran?«

Und Bouvet hat innerlich die Hände über dem Kopf zusammengeschlagen und sich halb ärgerlich, halb gerührt mal wieder ein bisschen wie die Mami gefühlt von ihrem Chef. »Ist dir«, hat sie Itautis gefragt, »eigentlich schon einmal bewusst geworden, dass Wee Gefühle für dich hegt? Dass der dir den Hof macht? Weißt du, was ein Narziss wie Yang macht, wenn man ihn übersieht? Hast du schon einmal Liebeskummer gehabt?«

Itautis konnte nicht verstehen.

Im *Grill* unterdessen hat Bouvet den Boden bereitet für ihren zweiten, noch viel besseren Privatwitz des Abends. Auch für den hat sie sich gerade noch Erlaubnis eingeholt von Itautis. Sie muss, das versteht der Chef inzwischen auch, wirklich handeln, sie sieht sich gezwungen nach Annes Nachricht auf Peters Handy – eine Nachricht, die Bouvet selbstverständlich auch gelesen hat, Peters Handy wird schon seit Wochen gewissermaßen live in die Rechner von *kortex* gestreamt, jedes Gespräch wird abgehört, na klar.

»Wir wissen insgesamt noch nicht viel über diesen Amaguq-Typen«, sagt sie und lehnt sich herüber zu Peter, um neben ihm auf ihr Handy zu gucken und durch die Bilder zu wischen und ihre kleinen Brüste in seine Arme zu drücken und ihr Parfum als Wolke um ihn zu breiten. »Diese Aufnahmen sind alle vor ein paar Tagen in Sankt Moritz entstanden. Wir haben Peele da unter großer Anstrengung für eine kleine Weile auf den Radar bekommen, bevor er uns wieder entwischt ist, der Typ ist, genau wie seine Konsorten, extrem paranoid, und wir mussten im Engadin Leute zu seiner Beobachtung engagieren, die nicht ganz unseren eigenen Standards entsprechen. Die haben ihn also kurz danach aus den Augen verloren. Wir vermuten jedenfalls, dass Peele im Engadin Finanziers und Partner treffen will. Schauen Sie mal, hier, das ist offenbar eine Begegnung mit dem wichtigsten Sponsor.« Man sieht Peele auf den Spionagefotografien wie in einem Daumenkino durch die gepflasterten Gassen des Städtchens gehen, irgendwann setzt er sich vor die Blumenrabatten an der Stadtbibliothek, raucht, scheint zu warten, steht auf: eine zweite, schmalere Gestalt erscheint im Bild, ebenfalls verborgen unter einem Kapuzenpullover, umarmt Amaguq, tritt zurück, wird an der Hand gefasst, abermals herangezogen, geküsst, ihre Kapuze rutscht zurück. Zu sehen darunter blondes Haar, ein blitzender Nasenstecker, ein locker gesteckter Dutt, der Hals lang, schlank, und Peter schießen Tränen in die Augen.

»Das ist doch Anne«, sagt er.

»Wie bitte?«

»Das ist Anne.«

»Sie kennen diese Frau?«

»Ja.« Peter fühlt sich, als hätte ihn jemand hoch in die Luft geschleudert, er weiß überhaupt nicht, was los ist, er redet im Autopilot. »Ich habe die in Los Angeles kennengelernt und dann in Tokio wiedergesehen.«

»Oh«, macht Bouvet. »Was ist denn Ihre Verbindung zu der?« Das macht der Anwältin alles immensen Spaß gerade. Peter heult fast, Wee ist vollkommen erstarrt auf seinem Platz. Die beiden *kortex*-Männer sitzen wie in einem magischen Zirkel, der *Grill* um sie herum ist verschwunden, und *presto*, die Hexenmeisterin Clementine Bouvet zaubert ihnen grundstürzende Erschütterung in die Herzen. »Was haben Sie für ein Verhältnis zu dieser Anne?«, fragt Bouvet.

»Wieso, wieso sagen Sie das so?«, fragt Peter.

»Anders: was wissen Sie über die?«

»Im Grunde nichts. Wir haben wenig über ihr Leben gesprochen. Sie ist Beraterin, sie war gerade in den USA in Urlaub.«

»Haha«, lacht Bouvet. »Die ist keine Beraterin, die war auch nicht in Urlaub.« Sie schweigt genüsslich.

»Was macht die denn da mit diesem Amaguq«, will Peter blöde wissen.

»Na ja, das ist ihr *boyfriend*, Peter«, sagt Bouvet. »Seit einigen Jahren schon.«

Peters Herz tut ihm weh.

»Ihr *boyfriend*, aber auch so ein bisschen ihr Spielzeug,

und auch ein bisschen ihr Gewissen. Die Sache scheint kompliziert zu sein!« Bouvet lacht jetzt.

»Ich verstehe nicht.«

»Ihre Bekanntschaft – sie heißt tatsächlich Anne, aber länger, Anne Donata Pegah de Ferolle-Fougiers, *quel nom*, nicht wahr –, Ihre Bekanntschaft da ist schon ganz schön spannend, muss man sagen. So richtig viel über die wissen wir ja auch noch nicht. Wir haben sie, wie gesagt, leider auch aus den Augen verloren. Aber schon eine umwerfend schöne Frau, finden Sie nicht?«

Peter sagt nichts. Er starrt auf die Bilder von Anne und erinnert sich an den letzten Kuss und kann nicht glauben, dass das alles nur gespielt war, aber natürlich war das alles nur gespielt und macht erst jetzt alles Sinn, dass diese unglaubliche Frau sich für ihn interessieren konnte. Es ist gerade, als wiche alle Luft aus Peter, er wird klein und immer kleiner, es wird um ihn dunkel und immer dunkler, für eine Sekunde denkt er in jähem Schrecken daran, dass er hier ja gerade für *kortex* sitzt und arbeitet, unmöglich doch eigentlich auch das, alles viel zu groß für ihn, er will sofort kapitulieren, er will nie wieder irgendwas machen, er rollt sich innerlich zu einem winzigen Bällchen zusammen. Da wird Spott mit ihm getrieben, da ist wer hinter ihm her, da dämmern in Peter, o wei o wei, ganz alte, ganz böse Erinnerungen hoch, das kommt heute Abend noch alles aufs Menü und wird kein Spaß werden für ihn.

»Superschön und superreich«, fährt Bouvet unterdessen fort. »Ganz eigenartige Frau. Der Großvater war aktiv im Widerstand gegen die Hitler-Diktatur, der Vater dann ein Versager, Hobbyrennfahrer, aber er hat sich, als das Geld für neue Rennautos knapp wurde, immerhin die viel jüngere Mutter geangelt, die halbpersische Erbin eines immensen, allerdings auch so ein bisschen Zyklon-B-kontaminierten Pharmavermögens, die hatte wohl ein Bedürfnis, sich mal mit einer etwas reineren Vergangenheit zu umgeben. Die kleine Anne dürfte wegen solcher Eltern natürlich ziemlich viel beim *shrink* gewesen sein. Das hofft man zumindest für sie. Entschuldigen Sie bitte, Peter. Ich habe den Eindruck, dass Sie das alles nicht ganz kaltlässt. Wollen Sie weiterhören?«

»Ja«, sagt Peter.

»Also, wie man sich denken kann, eine eigenartige Herkunft irgendwo zwischen Weltgeschichte und Obskurität und Heldentum und Monstrositäten. Unfassbar viel Geld. Anne, das wissen wir, hat sich als Schülerin in der Antifa engagiert und im Naturschutz, ist dann, *comme il faut*, nach London gegangen zum Studieren und hat, das muss man auch sagen, für eine stramme Linke dann doch immer auch ganz gerne ganz gut gelebt, im Sinne von Ferien an der Riviera und schwarzen Pullovern durchaus, aber dann halt von Céline, wissen Sie? Ziemlich schizo. Beim Studium an der SOAS hat sie dann diesen hässlichen Peele kennengelernt und sich von dem um den Finger wickeln lassen. Wenn so unansehnliche Männer so schöne Frauen an ihrer Seite haben, stimmt irgendwas nicht, denke ich immer, da gibt es auf beiden Seiten Probleme mit dem Selbstbewusstsein, das scheint mir auf beiden Seiten gleichermaßen über- und unterentwickelt ... Wissen Sie, was ich meine?«

Keine Antwort von Peter.

»Egal auch. Also, inzwischen hält diese Anne ihren Freund offenbar aus, finanziert ihm sein Projekt, arbeitet auch mit ihm zusammen, ein eigenartiges Verhältnis, in dem schwer zu sagen ist, wer *top* und wer *bottom* ist. Aber wenn die Ihnen begegnet ist – mir ist das ja *vollkommen neu*, Peter! –, dann bedeutet das ja wohl, dass Sie es da nicht nur mit Peeles Mäzenin, sondern mit einer waschechten Spionin zu tun hatten! Sehr aufregend.« Bouvet wendet den Kopf und hebt die Hand. »Antonella!«

Die Kellnerin erscheint.

»Antonella, darling, I apologize for our tone earlier. I think we could all use a glass of that fantastic *grappa* you served us yesterday.«

Wieder Peter zugewendet: »Haben Sie denn Kontakt zu ihr?«

»Sie hat sich gerade vor einer halben Stunde wieder bei mir gemeldet nach langem Schweigen«, sagt Peter leise. Wee fällt bei diesen Worten aus seiner Starre und zündet sich eine Zigarette an.

»Was Sie nicht sagen!«, meint unterdessen Bouvet. »Was will sie denn?«

»Sie sagt, sie will mich treffen.«

»Ha! Das kann ich mir vorstellen, dass die Sie treffen möchte! Am besten, Sie bringen die Maschine gleich mit! Nicht wahr, Yang! Ist das irre, oder?«

Wee lächelt kühl, er hat sich äußerlich wieder vollkommen gefangen. »Bizarr, Clementine, wirklich eine absurde Geschichte das Ganze. Wie gut, dass bei uns so aufmerksam aufgepasst wird.« Er pustet Rauchwölkchen in Bouvets Richtung.

»Also«, sagt Bouvet, »ich wäre dafür, Peter, dass Sie ihr zusagen! Oder? Wir besuchen die mal gemeinsam im schönen Engadin, wie klingt Ihnen das?«

»Ach«, sagt Peter und kämpft abermals gegen ein Weinen an, das sich seines Körpers bemächtigen will, »o Gott. Wenn Sie meinen? Meinen Sie? Verzeihen Sie«, sagt Peter, erhebt sich und verlässt den Tisch. Bouvet hinter ihm lacht leise.

Hui.

Bevor es gleich noch schlimmer weitergeht, hier um

der Klarheit willen das soeben offenbar Gewordene noch mal schnell zusammengefasst: Ein paar Tage, bevor Peter das erste Mal von Clementine Bouvet angerufen worden war – da auf dem Parkplatz in Neuseeland, lang ist's her gefühlt –, ein paar Tage also, bevor unsere Erzählung einsetzte, schrieb Wee Yang in einem Moment besonders akut empfundenen Liebeskummers böse, besoffen und im kindischen Bedürfnis, dem geliebten Chef Drew Itautis auch mal eine verschlüsselte Nachricht an die Leak-Plattform eines gewissen Amaguq und erklärte dem ziemlich detailliert, dass ein gewisser Peter Siebert demnächst für einen kleinen Moment so etwas wie eine Schneise produzieren könnte im dicht gewobenen Sicherheitsnetz des Unternehmens *kortex*, welches für Amaguq bis dahin nur gerüchteweise existiert hatte. Wee bereute diese Nachricht am kommenden Tag schon bitterlich, hoffte allerdings, die Sache würde ohne Konsequenzen bleiben, zumal er nie eine Antwort von dem sogenannten *hacktivist* erhielt.

Der hatte, nachdem er Wees Botschaft studiert hatte, sofort und ziemlich gefühlskalt seine eigene superschöne Freundin auf Peter angesetzt: unsere Anne. Zu der hat dieser unangenehme, messianisch daherkommende Peelemaguq ein komplexbeladenes Hahnreiverhältnis, er nötigt sie dazu, Peter schöne Augen zu machen, einerseits, und ist andererseits komplett eifersüchtig; er wäre also ihr gegenüber gerne cooler, als er es tatsächlich ist. Anne muss uns noch erklären, was sie überhaupt an dem finden kann.

Als Anne dann jedenfalls mit Peter aus dem JBS herausspazierte ausgerechnet an jenem Abend, an dem Clementine Bouvet den Deutschen beschattete – weniger aus Verdacht denn aus Langeweile oder dem Bedürfnis, nicht aus der handwerklichen Übung zu kommen –, gingen bei Bouvet beziehungsweise bei *kortex* sofort die Alarmglocken an.

Zumal im von Bouvet zu Peter Siebert zusammengestellten Dossier klar und korrekt gestanden hatte, dass der absolut kein Womanizer sei, und dann lief der da in Tokio gleich mit dieser Wunderschönheit aus dem Lokal, das war einfach verdächtig. Bouvet und ihr Team von Sicherheitsleuten fanden denn auch sehr schnell die Verbindung zwischen Anne und Amaguq und von dort aus doch – denn wie wusste dieser Open-Source-Knilch ausgerechnet von *Peter* – die *connection* zu Wee.

So weit zum Stand der Dinge.

Es folgt nun eine für Wee und Peter scheußliche Nacht. Soundtrack ist ausgerechnet der Song *Clementine Jam* in der Version der senegalesischen Superband Orchestra Baobab. Die Nummer weht nämlich gerade aus den *Grill*-Boxen, als Peter das Restaurant verlässt, und sie passt wunderbar zum kommenden, paranoisch-grotesken Geschehen und natürlich erst recht zu dessen grauer Eminenz, der Killerin Clementine Bouvet, die jetzt erst so richtig zu *jammen* anfängt.

Armer Peter zunächst.

Der stolpert durch das Dunkel des bereits nächtlich daliegenden Hotelgeländes zurück zum Bungalow, vorbei an grillenzirpenden Hecken und durch lange, von orangem Außenstrahlerlicht gerissene Baumschatten, und er befindet sich in einem Zustand absoluter Auflösung, gebeutelt von den beiden Emotionen, die Bouvets Offenbarungen in ihm ausgelöst haben. Da ist die tiefe Demütigung, das Erkennenmüssen, dass die eigene Ahnung, für Anne nicht genuin interessant sein zu können, absolut berechtigt war. Sie liebt ihn nicht. Vielmehr muss er sich eingestehen, dass man ihm offenbar kinderleicht große Gefühle einhauchen kann, und daran erschüttert ihn nicht zuletzt, dass dann ja auch seine eigenen Gefühle nicht im strengsten Sinne genuin waren: Sie richteten sich auf einen Menschen, den es nicht gibt, auf eine für Peter gespielte Fantasie. Nichts ist echt, die Welt nicht, er selbst nicht, nichts. Peter fühlt, dass man ihn verhöhnt, verspottet, an der Nase herumgeführt und herumgeschubst hat, ihn ganz offenbar für eine lächerliche Figur hält, deren Erleben und Innenwelt aufs Gröbste zu verletzen niemanden groß belasten muss.

Und dann das zweite Gefühl des Verfolgtwerdens, Beobachtetwerdens, Zielscheibeseins, ein Gefühl, im Dunkeln zu tappen, im Dunkel, im dunklen Dunkel.

Was Bouvet und Anne in Peter ausgelöst haben, rührt damit an jene traumatische Jugenderfahrung, die Peter beim Gespräch mit Wee im Zug – wir erinnern uns, auf MDMA, die Reise nach Takachiho – nicht so recht zugänglich war und über die noch Aufklärung versprochen wurde, zumal sie eine Keimzelle darstellt von Peters eigenartigem Talent. An deren Inhalt würde Peter in der Regel auch jetzt, wo ihre Präsenz ihm zunächst bloß in Form von innerer Haltlosigkeit, von Herzrasen und Panikgefühlen spürbar wird, nicht herankommen. Nur beschließt er in seiner seelischen Not und Dummheit, im Bedürfnis nach Narkotisierung, mehrere viel zu tiefe Züge aus dem Osho-Vaporizer zu nehmen, wodurch er seinen klammen Zustand nicht betäubt, sondern gefühlt um Tage verlängert, weshalb er sich dann auch noch verzweifelt den blöden Helm von *kortex* aufsetzt, um sich dadurch vielleicht irgendeine Linderung zu verschaffen. Das führt aber nur dazu, dass alles Verdrängte auf einmal hart und gnadenlos an die Oberfläche steigt wie ein lang versunkenes, finsteres Labyrinth, durch das er nun stolpern muss, eine ausgestorbene, vergangene Welt, in der ihm an jeder Ecke eine entsetzliche Erinnerung begegnet wie ein Gespenst, das lange hungern musste nach dem, den es bespuken darf. Alles kommt ihm zurück mit einer Rücksichtslosigkeit, die ein ungetuntes Gehirn vielleicht hätte verhindern können.

Machen wir unsere Darstellung des in Peter Heraufdämmernden hier so kurz wie möglich, aus Takt- und Schamgefühl. Wir wollen keine Voyeure sein, wir wollen nicht glänzen in der emphatischen Wiedergabe des Tristen, kein Sensationalismus jetzt. Das, woran Peter sich wieder erinnert, ist am Ende vielleicht so ungewöhnlich nicht, gerade deshalb aber natürlich wirklich furchtbar in dem Sinne, dass es eine schändliche Eigenschaft unserer Spezies illustriert.

Wir sehen also den vierzehnjährigen Peter, ein Menschlein in dieser äußert zerbrechlichen Phase zwischen Kindheit und Mannesalter, zart und zuversichtlich, verzagt und energisch gleichermaßen, halb lust-, halb sorgenvoll die Härte der heranrasenden Erwachsenenwelt witternd, ein Wesen noch ohne jede Gewissheit über die eigene Aufgabe in der großen Welt, ohne ernsthafte Erfahrung in irgendeiner Art: eine ziemliche Unschuld, nicht wahr. Da sitzt er aufgeregt und freudig im Flieger nach England neben seinem sogenannten Freund Christoph, einem dieser reichen Othmarschener Reedersöhne, hat sich seine »coolsten« Kleider angezogen für den ersten Tag im »Camp Cavo«, in das er als so eine Art Eindringling gelangt, als einer, dessen ökonomische Umstände den Zugang zu dieser Privilegiertenwelt eigentlich nicht zulassen.

Und nun wissen wir ja alle, gottbewahre nicht aus eigener Erfahrung, aber aus den Nachrichten vielleicht oder Filmen oder der Literatur, sagen wir zum Beispiel dem »Törless«, dass Teenager ohne gute Aufsicht, gerade Jungs und ganz besonders solche, denen es vielleicht ein wenig an Liebe und an Grenzen gefehlt hat, zu unglaublichen Grausamkeiten imstande sein können, man nennt das dann »Mobbing«

oder »Bullying«. Und im »Camp Cavo«, wo die wohlstands-
verwahrlosten Sprösslinge der europäischen Wirtschafts-
elite ohnehin von der ersten Minute dazu angehalten sind,
möglichst rücksichtslos die *challenges* des jeweiligen Tages
zu gewinnen – *adult competition, boys, is ruthless, comple-
tely ruthless* –, in diesem Camp ist zum Opfer auserkoren
zu werden eine tatsächlich gefährliche Sache.

Was geschieht also? Peter gerät in seinem Zelt sogleich
an die ganz Falschen, an eine Gruppe von Kerlen, deren
junge Seelen bereits ziemlich entstellt sind, und die wittern in ihm – falsche Erscheinung, billige Reisetasche zum
Beispiel, und falscher Habitus, nämlich unverstellte Aufregung und Vorfreude –, die wittern in ihm sofort den anderen, den Nichtihresgleichen, den Weichen obendrein, und
die schaukeln sich gegenseitig über die folgenden Tage immer weiter hoch in der Art und Weise, in der sie ihre Ag-
gressionen an ihm ausleben, bis in die totale Verrohung.

Das fängt an mit kleinen Sprüchen, die Peter wehtun,
die er aber noch wegzulächeln versucht, geht, weil er sich
ja nicht wirklich zu wehren scheint, in den Folgetagen
über zu immer offenerer Beleidigung – Schwuchtel, Spasti,
Asi, Freak –, es kommt zu Remplern, Schubsereien, endlich wehrt sich Peter gegen einen Kleineren, der ihn an-
gespuckt hat, physisch, es folgt eine Beulerei, bei der Peter
die terrierhafte, von den anderen angefeuerte Gewaltbe-
reitschaft des Widersachers vollkommen unterschätzt und
von dem einen Eckzahn ausgeschlagen bekommt.

Peter will nicht petzen, wendet sich also nicht an ir-
gendwelche Aufsichten im Camp; er tut vor den Eltern am
Telefon so, als sei alles in Ordnung, damit die nicht ent-
täuscht sind darüber, dass er für das viele Geld so wenig
Spaß hat; richtig schmerzhaft ist für ihn der Verrat durch
Christoph, der sich benimmt, als kenne er Peter nur ober-

flächlich, aus Sorge, mit dem Opfer assoziiert zu werden. Der tatsächlich sogar vorsichtshalber mitlacht, wenn Peter, wie man im Deutschen ebenso treffend wie unschön sagt, zur Sau gemacht wird mal wieder.

Nach der Rauferei sind alle Schleusen zur physischen Gewalt offen, es gibt eine kleine, kunstvolle Pause, dann wird ernsthaft misshandelt. Jetzt, wo Peter auch körperlich unterworfen worden ist, erwacht er morgens im Zelt immer ängstlich vor dem, was der Tag an Spießruten bringen wird, und findet dann etwa Rasierschaum in seinen Kleidern oder Pisse in seinen Schuhen, bekommt von den anderen Jungs *wedgies* verpasst, bis die Poritze blutig ist, er wird rumgeschubst, einmal zündet ein anderer ihm halb versehentlich die Haare an, Peter schüttet sich panisch heißen Tee über den Kopf und weint mehr vor ohnmächtiger Wut als vor Schmerz, er kann nicht glauben, dass das alles wirklich passiert, es ist zu verrückt, zu brutal.

»In a way I suppose he had it coming. Of course it's not pretty, but boys in particular have an acute sense for weakness, you know.« So oder in der Art werden sich die Täter später, falls überhaupt, an die Geschichte erinnern.

In der letzten Nacht liegt Peter wach und erschüttert, bereits für den Rest seiner Tage lädiert im Zelt, die anderen Jungs sind irgendwo ohne ihn, spät kommen sie zurück, sind rabenvoll mit Schnaps und Speed und fuchteln zu seinem Entsetzen im Licht der Taschenlampe mit etwas herum, das er korrekt als Dildo interpretiert, den wollen sie ihm, schreien sie, jetzt mal in den Arsch schieben. Bevor Peter weiß, wie ihm geschieht, packen ihn ein paar der Jungs, andere zerren seine Boxershorts herunter, er brüllt, wehrt sich nach Leibeskräften, tritt dem Rädelsführer erfolgreich ins Gesicht, kann sich befreien, rennt aus dem Zelt, verfolgt von den anderen, stolpert halb nackt durch die Dunkelheit, durch das hohe, nasskalte Gras, dreht sich rennend um, sieht die Grube nicht, fällt –

Koma

Als er erwacht, sind alle Erinnerungen wohlweislich vergraben und weggesperrt. Christoph, der zu den Verfolgern zählte und gemeinsam mit den anderen die Version vom Räuber-und-Gendarm-Spiel verbreitet hat, ist natürlich unendlich erleichtert. Was bleibt hängen bei Peter? Eine tiefe Verunsicherung, ein gestörtes Verhältnis zu seinen Altersgenossen, das dringende Bedürfnis, nirgends Anstoß zu erregen, unangreifbar zu wirken, ein absurd fein gestellter Instinkt für das, was verlangt wird, was Erscheinung auszulösen vermag. Ist Peter Peter, weil er auf den Kopf fiel? Oder ist diese Erklärung nicht vielleicht ein bisschen schmal, insofern, Verzeihung, ohnehin nur Peter auf den Kopf fallen konnte, um Peter zu werden, also sozusagen alle Bedingungen für diesen speziellen Defekt schon vorher angelegt waren in ihm, und sich vielleicht später, gesetzt den Fall, der Unfall wäre ausgeblieben, dieselbe oder eben doch andere Bahn gesucht hätten ...? Das Rasen des Hirns und das Rasen der Welt um es herum, vielleicht ist diese simple Klapperkausalität von »wenn A, dann B« für die Erklärung einer spezifischen Persönlichkeit dann doch manchmal etwas zu krude.

Wir beobachten den armen Peter, wie ihm alles Verdrängte in einem einzigen Gedankensturz zurückkommt. Wir sehen ihn da zusammengekauert in einer Ecke seines dunklen Zimmers im Pellicano, in seinen schönen Kleidern, auf Drogen und mit dem unförmigen, Signale saugenden und ballernden Helm von Itautis auf dem Kopf: *libeomania.*

Und eine Erinnerung nach der anderen steigt in ihm herauf, und der Schmerz wühlt in seiner Seele, er stöhnt, und die Tränen strömen ihm aus den Augen, er ist wie gelähmt, und war er nicht vor ein paar Tagen noch sehr glücklich? Und jetzt ist er hilflos, und er ist *voll-kom-men* allein.

Sogar wir verlassen Peter nun und schweben mit der Kamera durch die Wand in das hell erleuchtete Nebenzimmer, wo das andere Drama des Abends seinen Lauf nimmt, wo Wee Yang also gerade wie wild irgendwelche Habseligkeiten in ein Köfferchen schmeißt, bevor er plötzlich innehält und beschließt, dass er am besten einfach sofort das Zimmer verlassen sollte, um bloß mit Cash, Ausweis und Kreditkarte bewaffnet das Weite zu suchen.

Nach Peters Fortgang hat sich auch Wee vom *kortex*-Tisch im *Grill* entschuldigt, ist aufgestanden, hat Bouvet, in der sich da schon blutige Wollust auszubreiten begann wie Senfgas, sitzen lassen. Wee ist auf sein Gemach gerannt und da zunächst leise fluchend, ziemlich kopflos auf und ab gegangen. Hat über verschlüsselten Kanal noch eine Nachricht an Amaguq abgesetzt: »*busted*« – aufgeflogen. Und dann versucht zu überlegen, was das alles jetzt bedeuten soll – ob seine Schuldigkeit einwandfrei bewiesen sei, ob ein solch einwandfreier Beweis überhaupt notwendig wäre für Itautis und Bouvet, bevor die Konsequenzen folgen ließen –, und natürlich die schlimme Frage erwogen, worin diese Konsequenzen theoretisch bestehen könnten. Wee fürchtet um sein Leben, kommt sich dabei aber auch ein bisschen albern vor. Die werden mich, denkt er, ja wohl kaum ermorden lassen. Oder?

Er erinnert sich plötzlich an die erste Begegnung mit Drew Itautis in Kalifornien, ein Nachmittag vor fünfzehn Jahren auf dem glühend heißen, staubig und eher menschenleer daliegenden Campus der *Singularity University* im Silicon Valley. In dem Vortrag, dem beide gerade beigewohnt hatten, war es darum gegangen, wie man organische Roboter bauen könnte, es war gezeigt worden, wie echte Kakerlaken mit Elektronik auf dem Rücken ferngesteuert durch Labyrinthe gelenkt wurden. Wee erinnert sich, wie er danach den allein neben einem verlassenen Raketenhangar stehenden, damals schon als Übertalent berüchtigten, aber noch nicht weltberühmten Itautis einfach ansprach – *aren't you the chap that everyone is raving about* – und vor dem ganz schnell alle Ironie fallen lassen konnte: Beide waren von dem Kakerlakenexperiment begeistert. Man sah sich nach dieser ersten Begegnung bald wieder, immer schneller immer öfter. Wee erinnert sich, ihn ins zunehmend größere Vertrauen zog und wie Itautis in seiner intellektuellen Geschmeidigkeit, Offenheit und Radikalität denn auch schnell zu jener Person wurde, deren Liebe Wee Yang als ultimativen Beweis der eigenen Herausragendheit zu erringen sich wünschte. Es gab in dieser Phase der Beziehung zwischen den beiden Momente von größter philosophischer Intimität. Gespräche, in denen der beiden gemeinsame, mit zweifelhafter Gönnerhaftigkeit und Herablassung durchtränkte Elitismus als großes, endlich einmal aussprechbares Einverständnis tiefe Sympathien schuf: Es gibt uns, so dachten sie miteinander, die wahren Menschen, und es gibt jene Masse haarloser Affen, mit der sich gemein zu machen eine absurd antiquierte Ethik verlangen mag, die der wahrhaft emanzipierte, wahrhaft *menschlich* denkende Geist aber niemals mit seinesgleichen verwechseln darf. Uns Regeln aufzuerlegen, hieße letztlich nur die Geburt des Anderen erschweren, den Aufbruch in gänzlich neue, unbekannte Gefilde hinauszögern aus schwächlichem Bedürfnis, es allen recht zu machen. Und von unserer reich gedeckten Tafel werden gewisslich auch ein paar Krumen herabfallen für jene Armseligen, deren Schicksal uns nicht im Detail in-

teressieren darf. Wee hatte den komplett von der eigenen
Sendung überzeugten Itautis eines Abends endgültig char-
miert, als er ihm plötzlich ein James-Frazer-Zitat aufsagte:

*Brighter stars will rise on some voyager of the future –
some great Ulysses of the realms of thought – than shine
on us. The dreams of magic may one day be the waking
realities of science.*

Danach keimte in Itautis die Idee, Wee zu einer Schlüssel-
figur zu machen bei seinem Projekt *kortex*, während sich
daraus bei Wee eben auch ein immer unerträglicheres li-
bidinöses Bedürfnis entwickelte, Wee die gespürte Einig-
keit mit Itautis also durch eine körperliche Vereinigung,
das Verschmelzen der Leiber, das geteilte Bett, den geteil-
ten Atem, die geteilte Maskulinität und gegenseitige Pene-
tration noch wirklicher machen wollte.

Mit der Dauer der Beziehung zwischen den beiden stör-
ten freilich auch immer häufiger schiefe Töne die Harmo-
nie, bis mit den vielen Jahren die letztlich fundamentale
Dissonanz der Seelen deutlich wurde. Auf Itautis' Seite
war es eine Irritation über Wees zeitweilige Begriffsstut-
zigkeit, dessen Unfähigkeit, tatsächlich allen technischen
Gedanken folgen zu können, sein Mangel an Fokus, sein
Unverständnis für die Tatsache, dass Oper, Kunst, Drogen,
Sex und Rausch einen echten und überaus kostspieligen
Zeitverlust und Strömungsabriss bedeuteten, den sich
ernsthaft intelligente Leute noch nicht einmal verkneifen
mussten, weil ihr eigenes Innenleben einfach interessanter
war. Wenn Wee also in einem Gespräch begann, über eine
»Tosca«-Inszenierung zu schwärmen oder, Standard, über
zeitgenössische Kunst abzukotzen, zu der er ein zwanghaf-
tes Hassverhältnis hatte, das ihn zum aufwendigen Besuch

aller möglichen Messen und Biennalen zu zwingen schien, wenn Wee unbelehrbar verkatert oder gar nicht zu einem Meeting erschien oder Itautis auf Wees Smartphone wieder eine *Grindr*-Message aufleuchten sah, dann empfand er das letztlich doch stets als Enttäuschung, als Verletzung, als Beleidigung, als Bestätigung dafür, dass er in Wee keinen genuinen Freund, sondern bloß einen durchaus fähigen, letztlich aber ein wenig schlampigen Angestellten aufgetan hatte.

Wee selbst unterdessen musste zu der Erkenntnis gelangen, dass Itautis' Philosophie mit seiner eigenen Weltanschauung letztlich in keiner genuinen Weise übereinstimmte. Ernsthaft, kompromisslos *gay* zu sein, so erklärte sich das Wee selbst, bedeutete, dass die Zukunft als Zeit in letzter Konsequenz uninteressant bleiben musste, weil es keine Nachfahrenschaft geben würde. Seine eigene Homosexualität betrachtete Wee im Grunde als eine Form der *nobiltà*, als eine Allesüberhabenheit, als radikale Antithese zur Bourgeoisie und zu der schäbigen, heuchlerischen Welt, die sich diese Klasse aufgebaut hatte und in der seinesgleichen als Hofnarr, als Zierde gehalten und ausgesaugt wurde, an der er also teilnahm mit größtmöglicher innerer Distanz. Wees Paradigma war weniger Veränderung denn Zerstörung, sein Verhältnis zur Welt war nicht Frust oder Kritik, sondern abgrundtiefer *ennui*, und sein Ziel war schließlich nicht eine ethischere Zukunft, sondern eine ästhetischere Gegenwart, und es bereitete ihm keine Vorstellung größere ästhetische Freude als die der Destruktion. Bisweilen fragte sich Wee besoffen, wer denn nun eigentlich der echte Nihilist sei – sowohl Itautis wie auch er selbst nahmen diesen Titel, begriff er dann seltsam zufrieden lächelnd, kindisch und unironisch ernst für sich selbst. Itautis' Hoffnung auf die Zukunft schien Wee eine fundamentale Weltbejahung zu verraten, seine eigene Verachtung für die Gesellschaft der Menschen unterdessen ließ, er war klug genug, um das zu verstehen, doch auch eine Verletztheit erahnen, die über das Lachhafte der Welt nicht ganz hinwegkommen konnte. Beide waren sie Witzfiguren, mit dem Unterschied allerdings, dass er selbst immerhin zur Liebe fähig war, während Itautis' Dasein eine vollkommene Verirrtheit verriet.

Aus diesen Erinnerungen und Erfahrungen mit Itautis kriecht Wee jetzt klamm entgegen, dass sein eigenes Fortbestehen auf diesem Planeten doch fraglicher ist, als ihm lieb sein kann. Drews Unbedingtheit im Verfolgen einer Zukunftsvision wird keine Zimperlichkeit kennen im Umgang mit mir, denkt Wee, ich weiß zu viel, ich kann zu viel ausplaudern und habe ja schon ausgeplaudert, es ist also auch klar, dass ich wieder ausplaudern werde. Es ist, weiß Wee, nicht vorgesehen, dass meinesgleichen den Kahn *kortex* verlässt und dadurch ins Wackeln bringt, dafür gibt es keine Notfallszenarien, und bei unklaren Risikoverhältnissen neigt Itautis zu kompromisslosen Sicherheitsstrategien. Und kompromisslos muss doch heißen: Ich verschwinde.

In der Tat. Denn während Wee diese Sachen in Herz und Kopf bewegt und den Entschluss fasst, Land zu gewinnen, steht, direkt vor seinem Fenster und ob der Spiegelung für Wee nicht sichtbar, Clementine Bouvet. Sie beobachtet die Rastlosigkeit des kleinen Mannes mit kaltem Interesse. Bouvet hält es zwar durchaus für möglich, dass Wee sich für einen Verbleib im Pellicano entscheidet, und für diesen Fall ist sie zähneknirschend einverstanden, den Singapurer noch ein Weilchen länger am Leben zu lassen, um zu erfahren, ob der nicht vielleicht noch andernorts geplaudert hat. Sollte Wee jedoch wirklich auszubüchsen versuchen, ist sie zum Handeln angewiesen und überaus aufgelegt. So richtig ausstehen konnte sie den Kerl ja ohnehin nie, nüchtern vermutet sie bei sich selbst eine gewisse Homophobie, die gleichgeschlechtliche Liebe, findet Bouvet, ist dysfunktional, ein Irrweg, unpräzise, barock, und dieses Überkandidelte, bei dem sie zwar problemlos mitspielen konnte, hat sie in Wahrheit doch immer nur genervt.

Bouvet hat sich das ultrakleine Schwarze in den Slip gestopft, ihre Schuhe hat sie sich ausgezogen und in einer Hecke gelassen. Das Mascara hat sie mit Wasser dermaßen im Gesicht verteilt, dass ihr geschwärztes Antlitz im nächtlichen Schatten versinkt. Sie sieht ein bisschen aus wie eine überfahrene Ballerina jetzt, aber sie kann sich sehr frei bewegen so. Als sie feststellt, dass Wee im Kofferpacken innehält, will sich in ihr schon eine gewisse Enttäuschung breitmachen – will der Kleine etwa doch bleiben? –, im nächsten Augenblick aber erkennt sie, dass Wee Ausweis und Portemonnaie aus dem Safe holt und aus dem Zimmer eilt. Da weiß sie Bescheid. Federnden Schrittes läuft sie los. *Clementine Jam!*

Grausig anzuschauen wie das Spiel der Katze mit der Maus, was nun folgt. Wee, im Smoking, die blasse Stirne schweißglänzend, verlässt den Bungalow und begibt sich auf die Straße, die über das Areal führt, er will das still daliegende Hotelgelände *per pedes* verlassen und weiter in das nächste Städtchen, Porto Ercole, von dort wird er weitersehen. Er sieht vor sich schon das Pförtnerhäuschen und das Tor, die Grenze, wenn man so will, da tritt aus dem Gebüsch davor die fürchterlich anzuschauende Kollegin Clementine Bouvet, barfuß, in einer Art schwarzem Turnerleibchen, wie ihm scheint, das Gesicht so verschattet, dass er im Grunde nur eine Reihe gebleckter weißer Zähne zu erkennen vermag. Wee weiß sofort Bescheid.

Kopflos wendet er die Schritte in die Gegenrichtung,

sucht Aus- und Nebenwege, wird an jedem Abbiegever-
such aber in derselben Weise gehindert, seine Jägerin
taucht vor ihm wie ein dämonisch grinsendes Stoppschild
auf, und Wee begreift panisch, schon im keuchenden Trab
und nach Adrenalin stinkend, dass seine Schritte in Richtung Badestelle, in Richtung Ozean gelenkt werden. Auf
schmalen, in die Klippe gehauenen und spärlich beleuchteten Treppenstufen stolpert der kleine Mann den Weg zu
dieser wüst und schwarz wogenden Weite hinunter, auf
der im Mondschein die Schaumkronen tanzen. Jedes Mal,
wenn er sich umwendet, taucht Bouvet hinter ihm auf, ein
Schattenriss aus langen, muskulösen Frauenbeinen und
wirr abstehendem Haar.

Wee erreicht die Badestelle, einen Kai aus Beton, von
dem ein schmaler Holzsteg zu einer Leiter ins Meer führt.
Liegestühle reihen sich verlassen aneinander, keine Menschenseele weit und breit, die Gäste des Hotels schlafen
oder sitzen an der Bar.

Es ist duster, das Meer rauscht, als wolle es die entsetzliche Stille verleugnen, die auf seinem finsteren Grund
herrscht. Hysterisch irrt Wee von einem Ende des Kais
zum anderen, magisches Denken, er weiß ja, dass kein anderer Weg von hier zurückführt als jener, auf dem er gekommen ist. Hinter sich hört er die leichten Schritte von
Bouvet. Als er sich endlich zu ihr umwendet, einen flehenden Ausdruck im Gesicht, tänzelt sie auf der Stelle wie
eine Boxerin, ein zufriedenes, kaltes Lächeln im Gesicht.
Ein Schnappmesser, bemerkt Wee, funkelt in ihrer Hand.
Sie treibt den nun rückwärts gehenden Mann langsam,
unbeirrbar auf den Steg, der ins Wasser ragt, Schritt für
Schritt, wort- und erbarmunglos. Am Ende des Stegs die
Leiter ins Meer. Wee steigt hinein, die Kälte des Ozeans
sogleich um seine Schuhe, in seinen nassen Socken, an sei-

nen Hosenbeinen, um seine Hüften, klamm und schwer um seine Brust. Wee hält sich an der Leiter fest, bis Bouvets Gestalt über ihm erscheint, schwarz gegen den Sternenhimmel. »Buh!«, flüstert sie und sticht die Messerspitze in sein Auge. Wee schreit nicht, aber er lässt los und beginnt zu strampeln. Er ist Nichtschwimmer.

Suizid, wird es Wochen später, als man die aufgeblähte, im Wasser treibende Leiche gefunden hat, heißen. Die Entlassung durch *joule* wegen Vertrauensverlusts habe der vom Unternehmen lange sehr geschätzte Wee Yang offenbar nicht verkraften können.

Durchatmen einmal. Wee Yang kann es nicht mehr.

Wir wollen uns nun dem letzten Kapitel der Geschichte widmen. Davor jedoch ... Jesses, schon wieder? Immer diese Nebengeleise. Warum eigentlich?

Sonder: All die Geschichten auf dem Planeten. Milliarden von uns, allein in dieser Generation, und in einem jeden von uns hat die blinde Materie die Augen geöffnet und ist Bewusstsein geworden für einen kleinen, lichten Augenblick, bevor jene Dunkelheit, aus der wir traten, uns wieder umschließt. Und wenn man mit guten Gründen glauben möchte, dass die Natur keine Freiheit kennt, dass also alles in ihr Gesetzen und Regelmäßigkeiten unterworfen ist, von denen abzuweichen kein Gott und kein Geist erlauben können: So bedeutet dies, dass alles Seiende die zwingend notwendige Konsequenz des Vorhergegangenen bis zum Urknall ist. Wirklich! Dass also beispielsweise der lieblich anzuschauende Tanz jener Atome, aus denen der Page Emilio besteht, bereits im allerersten Augenblick der Zeit als unausweichliche Notwendigkeit angelegt gewesen ist. Und damit ist Emilio im Grunde so alt wie das Universum selbst, denn sein gesamtes Dasein ist nichts anderes als ein späterer Zustand derselben ersten Sache. Emilio ist auch nicht weniger notwendig vorhanden als etwa der flackernde Stern Alpha Centauri. Und für die Dauer seines Daseins bildet sich in Emilio ein seltsamer Spiegel jener Kausalität, aus der er geboren wurde, eine Seele nämlich, die ihr Sein bedenkt, und geht mit Emilio auf und geht mit Emilio unter.

Ist das Kitsch? Es gibt prosaischere Züge unseres Daseins, sie sind hier aber zu keiner Sekunde verleugnet worden. Wir sind ja nicht nur glänzend und spiegelnd, sondern auch seltsam in uns gekehrt, dem Außen misstrauisch gesinnt, mit uns selbst beschäftigt, und was wir uns selbst sind, verbergen wir nur allzu oft, denn wir fürchten einander und den Blick der anderen und deren Urteil. Wir sind, das wissen wir, in furchtbarer Weise abhängig voneinander, bestehen nur in der Beziehung, und dürfen werden, was wir sein wollen, nur dann, wenn die Beziehung es erlaubt – Herr und Knecht und so weiter. Sich aus allen Verhältnissen zu lösen geht auch nicht, denn alleine hält es keiner aus, selbst der Eremit braucht noch seinen Gott, und ja, es ließe sich sogar behaupten, dass alles, was wir tun, überhaupt nur für die anderen gedacht ist, dazu nämlich, der Liebe zuteil zu werden. Stan und Haley; Clarice und ihre Eltern; Elder und seine Nachbarn; Midori und Nakamoto; Sasaki und sein Vater; Nauriwali und John; von Peter einmal ganz zu schweigen. Und diese Suche nach Liebe oder Anerkennung oder die Angst vor dem Ausbleiben von Liebe und Anerkennung, das alles ist längst nicht mehr nur blöde Evolutionsbiologie. Wir sind nicht ahnungslos läufig wie das Tier, nicht blind uns fortpflanzend unterwegs, wir existieren doch weit komplizierter, als notwendig erscheinen mag, denn wir *fühlen* ja, dass wir lieben müssen und geliebt sein wollen, statt einfach nur zu lieben und geliebt zu werden.

Aus der mittelalterlichen Mystik stammt die schöne Idee: Ist das Universum unendlich, so ist von jedem Punkt im Universum der Abstand zu dessen nicht vorhandenen Enden gleich groß: ∞. Woraus sich ergibt, dass jeder Punkt des Universums auch dessen Mittelpunkt ist, denn den Mittelpunkt definiert, dass von ihm aus der Weg in alle Richtungen gleich weit sei. Und somit ist ein jedes Menschlein – von den Tierchen und den Bäumchen, den Halmen der Gräser und den im Sonnenschein tanzenden Pollen, dem glitzernden Staub in den Ringen des Saturn und dem brüllenden Plasma im Herzen von Alpha Centauri mal weit abgesehen –, ein jedes Menschlein der Mittelpunkt des Alls, eine würdige Angelegenheit, unmittelbar, wenn man so will, zu Gott. Wer will von einem solchen Wesen nicht geliebt sein! Wer will seine vielen Namen nicht alle wenigstens einmal genannt haben!

Und umittelbarer zu Gott als die allermeisten seiner Zeitgenossen geriet nun ausgerechnet jener von Wee brutal als Kretin bezeichnete amerikanische Banker, von dem wir hier nun berichten wollen, möglichst kurz nur. Wir alle haben es doch eilig zu erfahren, wie es mit Peter ausgeht.

Larry Economos – der heißt halt so, der hat griechische Wurzeln, das ist kein Künstlername –, Larry E. ist, das darf man schon so sagen, die längste Zeit seines Daseins nicht gerade eine Zierde der Menschheit gewesen, sondern vielmehr ein ziemliches Ekel, als Jugendlicher ein finster blickender, pickliger, schwitzehändiger Kerl, den die Mädchen nicht riechen konnten und die Jungs als Letzten wählten beim Sport. Was nun weiter nicht viel über ihn aussagen muss, bloß war Economos eben auch charakterlich wirklich keiner, den Jesus bei der Bergpredigt unter die Seligen gezählt hätte, sondern zu Recht außen vor, so ein innerlich hasserfüllter insel-artiger Typ von der berechnenden, selbstgerechten Sorte, einer, der sich selbst stets für verkannt hielt, der gern schummelte, petzte, rumlog, einer, in dem die Schadenfreude heller aufleuchten konnte als alles andere, einer, der nach Katzen trat und Polizisten mochte, jeden, der ihm schwächer vorkam, tyrannisierte.

Nach einem mäßigen Schulabschluss kam Larry Economos, gebürtiger Texaner, über einen Collegefreund, bei dem er sich eingeschleimt hatte, weil dessen Vater in der New Yorker City arbeitete, zu einem Praktikum in einem schlecht laufenden Hedgefonds in Manhattan. Und siehe, dann ging alles sehr schnell. Larry hatte für dieses seltsame Geschäft des Ein- und Aussteigens in Unternehmen, die am Ende seiner Involviertheit in der Regel ziemlich verlottert, kaum wiederzuerkennen dastanden, das richtige, kalt-goldene Händchen, er kaufte Geschäfte, krempelte die um oder stellte sie dergestalt auf den Kopf, dass ihnen das Ersparte klimpernd aus den Taschen fiel, und ließ sie wieder fallen. Larry machte in seiner ruchlosen Art einen kometenhaften Aufstieg, den Fonds also auch wieder tüchtig, er wurde bald eine Art Star seiner Szene und empfand das alles als vollkommen korrekt und in der Ordnung, denn alles, was Larry Economos verdiente, *verdiente* Larry Economos nach eigener Einschätzung auch. Er nahm abseits der vielen, vielen Dollars lange auch sonst alles mit, was sich in seiner Welt so mitnehmen ließ, die Nächte mit Tequila und *colombian*, die Escortmädchen, die dicken Uhren und die geschneiderten Anzüge, die Limousinen und Privatjets, er baggerte und verprasste Gold, das war sein Ding. Irgendwann dann, schöner Moment für Larry, inzwischen so etwa vierzig Jahre alt, eine Anfrage von der Überbank *Goldman Sachs*, die für das wankende Europa nach der Corona-Krise neue Killer suchte: Willste nicht nach Genf für uns, ein paar europäische Sachen durchziehen, wir lassen uns deine Dienste auch was kosten?

Ja, Larry wollte. Der berühmte Name auf der Visitenkarte, die Arriviertheit, das gefiel ihm.

Und er machte seine Sache in Genf weiter gewiss nicht gut, dafür aber umso erfolgreicher, saugte Geld aus den Hilfsfonds, klatschte Unternehmen zusammen, konsolidierte, er schuftete und postete nebenbei für die Follower Selfies vom Skifahren und Segeln und von der VIP-Box beim Champions-League-Finale und von Wochenendtrips gen Rimini oder eben auch Fotos aus dem Pellicano, in das er seit ein paar Jahren sommers seine Eltern einlud, um sie zu beeindrucken und vielleicht auch nachträglich jene Liebe zu erringen, an der es in seiner Kindheit gemangelt hatte, auch wenn er das nie begriffen hatte, war er oberflächlich doch verwöhnt worden von seinen beiden Alten.

Ein paar Monate jedenfalls vor jenem Aufenthalt im Hotel, der den armen Wee, R1Pee, so skandalisieren sollte, bekam Larry Economos einen Telefonanruf von seiner Mutter.

»Hey, Mom.«

»Hi, Sweetie! Wie geht's?«

»Läuft.« (*Jesus*)

»Was machst du denn gerade?«

»Ich bin in Dänemark.«

»Nein, ich meine, woran arbeitest du?«

»Ernsthaft?«

»Ich habe mir vorgenommen, endlich mal besser zu verstehen, was du eigentlich machst.« Larrys Mutter hatte seit einer vor einem halben Jahr empfangenen Krebsdiagnose zunehmend das Bedürfnis, ernsthaften Kontakt zum eigenen, einzigen Sohn herzustellen. Der war, dämmerte ihr immer deutlicher, ja wohl das Einzige, was hienieden von ihr bleiben würde, schien jedoch, bang machte sie das, kein wirklich netter Mensch zu sein – so wie sie selbst, das begriff sie, wohl auch kein wirklich netter Mensch war. Und während sie sich selbst keinerlei Hoffnungen auf Gnade vor einem theoretisch immerhin denkbaren Allmächtigen machte – über Gott und so dachte Alexandra Economos jetzt öfters nach –, hoffte sie doch immerhin noch, dass der eigene Sohn vor dem Thron des Höchsten oder den Richtern des Karma oder was auch immer da kommen sollte, falls da halt doch hoffentlich irgendwas kommen sollte, dass der Sohn da bestehen würde (was ja – dies verschwieg sie vor sich selbst – doch ein immerhin *etwas* günstigeres Licht auf sie selbst, die Mutter, werfen würde, mithin ihr missratenes Leben etwas weniger missraten erscheinen lassen).

Ihr Sohn unterdessen lief gerade durch die Dunkelheit des spätwinterlichen Kopenhagen. Er hatte soeben noch mit ein paar Kollegen im sauteuren Restaurant Noma zu Abend gegessen, zwanzig Gänge mit Weinbegleitung zunehmend taub in sich hineingeschaufelt, nun schob er sich hotelwärts, total besoffen, ein Zustand, der ihn stets zu einer besonders ekelhaften Schärfe des Ausdrucks verleitete, zu einer Art zu reden, die er sich eisern antrainiert hatte als Simulation von Stocknüchternheit. So was musste man in der *jock*-Welt der Hochfinanz unbedingt beherrschen, fand er, saufen können wie ein Kamel und aber noch zusammenhängend sprechen, wobei vom ohnehin dürftigen Selbst des Larry E. dann endgültig nichts mehr übrig blieb und stattdessen eine aus Phrasen zusammengekleisterte Scheinperson Behauptungen und Haltungen nachplapperte, deren größtmöglicher Zynismus als Emblem von Härte und Unbezwingbarkeit wirken sollte.

»Wir investieren gerade in die dänische Pflegeland-schaft«, sagte Larry, kniff die Augen zusammen und zog den Kaschmirschal enger, denn über den rau gepeitschten Kanal, der Christiania von der Altstadt trennte, pfiff ein gleißend kalter Wind, dass in den Geländern der Brücke, die Larry überquerte, ein eigenartig hohes Singen erklang und das Mark seines linken Jochbeins ihm einzufrieren schien wie vom Tod selbst angehaucht.

»Kannst du mir das erklären?«, fragte Mom.

»Klar. Sehr einfach.« Larry redete immer gern über sei-ne Arbeit. Jetzt kramte er kurz durch die verschwommene Kammer seines insgesamt nicht sonderlich doppelbödigen Gehirns und fing dann einfach an zu labern. »Es gibt hier so einen Gesundheitskonzern, das ist so eine Art Schein-unternehmen, weißt du, der Laden war mal staatlich und wurde dann kürzlich privatisiert, also, in Anführungsstri-chen privatisiert, die Aktien sind zwar auf dem Markt, aber totaler Shit, weil der Laden keinen Profit machen will. Das finden wir gut.«

»Wir?«

»Mein Kunde, für den baue ich gerade ein Finanzie-rungsmodell.«

»Aber warum will der ein Unternehmen kaufen, das kei-nen Profit macht?«

»Hey, Mom. Nicht schlecht, du bist ja dabei.« Larry pisste von der Brücke ins Hafenbecken, den vor der Kälte sich ver-kriechen wollenden Pimmel lauwarm und freundlich zwi-schen Zeigefinger und Daumen haltend wie ein Würschtl.

»Na hör mal, dein Vater und ich haben immerhin ein Unternehmen geführt, ich werde ja wohl noch wissen, dass man Gewinn machen muss.«

»Ist ein bisschen komplizierter als eine Wäscherei be-treiben, Mom, was ich mache.«

»Weiß ich doch. Aber erklär mir, ja?«

»Schau mal, also, wir fangen gerade an, über verschiedene neu gegründete kleine Unternehmen Aktienpakete zu kaufen.«

»Ah.«

»Und dann klatschen wir die Anteile langsam zusammen und haben irgendwann einen Mehrheitsanteil und können das Business kontrollieren.«

»Was ist denn das für ein Unternehmen, das ihr kaufen wollt?«

»Pflegeheime. Der Staat finanziert die Bewohner, also, das ist ja Teil des Witzes, das ist ›privat‹, wird aber aus der Staatskasse finanziert, okay?«

»Kommunismus. Was dieser Sanders wollte.«

»Exakt.«

»Okay.«

»Jesus, Mom. Immer noch weiter? Ich ... Warte mal. Fuck.« Larry zündete nach diversen vergeblichen Versuchen sechs Streichhölzer gleichzeitig an, verbrannte sich ein bisschen die Finger und fackelte die halbe Zigarette mit ab, bevor er sich wieder seiner Mutter zuwendete. Kopenhagen war ihm ein finsterer, schmaler Korridor, über dessen unebenes Kopfsteinpflaster er sich irgendwie bergauf drücken musste, an wenigen funzeligen Straßenlaternen vorbei, am Ende des Ganges wartete hoffentlich sein Hotelzimmer. Er war, stellte er fest, richtig rappelvoll.

»Okay, also, ich mach das kurz. Wir kaufen den Laden, und denen gehören auch die ganzen Gebäude und Grundstücke, von diesen Pflegeheimen, weißt du? Und Fahrzeugflotten und so, das ist alles picobello in Schuss, das sind Gegenwerte von Hunderten Millionen Euro. Und die verticken wir, so zahlen wir locker die Kredite ab, mit denen wir das Unternehmen gekauft haben.«

Larrys Mutter verstand nicht. »Ihr habt überhaupt nicht das Geld?«

»Wir setzen da doch kein eigenes Geld rein, Mom. Wenn das alles abschmiert, haften diese kleinen Aktienaufkaufunternehmen, okay? Nicht wir. Aber es wird klappen. Wir verticken die Gebäude und dann mieten wir sie stattdessen.«

»Und wie finanziert ihr die Miete?«

»Wir machen den Service ein bisschen schmaler, den Laden profitabel, wir setzen die Regierung ein bisschen unter Druck, dass der Schlüssel pro Pflegeperson besser wird.«

»Und was passiert mit den, äh, den Gepflegten?«

»Nichts. Bleibt alles gleich. Also, ist halt näher am Markt. Wenn es wieder irgendwo crasht oder so, dann kriegen die das halt auch mal mit. Aber das ist okay. Dann findet sich ein neuer Anbieter. Wir bleiben sowieso nicht lang in dem Business.«

»Wieso?«

»Wenn wir durch Mieteinnahmen und geschrumpften Overhead den *cash flow* verbessert haben, werden das die Anleger honorieren, und dann stoßen wir unsere Anteile wieder ab.«

»Aber ist das … Larry … Ihr kriegt dieses Geschäft also ja eigentlich irgendwie umsonst, also, das bezahlt sich sozusagen selbst, oder?« Larrys Mutter hatte das blöde Gefühl, dass dieser Handel dem Sohn nicht zu Ehren geriet.

»Mom, der Laden ist total absurd, wenn wir den nicht ein bisschen durchputzen, macht das wer anders, die *assets* von denen liegen sozusagen auf der Straße rum. Die anderen haben das nur noch nicht kapiert.«

»Ja, aber die Leute, die da in den Läden wohnen?«

»Mom, denen passiert nix, okay? Und wenn, dann sind sie auch ein bisschen selbst schuld. Das sind nicht gerade die Siegertypen, okay? Das sind so Leute, die auf Kosten anderer leben. Die haben sich nie selbst gekümmert, verstehst du?«

»Und dafür bist du in Kopenhagen.«

»Es gibt hier so ein paar Politiker, mit denen muss ich reden. Die haben ein Problem mit uns, das muss man klären.«

Larrys Mutter schwieg eine Weile bedrückt, bevor sie mit dem eigentlichen Grund ihres Anrufs rausrückte. »Larry ...«, sagte sie irgendwann. »Warum bist du eigentlich immer noch nicht verheiratet?«

»Fuck, Mom.«

»Bitte sprich nicht so mit mir.«

»Hahahaha. Okay.«

»Du hast immer noch keine Kinder, Larry.«

»Ist nicht so leicht, in meiner Welt eine gute Frau zu finden. Hab ich dir schon oft erklärt.«

»Ich wünsche mir Enkel.«

»Das nervt, Mom.«

Tatsächlich nervte das Larry. Er war Mitte vierzig und solo. Familie tat dem Image gut, und er hatte nichts gegen die Vorstellung, zu einer hübschen kleinen Frau heimzukehren, die sich um das häusliche Leben kümmerte, er hatte nichts gegen einen Larry Junior. In seinem Umfeld aber erlebte er in der Regel nur Frauen, die er für sich selbst als *gold digging whores* bezeichnete, oder Kolleginnen, die tendenziell noch härter drauf waren als er selbst. So eine Hausmutti, wie er sie sich dachte, kam ihm nie unter, zumal er sich seine Gattin gleichermaßen schlicht wie bedürfnislos wie *hot* vorstellte.

»Es gibt da ein Mädchen, das ich dir gerne vorstellen möchte«, sagte Mrs Economos.

»What the fuck, Mom. Shit. Sorry.« Larry stand vor

einem Hotel, er war sich nicht sicher, ob das sein Hotel war. War das ein Hotel? Er setzte sich, plötzlich kurz vorm Umkippen, auf die Bank einer Bushaltestelle. »Wovon redest du?«

»Eine Nichte von Elena und Stavros.« Die Ambrosiadis waren die besten Freunde von Larrys Eltern. Mr Economos und Mr Ambrosiadis stammten von derselben Insel, Serifos, einem glutgebackenen, kargen Fels in den Kykladen, den Larry bei seinem einzigen Besuch als Teenager absolut gehasst hatte. »Das Mädchen kommt aus der Heimat. Sie ist siebzehn Jahre alt und ein absoluter Goldschatz, Larry. Schön wie eine Göttin, lammfromm, gesund, ein Zuckerstück, ganz einfach das süßeste Ding, das mir untergekommen ist, wirklich. So eine würde dir guttun.«

»Whatever.«

»So nicht, Larry. So redest du nicht mit mir!«

»Okay.« Larry lötete die nächste Kippe an, sein Kopf schwamm. »Ich hab dafür keinen Kopf gerade, Mom. Ich muss jetzt auch in mein Bett.« Er legte auf und erbrach sich auf seine Schuhe.

Als er am nächsten Tag zu sich kam – er hatte keine Erinnerung mehr daran, wie er in sein Hotel gefunden hatte –, entdeckte er auf seinem Handy ein Foto, das ihm die Mutter geschickt hatte. Darauf zu sehen auf irgendeinem Barbecue bei San Antonio seine Eltern, das Ehepaar Ambrosiadis und: ein Mädchen. Larry zoomte in das Foto hinein. Die war wirklich extrem süß. Eine kleine südländische Schönheit, Kopf voller Korkenzieherlocken, karamellfarbene Haut, ziemlich lang gezogen für ein griechisches Mädchen, fand Larry, aber auch rund an den richtigen Stellen. Hatte so ein Kleidchen an, wie es ihm gefiel, Stoffschühchen.

»Cute«, tippte er. Die Mutter schickte weitere Bilder. Das Mädchen aus allen Winkeln, drinnen, draußen, immer wirkte sie zufrieden – aufregend, Besuch in Amerika, egal, dass sie da irgendwo in der texanischen Provinz bei Onkel und Tante hocken musste, das war für sie ganz offensichtlich die große weite Welt, weit weg von Serifos, und da war was, das Larry auffiel, sie guckte immer anders, bisschen verträumt, schien ihm, das Mädchen nahm die Kamera nicht ernst, es hatte keine Selbstwahrnehmung, nicht dieses beschissene, antrainierte Fotogrinsen, wie er es von den Frauen aus seiner Welt kannte.

»Warum meinst du, dass ich die heiraten soll?«

»Stavros und Katerina haben so was angedeutet.«

»Die wollen das arrangieren?«

»Fahr doch mal nach Serifos und besuch das Mädchen!«

»Wie heißt die überhaupt?«

»Elena. Zu Recht«

»Ja, süß.«

Ein paar Wochen später – die Sache mit den Pflegeheimen war inzwischen auf ganz gutem Weg, Larry hatte ein Wochenende frei – knatterte er in einem zweifelhaften Helikopter über das Azurblau des Mittelmeeres, in dem, kleine Tupfer, ab und an Segelboote oder Inselchen mit weiß getünchten Siedlungen auftauchten. Larry dachte an Odysseus und fühlte Stolz auf seine Herkunft. Irgendwann landete der Heli auf einer Schotterfläche auf halber Höhe der Chora von Serifos, Larry stieg um in ein Taxi, das ihn durch die Mittagsglut zu seiner Unterkunft in der Hafenstadt Livadakia brachte. Durch das offene Fenster wehte ein heißer, trockener Wind in sein Gesicht, ab und an ein Gestank von Benzin und Müll, was er an sich vorbeiziehen sah, missfiel ihm, Geröll, Papyrosdickicht, halb fertige Häuschen mit Schrottkarren davor, im Städtchen dann billige Tourishops, Pizzaläden, struppige Akazien und Schlaglöcher im Asphalt.

Seine Sekretärin hatte ihm ein sogenanntes Luxusapartment mit Meeresblick gemietet, die Bude roch penetrant nach Putzmittel, die Türen schlossen schlecht, aber es gab eine große Veranda, von der aus er auf die See blickte, und die gefiel ihm doch. Bis zum späten Nachmittag lümmelte Larry in Unterhose auf dem Sofa rum, ließ sich über die Sekretärin Essen kommen, masturbierte zweimal, chattete mit Kollegen. Auf dem Gang ins Bad entdeckte er im Bücherregal tatsächlich eine englischsprachige Ausgabe der »Odyssee«, hatte er nie gelesen, auf dem Klo hockend schlug er irgendwo gegen Ende auf, Odysseus, las er erstaunt, killte gerade ziemlich kaltblütig Dutzende von um Mitleid flehenden Typen, das Morden wurde relativ detailliert geschildert. »Cold, man«, sagte Larry zu sich selbst und konnte ein Gefühl der Anerkennung nicht verleugnen, er teilte ein Foto der Seite, die er gerade aufgeschlagen hatte, in seiner Insta-Story, »alpha shit«, schrieb er dazu und das Emoji der griechischen Fahne, fügte noch ein Bild von seinem Ausblick auf das Meer hinzu, die Location wollte er nicht taggen, Serifos war nicht zum Angeben geeignet.

Die Sache, um deretwillen wir hier überhaupt von diesem unangenehmen Larry E. berichten, ereignete sich am frühen Abend dieses Tages. Larry hatte in der Dämmerung ein Taxi auf die Chora genommen, in den Gassen des Städtchens oben war es an diesem Tag ausnahmsweise absolut windstill und daher noch immer drückend heiß. In einer Stunde sollte er Elena und deren Eltern in einem Restaurant auf dem Platz vor dem Rathaus treffen, bis dahin wanderte er ziellos durch die Gassen, kleine Boutiquen und Souvenirgeschäfte liegen lassend. Er hatte sich falsch angezogen, seine langen Hosen waren zu dick, der Wollpullover, den er über die Schultern gelegt hatte, fühlte sich an wie eine schwere Decke, er schwitzte stark, am Bauchansatz und unter den Achseln bildeten sich Schweißflecken, und die letzten Sonnenstrahlen stachen brennend in die kahle Stelle auf seinem Hinterkopf. In den Gassen ging es gefühlt immer nur bergauf.

Larry erreichte so was wie eine Stadtmauer oder jedenfalls ein Ende des Städtchens, hinter einem Tor führte ein Trampelpfad durch Geröll und Gestrüpp hin zu einer Anhöhe, von der aus er, meinte er, wahrscheinlich ein paar gute Fotos des Städtchens und Sonnenuntergangs für seine Story würde machen können. Rechts und links des Pfades ging es steil herab, hangabwärts sah er ein paar Ziegen herumstaksen, sonst war das hier Mondlandschaft, überaus karg, unwirtlich, seltsame kakteenartige Pflanzen nahm er war, grau wie Zement. Der aufkommende Gedanke, dass sein Vater seine Kindheit hier verbracht haben sollte, erfüllte Larry mit einem gewissen Unwillen. Er erreichte die Anhöhe, wischte sich mit dem Ärmel den Schweiß von der Stirne, fluchte leise vor sich hin, vor dem Treffen würde er sich unbedingt irgendwo noch ein bisschen frisch machen müssen, vielleicht in einer Boutique ein neues Hemd erstehen, ein wenig, stellte er fest, war er doch aufgeregt wegen der bevorstehenden Begegnung, er hatte eigentlich keine Ahnung, wie man sich so was vorstellen sollte, und musste befürchten, dass die Konversation mit der Familie auf Griechisch stattfinden würde, das er nur ungelenk beherrschte. Und dann würde er also mit denen da im klimatisierten Lokal sitzen, schlechtes Essen bestellen, Wein trinken, moderat, Blick auf das dunkelnde Meer und die ersten erglimmenden Lichter von Livadakia unter ihnen, und was genau machen? Irgendwas von sich erzählen, durchsickern lassen, dass er steinreich und extrem erfolgreich war, seine Wohnungen in New York und London erwähnen und die Hütte in Aspen, das Treffen mit der dänischen Gesundheitsministerin vergangene Woche. Und dann unbedingt dieses Mädchen, von dem er nichts wusste, irgendwie zum Reden kriegen und alles toll finden, was sie sagte.

Wenn Elena ihm auch in echt so gut gefallen sollte wie auf den Fotos, würde er sie und ihre Eltern zu einem Kurztrip nach Kopenhagen einladen, sie würden mit Heli-Shuttle nach Athen, dann im Privatjet nach Dänemark gebracht werden, dort ein bisschen shoppen und schick essen. Beim nächsten Mal käme Elena dann vielleicht schon alleine, dachte er sich. Wobei Larry keine Sekunde erwartete, dass es in absehbarer Zeit zu irgendwelchen sexuellen Handlungen kommen würde, er konnte sich das mit Elena, wenn er ehrlich war, gar nicht vorstellen, dass die willens sein könnte, alles, was er bislang von ihr gesehen, über sie erfahren hatte, klang doch zu sehr nach Unschuld und Eltern-Augenstern, aber es ging ihm ja erst mal auch nicht um Sex mit der, sondern um Ehe.

Die Älteste der Familie, zwei kleine Brüder, sehr gut in der Schule, ziemlich religiös offenbar, hatte jedenfalls in Texas darum gebeten, in den orthodoxen Gottesdienst in San Antonio kutschiert zu werden. Sehr anziehend, fand Larry, auf den Fotos vor der Kirche, in strenger, hochgeschlossener Bluse, ernst der Gesichtsausdruck. Jeden Abend, hatte ihm Stavros Ambrosiadis am Telefon erzählt, hatte das Mädchen sich vor sein Bett gekniet und gebetet, das hätte er durch das Verandafenster mehrfach beobachten können. Larry, der über Gott nichts wusste, außer, dass er in keinem Verhältnis zu ihm stand und in der Regel einfach mitlachte, wenn irgendwer mal wieder Witze über Religion machte, der, wenn man ihn sehr ernsthaft gefragt hätte, irgendwas Beknacktes gelabert hätte über eine *higher power*, an die er eventuell zu glauben bereit wäre, ohne dass er deren Regeln irgendeine Art von Tribut zu zollen jemals bereit gewesen wäre, Larry also hatte nichts gegen diese Version von Elena einzuwenden, fromm war doch gut, das Klang nach Bereitschaft zur Unterwerfung und wenig Plänen.

Larry Economos also machte seine Fotos, konnte sie, kein Empfang, nicht hochladen, machte kehrt, ging auf die weiß getünchten Mauern der Chora zu, als irgendwas Komisches geschah, so eine Art elektrisches Zittern durch sein Gesichtsfeld flackerte, die Farben sich für einen Augenblick verkehrten und ihm plötzlich die Beine wegknickten, dass er in die Knie gehen musste. Sein Atem stockte, er hatte einen Schlaganfall, dachte Larry, erhob den Blick zum Himmel, und dann kam eine Kälte über ihn, eine furchtbare, entsetzlich auf seiner Haut brennende Kälte, als habe man ihn nackt in einen Polarsturm gestellt, und Tränen des Schmerzes schossen ihm in die Augen, und im nächsten Augenblick öffnete sich so etwas wie ein Portal vor ihm, und heraus trat, ein brennendes Schwert in den leuchtenden Armen, ein breit geflügeltes, herrliches Wesen, das Larry augenblicklich als den Erzengel Gabriel identifizierte.

Der Erzengel, gewiss dreimal so groß wie Larry, beugte sich zu diesem herab, bot ihm sein strahlendes Antlitz und öffnete, vor Larrys Augen, langsam seinen Mund. Und in Seinem Mund sah Larry Economos alle bewegten und unbewegten Dinge, das Weltall und alle Richtungen sowie Berge, Inseln, Ozeane, die Oberfläche der Erde, den wehenden Wind, das Feuer, den Mond und die Sterne. Er sah die kreisenden Planetensysteme und nebelhaften Galaxien, das Wasser, das Licht, die Luft, den Himmel, und er gewahrte die Schöpfung durch Wandel, welche das Bewusstsein durch Anerkennung seiner eigenen Existenz im Kosmos vollzieht. Auch sah er die Sinne, den Geist, die Wahrnehmung und die drei Eigenschaften des Guten, des Leidens und des Nichtwissens. Er sah die Zeit und die Spanne, die allen lebenden Wesen beschieden war, ist und sein wird, den natürlichen Instinkt der Kreatur sah er und das gesamte Wissen der Gottheit, das Begehren und die verschiedenen Arten all der bewegten und unbewegten Körper und alle Manifestationen des Kosmos. Er sah sich selbst.

Und der Erzengel schloss seinen Mund, richtete sich wieder zu voller Größe auf, hob sein loderndes Schwert in die Höhe, um es auf das Haupt des knienden Larry Economos herabsausen zu lassen, nur um im letzten Moment innezuhalten und Larry mitzuteilen, dass er umkehren möge und das Mädchen Elena niemals wieder aufsuchen. Rückwärts trat Gabriel wieder durch das sich öffnende Portal, das Portal schloss sich, der Erzengel verschwand, mit ihm die Kälte, augenblicklich kehrte die Hitze zurück, und das Zirpen der Grillen war wieder zu hören, und ein Läuten von Glocken erschall aus der Chora. Blutend sank die Sonne hinter den Horizont.

Larry richtete sich zitternd auf. Er hob seine Hände vor die tränenreichen Augen und erkannte, dass seine Finger sich rot und weiß verfärbt hatten. In Umnachtung taumelte er zurück in die Chora, um vor der Kirche und einer Selfies machenden Gruppe tschechischer Touristen in tiefe Ohnmacht zu fallen.

Er erwachte auf der Krankenstation der Insel Serifos, gebettet auf eine harte kunstlederne Pritsche, bis zum Kinn von einem kratzigem Wollplaid bedeckt. Über Larry an der Decke stand still ein großer gelber Fan, eine grelle Neonleuchte strahlte in seine aufgerissenen Augen. Für einen Moment herrschte eine seltsame Stille, dann explodierte die Erinnerung an das Erlebte in Larrys Gehirn, und ein heiserer Schrei entfuhr seiner Brust.

Der weiß bekittelte Arzt, der hereingeeilt kam, erklärte

dem panischen, kaum des Zuhörens fähigen Banker in schlechtem Englisch, dass man ihn vor der Kirche des heiligen Konstantin gefunden habe, bewusstlos, ihn hergebracht habe vor ein paar Stunden, »*everything okay*«, sagte der Arzt, machte dann aber ein etwas ratloses Gesicht, »*but ... your fingers ... how you say in English ... ehh ... κρυοπάγημα ...?*« Als Larry darauf nicht reagierte, trat der Arzt zögerlich ans Bett und hob dann vorsichtig das Plaid an, um den Blick auf Larrys auf der Brust liegende Hände freizugeben, die dick und weiß verbunden waren. »*Also your feet ...*«, sagte der Arzt, hob die Decke am anderen Ende, Larrys Füße tauchten auf, eingewickelt wie die einer Mumie.

Infolge der schweren Erfrierungen, die Larry sich vor den Mauern der Chora zugezogen hatte, mussten ihm in den kommenden Tagen sechs Zehen, der Daumen der Linken, der Zeige- und Mittelfinger der rechten Hand amputiert werden. Einmal nur fragte ihn in dieser Zeit der athenische Chirurg, in dessen Hände man ihn übergeben hatte, nach dem Vorgefallenen, oder besser, schaute ihn mit gerunzelter Stirne an und sagte: »Aber ... Erfrierungen ...?«, um sich, keine Antwort abwartend, von Larry Economos abzuwenden. Larry selbst unterdessen hatte seit dem Vorfall kaum ein Wort von sich gegeben, lediglich Fragen zu Identität und Herkunft beantwortet und ein paar kognitive Tests mitgemacht, die man an ihm vornahm. Die meiste Zeit über herrschte in seinem Kopf vollkommene Leere, ab und zu trat das erlebte Wunder wieder in voller Bandbreite vor sein inneres Auge, bevor sein Geist sich entsetzt und überwältigt zurück in die Funkstille flüchten konnte.

Irgendwann tauchten seine Eltern auf, mieteten in Athen ein Apartment für sich und Larry, mit dem aber weiter nichts los war. Als seine Mutter eines Tages in ihrer Verzweiflung einen orthodoxen Priester anschleppte, brach der Sohn bei dessen Anblick in lautes Geschrei und Wehklagen aus, bevor er den schwarz gekleideten Popen endlich bespuckte und mit Tritten zur Türe hinausbeförderte. In Larry regte sich außer Angst kein Gefühl mehr, von irgendeiner Art der Bekehrung konnte jedenfalls nicht die Rede sein, vielmehr war der Mann dem Unauflöslichen begegnet, dem *mysterium tremendum* – Furcht und Zittern! Und hinterlassen hatte es in ihm nur einen Abgrund aus grundstürzender Panik.

Wir sehen ihn wieder im Hotel Pellicano, seine Eltern haben sich erinnert, dass er diesen Ort immer sehr gemocht hatte. Larrys Zustand bessert sich dort nicht, im Gegenteil zieht er sich immer tiefer in das Nichts zurück, kettet seinen Geist eisern an den Pflock der Bewusstlosigkeit, aus Furcht vor dem, was ihn im Augenblick des inneren Augenaufschlags erwartet. Larry ist abgemagert, eingefallen, sein Haar ergraut, bisweilen tritt, wie gesagt, Speichel aus seinem Mund. Dort also sitzt er, der Großbanker Larry Economos, zwischen seiner kranken Mutter, seinem erschütterten Vater, kürzlich noch ging sein Name durch die Presse, weil es in Dänemark über Gerüchte um gestiegene Gesundheitsbeiträge breite Straßenproteste gab. Larry ist einer, dem das Unaussprechliche begegnete, und niemand weiß das, und niemand sieht ihm das an, und doch ist auch er nur einer von uns, unter uns.

8

IM ENGADIN

Aber abseits, wer ist's?
Ins Gebüsch verliert sich sein Pfad,
Hinter ihm schlagen
Die Sträuche zusammen,
Das Gras steht wieder auf,
Die Öde verschlingt ihn.

Na. Ganz so duster ist die Welt um Peter noch nicht. In ihm drin mag es vielleicht so aussehen wie in diesem irren Gedicht, die Landschaft aber, in der er uns wieder begegnet, ist ungleich freundlicher.

Wir sehen ihn diesmal also wo? Mutterseelenallein geht er auf schmalem Wanderweg durch ein stilles Tal, aus dem Engadin herab gen Italien. Am Wegesrand blühen die Kirschbäume, in den Wäldchen zwitschern glücklich die Vögel. Rechts und links von Peter steigen die Hänge frischbegrünt und steil hinauf bis in schroffe Felshöhen. Hoch oben im Wind, schwarz gegen jenen blauen Frühlingshimmel, in den der liebe Gott an diesem Tag auch ein paar Schönwetterwölkchen getupft hat, steht wachsamen Blickes so was wie ein Adler, und schaut hinunter auf das schutzlose Haupt unseres Freundes, der da über Stock und Stein kraxelt. Aus dieser Warte sieht Peter aus wie einer dieser ahnungslosen *targets*, auf die man per Knopfdruck jederzeit den grausen Tod herabregnen lassen kann.

Er stakst langbeinig in neuen Wanderschuhen, Shorts und Flanellhemd. Braun gebrannt ist er noch von der Südseefahrt und dem kurzen toskanischen Intermezzo, honigblond stehen die Härchen auf seinen Armen. So ein schöner junger Mann. Sein Schritt aber ist schleppend, sein Herz ist schwer, es blutet aus klaffenden Wunden seit jenem Abend im Pellicano, an dem Wee Yang verschwinden musste. Verraten von Anne und das Albtrauma der Jugend wieder *in mente*, taumelt unser Freund wie von doppeltem Schwerthieb getroffen. Was ihn mühsam im Leim hält, ist höchstens die Arbeit, das Bedürfnis also, trotz all dieser schrecklichen Erfahrungen noch irgendwie das *libeo*-Projekt zu Ende zu bringen, denn sonst war ja wirklich alles umsonst. Und eventuell, stammelt er innerlich, wird sich aus der gewonnenen Warte eines Erfolges doch auch ein tröstender Ausblick auf die Zukunft finden lassen? Wenig wahrscheinlich, zumal nun, in dieser Verwundetheit, auch die Unterhaltung mit Itautis böse Nachwirkungen zeitigt, deren kalte Hoffnungslosigkeit hat Peters Seele wie ein Gift befallen und scheint ihr die Luft zum Atmen zu rauben. Er will überhaupt nichts mehr, er kann überhaupt nichts mehr. Denn wozu das alles überhaupt?

Die Anwältin Clementine Bouvet hat Peter unterdessen zu so einer Art Agent degradiert. Oder wie sonst soll er sich selbst begreifen in dieser Lage, wo er gerade zu einem Treffen stolpert mit Anne, die er weder sehen noch sprechen will, geschweige denn ausspionieren, aber Bouvet hat ihn dazu mehr oder weniger genötigt. »Horchen Sie die mal ein bisschen aus für uns. Gewissensbisse brauchen Sie deswegen keine zu haben. Die Süße ist ja auch keine Unschuld.« Und, nach Zögern von Peter: »Hören Sie, Peter. Drew persönlich bittet Sie um diesen Gefallen. Es geht um die Zukunft des ganzen Projekts.«

Die Anwältin, zunehmend von Peters Lädiertheit, seiner blöden Zimperlichkeit irritiert, hat dessen Handy inzwischen so manipulieren lassen, dass es auch als Wanze dienen kann. Wer weiß, denkt sich Bouvet. Wenn diese Anne wirklich so naiv ist, Peter persönlich treffen zu wollen, dann wird sie vielleicht auch blöd genug sein, das Gespräch unabgehört zu wähnen, und ausplaudern, was sie alles schon weiß. Nach dem Treffen will die Anwältin so oder so eine kleine Einheit auf Anne ansetzen, Beschattung, auf diese Weise Amaguq ausfinding machen. Eventuell – wenn es sich nicht vermeiden lässt – wird man Anne dazu auch ein bisschen in die Mangel nehmen müssen.

Dieses tatsächlich also ziemlich aggressive Treffen mit Anne, zu dem Peter mal wieder kritikwürdig ahnungslos unterwegs ist, kam folgendermaßen zustande: Am Morgen nach der Osho-Offenbarung erschien Peter völlig derangiert am Frühstückstisch, erfuhr dort von Bouvet, dass Wee Yang »dringend in die Zentrale beordert« worden sei – das konnte man ja durchaus auch so sehen –, und Bouvet, die keine echte Ahnung davon hatte, in welchen Abgründen Peter die Nacht verbringen musste, verdeutlichte unserem zerschlagenen Freund, dass die Idee einer gemeinsamen Reise ins Engadin keineswegs bloß ein derber Scherz gewesen sei, dass sie darüber vielmehr inzwischen auch mit Drew gesprochen hätte und dieser einer Meinung sei mit ihr: Man müsse Anne besuchen, weswegen Peter der doch bitte in dieser Richtung schreiben solle. Eine Anweisung, der Peter wie betäubt Folge leistete, woraufhin Anne – diesmal antwortete sie innerhalb von Minuten – ein Treffen in Sankt Moritz oder Umgebung vorschlug. Kaum eine Stunde später fuhr Bouvet mit Peter schon zum kleinen Militärflughafen Grosseto, von wo die beiden in einer alten Cessna gen Engadin flogen.

Bouvet hatte keine Lust, von Amaguq und dessen Team in einem Hotel entdeckt zu werden, also organisierte sie unterwegs das Chalet eines alten Harvard-Kommilitonen als Unterkunft und hielt sich dort mit Peter und der dazubeorderten sogenannten Einheit, zwei jungen *joule*-Agenten namens Frank I und Frank II, versteckt, während auf das nächste Signal von Anne gewartet wurde. Zwei Tage lang starrte Peter ziemlich wortlos mal in das prasselnde Kaminfeuer, mal auf die verschneiten Gipfel der Albulakette, und er war wirklich in ganz schlechter Verfassung, schaffte es nur unter äußerster Willensanstrengung, sich überhaupt zu rasieren, zu duschen, anzukleiden, mal was zu sagen, etwas zu sich zu nehmen. Im Grunde war der einzige Zustand, den er ertragen konnte, jener des Schlafs, den man nicht umsonst den Bruder des Todes nennt, und das, was die beiden Brüder maßgeblich unterscheidet, das Erwachen, war immer furchtbar für Peter, da ging in ihm, während sein Geist noch traumumflort ins Bewusstsein taumelte, schon eine Art Unglücksradar an: Da war doch was, da war doch was, und dann: richtig, Camp Cavo, und richtig, Anne, zack und zack, und vor Peter lag lang und bitter ein erneutes Wachsein in der ihm sinnlos gewordenen Welt, die er nicht erleben wollte, zumal ihn auch jene Geißel plagte, die der Außenstehende im Opfer kaum je nachvollziehen kann: Scham, schreckliche Scham über das eigene Opfergewordensein, die gebliebene Beschädigtheit.

Annes Nachricht kam am Abend vor der dritten Nacht im Engadin: »Treffen Morgen um 14 Uhr auf der Albignahütte, Bergell. Bitte komm alleine.« Die Albignahütte, erfuhren Bouvet, Frank 1 und Frank 11 aus dem Internet, lag an einem eine knappe Autostunde entfernten Stausee, zu dem man nur in einer Seilbahn oder auf mühsamem Fußweg gelangen konnte. Wenn Anne beziehungsweise Amaguq Späher einsetzten oder auch nur ein paar Sicherheitskameras anzapften, wüssten sie schon von Weitem, ob Peter tatsächlich alleine kam oder nicht. Das war gut überlegt, musste Bouvet gekitzelt gestehen. Beschlossen wurde dann, dass sie mit den beiden Franks schon morgens zur Albignahütte vorfahren würde, wo man sich dann an verschiedenen *key points* verteilen wollte. Peter selbst sollte den Bus bis nach Maloja nehmen und dort dann auf dem sogenannten »Panoramaweg« wandernd bis zur Talstation der Seilbahn gelangen, und in der dann hoch zur Hütte. In dieser Weise würden Anne und Amaguq ihn in der Tat schon von Weitem kommen sehen können und hoffentlich getäuscht, also beruhigt sein.

So.

Als Peter die Talstation jetzt das erste Mal erblickt durch das Geäst einer Fichtengruppe, wird er doch sozusagen kurz nüchtern, der Nebel der Depression verflüchtigt sich für einen Moment. Gleich, kapiert er, wird er dort oben tatsächlich Anne wiedersehen, leibhaftig, und sich irgendwie gegen ihre Erscheinung wehren müssen. Sein Herz zieht sich ängstlich zusammen wie in vorausahnendem Schmerz, ein kleiner, dummer, unbelehrbarer Teil allerdings will sich auch freuen und Anne sozusagen entgegenfliegen. Was die wohl von mir will, fragt sich Peter. Aus den ganzen Nachrichten wird doch deutlich, dass sie weiß, dass ich weiß, oder etwa nicht? Aber wie will sie mir dann überhaupt begegnen? Was will sie mir sagen? Versteht sie nicht, dass wir nun Feinde sind? Kapiert sie nicht, wie sehr sie mir wehgetan hat? Oder bin ich vielleicht sehr weinerlich?

Peter erreicht die Talstation: ein kleiner Schotterparkplatz an einer gewundenen Landstraße, ein paar parkende Autos, dann ein seltsamer, brutalistischer Betonbau zwischen hohen Nadelbäumen, am surrenden Drahtseil werden Gondeln hinein- und hinausgezogen. Als Peter drinnen, am Schalter, nach einem Ticket verlangt, betrachtet ihn die junge Verkäuferin interessiert. »Sind Sie«, fragt sie dann und liest vorsichtig ab von einem Post-it, das sie neben ihr Münzfach geklebt hat, »vielleicht der *Taste-Scent-Blender-Brander* Peter Siebert?«

»Ja«, sagt Peter erstaunt. »Der bin ich.«

»Die junge Dame lässt ausrichten, dass Sie doch bitte dem angrenzenden Panoramaweg talabwärts folgen möchten, statt zur Hütte hinaufzufahren«, sagt die Verkäuferin lächelnd. Peter verlässt die Station, geht zum Wanderweg zurück und läuft weiter Richtung Italien, eins aufgeräumter jetzt, ein bisschen erheitert sogar. Anne, denkt er, hat dieser neunmalklugen Bully-Anwältin Bouvet da oben auf der Hütte offenbar ein Schnippchen schlagen können, das war ein guter Trick von ihr, Peter ist eigentümlich stolz auf sie. Er sendet Bouvet aber doch eine Nachricht, dass das Treffen verschoben wurde, und teilt seinen Standort per App. Bouvets sofortige Antwort, dass Peter an der Talstation warten möge, damit sie mit den beiden Franks nicht zu weit hinter ihn zurückfällt, ignoriert Peter genüsslich, er geht sogar frech ein klein wenig schneller, schmale Rebellion, und schickt dabei auch noch eine Nachricht ab an seinen Bruder Harald, bei dem er sich seit Tagen nicht mehr gemeldet hat: »Engadin«, schreibt Peter. Mehr nicht.

Zum ersten Mal seit Italien fühlt Peter sich befreit. Ein Hauch von Morgenluft. Und während er geht, dämmert in ihm endlich ein längst überfälliges, alles aufräumen wollendes Gefühl herauf: Wut. Große, schreckliche, erhabene, herrliche, heilige, heilsame Wut. Auf Anne, auf Bouvet, auf Christoph, diesen kleinen Eichmann, der ihn im Camp Cavo so dreckig verraten hat. Wut auf all diese souveränen oder bessergestellten oder selbstgerechten oder eiskalten Leute, die ihn vortanzen und herumspringen lassen und gegen die er sich nicht wehrt, vor denen er so knechtisch herumscharwenzelt, so, denkt Peter, geht es nicht weiter, das muss sich ändern, das muss man alles zerschlagen, und er beginnt, erst probeweise und ein bisschen scheu, dann immer lauter, immer enthemmter, vor sich hin zu schreien da auf seinem einsamen Pfad:

»Fuuuuuuuckkkkk!!!!!«, brüllt er. »Fuuuuuuuuuuuuuu-uuuckkkkkkkkkkkk!!! Fuck!!!!«, als hinter einer Wegbiegung ziemlich unvermittelt eine kleine Hütte auftaucht mit bunten Rivella-Sonnenschirmchen davor und einer alarmiert in seine Richtung blickenden Wirtin. Peter beißt sich furchtbar beschämt auf die Zunge und wird über und über rot, und dann hört er, hinter-über sich, auf einmal auch noch wohlbekanntes, helles Lachen, und da sitzt auf dem Hang, auf einem großen, grauen Felsen in der Sonne, Anne, seine Anne, in Sportkluft, und als er sie sieht, dreht er gleich in ihre Richtung und lässt dabei den Kopf hängen, und sie springt von dem Felsen herab und geht ihm entgegen, und siehe, das Erste, was geschieht, ist, dass sie ihn umarmt und gar seine Augen küsst, aus denen jetzt ein paar Tränen kullern.

»Was schreist du denn so …?«, flüstert sie in seine Ohren. »Ach Peter. Du siehst ja schlimm aus. Komm schon. Ist doch nicht so schlimm. Komm schon. Ich erklär's dir alles. Ist doch alles noch nicht verloren. Komm, beruhige dich, ist doch nicht so schlimm.« Sie nimmt ihn an der

Hand, und Peter, alle Wut verpufft, klein, ganz klein geworden, Kind, das nun getröstet werden will und an Trost zu glauben imstande ist, trottet hinter ihr her, und die beiden setzen sich auf eine Bank unter einen Rivella-Schirm, und Anne lächelt der Wirtin gut zu und bestellt eine große Flasche Wasser. Sie streichelt Peters Rücken.

»Peter«, sagt Anne. »Entschuldige. Bevor wir anfangen, gib mir mir erst mal dein Handy. Das müssen wir ausstellen. Das wird sicherlich abgehört.«

Peter reicht ihr wortlos das Gerät. Er ist nicht schockiert von dem, was sie da gerade sagt, er ist mit anderem beschäftigt. Da sitzt also neben ihm Anne, und da ist wieder, stärker vielleicht denn je, dieses Erkennen, die Verbundenheit: Das ist meine Frau, fühlt er, das ist meine beste, schönste, liebste, meine wahre Freundin, die will mir nichts Böses, die ist für mich da, und ihm ist, als spiele die Wirklichkeit selbst gerade das Adagio aus Vivaldis Lautenkonzert. Er versteht das nicht, wie soll er auch, das ist ja auch kompliziert.

»Soll ich reden, oder willst du anfangen?«, fragt Anne.

»Rede du«, sagt Peter. Er blickt vorsichtig in ihre Richtung. Anne schaut ernst. »Wir haben sicher nicht sehr viel Zeit, Peter. Da waren Leute von *kortex* auf der Hütte, oder nicht?«

»Ja.«

»Und die sind jetzt unterwegs hierher?«

»Ja.«

»Dann mache ich es möglichst kurz.« Sie schweigt, ringt mit sich, hat keine Lust auf Apologie, Gefühl, Erklärung, weiß aber, dass sie für nichts anderes hier auf dem Berg ist. »Also, es tut mir wirklich alles furchtbar leid, Peter«, sagt sie und nimmt seine Hand, »und ich würde dir alles sehr gerne einmal ausführlich erklären, und wer weiß, vielleicht gelingt uns das noch irgendwann. Aber für den Augenblick soll dir als Entschuldigung dienen, dass ich dir meinerseits Geheimnisse verrate. Ich betrüge jetzt meine Seite – meine Freunde – für dich. Ich treffe dich und rede mit dir auf eigene Faust, ich habe mich mit niemandem dazu beraten.«

Peter schaut sie an und kann kaum richtig zuhören. In ihm geht es drunter und drüber. Die Hoffnung, die von Anne ausgeht – der Vivaldi –, steht in zu starkem Kontrast zur Bitterkeit, die derselbe Mensch in ihm ausgelöst hat, das ganze Innenleben ist einfach noch zu wund, um irgendwas einordnen zu können. Weil Peter nichts zu sagen imstande zu sein scheint, fährt Anne nach kurzer Pause fort.

»Peter, diese Leute von *kortex*, die sind nicht, was sie zu sein vorgeben. Und die wollen von dir nicht, was sie zu wollen vorgeben.«

Peter guckt irritiert. »Wie meinst du das?« Er furcht die Brauen.

»Die betrügen dich, die spielen ein Spiel mit dir.«

Jetzt kommt die Wut wieder. »Was meinst du damit?«, fragt er und zieht seine Hand aus Annes. »Du meinst, die sind wie du?«. Ihm reicht es langsam mit solchen Neuigkeiten von Lug und Trug und Freund und Feind, die Nadel rutscht über die Vivaldi-Platte. »Dir kann ich ja mühelos vertrauen, oder?! Glaubst du, ich weiß nicht längst, wer du bist?«

»Mann, Peter!« Auch Anne zeigt nun Nerven. »Ich verstehe überhaupt nicht, wie du denen so leichtgläubig hinterherrennen kannst! Was denkst du denn, worum es denen eigentlich geht mit diesem scheiß Helm?«

»Um Intelligenz!«, sagt Peter. »Um etwas, woran es mir offensichtlich schwer mangelt!«

Anne steht auf. »Ja, richtig! Ja, daran mangelt es dir,

schwer, und ja, darum geht es denen! Aber halt nicht so, wie du denkst!«

Peter zuckt mit den Schultern. »Ich kann dir nicht folgen. Ich bin müde.« Das ist er wirklich.

»Dieser Helm«, sagt jetzt auch Anne wieder eins ruhiger. »Hast du den ausprobiert inzwischen?«

»Ja.«

»Shit, Mann.« Sie schweigt kurz. »Und, tut er, was er soll?«

»Ja. Der verändert das Denken. Ja.«

»Puh. Und wie, lieber Peter, macht er das?«

»Er liest Signale aus dem Hirn und stimuliert bestimmte Regionen zur Intensivierung der Aktivität, so habe ich das verstanden.«

»Kannst du mal beim ersten Teil stehen bleiben?«

»Er liest Signale.«

»Noch mal.«

»Er liest ...«

Oh, macht es in Peter. Oh. Er schaut Anne an.

»Exakt«, sagt die. »Hast du eine Ahnung, du Trottel, woran du da mitarbeitest die ganze Zeit?«

»Moment«, sagt Peter. »Woher willst du das denn alles wissen?«

»Ich weiß das alles überhaupt nicht. Das ist gut begründete Spekulation bislang. Eigentlich ist mein Auftrag ja, dir diesen Helm zu klauen, damit wir den auseinandernehmen und besser verstehen können. Dafür bin ich losgeschickt worden. Das wird mir jetzt schwerlich noch gelingen.«

»Du kannst ja mein Handy behalten«, sagt Peter. »Da ist immerhin die Software drauf.« Er funkelt Anne wieder an. »Nimm es!«, schreit er plötzlich sogar. »Nimm das blöde Ding! Und dann lasst mich alle in Ruhe!«

»Vielleicht! Vielleicht nehm ich dir dein blödes Handy ab, Mann! Du hast doch keine Ahnung, was ich hier selbst gerade alles aufs Spiel setze für diese beschissenen Befindlichkeiten! Ich verstehe mich selbst doch gar nicht mehr deinetwegen! Ich verrenne mich hier emotional! Als ob es in Wahrheit um dich und mich ginge bei der ganzen Sache!«

Die Wirtin kommt mit strengem Gesichtsausdruck. »In den Bergen ist Ruhe. Schreien Sie hier nicht so rum, bitte, sonst muss ich Sie bitten zu gehen«, sagt sie und knallt die beiden Wasserflaschen selbst auf den Tisch, dass es scheppert. Annes Blick begegnet darüber Peters und für einen Augenblick drohen beide in Gelächter auszubrechen.

»Okay«, sagt Anne. »Vielleicht ist es auch bescheuert, über den Helm reden zu wollen gerade.« Sie wird ganz still, und sie schaut ihre Hände an, während sie weiter zu Peter spricht. »Ich bin dir offenbar eine echte Erklärung schuldig. Aber das ist nicht so leicht. Das ist kompliziert und das fällt mir auch schwer. Ich will dir hier nämlich keine Rechenschaft ablegen, dass du's weißt! Was ich gemacht habe, finde ich okay, eigentlich jedenfalls. Also, ich weiß nicht. Wenn du das wissen willst: das mit den Küssen tut mir leid.«

Peter hält sich die Hand vor die Augen.

»Aber nicht, weil ...«, fährt Anne fort. »Wir beide sind uns einfach unter den völlig falschen Umständen begegnet, verstehst du? Mit Francis ... also mit Amaguq, das ist so anstrengend, das irgendwem erklären zu sollen. Aber als er mich auf dich angesetzt hat, das war so, da wollte er mich, glaube ich, demütigen, oder er wollte mich vorführen. Er hat erwartet, dass ich mich wehre und ablehne, und dann hätte er sagen können: Siehst du, du bist zu keinem ernsthaften Einsatz bereit für die Sache, nur Geld gibt es bei dir zu holen, aber keinen Einsatz deiner selbst. Oder er wollte vielleicht auch, dass ich ihm wehtue, und ich wollte ihm auf jeden Fall wehtun. Es ging übrigens erst mal wirklich einfach nur darum, Kontakt aufzubauen zu dir. Vertrauen herzustellen. Aber mit Francis ist es schwierig und seit Langem schon. Aber das ist vielleicht auch egal.«

Sie seufzt.

»Du bist der Feind, Peter, weißt du das eigentlich? Dieser ganze Kram, für den du stehst, dieses Verticken und Konzerne bereichern. Ich bin *links*, verstehst du? Stramm. Ich habe keine Achtung vor Leuten wie Itautis. Ich mochte dich jedenfalls überhaupt gar nicht, bevor ich dir begegnet bin, ich hatte keine Lust auf dich, als ich dir da in L. A. auf dem Flughafen aufgelauert habe, und dann saß ich neben dir und mochte dich sofort.« Sie nimmt Peters Hand. »Verstehst du das? Ich mochte dich sofort. Das musst du mir glauben.«

Peter glaubt es ihr. Er drückt ihre Hand zum Zeichen des Einverständnisses.

»Ich habe nicht damit gerechnet, dass es so kompliziert werden könnte mit dir«, sagt Anne. »Tokio vor allem. Das war ... Ich hab nicht verstanden, dass mir an dir liegt, oder ich hab nicht verstanden, warum mir an dir liegt. Und als du dann nach Takachiho oder wie das heißt abgereist bist, und Francis meinte, ich solle doch hinterher und versuchen vielleicht sogar, irgendwie als dein Gast auf das Schiff zu kommen ... das war mir einfach ein paar Nummern zu hart. Ich hab dann den Kontakt zu dir abgebrochen, aber eigentlich auch den zu Francis.«

»Du hast ihn doch hier in Sankt Moritz getroffen.«

»Woher weißt du das? Ah. *kortex*. Dann waren diese Typen wirklich von denen. Ich bin immer noch nicht paranoid genug. Francis hat mal wieder sofort gemerkt, dass wir nicht allein sind. Egal. Also ja, ich habe Francis getroffen hier und ihm gesagt, dass ich raus bin.«

»Aus der Beobachtung der Zielperson P. S.« Peter zieht die Hand wieder zurück.

»Ja. Auch aus dem Amaguq-Projekt, glaube ich. Also zumindest als aktive Mitspielerin.« Sie schweigt einen Moment. »Aus der Beziehung sowieso. Aber das bin ich, glaube ich, eigentlich schon lange.«

Peter kann nichts sagen zu all dem. Er weiß nicht, wie er Anne verstehen soll.

»Ich wäre immer schon gerne kälter gewesen, als es meine eigentliche Natur ist«, sagt sie wie zur Erklärung. »Härter. Politisch klarer. Aber ich bin letztlich durch und durch bourgeois. Ich hab in dieser komischen Amaguq-Welt nicht viel verloren. Mir geht das menschlich zu nahe. Ich bin keine Clarice Jordan. Ich kann nicht eiskalt sein. Nicht gefühllos für die richtige Sache. Ich hänge mich an Menschen.«

Die beiden schweigen nebeneinander verwirrt. Eine der hübschen kleinen Wolken schiebt sich vor die Sonne, das Tal fällt in Schatten, Peter fröstelt es kurz.

»Wie habt ihr eigentlich von mir gewusst?«, fragt er.

»Es gibt einen Anonymus irgendwo im Unternehmen«, sagt Anne. »Der hat uns von dir erzählt und meinte, du würdest einen Prototypen bekommen. Wir wissen natürlich nicht, wer diese Quelle genau ist. Aber sie ist wohl aufgeflogen. Hat mir Francis erzählt.«

»Clementine ... die Anwältin hat neulich auch so was angedeutet.«

Schweigen.

»Hat dir ...«, fragt Anne. »Hat dir das so wehgetan? Dass ich ... nicht ...? Ich meine, ich verstehe das ja. Es tut mir leid. Aber warum geht dir das so nahe?«

»Ja«, sagt Peter, die Wut, die wieder hochkommen will, mühsam unterdrückend. »Ja, weil ich mir so dumm vorkam danach, und weil ... weil ich das Gefühl hatte, mich sehr schwer getäuscht zu haben. Weil ich einen Wunsch gespürt habe, einen starken Wunsch, etwas, das sich echt anfühlte. Und weißt du, Anne, ich spüre so selten, dass ich einen Wunsch habe. Eigentlich hatte ich sehr lange bloß den Wunsch, mal wieder einen echten, eigenen Wunsch zu spüren und nicht bloß das, was ich von außen ... Weil ... Da ist auch noch viel anderer Shit in letzter Zeit.« Er räuspert sich und wischt sich über die Augen. »Itautis ... Itautis hat mir so einen Vortrag gehalten, der mich in dem Moment gar nicht so berührt hat, oder zumindest konnte ich das irgendwie halten. Aber dann kam die Sache mit dir und dann habe ich durch *libeo* auch noch was anderes verstanden, etwas von früher. Und ich war vor diesem Projekt auch nicht immer nur happy, verstehst du. Ich war sehr allein und verloren irgendwie, das habe ich durch dich und die letzten Wochen noch einmal besser verstanden. Aber jetzt erscheint mir insgesamt alles sinnlos und brutal. Da ist so eine Finsternis, die sich um mich ausbreitet, und sie verschlingt mich, ich glaube, selbst wenn alles ganz anders wäre als gedacht, sitzt diese Finsternis jetzt in mir drin. Ich kann das alles nicht erklären.«

Anne schaut Peter an und sagt nichts.

»Dieser Helm ist so eine schreckliche Maschine«, sagt Peter. »Der hat mich an Orte geführt, an die ich nie kommen wollte.«

»Hat Itautis eigentlich mal was von einer künstlichen Intelligenz erzählt?«, fragt Anne unvermittelt.

»Ja, *organon*, so nennen die das, wenn ich mich recht erinnere. Warum willst du jetzt darüber sprechen?«

»Ich glaube, die wollen dich klonen, Peter.«

»Wie meinst du das?«

Anne hebt gerade an, diese wichtige Frage zu beantworten, als ihre Armbanduhr ein Piepen von sich gibt.

»Peter«, sagt sie, »ich glaube, dass du diese *darkness* da von deinem neuen Kumpel Drew Itautis mit gutem Grund gespürt hast. Du musst dich vor diesen Leuten dringend in Acht nehmen. Das sind nicht deine Freunde.«

»Ich habe keine Freunde«, sagt Peter und schaut Anne gerade in die Augen.

»Doch«, sagt Anne. »Ich bin deine Freundin.«

»Nicht wirklich«, sagt Peter trotzig.

Anne nimmt Peters Hand und legt sie auf ihr Herz, auf ihre Brust. Er erschrickt zutiefst, ihm weicht alles Blut aus dem Schädel ob der plötzlichen Intimität der Geste. »Ich muss jetzt fort, Peter«, sagt sie. »Ich *muss*. Hör mir zu. Bitte versuch, dich zu lösen von diesem Unternehmen. Sei vorsichtig, sei schlau. Überleg dir, wie das gehen kann, wie du rauskommst aus der Nummer. Und dann komm zu mir.« Sie nimmt seine Hand und küsst sie. »Es tut mir leid, dass ich dir wehgetan habe. Ich habe ein bisschen gebraucht, bevor ich verstehen konnte, dass du mir etwas bedeutest. Aber für jetzt muss ich laufen. Und du solltest auch laufen, Peter. Irgendwie. Zieh dir nie wieder diesen Helm an. Die wollen uns das Denken nehmen oder das Denken abnehmen, Peter.«

Anne erhebt sich, Peter bleibt sitzen.

»Sei vorsichtig!«, sagt Anne abermals. »Ich melde mich. Du hörst von mir.« Sie küsst ihn auf die Wange. Dann geht sie davon, talabwärts. Einmal dreht sie sich noch um und winkt ihm. Er winkt nicht zurück. Sie fällt in einen Laufschritt. Sie ist fort.

Peter bleibt ziemlich benommen zurück. Er weiß nicht, ob er Anne noch einmal sehen wird, er weiß ja auch gar nicht, ob er sie überhaupt noch einmal sehen will, zugleich fühlt er sich jetzt endgültig vollkommen verlassen. Er ist ausgebrannt, leer, ganz am Ende, oder vielleicht ist Peter auch ganz ganz ganz an einem neuen Anfang, *who knows*? Er selbst gewiss nicht. Peter begreift, dass Anne ihm wohl etwas Wichtiges zu sagen hatte über *kortex*, aber er kann darüber nicht nachdenken. Lieber würde er noch sehr lange einfach da sitzen bleiben auf der Bank vor der Hütte, dem Spiel der Wolkenschatten im Tal zuschauen, sein Dasein vergessen.

Irgendwann kommt Clementine Bouvet an ihm vorbei, in lockerem Trab, die Wangen leicht gerötet. Sie scannt die Hütte, die Umgebung im Laufen ab, wird Peters Anwesenheit gewahr, betrachtet den kühl, kurz, desinteressiert wie durch ein gläsernes Auge, joggt dann weiter unangestrengt den Pfad hinunter, Anne hinterher. Diana auf der Jagd: Clementine Bouvet in ihrem Element. Später stolpern dann auch die beiden Franks hinterher, verschwitzt, staubig, keuchend, abgehängt. Sie bleiben bei Peter.

Der sitzt noch eine Weile so da. Dann erhebt er sich und geht zurück, langsam, Richtung Sankt Moritz, Frank I und II im Schlepptau. Peter weiß nicht, wo er sonst hin soll. Er hat keinen Plan. Unterwegs fällt ihm auf, dass sein Handy nicht mehr da ist. Hat er es auf der Hütte liegen lassen, oder hat Anne das doch mitgenommen? Die Antwort ist Peter seltsam gleichgültig.

Unsere Geschichte geht zu Ende, wir sind auf den letzten Metern. Schauen wir zurück: Das erste Mal haben wir Peter Siebert gesehen in einem Labor, er war gerade im Begriff, eine Pfeife zu rauchen. Und wenn man den Mann, der er zu diesem Zeitpunkt noch war, auch gewiss nicht unschuldig nennen konnte, so doch immerhin total ahnungslos: darüber, dass ein riesenhaftes amerikanisches

Unternehmen knochige Finger nach ihm ausstreckte, und darüber vielleicht auch, dass das Unternehmen das bloß tat, weil es im winzigen Peter eine verwandte, deformierte *essentia* erkannt hatte, die dem selbst in ihrer Gefährlichkeit noch nicht bewusst geworden war.

Wir werden gleich noch deutlicher.

Das vorletzte Mal aber sehen wir unseren Freund im Engadin, irgendwo bei Sankt Moritz zur Abendstunde. Silberblau ist der Himmel über den Bergen, die Vögel singen weit und verzweifelt gegen die einsetzende Dunkelheit. Peter steht auf dem ausladenden Balkon des Chalets, frisch geduscht und rasiert, er trägt einen weichen Kaschmirrollkragenpullover, Jeans und die schönen Tassel-Loafer, er schaut hinaus in die Welt, in die Blätterpracht einer Gruppe mächtiger Kastanien, deren Kerzen duftend im Halblicht schimmern. Machen wir wieder ein Foto von ihm in diesem Moment, ein letztes, zur guten, liebevollen Erinnerung, denn es ist Zeit für Abschied und dies die letzte Gelegenheit, ihn vorteilhaft abzulichten. Er steht da und denkt eigentümlich an nichts und kennt keinen Impuls. Er steht und schaut, und alles, was er noch heute Morgen in sich trug an Gefühl und Bedürfnis und Gedanken, ist stumm und schweigt. Peter ist gerade wie einer, der sich nicht bewegen mag nach einer schweren Verwundung, wie einer, der überfahren auf der Straße liegt und dem Unfall nachschmeckt in Reglosigkeit und Erstaunen. Er zieht langsam den Vapie aus der Tasche, und in der unbewussten Gewissheit, dass Schmerz und Haltlosigkeit schon bald, sicherlich früh genug zurückkehren werden, nimmt er tiefe, schwere Züge aus der Maschine, einen nach dem anderen, bis das Gerät leer ist: Selbstmedikation, Narkotisierung, *Osho*. Viel zu viele Züge, dass dieser kleine Moment der Schmerzlosigkeit so lang wie möglich anhalten möge.

Clementine Bouvet betritt den Balkon in dem Moment, in dem Peter das letzte Wölkchen ausgeatmet hat. Die sogenannte Anwältin hat sich ebenfalls ausgiebig geduscht, dabei vergeblich versucht, die Wut aus dem Leib zu waschen über den kompletten *echec* mit dieser Amateur-Anne, deren absurd einfacher kleiner Schachzug sie selbst, CB, so plump vorgeführt hat. Und dann hat Anne offenbar auch noch eine Konversation mit der Testperson Siebert geführt, deretwegen die Testperson jetzt stark verändert und schweigsam bis zur Kooperationsunwilligkeit wirkt, und zuletzt ist Anne auch noch erfolgreich entkommen, durch Umsteigen auf ein Fahrrad. Ein Fahrrad!

Clementine hat all dies dem Chef beichten müssen, und Drew Itautis hat seinen Ärger über die Sache nur mühsam verbergen können. »Das ist alles denkbar schlecht gelaufen, Clementine«, hat er gesagt. »Das ganze Peter-Projekt war verfrüht und eine schlechte Idee. Ich mache mir ernsthaft Sorgen wegen der Software auf dem verschwundenen Handy. Wir müssen jetzt zusehen, dass ein komplettes Dementi glaubwürdig erscheinen kann.« Itautis verschweigt Bouvet, dass auch seine eigenen Hoffnungen, Peter betreffend, bislang eher unerfüllt geblieben sind: Die von Sieberts *brain* eingesammelten Datenströme sind jedenfalls ziemlich unlesbar für die AI aus dem *organon*-Projekt, da sind seltsame Interferenzen, Itautis dämmert, dass die ständige Bekifftheit der Testperson ein ernsthaftes Problem darstellen könnte.

Clementine Bouvet – also. Die Geschichte hinter der Geschichte. Clementine Bouvet hatte von Wee Yang vor ein paar Monaten eine Kopie der Zeitschrift *Douche* gereicht bekommen und die, nach interessierter Lektüre, an den Chef weitergegeben: »Wäre dieser seltsame Typ nicht eigentlich total spannend für *kortex* beziehungsweise *or-*

ganon? Schau mal: Der weiß offenbar immer genau, was Leute wollen. Stell dir mal vor, die Maschine würde das lernen. Wenn wir das anbieten könnten, gefüttert von den spezifischen Daten der User: Die AI rechnet aus, wer was genau wann will. *Talk about disruption* – das wäre doch das Ende aller Marketingabteilungen. Wir würden den Leuten immer genau rechtzeitig anbieten, was sie gerade wollen.«

Und dann hatte Bouvet für den interessierten Itautis rausgefunden, dass dieser Siebert ziemlich beziehungslos in der Welt unterwegs war, im schlimmsten Fall also niemandem sonderlich fehlen würde, außerdem super naiv oder jedenfalls erfolgshungrig bis zur Selbstaufgabe. Und als beinahe zeitgleich das *BMI* von *kortex* und das neue *neural network* von *organon* testreif wurden, beschloss Drew Itautis nach kurzer persönlicher Inspektion des von Bouvet und Wee Yang aufgetanen Kandidaten, dass Peters Hirn unter dem Vorwand eines Designauftrags (hahahaha!) möglichst komplett auszusaugen sei, auf dass es bestenfalls, wie Anne das ausdrückt, geklont werde, Peters eigenartige Gabe also algorithmisiert und als Software in *organon* wandern. Nun aber wird, fürchtet Itautis, von der ganzen Aktion wenig anderes übrig bleiben als verzerrte Daten, ein ganzer Stapel superweirder Hirschkäferdesigns und ein heraufdämmerndes Problem mit der Öffentlichkeit, dem man nicht früh genug entgegenarbeiten kann.

Daher tritt Clementine Bouvet jetzt neben den hoffnungslos gestoneten Peter auf dem Balkon, führt den am Arm wie einen Schlafwandler auf das Sofa vor dem prasselnden Kamin des Chalets. Aus den zuckenden Schatten im Zimmer treten Frank und Frank, sie setzen sich zur Rechten und zur Linken unseres Freundes.

Als die Testperson Siebert im Halblicht erkennt, dass Bouvet vor ihm den Helm in den Händen hält, will sie sich erheben, wird von den Franks jedoch daran gehindert, woraufhin sich eine ausgesprochen unschöne Szene ergibt, denn während Bouvet mit diesem Helm in den Händen tatsächlich auch auf die Testperson zugeht, erinnert die sich an ein anderes, früheres Festgehaltenwerden und gerät in eine wilde Panik, die sich ob des gerauchten Zeugs in ihr endlos und brunnentief anfühlt und mithin für die Testperson selbst wie ein wieherndes Durchgehen des Verstandes. Unerfreulich anzusehen: diese Augen, die aus den Höhlen treten wollen, das angestrengte Stöhnen des gegen die Fesselung durch die Franks vergeblich ringenden Subjekts, die knirschenden Zähne, die Schuhe, die von den schmalen Füßen am Ende der krampfartig durchgestreckten Beine rutschen. Bouvet schnallt der zappelnden Testperson erfolgreich den Helm auf und öffnet auf ihrem Rechner ein Interface, das ihr Itautis selbst kurz erklärt hat: Es ist im Grunde einfach ein Schieberegler, der die Intensität der Impulse der Maschine bestimmt. Es gibt einen Grenzwert, der für das Durchschnittshirn aushaltbar erscheint, dahinter dann *terra incognita*: Auf zunehmend schludrig von der Maschine ausgelesene Signale antwortet sie mit immer gröberen, intensiven und frequenten Impulsen, sie ballert. Bouvet ist gespannt auf das, was gleich passieren wird, Itautis geht davon aus, dass die hochgedrehte Maschine bei der Testperson so eine Art elektrische Lobotomisierung herbeiführen wird oder eventuell ein Aneurysma. Sie schiebt den Regler hoch bis an sein Limit.

Im tanzenden Licht des Feuers beobachtet sie, wie die Augen im Kopf von Peter Siebert für einen kurzen Moment hin und her rattern wie Kugeln im Flipperautomaten, dann fallen sie zu, Blut tritt dem Mann aus der Nase, die Mundwinkel verziehen sich zu einem grotesken, debilen Lächeln. Der Körper erschlafft vollkommen, Siebert scheißt sich ein. Bouvet dreht den Regler wieder herunter. Man legt den ohnmächtig gewordenen Mann auf das Sofa, fesselt ihn für alle Fälle, findet ihn am folgenden Morgen – in der Nacht ist überraschend noch einmal Schnee gefallen – mit geöffneten, ausdruckslosen Augen an derselben Stelle in derselben Haltung vor und beschließt nach kurzer Beratung, ihn auszusetzen irgendwo zwischen Sankt Moritz und Sils Maria, und das ist nun das allerletzte Mal, das wir Peter Siebert sehen, bevor sich seine Spur verliert: wie er von zwei Männern aus einem Chalet geführt und in ein dunkles Auto bugsiert wird, und dann fährt das Auto davon. Adieu.

EPILOG

Ein trauriges Ende. Gibt es keinen Trost? Na ja. Immerhin lächelt der gegrillte Peter ja. Das ist nicht zynisch gemeint. Freilich, wir können in seinen Kopf nun nicht mehr hineinblicken, da sind jetzt Sachen los, die sich dem gewaltsamen Zugriff durch die Sprache entziehen ... Aber in dem kurzen Fenster, in dem Peter Siebert bereits mit dem Helm auf dem Kopf saß, Bouvet den aber noch nicht aktiviert und hochgedreht hatte, in diesem kurzen Fenster, das wissen wir immerhin, schossen Peter Siebert noch ein paar Sachen ganz intensiv durch den Kopf. Das Camp war da, klar, das Trauma. Dann der Vortrag von Drew Itautis, die Sinnlosigkeit, der Tod. Und dann Harald, sein Bruder, und Anne: seine Frau, die Möglichkeit der Liebe in aller Finsternis. Im nächsten Moment geht der Helm an und es ist für Peter vielleicht, als zerreiße das Firmament selbst, oder als würde sich die Welt vor seinen Augen in ein grobkörniges Rasterbild verwandeln, das im Augenblick danach zerbirst, um nie wieder zusammengesetzt zu werden.

Wir können das, was ihn dahinter erwartet, den Zustand, die – sehr gewagte Formulierung schon –, die *Einsicht*, wie gesagt, nicht beschreiben, aber es gibt vielleicht die Möglichkeit, sie hier sozusagen in leichtester Tusche hinzuwerfen, diese Chiffre skizzierend anzudeuten in einer Sequenz vorsichtiger Fragen an Itautis.

Angenommen, es stimmt, dass es die Eins gibt und die Null, das Nichts und das Nicht-Nichts, das Leben und den Tod, das Licht und die Finsternis, das Männliche, das Weibliche; dieses banal Binäre; was, so die Frage, ist es, das diese jeweiligen Pole dazu nötigt, überhaupt miteinander in einem Verhältnis zu stehen? An welcher eigenartigen Stelle berühren sie sich dergestalt, dass sie nicht vollkommen disparat bleiben, sondern ein Paar bilden des vollkommenen Gegensatzes? Worin besteht diese Anziehung, die sie absolut betrachtet unendlich auseinanderzieht? Und was geschieht an dieser seltsamen Stelle ihrer Berührung, in dem Moment ihrer schrecklichen Hochzeit?

EPILOG II

Wir sehen zuletzt einen guten Mann, Harald Siebert. Man stelle sich das vor, er ist – der Eingebung aus einem Traum folgend, gegen jede Vernunft also – für viel Geld, das er nicht hat, in das ehemalige Sultanat von Tungi gereist, in den Nordosten von Mosambik. Er hat seine kopfschüttelnde Frau, seine kleinen Kinder in Hamburg zurückgelassen, ist bis zum Flughafen von Pemba geflogen und dann mit einem durchgerosteten Taxi weiter über staubige Straßen und an endlosen, in der Hitze flimmernden Mangrovenwäldern vorbei bis zu einer Anlegestelle, von der ihn ein einbeiniger, zahnloser, pechschwarz gebrannter Fischer in einer aus bleich gesalzenem Holz zusammengezimmerten Dhow bis auf jene kleine Insel gesegelt hat, die er vor langer Zeit einmal mit seinem vor Jahren verschwundenen Bruder besucht hat und von der beide damals meinten, sie sei gewiss der schönste Ort der Welt.

Der einbeinige Kapitän dreht das Boot vor der Insel aus dem Wind, Harald springt in das hüfttiefe, himmelblaue Wasser, seinen Rucksack hoch über den Kopf gehoben, und watet an Land. Er geht durch einen Wald aus hohen Dattelpalmen, durch deren Blätter die Nachmittagssonne blitzend auf den sandigen Pfad vor ihm fällt. Nach zwei Stunden Wanderung, während derer ihm außer zwei schweigenden Frauen in leuchtend bunten Schleiern keine Menschenseele begegnet, erreicht Harald eine Lichtung, auf der eine aus Lehm gebaute, weiß getünchte kleine Moschee steht. Der Imam, ein hochgewachsener junger Herr in beigem Kaftan, versteht kein Wort Englisch, Harald spricht weder Portugiesisch noch Arabisch noch Kiswahili, aber wie durch ein Wunder versteht der Imam dann doch, warum Harald hier ist, bittet ihn, im Schatten der Mauer, die den Hof vor dem Aufgang zum Minarett säumt, zu warten, und kehrt nach wenigen Minuten mit dem Artefakt zurück, das er in seiner Hütte aufbewahrt hat: ein iPod Shuffle, an dem an dünnem Kabel ein Paar angerosteter In-Ear-Monitore baumelt. Auf Haralds verzweifeltes Fragen hin: »Woher? Wo ist er? Wo ist er hin?!« schüttelt der Imam bloß traurig den Kopf und macht eine seltsame Geste: klatscht in die Hände und lässt die Rechte danach flatternd in den Himmel schnellen: davon, fort, wer weiß wo, und dann fasst er Harald, dem die Tränen in die Augen schießen, an der Schulter und lächelt warm.

Abends sitzt Harald am Strand, die Sonne geht unter, das Meer leckt leise schwappend am Sand vor seinen Füßen. Die Luft ist so gut, eine leise Brise, deren Temperatur exakt die gleiche zu sein scheint wie die seines Körpers, sie streichelt sanft über die Haare auf seinen Armen. Harald zieht sein Handy aus der Tasche und schickt eine Nachricht an Anne: »Nicht hier«, schreibt er. Er schiebt das Telefon zurück und ertastet dabei den alten iPod. Er steckt sich die Stöpsel in die Ohren und drückt auf die Play-Taste. Gegen jede Wahrscheinlichkeit springt das Gerät an, und durch die Kopfhörer lauscht Harald der zufällig ausgewählten Musik.

Es ist die *Air* von Jay Esbee, in der Interpretation von Richter mit dem Münchener Bach-Orchester, in der das alte Stück fast wie ein Mahler-Adagio klingt. Und während die Streicher diese seltsame Musik spielen, die weder Ja noch Nein, weder Licht noch Dunkel zu sagen scheint, sondern von der Berührtheit des Bewusstseins durch das Sein, der Berührtheit des Seins durch das Bewusstsein kündet, verabschieden wir uns, schweben wir davon, steigen langsam hoch und immer höher, und wir blicken hinab und sehen Harald da am weißen Strand sitzen, immer winziger, und hinter ihm die grüngekrönten Palmen, wir steigen und steigen, und endlich sehen wir unter uns die ganze Insel, einen matt leuchtenden Smaragd

im Samtblau des abendlichen Meeres

TEXTNACHWEISE

Der Ausdruck »Sonder« stammt aus dem *Dictionary of Obscure Sorrows* von John Koenig.

Die Geschichte von Sam Sneeds Rache in Sunmyra basiert auf der Geschichte »The Mad Bartender« des Users u/Nwahserasera auf Reddit.

Die Ausführungen von Wee Yang zur Genese des Gehirns sind angelehnt an den Artikel »Neuralink and the brain's magical future« von Tim Urban.

Was Larry Economos im Mund des Erzengels Gabriel sieht, ist kopiert aus der Stelle in der Bhagavata, in der Yashoda in Krishnas Mund schaut.

Das Motto stammt aus Søren Kirkegaard, *Die Krankheit zum Tode*, Übersetzung von Christoph Schrempf und Hermann Gottsched, Jena 1912

S. 101 Ezra Pound, Vers aus *And the days are not full enough*

S. 215 Rainer Maria Rilke, Verse aus *Dass ich dereinst*

S. 291 Johann Wolfgang von Goethe, Strophe aus *Harzreise im Winter*